계용묵 전집

2

산문

계용묵 전집

桂鎔默 全集

2
산문

민음사

일러두기

1) 이 전집의 표기는 발표 원문과 단행본을 토대로 원문의 표기 방식을 따르되, 띄어쓰기는 현행 맞춤법에 닿게 고쳤다. 단, 평북 방언의 경우 가급적 원문의 표기를 그대로 살렸다.

2) 작품은 소설, 수필, 논고와 그 밖의 글로 구분했다. 소설은 발표 순으로 제1권에, 수필은 수필집에 실린 순서대로 제2권(논고와 기타 글 포함)에 실었고, 새롭게 발굴한 작품은 발표된 작품들 다음에 수록했다.

3) 원전과 단행본 제목의 차이가 있을 경우, 뒤에 간행된 단행본의 제목을 따랐다. 그리고 원전에서 판독이 불가능한 어휘들은 '○'로 표시했다.

4) 작품 뒤에 발표지와 수록 단행본의 서지사항을 표기하되, 이 전집에서 사용한 텍스트 앞에 '＊' 표시를 했다.

5) 텍스트와 관련된 정보가 필요한 경우, 각주에 설명을 달았다.

제2부 논고(論考)

제1부

수필

낙관(落款)

서화(書畵)를 좋아하는 어떤 벗이 하루는 어느 골동점에서 추사(秋史)의 초서(草書) 병풍서(屛風書) 여덟 폭(幅)을 샀다.

"나 오늘 좋은 병풍서 한 틀 샀네. 돌아다니면 있긴 있군!"

그 벗은 추사(秋史)의 병풍서를 구(求)하게 된 것이 자못 만족한 모양이다.

"돈 많이 주었겠군. 추사의 것이면……."

"아아니 그리 비싸지도 않아. 글쎄 그게 단 오십 원이라니깐 그래."

추사의 병풍서 한 틀에 오십 원이란 말은 아무리 헐하게 샀다고 하더라도 당치않게 헐한 값 같으므로,

"그러면 추사의 것이 아닐 테지, 속지 않았나? 추사의 것이라면 한 폭에도 오십 원은 더 받아먹겠네."

하고 의심쩍게 말을 했더니,

"괜히 추사의 글씨가 아니겠군. 바로 병풍을 붙였다가 뗀 것인데 그 글씨 폭은 지지리 지지리 더럽혀지고, 가장자리로 돌아가면서 붙였던 눈썹지 자리만 하얀 자국이 있는 것만 보더라도 그건 옛날 게 분명한 게야."

한다.

이 소리에 나는 더욱이 그 글씨가 의심스러웠다.

"이즘 고물인 것처럼 그런 가공들을 해서 많이들 팔아먹는다는데 그 눈썹지 가장자리가 하얗다는 것과 그 오십 원이란 헐한 값과를 미

루어 보면 글쎄 그게 추사 친필이라고……?”

“아아니! 그렇게만 자꾸 의심할 게 아니라니깐. 내게 추사의 필첩(筆帖)이 있는데 거기에 찍힌 낙관과 이 병풍서의 것과 조금도 틀림이 없거든.”

하고, 그는 틀림없는 추사의 친필로 단정을 하고 조금도 의심하려고 않는다.

그러니 나도 확실히는 모르면서 아니라고 그냥 우길 수는 없어서,

“그럼 글씨 전문가에게 시원스럽게 한번 감정을 받아 보지?”

하고, 나도 사실은 그 진부(眞否)가 궁금해서 이런 제의를 했더니,

“그야 어렵지 않지. 그럼 내 가서 감정을 한번 받아 보겠네.”

하면서 그는 현재 생존해 있는 모모씨의 글씨도 여러 폭 샀던 것을 추사의 것과 아울러 다 싸가지고 어느 서도 대가를 찾아가서 감정을 받기로 했다.

내 의심이 틀림없이 맞았다.

추사의 것뿐 아니라 현 생존자의 것들까지 진짜 친필은 하나도 없다고 그 대가는 말하더란다.

그러면서 추사의 글씨를 가지고 하는 말이, 추사의 글씨를 방불케 하는 것으로 솜씨는 도리어 추사보다 능숙한 데가 있어 보이나, 도장이 추사의 것이 아니니, 아무 가치가 없는 것이란 말을 하더란다.

그래서 이 글씨가 추사의 글씨보다 낫다면 추사 이상의 가치를 인정해 줘야 할 것이 아니냐고 했더니, 그는 웃으면서,

“어찌 글씨의 능, 불능으로 가치가 있게 됩니까? 이왕 얻은 그 필자의 명성 여하로 글씨의 가치가 인정되는 것이지요. 낙관이 추사의 진짜 낙관이어야 값이 나갑니다.”

하고, 추사의 글씨보다 도리어 나은 점이 있다고는 하면서도 그 대가는 그 글씨를 조금도 아까워하는 기색이 없이 더 더듬어 볼 필요도 없다는 듯이 밀어 던지더란다.

하필 글씨에 있어서뿐 아니라 모든 것에 있어서 이렇게 되는 것이 사실이지만 새로이 잘한다는 것이 이미 얻어 가지고 있는 그 명성을 누르기 힘들다. 확실히 그 가치의 판단에 명석한 두뇌도 그 명성 앞에서는 눈을 감는 것이 예의다. 그러기 때문에 이미 자라난 그 명성의 그늘 밑에선 흔히 새싹이 마음대로 오력(五力)을 펴지 못하고 시들어 버리는 예를 보아도 오거니와, 이 가짜 추사가 추사의 글씨보다 자기의 것이 분명 낫다는 것을 알고 있다면, 그러면서도 추사의 이름으로 글씨를 써서 팔아먹지 않아서는 안 된다면 그 창조적 고민이 얼마나 클 것일까? 생각을 하며,

"추사의 글씨보다 능숙하다니 잘 보관해 두게. 그 사람이 출세하면 그것도 만 냥짜리는 될 테니."

하고, 웃었더니

"보관이 다 뭐야! 거 참 흉측한 노릇이로군!"

하고 그 벗은 그 글씨 뭉치를 아무런 미련도 없이 다시 보자기에 싸더니 골동품점으로 가지고 나가서 이조자기의 화병 한 개로 바꾸어 왔다.

그 벗 역시 그 추사의 글씨에 혹해서 추사의 글씨를 사려고 하였던 것이 아니라, 그 글씨 필자의 명성, 다시 말하면 추사의 명성을 사려고 하였던 한 사람인 것을 알 수가 있었다.

〔발표지〕《조광》(1941. 12.)

〔수록단행본〕*『상아탑』(우생출판사, 1955)

효조(曉鳥)

이런 이야기를 누가 한다.

명필 추사(秋史)의 선생 조광진(曹匡振)이 하루는 새벽에 일어나니, 잠자리에서 갓 깨어 일어난 참새들이 뜰 앞 나뭇가지에서 재재거리는 소리에 그만 필흥(筆興)이 일어나 저도 모르게 필묵을 베풀어 새벽 새라고 '효조(曉鳥)' 두 자를 제물에 써 버렸다.

그러나, 이렇게 흥에 겨워 쓰면 언제나 만족한 글씨를 얻게 되던 것이, 흥에 겨워 쓰기는 썼는데도 '효조(曉鳥)'라는 鳥자의 맨 밑 넉 점을 싸는 치킴이 제대로 올라가지를 못하고 아래로 축 처져서 심히 거슬렸다. 그래 다시는 더 거들떠보기도 싫어 문갑 밑에다가 되는대로 밀어 던지고 말았다.

그랬던 것을 하루는 어떤 손님이 찾아와서 글씨를 청하므로 다시 필흥(筆興)이 생기지 않아 그것을 그대로 내어주고 말았다.

그런 지 10년 후, 조광진이 중국에 여행을 갔다가 어떤 귀족의 사랑에서 뜻도 않았던 그 '효조(曉鳥)'의 鳥자 치킴이 처져 내버리는 셈 치고 그 손님에게 내어주었던 그 글씨가 중국에서도 유명한 귀족의 사랑에 족자로 걸려서 상당한 대접을 받고 있는 것을 보았다.

그러나 조씨는 그 鳥자의 치킴이 그때와 마찬가지로 마음에 거슬리어 주인이 잠깐 밖으로 나간 짬을 타서 필묵을 꺼내 鳥자의 치킴에 가획(加劃)을 하여 처진 치킴을 바싹 올려붙여 놓았다.

그랬더니 주인이 들어와 이것을 보고 남의 귀한 글씨에다가 손질을 해서 버려 놓았다고 꾸짖으며 노했더라는 것이다. 그래, 조씨의 말이 실인즉 그것이 자기의 글씨인데 鳥자의 치킴이 되지를 않아서 내버렸던 것으로 지금 보아도 그게 마음에 거슬려 붓을 좀 넣어 본 것이라고 하니 그게 무슨 소리냐고 주인은 어성(語聲)을 높여 하는 말이 당신은 글씨를 쓸 줄만 알고 볼 줄은 모른다고 하면서 효조(曉鳥)라면 새벽 새일테니 잠자리에서 갓 깨어 나온 새가 무슨 흥이 있어서 꼬리가 올라가랴, 언제나 보아도 새벽 새는 꼬리를 처트리고 우는 법이라 자기가 이 글씨에 고가(高價)를 주고 사다가 머리맡에 걸고 사랑하는 것도 그 '효조(曉鳥)'라는 데 있어 조자(鳥字)의 치킴을 용하게 처트린 데 가치를 찾았던 것으로 이제 아까운 글씨를 버렸다고 하면서 떼어 던지더라는 것이다.

이 말을 듣고 나는 문득 졸작(拙作) 「병풍(屛風)에 그린 닭이」를 생각했다. 해작(該作)은 작자(作者)인 나에게 있어서는 열작(劣作)의 부류(部類)에 미련없이 처넣고 다시 한번 눈도 거들떠보고 싶지 않은 그러한 작품인데 그렇지 않다고 하는 벗이 있었던 것이다.

어떤 좌석에서 문학 이야기가 났을 때, 나는 시인 모씨(某氏)로부터 네 작품 가운데는 「병풍에 그린 닭이」 하나밖에 없느니라 하는 소리를 들었다.

그래, 이 시인이 나를 놀리는 것이 아닌가 하고 태도를 엿보았으나, 결코 그러한 의미에서가 아님을 분명히 알았을 때, 나는 다시 한번 놀라며 그러할 리가 없다고 부인을 했다.

그러나 이 시인은 제 작품은 제가 모르는 법이라고 하면서 작자에게는 그 「병풍에 그린 닭이」가 그렇게 대수롭지 않게 보여도 그래도 그 작품 하나가 지금까지 써 온 중에서는 후세에 남으리라고 극언까지 한다.

그래도 나는 그 말을 전적으로 부인하였더니, 제 작품을 제가 모르는 예는 가까이 시인 김동명 씨(金東鳴氏)에게도 있었다고 하면서 하는 말이 해씨(該氏)가 시집 『나의 거문고』를 출판할 때, 그 어떤 시 한 편이 심히 마음에 거슬려 그 시집에서 빼내려 하는 것을 그 중 백미편(白眉篇)이 그것인데 그것을 빼낸다고 친구들이 아까워해서 마음에는 없는 것을 그대로 넣어 출판을 했던 것인데, 그 후 신간평(新刊評)을 보면 평자(評者)마다 작자로선 빼내려던 그 한 편을 도리어 대표작으로 들어 내세우고 평을 하였던 것이라고 한다. 그러면서 대개는 작자가 자작(自作)의 가치판단에는 눈이 어두운 것이라고 단안(斷案)을 내린다.

그러나 내 귀에는 이 소리가 조금도 들어오지 아니하고 그저 내 작품의 가치는 내가 가장 잘 알 것만 같게 여겨진다. 언제나 읽어 보아도 「병풍에 그린 닭이」는 문장이라든가 구성이라든가 그 어느 부분 한 곳에 마음 붙는 데가 없다. 다만 그저 「병풍에 그린 닭이」 하는 그 제목만이 언제나같이 마음에 들 뿐이다.

여기에 한 가지 궁금한 문제가 남는다. 시인 모씨(某氏)는 「병풍에 그린 닭이」를 그렇게 제일이라고 쳐도 작자인 나는 그대로 덜 되게만 보이는데 김동명 씨는 아직껏 그 시편이 나와 같이 여전히 마음에 안 드는지, 또는 그 '효조(曉鳥)'에 대한 조광진(曹匡振)의 심경은……? 글씨는 어디까지든지 글씨요, 그림이 아니니 효자(曉字)가 붙으면 조자(鳥字)의 꼬리가 처져야 하고 주자(晝字)가 붙으면 조자(鳥字)의 꼬리가 올라가야 하고 이렇게 글씨에 임시응변(臨時應變)이 있어야 할 것임이 마땅할 것은 아니나, 그 중국인의 설명을 듣고 글씨를 떼어 버리는 것을 목도(目睹)했을 때의 그 때의 조씨의 심경을 좀 엿보았으면 하는 생각이 무척 깊어진다.

〔발표지〕《태양》(1940. 2.)

〔수록단행본〕 *『상아탑』(우생출판사, 1955)

일람 치마 입은 여인(女人)

초록 저고리에 일람 치마를 입은 30대의 한 젊은 여인이, 필시 그 동생이리라, 빨간 저고리에 노랑 치마를 입은 스물이 채 되었을까 한 색시의 손목을 잡은 채 지게 위에 모로 누었다.

일견(一見) 선전(鮮展)의 낙선작품(落選作品)임이 틀림없다.

색채에 가난한 이 효자동 골목의 한낮은 이 여인의 자태로 해서 자못 화려하다. 오고가는 사람마다 그 여인에게 한 번씩 시선을 아니 던지고 가는 사람이 없다.

앞으로 이 여인은 이렇게 얼마를 더 가야만 주인을 만나게 되는 것인지 좁지 않은 골목에서 그 어떠한 종류의 선전광고처럼, 지게 위의 신세로 뭇 사람들의 눈에 오르내리게 됨이 짐짓 부끄러운 일일 것 같다.

작자가 이 그림을 그릴 때에는 일단의 정력이 화필 끝에 여념도 없게 입선 특선에의 꿈이 한껏 아름다웠으련만 회(會)가 열리는 날 이 그림은 정력에의 보람도 없이 이제 지게 위에서 무색(無色)이 주인을 이렇게 다시 찾아가지 않아서는 안 되는 슬픈 운명을 지녔다.

지게꾼은 그 슬픔 운명의 짐이 오히려 무거운 듯이 땀을 뻘뻘 흘리며 걷는다. 여섯 자 길이에 다섯 자 넓이인 듯한 이 그림 한 개가 그리 과중한 짐은 아니련만 그의 힘에는 헐치가 않은 모양이다. 피와 땀을 정성껏 부어 담은 그 그림에의 생명이 그렇게도 지게꾼의 마음을 무겁게 하는 것일까? 어쩐지 그 지게꾼의 느끼는 무거움은 한 달, 아니 한 해도, 이태도 넘어 드렸을지 모를 그 작자의 힘의 표현일 것만 같게도 생각이 든다.

"역작(力作)이 아마 저렇게 되는 수도 있을 걸……?"

"어서 가요."

같이 가던 비석(飛石)이 여기엔 대구(對句)도 없이 옷자락을 끈다. 그런 것에 눈을 팔며 군말을 할 것이 아니라, 우리의 목적한 길이나 발락발락 어서 가자는 재촉이다.

사실 지금 우리는 하나같이 뽑혀서 장내(場內)에 진열(陳列)되어 있을 그 작품에 눈 담고 떠난 길이다. 그까짓 지게 위의 신세를 면치 못한 그 그림에 발을 멈추고 기웃거리기도 실인즉 싱거운 일이다. 미련을 느낄 까닭도 없이 지게는 내려가는 대로 뒤에 두고 우리는 우리대로 전람회를 향하여 걸어 올라갔다.

여기에 문득, 떠오르는 한 가지 생각—그것은 최서해(崔曙海)의 단편 「탈출기(脫出記)」였다.

서해(曙海)의 「고국(故國)」이 《조선문단》에 추천을 받을 때 「탈출기」도 같이 들어와 같은 선자(選者)의 눈에 거침을 받았으나 「고국」을 뛰어넘지 못하고 선외가작(選外佳作)이라는 쪽지가 붙어 다만 「탈출기」라는 제목 석 자가 다른 투고자들의 그것과 같이 해지(該誌) 여백(餘白)을 채우는 역할을 하고 있었다.

그때 작자인 서해(曙海)는 여기에 불만이 있었던지 없었던지 그 후 그로부터 이렇단 이야기 한마디 없이 고인이 되었으니, 이젠 영원히 알 길이 없으나 어쨌든 작자로서는 그 「탈출기」를 차마 그대로 버리기는 아까웠던 모양이다. 씨(氏)는 그 후 해지(該誌) 기자로 입사가 되면서 곧 그 「탈출기」를 해지상(該誌上) 발표하였다.

놀라운 것은, 그 결과였다. 당시의 문단은 이 「탈출기」를 가지고 얼마나 떠들어 내었던고? 아니 지금까지도 서해(曙海)를 말할 때에는 누구를 물론하고 이 「탈출기」를 그의 대표작으로 내세우기를 꺼리지 않는다.

그러나 '당선', '입선'의 두 관문을 다 무시하고 최고의 입선규정으로 영예의 '추천'을 받았던 「고국」은 그 당시의 반향(反響)도 없었거니와, 그러기에 오늘껏 그것이 그의 작품이었던지 아는 이조차도 드물다.

이러한 생각을 하게 되니 문득 그 지게 위의 작품이 다시금 눈앞에 나타나며 그 작품을 이제 작가가 받을 때의 그 작자의 심경이 무척 알고 싶어진다. 자기의 예술적 기능 부족으로서의 낙선이라, 그저 부끄러움에 그 작품이 다시 거들떠보기도 싫게 머리가 숙을 것인가? 혹은 심사원의 감상안(鑑賞眼)을 여지없이 비웃음으로 자기 예술적 경지에 그저 그대로 태연히 만족이 되여, 그 작품이 의연히 제대로 사랑스러울 것인가.

〔발표지〕《대조(大潮)》(1942. 5.)
〔수록단행본〕*『상아탑』(우생출판사, 1955)

포도주(葡萄酒)

　하루는 어떤 벗으로부터 자친(慈親)이 회갑이니 저녁이라도 같이 먹으면서 하루저녁 이야기나 하자는 청을 받았다. 그 벗은 죽마의 고우일 뿐더러 벗의 자친 또한 나를 퍽이나 사랑하여 주시는 이로, 나는 반갑게 그러마고 승낙을 하였다.

　그리고는 같은 청을 받은 역시 동향 친구인 한 사람의 동무와 같이 그 시각에 대여 가기로 하고 우리는 우선 진고개 백화점으로 향하여 나섰다. 이 갑파(甲婆)에게 무슨 기념이 될 만한 그러한 물건이 없을까 그것을 물색해 보자는 것이었다. 그러나 그 백화점을 두루 돌아가며 찾아보아야 눈에 띄는 그럴듯한 물건이 없었다. 과자나 쟁반 같은 것은 어떠냐는 동무의 의견도 있었으나, 그런 것들은 그저 빈손이 뭣하여 들고 가는 보통 인사에 지나지 못하는 것이어서 마음이 내키지를 않아 다시 한 바퀴 물색을 하여 볼까 하는데 눈을 두리번거리던 동무는 별안간 좋은 것이 눈에 띄었다고, 그리고 그것이면 의의만점(意義滿點)이라는 듯이 빙그레 웃으며 손가락질을 하기에 보니 그의 손가락은 과즙류의 진열 속에 포도주병을 가리키고 있다.

　포도주 나도 그것이 그럴듯이 생각되었다. 이러한 축의(祝意)에는 척 떠오르는 것이 술이긴 하였으나, 여인에게는 그것이 합당하지를 않아 망설이다 못해 무슨 물건으로라는 생각만에 헤매던 나는 술은 술이면서도 알콜 성분이 적어 술을 전연(全然)히 마실 줄 모르는 여인네라도 몇 잔간은 연거푸 마셔도 괜찮을 정도의 포도주라면, 그리하여 그것으로 축배를 드리는 것이 무엇보다 의의가 있는 일 같아, 나도 두 말없이 그 포도주에 동의하고 점원에게 그것을 달라 명하여 한 병씩 옆에 끼고 벗을 찾아갔다.

그러나 좌석은 우리로 하여금 그 자리로 곧 축배를 드리게 되지 못해 기회만을 엿보며 그저 술을 먹고 있었다. 최고 오륙배(五六杯)면 족한 내 주량이었건만 즐거운 이날을 다 같이 얼큰히 취해서 즐겁게 노는 것이 이 모임이라 참석을 안 했으면 모르거니와 한 이상에는 아니 먹을 수 없었고, 그렇지 않은지라 내 마음도 즐거워 사양 없이 잔을 들게 되니 약한 내 주량은 그만 남보다 먼저 취하게 되어 축배 드리기를 잊는 무례를 범하고 돌아왔다.

이것을 나는 그 이튿날에야 깨닫고 벗에게 예를 잃은 것보다 내 마음이 지극히 섭섭함을 금할 길이 없었다. 그리고 그것은 몇 달을 두고 잊혀지지 않았다.

그러다가 하루는 그때 그 좌석에서 같이 잔을 나누던 한 친구를 만나 그때 그 포도주는 군(君)이 가지고 갔던 것이냐고 하기에 그렇다고 대답을 하였더니 이 친구 대답 끝에 하는 말이 그날 내가 돌아간 후에도 아직 덜 취한 사람들은 그대로 앉아서 술을 계속하다가 포도주를 가져온 사람이 있으니 별미로 그것을 한 잔씩 하자는 누구인가의 제의로 주인은 포도주병을 들여다 뚜껑을 그것을 떼고 잔마다 돌아가며 한 잔씩 가득 부어 놓고 권하였다 한다. 그러나 좌석은 잔을 들어 입에 댔다가는 포도주의 그 이상한 맛에 다시 잔들을 놓고는 의심쩍어 차마 삼키지를 못하고 상(床)귀에 뱉어 놓기를 일제히 하면서 서로 그 이상한 맛을 따져 물으니 그저 신맛 한 가지밖에 모르겠다는 것이 누구의 입에서나 일치하게 나오는 것이었다고 한다. 그래서 포도주가 썩은 것은 아닌가 하여 병엣것을 큰 그릇에다 쏟아서 검사를 하여 보았더니 그것은 포도주가 아니라, 초(酢)로 판명이 되는 바람에 '애— 에—' 하고들 돌려 놓으니 건넌방에 모여 앉았던 근처 집 여인네들이 "우리

집에 초가 없더니 우리 집에 초가 없더니” 해서 모두 나누어 주었다는 것이다. 점원은 필시 포도주를 초로 잘못 바꾸어 싸 주었던 모양이다.

나는 이 말을 듣고 그러지 않아도 예를 잃어 미안한데 뜻도 않았던 이러한 미안까지 이중의 미안을 겹쳐 느끼게 되었다.

그러나 이제 생각하니 그때 만일 그 좌석이 나로 하여금 그 갑파(甲婆)에게 축배를 드릴 만한 여유를 주었으면 얼마나 나는 무안하였을까 하니, 그리고 그것은 축배를 잊음으로 잃은 예보다 얼마나 더한 무례였을까 하니 취중에 잊어버린 예가 오히려 다행하기 짝이 없는 일같이 생각도 되었다.

그러니, 이제 바라고 싶은 것은 다만 그 초가 포도주 이상의 축의(祝意)를 가진 성분이 세상 사람 모르게라도 지니고 있었으면 하는 것이나, 그것이 안타까운 억지임을 다시금 깨달을 땐, 그저 세상사란 묘하게도 된다는 한탄밖에 더 해 볼 것이 없다.

〔발표지〕《문예가(文藝街)》(1939. 8.)

〔수록단행본〕*『상아탑』(우생출판사, 1955)

길을 묻기운다

길을 묻기운다. 길을 가다가도, 정전지대(定全地帶)에 섰다가도 나는 흔히 시골 사람에게 길을 묻기운다. 주위에 사람은 많건만 시골 사람은 두리번두리번 사람을 살피어 물색을 하다가는 내 앞으로 와서 나더러 길을 가르쳐 달란다.

이 시골 사람들이 하고 많은 사람 가운데서 하필 왜 나를 쫓아와 붙들고 길을 가르쳐 달라는지 나는 길을 묻기울 때마다 이 시골 사람들에게 보여지는 내 자신의 인물됨이 무척 알고 싶어진다.

"자기보다 낮춰 보여서?"

"시골 사람처럼 보여서?"

"겸손하게 보여서?"

그 이유는 분명히 셋 가운데 어느 하나이리라고 짐작된다. 그러면 이 셋 가운데 그 어느 것이 그들에게 보이는 나인 것일까?

자기보다 낮춰 보여서——

글쎄 그렇게 내가 낮춰 보일까. 키가 작으니 위풍이 없다. 위풍이 없으면 초라하게 보이는 법이다. 초라한 사람을 대하면 자기가 잘난 것 같아, 어깨가 자연히 올라가게 되는 것이 보통 사람의 심정으로, 이 사람이야 내가 물으면 황공히 가르쳐 주겠지 하는 그런 심리에서가 아닐까.

그러나 아무리 풍채에 가난한 나이라 해도 그렇게까지 내가 초라하게 보임직하지는 않고.

겸손하게 보여서——

하지만 아무리 거울에 비춰 내 외모를 뜯어보아도 겸손 이자(二字)의 인상을 주기론 되어먹지를 않은 것 같다. 눈초리가 치붙고 광대뼈가 쑥 두드러졌으니 설령 마음은 그와 반대로 착하다 해도 그렇게 보일 리는 도저히 없을 것이고.

시골 사람처럼 보여서——

여기에 나는 어느 정도까지 그들의 마음을 찾고 싶어진다. 도시의 물을 먹고 사노라고는 해도 시골서 나서 시골서 자라난 나이니 시골 때가 벗겨질 리 없고, 또 애써 그 때를 벗으려고도 힘쓰지 않기 때문에 아무리 종로 한복판에 팔을 벌리고 섰다 해도 서울 사람 냄새는 그 어느 한 모에서도 맡겨지지 않을 것이다. 그리하여 나로 하여금 시골 사람의 인상을 받게 되는 데서 같은 시골 사람이라, 어려움성이 적어지는데 그 이유가 있지 않을까.

그러나 이것은 다 내 추측에 불과한 것이고, 한 가지 이상하게 생각되는 것은 그들이 나를 보는 데 있어 내 외모에서 나를 보지 아니하고, 내 마음을 엿뚫어 보는 것 같은 것이 그것이다.

나는 누구에게서나 길을 묻기우면 알 수 있는 한에서는 데리고 까지 가서라도 찾아 주리라는 친절을 도모할 마음을 굳이 가지고 있다. 그것은 내가 어렸을 때 생소한 곳에서 길을 잃고 길을 묻다가 그들의 불성의에서 찾아야 할 곳을 찾지 못하고 밤이 이슥하도록 고생을 해 본 일이 있은 후부터 길만은 친절히 가르쳐 줘야 한다는 생각이 나도 모르게 굳어 있었던 것이다.

그리하여 나는 그 후부터 길을 묻기울 때마다 할 수 있는 한에서는 정성을 다하여 인도(引導)를 베풀어 왔고, 또 앞으로도 그것은 그래야 된다는 것이 도덕인 줄을 알고 있는 나이므로 주위에 많은 사람을 두고 하필 나더러 길을 가르쳐 달랄 땐 그 무슨 점으로든지 그러한 내 마음을 엿뚫어 보는 것 같아서 한참이나 그들을 바라보며 자신의 마음속을 들여다보곤 한다.

그러나 사람마다 나를 반드시 그렇게 보아 주느냐 하면 그런 것도 아니기는 하다. 나는 이러한 친절을 베풀다가 단단히 실패한 일이 가까이 한 번 있다.

밤 열두시가 거의 가까웠을 때다. 견지정(堅志町) 거리를 올라가노라니 어떤 젊은 여인이 청진정(淸進町) ××번지가 어디일가요 하고 묻는다. 일견(一見) 시골서 서울로 요즘 이사를 올라온 모양으로 야시(夜市)에 무엇을 사러 나왔다가 집을 잃은 것이 분명하였다. 그래서 저 여자를 집까지 찾아 줘야 된다는 생각으로 나를 따라오시오 하고 가던 길을 되돌아서 청진정(淸進町) 쪽으로 빠져 들어가니 그 여자는 길만 가르쳐 주지 아니하고 자기를 데리고 가는 것이 필시 내가 무슨 나쁜 마음을 먹고 딴 곳으로 끌고 가는 것은 아닐까 하여 의심이 바짝 동하는 모양이었다. 컴컴한 불 없는 좁은 골목을 들어서기만 하면 그 여자는 몰래 내빼려고 나를 따르지 아니하고 자꾸만 외딴 골목으로 새곤 한다. 그러나 그가 새는 길이 찾는 번지와는 엄청나게도 반대쪽이므로 그런 걸 빤히 알면서 그대로 두는 수가 없어 내닫는 것을 찾곤 하면 겁(怯)이 시퍼렇게 나서 어쩔 줄을 몰라 한다.

그래, 나는 그 여자가 집을 잃고 헤매는 것보다 내가 데리고 다니는 것이 더욱 그의 마음을 태우는 것 같아 어째든 그 번지는 그리로 가면 안 될 것이고 이쪽으로 찾아보아야 될 것이니 이쪽으로만 골목골목 뒤져 보라 이르고 돌아섰다.

짐작컨대 이 여자는 그 전에도 집을 잃고 길을 찾다가 한번 혼이 난 경험이 단단히 있었던 모양이다. 그러나 나는 내 심정을 몰라주는 그 여자가 얼마나 섭섭했는지 모른다.

아마 지금도 그 여자는 그날 밤의 그 일을 생각하고는 나를 고약하게만 알고 몸서리를 치고 있을 것이겠지.

〔발표지〕《문예가》(1939. 5.)
〔수록단행본〕*『상아탑』(우생출판사, 1955)

이성(異性)을 보는 눈

알지도 못하는 여인의 뺨을 전차 안에서 갈겼다. 서투른 운전수의 운전에 차체가 모로 쏠리어 비치는 몸을 진정시킨다는 게 그만 어떻게 되었던지 앞에 앉았던 젊은 여인의 뺨에 내 손은 힘차게 부딪치고야 배겨날 수 있었다.

"미안합니다."

"괜찮아요."

하였으면 태도가 천연하여야 할 것인데, 그렇지를 못하다. 불쾌의 반증일까, 아픔을 못 참아서일까, 그렇지 않으면 사람 많은 데서 맞은 뺨이 부끄러워서일까? 마음이 놓이지를 못하여 다시 한 번,

"과(過)히 다쳤습니까?"

그러나 힐끗 쳐다볼 뿐, 말이 없다.

비로소 깨닫게 하는 것이 전차의 동요를 빙자해서 일부러 내 몸에 손을 댄 것이지? 그리고는 다시 수작을 추근추근하게 붙이는 것이지? 하는 눈치라고 아니 볼 수 없게 그 눈은 분명 나를 흘긴다.

되어먹은 내 위인이 이러한 오해를 의심 없이 받아 무방하게 그렇게 불량스럽게 보이는 것인가? 그 순간 나는 내 외모를 마음속으로 가리가리 뜯어보며 지극히 섭섭함을 금치 못했다.

그것이 공교히 뺨이었고, 그리고 부딪침이 좀 세기에 그러지 이러한 일은 전차 안에서 흔히 있을 수 있는 일이고 또 얼마든지 목도해 오는 사실로 고의로서의 행동이 아닌 이상, 피차에 관대한 마음으로

서로 대해 주는 것이 승객의 도덕일 것임은 이 여인도 응당 모를 것이
아니건만 단지 상대자가 동성이 아니고 이성이라는 데서 승객으로서의
도덕적 아량에 그렇게 인색하여야 함으로 나는 단연히 오해를 받아야
하는 것이다.

언제인가 한 번은 또 그것이 아마 작년 봄인 듯싶다. 어떤 벗과 같
이 광화문통 큰 거리를 추어 오르다가 문득 보니 도청 곁에 만개한 앵
화(櫻花)가 저도 모르게 봄의 홍취를 돋우어,

"유녹화홍춘이색(柳綠化紅春二色), 버들 푸르고, 꽃 붉으니 봄은 두
빛이더라."

하고, 고인의 시 한 절을 입 밖에 내고 새겨 보았더니 우리 앞으로
걸어가던 한 젊은 여인이 힐끗 뒤돌아보고는 걸음을 빨리한다. 그 연
인은 필시 그 시구를 자기에게 두고 들으라는 듯이 읊은 줄로 알았던
모양이다.

이러한 경우에 만일 그 여인이 그러면? 하고 돌아서 나더러 어쩌자
는 게냐고 대들었던들, 나의 솔직한 변명이 족히 그 여인의 오해를 풀
어 주었을 것일까? 백 번 말해도 곧이는 아니 들었으리라 짐작한다.

이성 간에는 묘하게도 오해를 이렇게 사게 된다. 그리하여 오해를
가지는 이론 자기가 잘못 아는 그대로 언제든지 그렇게 그 사람의 존
재가 인식에 남아 있을 것이니 오해를 받는 이로선 이렇게도 섭섭할
데가 없다. 어찌하여 이성이 이성을 보는 눈은 그렇게도 정직하지 못
한 것인가?

하긴 전차의 만원을 핑계로 모르는 체 창밖을 억지로 내다보게 만
드는 괴로운 한 순간을 여자들에게 주는 그러한 불량배도 없지 않다.
그리고 길을 가다가도 가만히 보면 점잖은 사람이 별로 없음을 보게
되는 것도 사실이긴 하다. 그러리라고 믿어지지 않는 사람도 젊은 여
자만 보면 힐끗 한 번 눈을 치떠 보고야 만다. 그 보는 법이 또한 묘
하다. 앞뒤에 거리낄 사람이 없이 혼자일 때에는 대담하기 짝이 없다.

그 여자가 부끄러워 외면을 하건 말건 자기 볼 대로는 마음대로 훑어
본다. 그리고 어성버성한 동료 간으로 같이 동반이 되었을 땐, 서로들
여간 점잖은 것이 아니다. 자기 인격을 낮게 보이지 않으려고 옆으로
여자가 지나가기나 하느냐는 듯이 오히려 눈이 마주칠까 두렵게 점잖
다. 그러나 허물없이 터놓고 지나는 벗으로 동반이 되었을 땐 피차에
하는 노릇이 되어서 그런지 혼자일 때보다 그것은 좀 더 대담하게 됨
을 본다.

그러나 그렇다고 자기 멋대로의 해석에 고집을 일률적으로 갖게 된
다는 것은 그리하여 멋대로의 고집에서 영원한 오해 속에 산다는 것은
오해를 받는 편보다 하는 편이 좀더 생활의 가치를 잃으며 살게 되는
것이 된다. 나는 오해를 받으므로 단지 마음이 좀 섭섭할 따름이나 오
해를 하는 그 여자들은 확실히 참되게 살아야 빛날 생활의 그 한 부분
을 영원히 속은 것이다.

여기에 나는 같은 과실을 범하고도 지극한 감격 속에 생활이 살쪄
보는 한 순간을 가져 본 때가 또 있다.

노량진행의 전차를 타고 황금정(黃金町)을 지나다가 이번은 차체의
동요에서도 아니고 표를 사려 호주머니 속에서 돈을 꺼내다가 팔고비
로 뒤에 앉았던 여인의 눈을 다쳤다.

"핫!"

하는 소리와 같이 팔고비에 맞히는 감촉이 있기에 돌아다 보니 퍼
머넌트에 핸드백을 옆에 낀 한 젊은 여자의 손은 왼쪽 눈을 가리고 고
개를 숙였다.

"미안하게 되었습니다."

"아이 머 괜찮아요."

여자는 눈에 대었던 손을 떼고 미소로 인사를 받는다. 그리고는 천
연한 안색을 가지려고 고개를 드나, 눈은 심히 쓰린 모양으로 뜨랴뜨
랴 못 뜨고 다시 손이 눈으로 간다. 그러면서도 어디까지든지 낯빛을

화순(和順)이 가지려고 애를 쓰는 빛이 드러나는 것은 분명히 내가 미
안하여할 것을 염려하는 어이넓은 마음의 표현에 틀림없었다. 그러나
눈의 쓰림은 조금도 떨어지지 않은 모양이다. 나를 보고는 손을 떼였
다가는 하는 수 없이 다시 대이고 대이고 한다.

"과히 다쳤나 봅니다."

"아이 과(過)치 않아요. 이제 나을 거예요."

하고 웃으며 손을 떼는데 보니 눈물에 젖은 눈알이 빨갛게 충혈이
되어 있었다. 예상 외로 심한 듯싶었다.

여자는 세브란스병원 앞 정류장에서 내린다. 내려선 그때에야 핸드
백 속에서 수건을 들어내어 눈물을 씻고, 전선주를 지나 또 거울을 들
어내 제 눈을 비추어 보며 제 마음대로의 행동을 가진다. 차 안에선
사람이 많은 데 부끄러움을 꺼렸던 것이 아니라, 그 다침이 나로 하여
금 헐한 것처럼 보이려고 그러한 행동을 일절 사양했음에 틀림없었다.

그 아름다운 마음씨──그 마음씨는 그 순간 내 마음속에 깊이 무젖
어 들며 이제껏 두고두고 생각게 하여 생활의 살이 된다.

나는 그 여자에게 괴로움을 줌으로 생활에의 한 점의 살을 얻었다.
제 자신을 속지 않으려는 그 여자의 진지한 생활의 표현은 이렇게 내
생활에까지 빛이 되는 것이다.

뺨을 맞은 여자와, 눈을 다친 여자, 그 여자들은 꼭같은 나의 과실
에 피해를 입었다. 그러나 이성을 보는 눈은 어이 그리 괴롭지 못하던
고?

〔발표지〕《여성》(1940. 12.)

〔수록단행본〕*『상아탑』(우생출판사, 1955)

구두

　구두 수선을 주었더니 뒤축에다가 어지간히는 큰 징을 한 개씩 박아 놓았다. 보기가 흉해서 빼어 버리라고 하였더니, 그런 징이래야 한동안 신게 되고, 무엇이 어쩌구 하며 수다를 피는 소리가 듣기 싫어, 그대로 신기는 신었으나, 점잖지 못하게 저벅저벅 그 징이 땅바닥에 부딪치는 금속성 소리가 심히 귀맛에 역했다. 더욱이 시멘트 포도(鋪道)의 단단한 바닥에 부딪쳐 낼 때의 그 음향이란 정말 질색이었다. 또그닥또그닥, 이건 흡사 사람은 아닌 말발굽 소리다.

　어느 날 초어스름이었다. 좀 바쁜 일이 있어 창경원 곁 담을 끼고 걸어 내려오느라니까 앞에서 걸어가던 이십 내외의 어떤 한 젊은 여자가 이 이상하게 또그닥거리는 구두 소리에 안심이 되지 않는 모양으로 슬쩍 고개를 돌려 또그닥 소리의 주인공을 물색하고 나더니 별안간 걸음이 빨라진다.

　그러는 걸 나는 그저 그러는가 보다 하고 내가 걸어야 할 길만 그대로 걷고 있었더니, 얼마쯤 가다가 이 여자는 또 뒤를 한 번 힐끗 돌아다본다. 그리고 자기와 나와의 거리가 불과 지척 사이임을 알고는 빨라지는 걸음이 보통이 아니었다. 뛰다 싶은 걸음으로 치맛귀가 웅이하게 내닫는다. 나의 그 또그락거리는 구두 소리는 분명 자기를 위협하느라고 일부러 그렇게 따악딱 땅바닥을 박아내며 걷는 줄로만 아는 모양이다.

　그러나 이 여자더러 내 구두 소리는 그건 자연이요, 고의가 아니니 안심하라고 일러 드릴 수도 없는 일이고, 그렇다고 어서 가야 할 길을 아니 갈 수도 없는 일이고 해서 나는 그 순간 좀더 걸음을 빨리 하여 이 여자를 뒤로 떨어트림으로 공포에의 안심을 주려고 한층 더 걸음에 박차를 가했더니, 그럴 게 아니었다. 도리어 이것이 이 여자로 하여금 위협이 되는 것이었다.

내 구두 소리가 또그닥또그닥, 좀 더 빨라지자 이에 호응하여 또각또각, 굽 높은 뒤축이 어쩔 바를 모르고 걸음과 싸우며 유난히도 몸을 일어내는 그 분주함이란 있는 마력은 다 내 보는 동작에 틀림없었다. 그리하여 또그닥또그닥, 또각또각, 한참 석양 노을이 내려 비치기 시작하는 인적 드문 포도 위에서 이 두 음향의 속 모르는 싸움은 자못 그 절정에 달하고 있었다. 나는 이 여자의 뒤를 거의 다 따랐던 것이다. 2, 3보만 더 내어디디면 앞으로 나서게 될 그럴 계제였다. 그러나 이 여자 역시 힘을 다하는 걸음이었다. 그 2, 3보라는 것도 그리 용이히 따라지지 않았다. 한참 내 발부리에도 풍진이 일었는데, 거기서 이 여자는 뚫어진 옆 골목으로 살짝 빠져 들어선다. 다행한 일이었다. 한숨이 나간다. 이 여자도 한숨이 나갔을 것이다. 기웃해 보니 기다랗게 내 뚫린 골목으로 이 여자는 횡하니 내닫는다. 이 골목 안이 저의 집인지, 혹은 나를 피하느라고 빠져 들어갔는지 그것은 알 바 없으나, 나로선 이 여자가 나를 불량배로 영원히 알고 있을 것임이 서글픈 일이다.

여자는 왜 그리 남자를 믿지 못하는 것일까. 여자를 대하자면 남자는 구두 소리에까지도 세심한 주의를 가져야 점잖다는 대우를 받게 되는 것이라면 이건 이성에 대한 모욕이 아닐까 생각을 하며 나는 그 다음으로 그 구두 징을 뽑아 버렸거니와 살아가노라면 별한 데다가 다 신경을 써 가며 살아야 되는 것이 사람임을 알았다.

〔발표지〕《문예》(1949. 9.)

〔수록단행본〕*『상아탑』(우생출판사, 1955)

수첩초(手帖抄)

서대문 우편국 앞에서였다.

커다란 보퉁이를 가지고 전차에서 내린 한 노파가 무거운 짐이라, 혼자로서는 일 수가 없는 모양으로 가슴에다가 두 손으로 잔뜩 받쳐 안은 채 전차선로를 건너서더니,

"미안합니다만 이 짐을 좀 받아 이어 주세요."

그러마는 내 승낙도 얻기 전에 노파는 그 짐을 내 가슴에 내어나 던지듯이 안긴다.

나는 말없이 짐을 받아서 꺼꾸부둥하고 머리를 내미는 노파의 머리 위에 들어서 얹었다.

"아이 신세스럽소."

인사와 같이 허리를 펴다가 그 짐이 닿았던 내 외투자락에 무언지 허연 가루가 뽀얗게 묻는 것을 노파가 보았다.

"아이구 옷을 버려서 어쩌나!"

장갑 낀 손으로 털어 보고 문질러 보고 그리고 그 무거운 짐에 눌린 머리를 두 번인지 세 번인지 숙여 가며 감사한 마음과, 미안한 마음을 거듭 표하고 간다.

나는 우편국으로 들어가 한 이십 분 가량이나 그러한 시간을 허비하여 볼일을 보고 벗을 찾아 마포 쪽을 향하여 죽첨정(竹添町)의 상가

를 끼고 걸어가고 있었다. 풍전아파트 채 미치지 못해서 복술(卜術)쟁이가 점책을 펴 놓고 앉은 가로수 아래 웬일인지 사람이 한 이십여 명이나 원을 그리고 죽 둘러섰다. 기웃해 보니 아까 그 노파가 사람성(城) 가운데서 무언지 볼 부은 소리로 흥분이 되어 지껄인다.

"——글쎄 내가 이제 개명 앞에서 그 웬 양복쟁이 녀석더러 이 보퉁이를 좀 받아 이어 달라고 했더니 그 밖에야 어느 누가 이 보퉁이에 손이나 대여 본 일이 있었기……."

나를 두고 하는 말이다. 놀라지 않을 수 없었다.

이제 그 노파가 여기서 나를 만난다면 잠잠히 그대로 있을 수는 없을 것 같다. 나는 얼른 발길을 돌려 모르는 체 휭하니 나 갈 길을 그대로 걸었다.

노파의 그 말만으로는 무엇을 잃었는지 알 수는 없으나 잃기는 분명 잃은 모양으로 그 의심을 내게다가 두는 것을 보면, 그리고 이런 노상에서 뭇 사람들을 대하야 이렇게 지껄여 내는 것을 보면 기필코 나를 붙들고 물건을 잃었으니 내라고 행악을 할 것임이 빤히 내다보이는 것같이 그게 한껏 우스우면서도 한껏으로는 겁이 나는 것이 사실이었다.

"그러니 믿을 녀석이 세상에 있나 보지? 우라질 녀석 같으니……."

이어서 들려오는 그 노파의 볼 부은 소리.

조금 전에 내게 향하여 그렇게도 감사하던 마음이 지금은 극도의 증오에 충만되었다.

나는 걸어가며 생각을 했다.

이 노파가 처음에 머리를 숙여 감사하던 그 마음과 지금 증오의 격분에 목에다가 핏대를 돋우는 그 마음과 그 어느 것이 좀더 마음의 밑을 통하여 나왔을 진심이었을 것일까를, 그리고 만일 내가 그 노파를 피하지 아니하고 대하였던들 나는 족히 그 노파와 군중을 설복시킬 재주가 있었을 것일까를……

벗

　아무리 사람의 진정한 벗이 되려고 해도 진심으로 마음을 주는 벗이 내게는 별로 없다.

　그들의 충고 가운데는 벗으로서의 충고 그것보다 제 자신을 위한 교언(巧言)이 많음을 늘 지나 본다. 내가 만일 그들에게 우러러 보이는 높은 지위에 있는 존재라면 그들은 얼마나 나를 향하여 자기를 속이며 입술에 기름을 바를 것인고? 차라리 내가 그러한 높은 지위를 못 가진 일개 평범한 인간으로 살아가게 된 것이 그들의 인격을 위하여 얼마나 다행한 일인지 모르겠다.

　사람의 아첨을 받을 때처럼 불쾌한 것은 없다. 말없이 주는 정, 그리고 말로 받기를 원치 않는 정, 그러한 정을 늘 받아 보고 싶고, 또 주고 싶다.

　이러한 사람이 내 시골에 있는 것을 보았다.

　두 사람이 다 농사를 짓는 삼십대의 꼭같은 연배로 한 동리에 살았다. 휴가일 때마다 그들은 서로 찾는다. 앉아서는 빙그레 웃는다. 웃는 것이 인사다. 그런 다음엔 계속되는 것이 무언 속에 그저 일이다.

　이따금 빙그레 서로 웃음을 바꾼다. 이 무언의 웃음의 교환 속엔 참뜻이 통하는, 그리하여 스며드는 정이 한껏 만족한 반증이다.

　어느 날 그 한 사람이 근처에서 상량(上樑)하는 구경을 갔다가 그만 올려놓았던 보가 떨어지는 바람에 다리를 치었다. 심한 상처였다.

　치료하는 월여(月餘) 동안 그의 친지는 누구나 한 번씩 찾아가는 것이 인사였다. 그것으로 친지로서의 인사는 다 되었다.

　그러나 하루에도 몇 번씩 짬이 있는 대로 밤이나 낮이나 가리는 법이 없이 무시로 찾아가서는 마주앉는, 그리하여 꾸준히 아픔을 같이하는 다만 한 사람, 그것은 오직 무언의 상대 그였던 것이다.

사람을 속이고 싶지는 않으면서도 속이게 되는 때가 있다.

내가 모사(某社)에 취직을 할 적이다.

"무엇이 제일 장기(長技)십니까?"

"주판놀음만 아니면 무어나 다 할 수 있겠습니다."

"할 수 있는 가운데서 말입니다."

"××부(部)이나 ○○부(部)가 제겐 아마 제일 적당한 부라고 생각합니다."

"글쎄 본시 지원은 그 두 부(部)에다가 하셨지만 지금은 자리가 어느 부에나 없으니까요 □□부라도 희망을 하신다면 거긴……."

"그 부엔 대개 하는 일이 무엇입니까?"

"주판은 없습니다."

"그럼 그 부에라도 무방하겠습니다."

"한번 입사를 하시면 삼 년이고 사 년이고 꾸준히 계속해서 있을 각오로 들어오셔야 됩니다."

"네 물론 일만 손에 맞는다면 그럴 각오입니다."

"네?"

그는 놀란 듯이 눈을 치뜬다.

"일이 손에 맞으면 말입니다."

"알겠습니다."

두어 번 머리를 주억일 뿐 다시는 말이 없다.

일이 손에 맞는다면 하고 내 자신 양심으로서의 책임상 솔직히 바친 그 한마디가 다 된 죽에 떨어진 코 같은 위험성을 초래하였던 것이다.

그러나 엎지른 물이라 주위 담을 수가 없다. 저쪽에서 다시는 말이 없는 이상, 이쪽에서도 그 말을 되끄집어내어 변명을 하기도 쑥스러운 일이다.

그가 말이 없으니 나도 말이 없을 밖에.

한동안의 침묵이 흘렀다.

"알았습니다. 지금 하신 말씀은 요컨대 입사를 해 보아서 일이 손에 맞지 않으면 그만두신다는 말씀이지요?"

한참 만에 입을 열더니 그 말을 집어 꺼낸다.

이 기회였다. 나는 여기서 나를 속임으로 나를 살릴 재조(才操)를 입 빨리 부리지 않으면 안 될 것을 깨달았다.

그러나 역시 내 양심은 실컷 뒤재어 본다는 것이 같은 말밖엔 더 입으로 내 보지 못했다.

"아니올시다. 일이 손에 맞는다면 삼사 년이 아니라 그 이상이라도 있겠다는 각오로 드린 말씀입니다."

"글쎄 그 말이 그 말 아닙니까. 나는 선생의 솔직한 마음을 이해는 합니다. 만은 세상사란 그렇지 않으니까 이제 □□부에 부장이 혹 묻거나 해도 그때엔 그런 말씀을 마시고 아무리 어려운 일이 있더라도 힘껏 하겠다구 그렇게 대답을 하십시오. 취직을 하려는 이가 그렇게 솔직히 이야기를 하면 어디 됩니까."

그는 이렇게 후의를 보이는 거짓말을 가르쳐 준다.

얼마 후, □□부의 부장이 물을 때 나는 가르쳐 준 그대로 그저 네네 하고 대답과 같이 머리를 숙였다.

"그럼, 내일부터 아홉시에 출근을 하시도록 하시지요."

〔발표지〕《인문평론》(1942. 1.)

〔수록단행본〕 *『상아탑』(우생출판사, 1955)

노인(老人)과 닭

이러한 노인이 있었다.

난 법 없어도 살 사람이라고 저 스스로도 그렇게 자처하고 있을 뿐 아니라 동리에서도 누구나 다 그 노인을 그렇게 알았다.

동년배로 같이 어울려 다니는 친구들도 그에게선 법 밖에 나서 사리(私利)라든가 그런 데 탐내는 눈치를 조금도 본 일이 없다고 했다.

더욱이 그 노인이 조밭에 닭 보는 것이란 유명한 것이었다. 닭이 자기네 밭에 한 번씩 들어가 다 익은 조를 녹여내는 것을 보고도 닭 임자가 보면 미안해할까 보아 닭을 쫓는다는 게 큰 소리 한 번 지르지 아니하고 돌팔매 한 번 들어 보는 일 없이 그저 "쉬— 쉬—" 하고 이랑마다 드나들며 닭을 몰아내는 것이다.

이 한 가지만으로 미루어 보아도 그 노인의 마음자리는 가히 알 수 있다는 것이었다. 콩으로 메주를 쑨대도 곧이듣지 않는 마을의 고집쟁이들도 이 노인만은 믿었다.

어느 해 여름, 그 노인이 부치는 밭 가까운 어떤 집에서 하루 닭이 두 마리나 없어졌다고 하면서 이는 필시 족제비의 소위(所爲)라고 떠들었다.

이 소리를 들은, 역시 그 노인네 밭과 연접해서 닭을 보는 어떤 아이가 하는 말이 아무개네 노인이 조밭에 닭이 들어간 것을 보더니 돌팔매질을 하고는 닭이 맞아 죽으니까 옷자락 앞섶에 감추어서 산으로 가져다가 던지는 걸 보았는데 닭 없어지는 게 그게 다 그 노인의 짓

같다고 했다.

그러나 마을의 누구도 그 아이의 말엔 귀도 기울이지 않았다. 자기가 닭을 보면서 닭을 어떻게 했달까 겁이 나서 공연히 노인을 걸어대가지고 발뺌을 하는 것이라고들 했다. 닭을 잃은 집에서도 그건 그저 족제비 장난이라고 족제비 함정을 짜 놓고 족제비를 잡으려고만 애를 썼다.

하지만 그 해 여름이 지나고 가을철이 접어들어도 닭은 여전히 없어지고 족제비는 한 마리도 함정으로 들어오지 않았다.

비로소 닭 주인은 의심을 품고 하루는 닭 보는 노인을 감시했다. 그러나 돌아가는 말대로 노인은 언제나 마찬가지로 그저 닭채를 내두르며 "쉬— 쉬—" 하고 이 이랑 저 이랑 닭을 쫓아다니며 몰아낼 뿐, 돌 같은 것 한 번 손에 드는 걸 종일토록 보지 못했다.

"그러면 그렇지 그 노인이 남의 닭을 때려 잡으려고!"

중얼거리며 완전히 의심을 풀고 돌아왔다.

노인은 군자(君子)대로 여전히 행세할 수가 있었다. 그리고 이 반면에 닭에 대한 의심은 그적엔 이 아이에게로 돌려 몰리게 되었다.

"그 자식 거 제가 닭을 잡아다가 팔아먹고 하는 사설이 분명해!"

이런 이야기를 들을 때에 그 아이는 자기의 말이 서지 못하는 안타까움이 그 얼마나 하였을까. 아니 그 곡해(曲解)에의 안타까움은……

나는 이러한 생각을 해 보고는 사실까지를 무시하게 되는 믿음의 힘, 그 힘의 위대한 데 문득 놀라곤 한다.

〔발표지〕《사진순보(寫眞旬報)》(1943)

〔수록단행본〕*『상아탑』(우생출판사, 1955)

심덕(心德)

소학교도 나오지 못한 아내를 가진 친구가 있다.

무식하면 첩경 그렇게 되기 쉬울 것이거니와 소중히 하여야 할 것과 헐하게 하여야 할 것을 분간하지 못하는 것이 연중(然中)에도 질색이라고 한다. 편지 같은 것이 문간에 떨어져도 그게 광고와 분간이 가지 못해서 혼동이 되기 때문에 중요 서류를 한 번은 분실하였기에 다음부턴 광고구 편지구 문간에 떨어진 종이쪽이면 무엇이든지 주어다가 애들의 손이 가지 않는 곳에 간직해 두라고 일렀더니, 그 이튿날의 정성이 가관이더란다. 의장 설합을 통으로 하나 내어선 그걸 편지를 모으는 그릇으로 쓰는 모양으로, 저녁에 회사에서 돌아오니,

"이게 다 오늘 온 거예요."

하며 뺄함 채로 빼어 내놓는데 보니 놀라지 않을 수가 없더란다. 편지는 한 장도 없고 보기조차 역한 광고 부스러기가 소중히 보관이 되어 있더라고.

'관상을 보러 오라는 광고'

'구두 수선 신설 광고'

'서커스단 광고'

"이거 다 아침참에 온 거예요."

온 시각까지 일러주는 정성이었으나, 입맛이 써서 아무 말도 아니하고 한숨과 같이 돌아앉으니 아내는 무슨 또 실수나 한 줄 알고,

"이것밖엔 온 게 없어서요. 저녁엔 한 장도 없구요."

하고 오늘은 여간 소중히 간수한 것이 아닌데— 하는 태도로 자신 있게 정색을 하더란다.

"이런 무식엔 참……."

하고 그는 머리를 주억거렸다.

"이혼해야 쓰겠군 그래?"

농을 부쳤더니,

"아아니 그야 될 말인가. 무식하긴 해두 그 아름다운 심덕이 그까짓 유식 볼 줴지르네."

한다.

"그래 그게 이충기대(異充其代)는 되는 셈인가?"

"되구두 남지. 글쎄 이웃에서 칭찬을 받는 사람이라군 집사람뿐이라면 더 할 말이 없지 않은가."

"괜히 이혼할 차비가 되지 못하니까 그런 자위라도 가져 보는 것이겠지 뭘 그래."

"참 젊었을 땐 자위책으로 참고 견딜 그 무슨 미점(美點)이 없을까 그런 걸 찾아보려고 애를 써 보았네만은 뭐 그게 자연 나타나며 마음을 붙들더군 그래. 사람이란 결국 심성이 무던한 데 있는 것 같아, 그저 그게 마음을 사거든. 이 이웃에서 내 아는 가운데선 보통학교 맞이나 만은 못 본 아내를 가진 이가 없지. 그러나 이거 보게, 이웃 늙은 이들이 나보구 하는 말이 아 선생은 어떻게 그렇게 심덕이 무던한 부인을 맞었누? 게다가 못 하는 일이 없구 침공(針工)은 좀 잘하는 것 말이지. 그것도 아마 다 선생 복이신가 봐 하고 이렇게 인사는 해두, 원 아무개 부인은 무식해서…… 하고 아내나 나를 헐려고 하는 말은 내 여지껏 들어 본 일이 없으니 사실은 소중한 아내일세. 그렇지 않으면 실수 없는 사람이 어디 있나? 난 그저 그 관상 광고니 구두 수선 광고니 하는 걸 무슨 중요한 서신인 것처럼 간직했다가 내어놓은 것이 우스워서 해 본 말이지—."

〔발표지〕《사진순보》(1943)
〔수록단행본〕 *『상아탑』(우생출판사, 1955)

계란(鷄卵)

전차를 타면 자리에 앉기를 그리 즐기지 않는 나이었건만 그날은 몸이 좀 피곤해서 하차할 거리도 멀고 하여 자리를 엿보아 앉았다.

그러나 일단 앉고 보니 뉘 집 심부름아이인 듯한 열셋이나 그렇게밖에는 안 되어 보일 계집애 하나가 무엇인지 꽤 무거워 보이는 보퉁이를 조심히 두 손으로 받쳐 가슴에다가 안고 내 옆에 서서 심히 거북해한다. 짐은 놓고 서 있으면 그런 거북함만은 없을 것인데 그대로 들고만 서 있을 차빌 하는 걸 보면 필시 아무 데나 막 놓아서는 안 될 무슨 그런 중요한 것이 들어 있음이 틀림없었다.

"너 여기 앉고 그 보퉁이는 무릎 위에다 놓아라."

보다 못해 나는 일어서며 그 계집애에게 자리를 권했다.

"아니에요, 어서 앉으세요."

계집애는 그럴 수가 어디 있느냐는 듯이 힘있게 몸을 흔들어 보인다.

"어서 앉아라 무거운데."

"괜찮아요 전. 어서 선생님 앉으세요."

"어서 네가 앉아."

"아니에요."

"앉으래도."

계집애는 곧장 사양을 하면서 해몰해몰 웃기만 한다.

하는 양이 아무리 해도 그 계집애는 내게 대한 미안을 무릅쓰고 그 자리에 앉을 예를 잃지 않으려고만 하는 것 같았다.

그러나 일단 일어서 권하던 나이니 그 계집애가 앉지 않는다고 해
서 나 또한 그 자리에 다시 밑을 댈 수는 없었다.
"어서 앉아. 뭐 미안해서 그러니?"
그냥 권하여 보는 것이었으나 계집애는 여전히
"어서 앉으세요, 선생님."
하고 고집이다.
서로 이렇게 자리를 사양하는 판인데 새까만 오버 자락이 내 옆 좁
은 틈을 비비고 뚫더니 그 자리에다가 커다란 엉덩이를 쑥 들이댄다.
보니 바로 우리 옆에서 처음부터 우리들의 하는 이야기를 흥미가 있는
듯이 듣고 있던 그 신사다. 나도 그 계집애도 다 그 자리에 앉지를 않
고 비워 둘진댄, 누구든지 그 자리에 앉음으로 피로를 푸는 것이 마땅
한 일이기는 하나 이 자리는 보통 남아 있는 그런 자리와는 성질이 좀
다른 자리임을 안다면 반드시 사양의 여유가 있어야 할 것이다. 자리
를 빼앗겨서가 아니라 그 예의에 눈 어두운 소행이 실로 불쾌했다. 승
편치 않는 눈이 떠진다. 그 계집애의 눈도 역시 메밀 알이 되어서 힐
끗힐끗 신사를 쏘아보다가는 내 편을 향하여 돌린다. 이렇게도 뻔뻔한
사람이 세상에 또 있을까 하는 내 동의를 구하는 눈치에 틀림없었다.
그러나 그것은 스스로의 자위요, 그 일순 후엔, 나나 계집애나 다
같이 서로 그 자리를 권할 권리를 잃고 어이없이 제각기 바라만 보는
것이 우리들의 예의요 인사였을 뿐인데. 차가 그 다음 정류장에 머무
르려 할 즈음,
"헹이!"
계집애는 닝큼 뛰며 울상이 된다.
보니 그의 가슴에는 이제껏 안고 있던 보퉁이가 없다. 떨어뜨린 것
이다. 하얀 보 밖으로는 걸쭉한 물이 스며 나오기 시작한다.
계집애는 떨어뜨린 보를 다시 주워 들으려고도 아니하고 여전히 울
상이 된 채 그것만 한심하게 내려다만 보고 있다.

"뭔데 깨졌나 보구나?"

"계란이에요. 다 깨졌을 걸 어떻게 집으로 들어가요, 욕먹을 텐데!"

하얀 눈물이 두 눈에서 쑥 나온다.

가까운 주위의 시선이 다들 이리로 몰린다. 신사의 눈도 분명히 여기에 호기심을 가지고 빗겼다.

나는 지금도 보는 듯하거니와, 그 신사의 눈도 다른 주위의 눈들과 같이 능히 깨어진 계란을 바라볼 수 있는 대담성에 놀랐다.

〔발표지〕《사진순보》(1943. 12.)

〔수록단행본〕*『상아탑』(우생출판사, 1955)

동정(同情)

어느 과자집에서다.

십칠팔 세의 고학생이 책을 한 아름 안고 들어오더니, 문 안에서부터 차례로 손님 앞에마다 걸음을 세우고는 모자를 벗고 그리고 예를 하고 책을 쭉 펴 놓고 재학증을 내보이며 판에 박은 듯이

"고학생입니다. 한 권만 팔아 주세요."

하고 애원을 한다.

그러나 누구 한 사람 응하지 않는다. 나도 응하지 않았다. 볼 만한 책이 없었다. 볼 것 없는 책을 돈 주고 사서 버릴 수는 없는 일이었다.

"필요 없으니 딴 데 가 보시오."

나 역시 남과 같은 말로 응대하는 아량밖에 없는 사람이었다.

입맛이 쓴 듯이 아무 말 없이 고개를 끄떡 하고 물러난 학생은 순차(順次)인 내 옆 좌석으로 돌아선다.

거기엔 스물한둘 가량의 양장한 여인이 열두세 살 쯤의 자기 동생인 듯한 그렇게밖에 안 보이는 어린 여자와 마주앉아 아이스크림에다가 생과자를 찍어 먹고 있었다.

"책이오?"

하고 그 여인은 학생이 펼쳐 놓은 책은 보려고도 아니하고 고개를 들어 실내를 한 바퀴 쭉 둘러 살피더니,

"여기 앉아요."

하고, 자기 뒤 빈 좌석에 그 학생을 앉히고 불쑥 일어서 과자 열대

로 나가더니 먼저 돈을 치르고 아이스크림 한 그릇에, 구리만두 한 개를 손수 가져다 학생 앞에 놓으며,

"다니기 더울 텐데 좀 요기나 해서 가요, 응?"

앉으라니 멋모르고 앉았다가 이 의외의 환대에 놀라는 듯이 학생은 넝큼 일어서며,

"아니에요!"

"어서 앉아요. 앉아서 먹고 책은 다른 데 가서 팔면 되잖아요."

좌석의 눈도 둥그래졌다. 십여 인 손님이 하나같이 거절해 오는 이 고학생을 이 젊은 여인이 유독 이렇게도 동정을 베푸는 것이다.

내 시선도 그리로 쏠렸다. 이 여인이 고학생을 위한 지극히 범속한 용단에 나도 아니 놀랄 수 없었던 것이다.

구걸하는 거지의 애원에 이것밖에 가진 것이 없다고 손을 내밀어 악수를 청하는 투르게네프의 그것과는 이건 다르다. 학생은 책을 팔아 주기 원했다. 그리하여 거기서 버는 할인으로 학비를 얻자는 것이 목적이었다.

그런 줄을 그 여인도 응당 모를 것이 아니련만, 책을 팔아 주지 아니하고 아이스크림을 대접하는 환대를 베푼다. 책도 비싼 것이 아니었다. 대개가 7,80원짜리 만화요, 가장 고가인 듯하게 보이는 것이 120원짜리 『유관순전』이었다. 아이스크림 한 잔에 80원, 구리만두 한 개에 30원. 그 값이 110원이면 80원짜리 만화 한 권을 팔아 주는 것이 도리어 이로웠다. 학생의 원은 원대로 들어주면서도 이로운 책은 아니 팔아 주고 손해를 보면서까지 구태여 아이스크림을 사서 대접하는 이 여인의 심리는 과연 어디 있었던 것일까. 사서 볼 만한 책이 없으면 아이스크림 대신에 그만한 대가를 현금으로 주는 편이 이 학생으로선 보다 더 긴요할 것은 더 말할 필요도 없을 것이다. 이건 결국 그 고학생을 위한 동정에서라기보다 자기 자신의 향락을 만족시키기 위한 동정에서임이 틀림없을 것이다. 밥이 없어 허덕이는 친구에게 단 돈

10원의 청은 무가내하(無可奈何)로 거역하면서도 담배 한 대 술 한 잔은 싫대도 부득부득 권하는 속세인정(俗世人情)에 조금인들 다를 것이 무엇이랴. 동정이라는 것이 흔히 상대방을 위해서보다 자기 자신의 명예나 자존심을 위해서 베풀어지듯이 이 여인의 동정도 이런 예에서 조금도 벗어나는 것이 없는 것 같다.

그 학생이 아이스크림을 받아서 먹기는 먹으면서도 그 대신에 이것이 현금이었다면 하고 마음 아쉽게 여겼다면 이 여인의 모처럼의 동정은 아무런 의의도 지녀진 것이 없지 않을까 하는 생각에 나는 그 여인이 다시 한 번 더 쳐다보여졌다.

〔발표지〕《개벽》(1948. 7.)

〔수록단행본〕 *『상아탑』(우생출판사, 1955)

말

한 사람이 말 세 필을 몬다. 구공탄 스무 상자를 실은 조랑말이다. 그걸 니리니리 연해 세워 놓고는 맨 앞의 말 하나만 고삐를 붙들고 뒤엣 말들은 욕으로 위협을 하여 가며 몬다.

하루의 일이 지리할 때도 된 석양인 데다 얼었다가 녹은 길은 어지간히 진 것이 아니다. 차바퀴가 푹푹 잠겨서 말들은 그것을 끌어내기에 있는 힘을 다하는 듯이 목들을 내저으며 터벅신다.

그래도 차부(車夫)는 말의 그 걸음에 만족하지 못하는 모양이다.

"이 염병을 하다가 자빠질⋯⋯."

중얼거리며 돌아서더니 냅다 악 소리를 지른다.

"야악!"

뒤의 말이 떨어진 것을 본 것이다.

악 소리에 이 말은 흠칠 놀라며 고개를 번쩍 든다. 그리고 분주히 속력을 내 본다. 그것이 아마 제게는 죽어라 하고 있는 힘을 다 내 보는 모양 같았다. 그러니 그 힘이 제대로 꾸준히 계속될 원기가 있을 리 없다. 여전히 앞엣 말을 따르지 못하고 가다가는 떨어진다.

"야악!"

"야악!"

떨어질 때마다 차부는 무섭게 눈알을 흘기며 장작개비를 얼메여 위협을 한다.

그러나 그저 악 소리를 들을 그때일 뿐, 말의 걸음은 매한양이다.

픽 돌아서기가 무섭게 장작개비는 말의 가는 잔등을 후려친다. 말은 네 굽을 들었다 놓는다. 타악타악타악 장작개비는 세 번인지 네 번인지가 사정없이 연거푸 같은 자리에 떨어진다. 말은 장작개비가 번쩍 올라갈 때마다 떨어질 그 매의 무서움을 생각하고는 흠칠하고 네 굽을 들곤 한다.

"아이 가엾어!"

"정말이다. 아이 가엾어라아!"

어깨에 가방을 짊어진 국민학교 6년인 듯한 계집애 둘이 지나가다가 이것을 보고 걸음을 멈춘다.

말은 눈을 껌벅껌벅하며 말없이 그 매를 순종하고는 다시 걷기를 시작하였으나 이제라고 없는 힘이 생기는 수는 없다. 말의 걸음은 한결같이 차부의 만족을 사지 못했다.

"야악!"

장작개비는 다시 말 잔등을 후린다. 말은 인제 네 굽을 들 기력도 없는 듯이 그러나 아픔만은 느낄 수 있는 듯이 그리고 그것을 강잉히 참는 듯이 목을 좌우로 내두른다.

"야악!"

장작개비는 또 올라간다.

"아이 또 때린다아!"

"사정없는 사람두!"

계집애들은 말의 아픔을 같이 아파하는 듯이 일제히 낯을 찡그린다. 그리고 한참이나 바라보고 섰더니 한 아이가 다른 한 아이의 팔소매를 끌고 차도로 내려서 그 경을 치는 말의 차바퀴 뒤로 돌아가 붙든다. 차를 밀어 말의 힘을 도와주려는 의사임이 틀림없었다.

그러나 차부는 항용 있는 애들의 버릇인 매어달려서 끌려오는 그런 장난으로만 안 것이다.

"경칠 계집애들이……."

눈을 부릅뜨고 우뚝 마주선다.

계집애들은 겁을 집어먹고 어쩔 줄을 모르게 불이 나서 인도로 뛰어오른다. 그리고는 다시는 더 차바퀴에 가 붙을 생념을 내지 못하고 걸어가며 무어라고 저희들끼리 재잘거리다가는 그 말과 말꾼을 둘러 살피곤 한다.

"야악!"

별안간 말꾼은 또 소리를 지른다. 애들은 걸음을 멈칫 세우며 눈을 그리로 쏜다. 말꾼의 손에는 그 버리지 못하고 들고 가던 예의 장작개비가 힘있게 번쩍 높이 들여 있음을 보았다. 이것을 보는 순간 저 매가 떨어지면 하는 애처로운 생각은 그 애들로 하여금 말꾼의 그 우직한 눈초리의 두려움도 헤아릴 여지가 없었던 모양이다. 한 아이가 뿌르르 달려 내려가 차바퀴 뒤에 또 가 붙으니 한 아이가 마저 덧달려 간다.

"이 경칠 계집애들까지 오늘은 또 성화야!"

"아니에요, 우리는 밀어 줄 테예요."

"아니 못 비킬 테냐?"

차부는 장작을 얼멘 채 성큼 한 발자국 나선다. 애들은 다시 인도로 뛰어 올라온다. 차부는 단단히 애들을 쫓아 버릴 모양으로 인도로 올라서는 그들의 뒤를 연해 따른다. 애들은 한참이나 그냥 뛰다가 몸을 피하여 골목길로 빠져 들어간다.

이 애들이 그 말의 정경을 보고 다시 골목길을 나와 끝가지 말을 위하여 본의를 다해 싸웠는지 나는 그대로 그 마차의 뒤를 따라오며 그 아름다운 풍경에 끝까지 눈을 머무르고 있을 그럴 시간의 여유가 없어 나 갈대로 갈 길을 달리지 않을 수 없었던 것이, 지금도 생각하면 아쉽거니와, 그 어린 소학생들의 참을 수 없어 하는 순진한 마음씨, 그 아름다운 마음씨를 이제껏 잊을 길이 없다. 언제든지 거리에서 구공탄 구루마를 끄는 조랑말을 보기만 하면 그 깜정 두루마기에 책가방을 짊어진 그 어린 소학생들이 보이고 그러한 학생들을 볼 때마다 구공탄 구루마를 끄는 조랑말이 또한 눈앞에 나타나서는 묵은 기억을 되살리곤 한다.

우직한 차부의 사정없는 그 매, 그 매를 말없이 순종하는 그 말, 그 말의 정경을 차마 그대로는 보지 못하는 티없는 어린 마음—그것은 분명히 거리에 핀 아름다운 꽃이었다.

〔발표지〕《건강생활》(1941. 1.)

〔수록단행본〕 *『상아탑』(우생출판사, 1955)

집

집을 사는 것처럼 곤란한 게 없다.

무슨 모양이라든가, 허우대가 좋은 그리고 굉장한 집을 택하는 데서가 아니라 실용적인 것을 찾자니 오히려 그런 게 그리 어렵다. 달포를 두고 골라 보았어도 이렇다 눈에 드는 집이 나서질 않는다. 대가는 얼마든지 무작정하고 골라 보았으면 혹 있었을는지 몰라도 내가 견준 칸수의 집으로선 근 백 채를 보아 왔어도 모두 그것이 그것 같은 것들이었다.

본시 내가 있던 집을 판 것도 그 때문이었거니와 사람의 거처를 위하여 지었다는 것보다는 한 개의 상품으로 그저 돈만을 염두에 두고 지었다고 보는 것이 옳을 정도의 그러한 집들이었다.

쓸모라면 그건 살림살이에 따라 각기 다를 것이로되 통풍채광만은 건강에 절대한 조건이므로 주택에는 으레 그것이 따라야 할 요건이요, 하루라도 결해서는 아니 될 물이 또한 그에 못지않은 요건의 하나임은 더 말할 나위도 없을 것이다. 그래서 내가 요구한다는 집도 첫째 이두 조건의 충실에 있었다.

그러나 통풍과 채광이라는 것은 전연 고려치도 않고 문과 주위는 어찌되었든 그저 그 일정한 건평 위에 어떻게 하면 다만 한 칸이라도 방을 더 세워 칸수를 늘려 볼까 하는 설계에서 지은 집이라는 것이 보는 집마다 드러난다.

한 주춧돌 위에다 기둥 둘을 세우고 옆집 벽이 내 집 벽이요 내 집

벽이 옆집 벽이 되는 집과 집이 맞붙어 놓은 집까지 있다. 그러니 남의 집과 남의 집 사이라 뒷창을 내는 수가 없어 창이라고는 다만 출입하는 정면의 그 소위 출입문이라는 것 하나밖에는 내어 놓지를 않았다. 이러한 칸수 배치에 어떻게 우연히 볕이 들게 되는 방이 혹간 한 방씩 있게 되고는 일년 열두 달 가야 하루도 볕을 못 보게들 되었다.

그리고 기둥은 제대로 세우고 지었다고 하는 집들도 그 기둥과 기둥 사이가 불과 일 척 미만이어서 장님 눈 뜨나 감으나 격으로 뒷창을 내었대야 역시 눈홀림이요 볕 한 줄기 바람 한 점 들어올 틈이 없다. 게다가 추녀 끝에는 낙수물받이의 차양을 달아 놓아서 하늘조차 보이지를 않는 것이다.

그러나 그것도 완전하면 볕은 못 들어와도 위험성은 없을 것이, 이건 좌우 두 집의 차양을 그 한복판에다가 달아 놓고 두 집의 낙숫물을 한 곳으로 받아내게 만들었으니 함석의 이음을 땐 납의 힘이 충분히 그 두 집 물의 중량을 받아낼 능력이 모자라서 차양은 이은 짬마다 떨어져 낙숫물이 그 뒷벽과 기둥으로 흘러내려 뒷창을 열고 살피어 보면 뒷벽이 아니 무너진 집이 별로 없고 뒷벽이 무너진 집이면 개개(皆皆) 기둥은 썩었다. 비는 맞고 볕은 못 보고 썩을 수밖에 없는 것이 당연한 일이었다. 뒤가 저렇게 썩었으니 방안에도 물론 이상이 있으리라 짐작하고 방안을 또 기웃해 보면 곰팡내가 코를 찌른다.

정면으로 보면 아직 칠도 노랗게 그대로 있는 멀쩡한 집들이 이 모양이기에 대체 몇 해나 되었기에 하고 마루로 올라서 용마루의 건축 연대를 살피어 보면 다들 불과 5, 6년 안짝에 지은 집들이다. 그런데도 수명은 다들 앞으로 몇 해가 안 갈 것 같다.

그래도 이러한 집에 들어서게 되면 남의 집과 벽이 맞붙질 않았다고 복덕방의 기세는 자못 높은 것이었다.

"이 집은 뒤가 돌았습니다. 아주 시원하죠. 겨울이면 장작도 그 뒤에 한 수레는 들어갑니다."

아닌 게 아니라 벽이 맞붙어 옆집 변소가 내 집 안방 벽이 되어 있는 이런 집보다는 아니 나을 수가 없긴 없다.

땅을 아껴도 분수가 있는 것이지 이렇게도 거처 본위로 되어 있지 않는 집이 들어서는 집마다 거의 다인 것을 보고는 참으로 놀라지 않을 수 없었다.

그리고 물의 설비가 완전한 집도 별로 없었다. 이러한 유의 집들이면 수도는 으레 없고, 대개가 우물이 아니면 펌프인데 우물이 있다는 집도 위명(爲名)만 우물이지 물들이 여간 바르지 않다. 한 자나 두 자쯤만 더 깊이 파서도 그렇지는 않을 것을 물빛만 보이면 남의 눈을 가릴 수가 있다고 노깡통만을 집어넣어 놓았다. 그리고 펌프라는 것이 또 우습다. 우물도 파지 않고 그대로 땅 위에다가 파이프를 내려 꽂고는 그 옆에다가 하수도 구멍을 내어 놓았다. 그러니 그 펌프물이 완전할 리가 없다. 밑바닥에 저수(貯水)가 없으니 불과 몇 바케쓰에 수량이 끊이고 말 뿐 아니라, 땅 밑바닥을 빨아올리기 때문에 모래가 언제나 그냥 묻어 올라온다.

그러나 그것도 몇 해만 지나면 하수도의 노깡에 고장이 생겨서 영락없이 그 하수도 물이 우물로 흘러들어 그나마 물이 더럽기 짝이 없이 된다. 그래서 이걸 폐정(廢井)으로 버려두고 물 가난을 보는 집은 오히려 안심이나 되거니와 이런 것을 모르고 그냥 그 물을 음료수로 전과 다름없이 쓰고 있는 집도 없는 것이 아니었으니 실로 보는 바 딱도 한 사정이었다.

그러나 복덕방은 그저 칭찬이다.

"우물이나 펌프가 사실은 수돗물보다 낫습니다. 여름에 차고 겨울엔 덥고…… 또 물맛이나 좀 좋습니까?"

복덕방의 말을 신청(信聽)하여서가 아니라, 마땅한 집이 없으니 알고도 사는 수가 없지 않아 있게 된다.

그러니 보건 조건(保健條件)이 불비한 이런 집에 마음이 가라앉을

리 없다. 기회를 보아서는 다시 팔려고들 한다.

왜들 자리를 한 곳에 못 붙이고 비용을 들여 가며 짐을 싸지고 떠돌아다니는 것일까 하였더니 이제 이러한 것을 알고 보건대 대부분의 원인이 여기에 있는 것이 아닌가 생각된다.

볕도 못 보는 지옥 같은 방안에서 기거를 하며 이 불결한 구정물을 먹고 그 집에 들어 사는 사람들은 참으로 가족들의 건강이 아니 근심될 수 없을 게다. 사람의 일생에 있어 건강에 으뜸가는 복이 없다고 하거늘, 건강이란 조금도 고려치 않고 지은 집들.

이 집들의 건축주들도 응당 제 손으로 제 집들을 지었으려니 하면 그리하여 그들도 다들 이러한 집들을 쓰고 이러한 방에 들어앉아 이러한 물을 먹고들 살까 하는 생각이 들며 그들의 살림집들이 은근히 한 번씩 보고 싶어진다.

〔발표지〕《건강생활》(1941)

〔수록단행본〕*『상아탑』(우생출판사, 1955)

손

종이에 손을 베였다.

보던 책을 접어서 책꽂이 위에 던진다는 게 책꽂이 뒤로 넘어가는 것 같아 넘어가기 전에 그것을 붙잡으려 저도 모르게 냅다 나가는 손이 그만 책꽂이 위에 널려져 있던 원고지 조각의 가장자리에 힘껏 부딪쳐 스쳤던 모양이다. 선뜩하기에 보니 장손가락의 둘째 마디 위에 새빨간 피가 비죽이 스미어 나온다. 알알하고 아프다. 마음과 같이 아프다.

차라리 칼에 베였던들, 그리고 상처가 좀 더 크게 났던들, 마음조차야 이렇게 피를 보는 듯이 아프지는 않을 것이다.

나는 칼 장난을 좋아해서 가끔 손을 벤다. 내가 살아오는 40년 가까운 동안 칼로 손을 베어 보기 무릇 수백 회는 넘었으리라 안다. 그러나 그때그때마다 그 상처에의 아픔을 느끼었을 뿐, 마음에 동요를 받아 본 적은 없다.

그렇던 것이 칼로도 아니고, 종이에 손을 베인 이제, 그리고 그 상처가 겨우 피를 내어도 모를 만치 그렇게 미미한 상처에 지나지 않는 것이건만 오히려 마음은 아프다. 종이에 손을 베다니! 종이보다도 약한 손, 그 손이 내 손임을 깨달을 때, 내 마음은 처량하게 슬펐다.

내 일찍이 내 손으로 밥을 벌어 먹어 보지 못했다. 선조가 물려준 논밭이 나를 키워 주기 때문에 내 손은 늘 놀고 있어도 족했다. 다만 내 손이 필요했던 것은 펜을 잡기 위한 데 있었을 뿐이다. 실로 나는 이제껏 내 손이 펜을 잡을 줄 알아, 내 마음의 사자가 되어 주는 데만 감사를 드리고 있었다. 그리고 그 펜이 바른손의 장손가락 끝마디의 왼모에 작은 팥알만한 멍울을 만들어 놓은 것을 자랑으로 알고 있었다. 글 같은 글 한 줄 이미, 써 놓은 것은 없어도 그것을 쓰기 위한 것이 만들어 준 멍울이래서 그 멍울을 나는 내 생명이 담긴 재산과 같이 귀하게 여겼다. 그리고 그것은 온갖 불안과 우울까지도 잊게 하는 내 마음의 위안이기도 했다.

그러나 그 멍울 한 점만을 가질 수 있는 그 손은 이제 확실히 불안과 우울을 가져다준다. 내 손으로 정복해야 할 그 원고지에 도리어 상처를 입었다는 것은 네가 그 멍울을 자랑만으로 능히 살아 나갈 수가 있느냐 하는 그 무슨 힘찬 훈계와도 같았던 것이다.

아닌 게 아니라, 내 손은 불쏘시개의 장작 한 개비도 못 팬다. 서울로 이사를 온 후부터는 불쏘시개의 장작 같은 것은 내 손으로 패야 할 사세인데 한 번 그것을 시험하다가 도끼자루에 손이 부르터 본 다음부터는 영 마음이 없다. 그것이 부르터서 튀어지고 또 튀어지고 그렇게 자꾸 단련이 되어서 펜의 단련에 멍울이 장손가락에 들듯 손 전체에 굳은살이 쫙 퍼질 때에야 위안이던 불안은 다시 마음의 위안이 될 수 있을 것이련만, 그 장손가락의 멍울을 기르는 동안에 그러할 능력을 이미 빼앗기었으니 전체의 멍울을 길러 보긴 이젠 장히 힘들 일일 것 같다.

그러나 역시 그 손가락의 멍울에 불안은 있을지언정 그것이 내 생명이기는 하다. 그것에 애착을 느끼지 못하게 되는 때, 나라는 존재의 생명은 없다. 나는 그것을 스스로 자처하고도 싶다.

하지만, 원고지를 정복할 만한 그러한 손을 못 가지고 그 원고지 위에다 생명을 수놓아 보겠다는 데는 원고지가 웃을 노릇 같아, 손을 베인 후부터는 그게 잊히지 아니하고 원고지를 대하기가 두려워진다. 도끼자루에 손이 부르터 본 후부터는 그것을 잡기가 두려워지듯이 그렇게…….

〔발표지〕《문장》(1941. 3.)
〔수록단행본〕*『상아탑』(우생출판사, 1955)

방서한(放書恨)

　　바람이 살랑거리니 바깥보다는 방안이 한결 좋다. 밤의 방안은 더욱이 마음에 든다. 등하(燈下)에 책상을 기대앉으면 마음이 폭 가라앉는 것이 무엇인가를 자연히 사색케 한다. 등화가친(燈火可親)이라는 말이 있거니와 등화(燈火)를 친하지 않고는 견딜 수 없는 것이 겨울밤인 듯싶다.

　　저녁을 치르고 일순의 산책이 있은 다음 불을 켜고 고요히 방안에 들어앉으면 내 마음은 항상 무엇에 그렇게 주렸는지 공허한 마음이 저도 모르게 그 무엇인가를 찾기에 바쁘다.

　　그러나 그것은 언제도 찾을 수 없는 그 마음이다. 찾아질 리 없다. 허나 그것을 못 찾는 마음은 우울하기 짝이 없다. 나이 인제 사십의 고개턱에 숨이 차게 되었으니 인생의 감상 시절은 지났다고 보아도 좋으련만 내 마음은 무엇을 찾기에 그리 늘 우울한지.

　　언제나 나는 내 마음에서 그 무엇인가를 찾다 못 찾으면 그것을 서적에서 찾으려고 애를 쓴다. 그 어떠한 책 속에는 족히 내 공허한 마음을 채워 줄 그러한 무엇이 들어 있을 듯만 싶은 것이다. 그래서 멍하니 앉아서 생각을 더듬다가는 벌떡 일어서 서가로 달리어가는 버릇이 있다.

　　하지만 지금 단칸셋방의 객사인 내 집엔 서가(書架)는커녕 책조차 비치한 것이 없다. 좋거나, 나쁘거나 그저 얻을 수 있었던 몇 권의 책이 책상 위에 놓여서 있을 뿐, 마음을 끄는 책이라고는 단 한 권도 없다. 책, 지극히 책이 그립다.

고향의 내 서재로 마음을 달린다. 여섯 층으로 된 천정을 찌르는 높다란 서가가 눈앞에 보인다. 거기에 빈틈없이 질서 있게 나란히 책들이 가득 꽂혀 있다. 그러나 그것도 팔아먹고 남은 나머지다. 그것들의 책에 구미가 동할 리는 더군다나 없다.

나는 또 장 속에 처박아 둔 2, 3의 서가를 연상해 본다. 몹시 마음이 허전하다. 한 번씩 눈을 거쳐는 보았다고 해도 내 마음을 살찌워 준 것이 그것들이었다. 그것이 이제 궁여(窮餘)의 일계(一計)에서 담배연기로 화해 버리고 빈 서가만 남았거니 하니 마음의 공허가 더욱 심절하다. 어쩐지 그 빈 서가는 내 자신인 듯도 싶게 내 마음의 공허함을 느끼듯 공허함을 느끼는 것 같은 것이 알뜰히 걸린다. 그 서가에 가득하던 천여의 부수를 다시는 채워 보지 못할까, 아득한 생각이다. 그 부수를 다시 채우기만 하면 그래도 그 속에는 내 마음의 공허도 채워질 그러한 부분이 있을 듯만 싶은데 이제 그것을 임의로 할 수 있을 여유의 생각조차 맺지 못하니 내 자신은 이젠 아무렇게나 장 속에 던져 둔 서가와도 같다는 생각이 들며 서글프기 짝이 없다.

그리하여 영원히 채울 길이 없는 그 서가와 같이 내 마음속에도 티끌과 거미줄만이 쌓이고 끄슬리는 가운데 나날이 낡아 빠지는 것만 같다.

밤마다 등하에 고요히 앉기만 하면 나는 마음의 공허를 이렇게 느끼고 마음의 구석구석 들어차는 티끌 속에 케케묵어 가는 나라는 인간의 존재를 내다보고는 어이없이 웃어 보곤 한다.

〔발표지〕《문장》(1948. 12.)
〔수록단행본〕 *『상아탑』(우생출판사, 1955)

실직기(失職記)

아침 여덟시 치는 소리를 그대로 이불 속에서 무시하고, 한껏 단잠
에 취해도 출근에의 초조가 없어 좋다.

정성을 다하여 마음껏 일에 힘을 들여도 그 성의가 무시되는 데 불
쾌함이 없어 좋고, 사사(私事)에 일을 쉬게 돼도 주위의 사안(斜眼)에
미안을 느낄 필요가 없어 좋다.

자식들의 학비에 쪼들려도 실직을 빙자로 없다는 대답이 헐히 나와
좋고, 원고 아니 모이는 걱정, 책이 늦어질 걱정, 기사 쓸 걱정, 검열
걱정, 다 안 해도 좋다.

나는 이즘 산마(山馬)와 같이 마음의 자유를 행사한다.

밤이 깊은 줄도 모르게 독서와 사색에 마음껏 잠겼다 늦어진 잠이
이튿날 오정을 넘어도 거리낄 데 없고, 진종일을 거리로 싸다녀도 내
자유를 구속하는 건 오직 ‘고·스톱’밖에 없다.

한밤 동안 우리 안에 갇히었던 병아리가 오력(五力)을 펴느라고 마
음껏 날개를 펴고, 마당이 좁다 춤을 추며 돌아가듯이, 나도 거리가
좁다 활개를 펴고 돌아간다. 이것이 나의 굶주렸던 생에의 욕구이었던
가 싶다.

자유의 아름다움——그것이 한껏 아름다울 때 내 생은 빛나며 있을
것이 아닐까? 비로소 생존에의 영역을 벗어나 생활에의 문을 두드리는
도중에 선 것 같은 감이 조금도 아쉬움 없이 실직에의 위무(慰撫)를
준다.

더욱이 밤과 자유──나는 이 밤의 자유에 얼마나 주렸던 것인고. 만뢰(萬賴)가 잠든 고요한 밤, 혼자만이 앉아서 주위의 의식 없는 숨소리를 들으며 마음껏 정신을 가라앉히고 책상을 기대어 좌우에 쌓아 놓은 애서(愛書)의 탐독에 자신을 잊는 여유와 자신을 찾는 사색에 이튿날의 늦잠에도 근심을 잊는 자유 그것은 더할 수 없는 나의 행복을 말하는 시간이다.

읽고 싶은 책에 손이 멎을 여유를 못 가지는 때처럼, 자신을 찾는 마음에 시간의 초조가 방해를 하는 때처럼 고민인 것은 없다.

나는 이제 여기에 자유를 가졌다.

서적의 유혹에 가난한 지갑귀를 긁키우고, 창작에의 유혹에 어찔하도록 사색이 붙들어도 오히려 싫지 않다. 내 마음은 제멋대로 살쩌 볼 욕망에 불붙고 있는 것이다.

작가의 침묵이란 결국은 고민의 표백인 것이다.

그 어떤 비약을 꿈꾸고 자진하여 사색 속에 깊이 침묵을 지키게 된다 하여도 그것이 창조충동의 제어인 점에선 역시 마찬가지의 고민일 것이거늘, 하물며 주위의 사정이 그것을 허치 않음에랴. 작가가 직업을 아니 가져서는 안 되는 때처럼 비극은 없을 것이다. 지난날에 있어서의 나와 직업은 참으로 우울 그것이었고, 고민 그것이었다.

그래도 다른 것과는 달리 비교적 창작과는 인연이 가까웠다고 볼 수 있는 붓노름이 직업이었건만 그것이 창조적인 참을 수 없는 그 무슨 충동에서의 그러한 붓이 아니었고 그날이 그날 같은 기계적으로서의 역할에 아니 충실할 수 없는 직업적 책임이 정력에의 소비, 붓끝에의 권태를 아쉬움 없이 가져다 주어 여극(餘隙)에의 이용에도 실로 창작에의 붓은 들리지 않았다.

이제 직업과 같이 눌리었던 창작에의 만만한 야심──그것은 마치 눌러도 눌러도 기어코 땅속을 뚫고 나와 마침내 아름다운 꽃을 피어내고야 마는 한 떨기의 봄풀과 같이 누르려야 누를 수 없는 형세로 해직

(解職)조차 기회를 만난 듯이 머리를 들고 일어선다.

나는 이제 이것을 어느 정도까지 살려 가며 만족해 볼 것인가. 녹슨 붓끝, 사색에의 둔감, 표현에의 치졸은 끝없는 수련을 요해 마지않건만 철없이 서두는 참을 수 없는 충동, 두려운 붓대를, 부끄러운 붓대를 나는 다시 들어야 되나 보다.

신문사가 깨어져 한가하겠으니 창작을 달라는 잡지 편집자들이 주는 자극, 그대는 나더러 무엇을 쓰기를 요구하는 것인고, 그리고 나는 또 무엇을 쓰지 않아서는 안 되는 것인고, 창작과 제재의 빈곤, 나는 무엇을 써야 되나? 여기에 창조적 고민이 다시금 새롭다.

〔발표지〕《신세기》(1940. 8.)

〔수록단행본〕*『상아탑』(우생출판사, 1955)

침묵(沈默)의 변(辯)

억지로 못 할 건 글인가 보다. 테마의 준비만 되면 써질 것 같아도 마음의 안정과 시간의 여유가 없어도 붓은 내키지 않는다. 테마가 확정되고 마음의 안정에 시간의 여유까지 충분히 있어야 붓끝엔 흥이 실린다. 한 센텐스에 같은 부사가 곱잡아 하나만 연달리게 되어도 필흥(筆興)이 죽는 내 성벽(性癖)엔 원고 마감 기일이 박두하면 마음의 초조에 그 테마가 충분히 매만져지질 않는다. 적어도 그 기일을 4, 5일쯤 앞두고 끝이 날 만한 예정의 시일이 내다보여야 마음이 턱 놓이고 붓이 들린다.

그러나 이렇게 붓은 들리게 된다 해도 그 진행까지엔 또 하나의 난관이 돌파되어야 하는 것이니, 그것은 처음으로 내어야 할 서두 그것이다. 나에겐 언제나 이 서두 일행(一行) 여하에 그 작품의 성(成)·불성(不成)이 따르게 된다. 서두가 마음에 맞지 않는 것을 시일 관계로 그래도 되겠지 하고 진행을 시키다가는 번번이 실패를 본다. 실로 이 서두 일행에 내용을 살릴 작품의 형식이 결정되는 것이니, 이 서두에 소홀할 수가 없다.

그리하여 테마가 결정되고 마음의 안정을 기다려 시간의 여유를 충분히 얻어 놓고도 서두가 흡족히 되어야 그제서야 붓은 일사천리로 내닫게 된다.

시작이 절반이라는 말이 있지만 나의 창작에 있어선 시작이 전부라 해도 과언이 아니다. 시작만 되면 시간이 허하는 한 쉼이 있다.

이 서두 일행 때문에 살이 깎인다. 8·15 이후 내가 들었던 붓을 다시 놓고 침묵을 지키기 무릇 몇 해이거니와 구상까지 다 되어 있는 것도 이 서두를 내지 못해 머리 속에서 그대로 썩어나는 게 4, 5개나 된다.

누군가 글을 비붓이 부탁만 해도 곧 승낙을 하고 잡은 참에 앉아서 4, 50매 내지 100여 매짜리를 꾸려대던 그 옛날 어느 시기를 생각하면 내게도 과거에 이런 시절이 이 있었나 하리만큼 놀랍게 생각된다. 이것이 글을 무서워할 줄 모르는 소치였는지 모르나 어쨌든 그런 용기만이라도 되살려 찾고 싶은 마음이 문득 나곤 하는 때가 있다.

이번 《문예》지 창간호가 나에게 그렇게도 간곡히 마감 기일을 연기하면서까지 창작을 원하는 그 부탁의 성의로 해서라도 어떻게 하나 만들어 보리라 시간이 있는 대로 노력을 해 보았으나 이놈의 서두가 몇 번이고 고쳐 보아도 불만이어서 끝내 이행을 못 하고 이런 잡문으로 색새(塞賽)를 하게 된다.

구체적인 내용 이야기는 작가의 비밀이라 피하거니와 후암동 개천가 종이집을 쓰고 사는 그 어떤 부족의 내력을 그려 보려고 처음 서두를 이렇게 내었던 것이다.

별이 흐른다. 물이 흐른다. 밤이야 깊거나 말거나 별은 별대로 흐르며 눈을 부시고. 물은 물대로 흐르며 귓전을 어지럽힌다.

그러나 마음이 붙질 않아 찢어 버리고,

어야 디야아
어어야 디야아
놋대가 물을 세기 시작하자 배는 수면을 미끄러져 나간다.
어야 디야아

어야 디야아
　노래 소리가 높아질수록 미끄러지는 속도도 빠르다. 호심으로 호심
으로 기어드는 배는

　하고, 써 보다가 또 집어치우고,

　백여 년 동안이나 해마다 가을철이면 진흙으로 뒤바르고 하기를 잊
지 않은 바람벽은 시멘트 콘크리트처럼 단단하다. 육십이 장근한 늙은
몸이라고는 해도 힘을 다하는 곡괭이였다. 어깨 너머로 잔뜩 품었다가
냅다 건너치는데도 '텅' 하고 소리만이 요란할 뿐, 구멍 하나 제대로
뚫리지 않는다.
　엇취
　엇취
　땀을 벌벌 흘리며 초시는 곡괭이를 메었다 건너친다.

　이렇게 시작을 해 보니 어느 정도 내용을 살리어 나가는 것 같아서
그대로 계속해 10여 장을 내려 써 보았으나 이 역시 달갑게 마음에 당
기는 것이 아니어서 또 내어 버리고는 아예 붓대를 놓고 단념해 버
렸다.
　이렇게도 어려운 창작이건만,
　"저 댁에서는 소설을 쓴대. 쓰윽쓱 쓰기만 하면 돈이 생길걸……."
　하고 우리 집을 가르쳐 근처 사람들이 이렇게 이야기하는 것을 들
을 땐 참으로 어떻게 대답을 하여야 할 것인지 모르겠다.

〔발표지〕《문예》(1949. 6.)

〔수록단행본〕*『상아탑』(우생출판사, 1955)

고독(孤獨)

작가 생활에 있어 여행이 지극히 필요한 줄은 알면서도 나는 여행에 취미를 그토록 느끼지 못한다. 그리하여 특수한 사정으로서가 아닌 한에선 우금(于今)껏 여행을 위한 여행이란 단 한 번도 가져 본 일이 없다.

고독이 찰지게 두고 스며들 때에는 여행이라도 하여 보면, 시원할 듯이 문득 생각은 되면서도 차마 그것을 실행하여 그 찰지게 파고드는 고독을 아주 잊고 싶지는 않다. 고독이란 그 무슨 진리를 담은 껍데기 같게도 생각이 되면서 나를 버리지 않고 따르는 그 고독이 차라리 반갑게 여겨지기도 하는 것이다.

그것은 고독을 피함으로 마음의 위안을 삼고자 하기보다는 그것을 싸와 익힘으로, 그래서 그 껍데기를 깨트림으로 그 속에 담긴 그 참된 진리를 알뜰히 꺼내 보고 싶은 욕심이 여행에의 취미보다 오히려 고독에의 취미에 보다 더 강한 유혹을 받는 때문이다.

그리하여 나는 고독이 심할수록 고요한 곳을, 지극히 고요한 곳을 찾아서는 것보다 더한 고독으로 친하여 보자는 것이 언제나 잊지 못하는 태도다.

그러나 그 고독이란 껍데기 속에 들어 있을 듯한 진리는 가만히 눈을 감곤 숙친하기에 여간 베찬 것이 아니다. 숨이 막힐 듯이 답답하여 오는 가슴은 얼마 동안의 계속을 더 못 견디어 벌떡 몸을 일으켜 방안으로 걸음을 돌린다. 역시 감은 눈에 뒷짐을 지고 홍글홍글 몇 바퀴고 수없이 돌아본다. 그래도 마음이 시원치 않으면 밖으로 나가, 뜰 안을 돈다. 방안보다는 여유 있는 면적이, 그리고 호흡할 수 있는 신선한 공기가 한결 시원함을 느끼어 주위의 사정에 거리낌이 없는 한, 그래서 때가 밤일 경우에는 밤이 깊은 줄도 모르고 몇 시간이고 줄곧 계속하여 돌게 된다. 그러나 중안의 시선에 이 행동이 드러날 우려가 있는 낮일 때에는 산상(山上)을 찾는다. 산상의 평다분한 잔디판을 고요히 눈을 감고 제 사념에 자기를 잊어 가며 거니는 맛이란 담배연기 자욱한 기차 속에서 오력(五力)을 못 펴고 무릎을 맞비벼야 되는 그러한 여행에 비할 정도의 맛이 아니다.

그리하여 끊일 줄 모르는 이 취미는 같은 산상의 같은 자리에서 흔히 반복되는 것이므로 한때에는 흉보기 잘하는 근처 집 노파에게 아무 개가 그게 미치지 않았나? 하는 퀘스천마크를 길게 끌고 다니며 외임을 들어 본 일도 있지만 고독을 친하자는 나의 이러한 취미는 도차 안 고칠 수 없는 하나의 버릇으로 되어 무엇을 생각하게만 되면 그 처소가 어디임을 헤아리지도 못하고 벌떡 일어서 왔다갔다 좌석을 거니는 무례를 범하게 된다.

그러나 나는 이 버릇을 구태여 자신에 책하고 싶은 마음이 없이 주위를 피하여 마음놓고 거닐어 볼 터전이 없는 서울에 살게 됨을 한한다.

문 밖을 나서면 거리다. 눈을 부릅뜨고 좌우를 살펴 가며 걸어도 어느 틈에 앞으로 맞닥뜨리는 자전거, 자동차가 사람을 몰라보는 혼잡이다. 바른 정신을 가지고는 차마 감불생심이요, 산이 그리우니 발 가까운 데가 없다. 적어도 하루의 시일은 다들 요(要)할 만한 곳이다. 그러니 다만 허여(許與)된다는 곳이 오직 제가 기거하는 방안일 따름이다.

그러나 방이란, 내 방이자 곧 아내의 방이요, 그러니까 아이들의 방이 또한 아니 되지 못한다.

조용할 리도 없거니와, 세간살이 도구가 너저분히 널렸다. 생념이 날 턱도 없는데 걸음까지 또한 촌보도 허치 않는다.

그러니 실내 여행에조차 굶주리게 되는 고독의 껍데기는 이제 비껴볼 길이 없이 제대로 아주 굳어져 버리게 되는 것은 아닌가 싶어진다.

〔발표지〕《조광》(1941)

〔수록단행본〕 *『상아탑』(우생출판사, 1955)

원자탄(原子彈)

　무어라고 따집을 수 없는 허전한 마음이 나를 늘 헌책전으로 끌어낸다.

　이 마음의 요구엔 아무리 친한 벗도 응할 자격이 없고, 아무리 맛나는 음식, 아무리 재미나는 오락도 인연이 멀었다. 먼지 앉고, 곰팡내 나는 그 어느 책 속에서 활자를 셈으로만이 그저 요구의 대상일 것 같아, 벗에서나, 음식에서나, 오락에서나 마찬가지로 역시 속아는 오면서도, 그래도 제일 신용이 있음직해서, 속아도 속아도 나는 이 헌책전의 유혹에만은 벗어나지 못한다.

　옛날 어떤 서적광이 맨 처음으로 만든 책은 어떤 것이었을까, 있을 수도 없는 이 책이 그리워, 모든 일을 전폐하고 도서관이란 도서관은 온통 뒤락, 지구 위를 행각(行脚)하며 돌아가다가 하루는 어떤 도서관에서 몇 길이고 높이 쌓아 올린 서가에 사다리를 놓고 올라가 먼지를 털며 뒤적이다 그만 실수를 하여 떨어져서 죽었다는 이야기를 어느 문헌에서 보고 그 어리석음을 웃었거니와, 내가 지금 받는 유혹도 이런 어리석은 짓이 아닐까, 필시 어리석은 짓일 것 같으면서도 나는 내 마음의 충동을 억제하지 못한다. 짬만 있으면 매일같이 헌책전을 눈 담고 떠나게 되고, 길을 가다가도 헌책전이 눈에 뜨이면 아니 들어가고는 못 배긴다.

　그러나 수많은 철인, 문인이 몇 세기를 두고 정력을 다하여 짜 낸

그 정수도 하나같이 내 가슴을 날카롭게 찔러 무릎을 되사리고 앉게
만들어 주지는 못했다. 결국은 현대 문화의 최고 수준이 몇 천 년 전
의 소크라테스, 플라톤, 아리스토텔레스의 반복이었던 것이다. 괴테의
「파우스트」에 와서 나를 한 번 놀라게 하고는 세계의 정신은 또 이것
의 반복 답보이었다. 스트린드 베리의 「다마스커스에」가 그것이었고,
월포울의 「경인(鏡人)」이 그것이었다. 이러한 반복 속에서 도스토예프
스키의 「죄와 벌」을 찾고 나는 또 한 번 놀랐던 것이니, 이것이 내 허
전한 가슴에 찔린 두 번째의 자극이었다.

그리고는 괴테, 도스토예프스키에서 그냥 답보를 하여 오던 현대의
정신은 식사나 궐한 것같이 이렇게도 마음이 늘 허전한 현대인의 가슴
에다 「파우스트」나 「죄와 벌」 같은 영양소 대신에 원자탄을 안겨 주는
놀라운 창작을 하였다. 이 누구의 가슴에다 자극을 주렴인가. 이 원자
탄을 가슴에 안고 놀람에 앞서 대담히 한 번 껄껄 웃은 자, 이 지구
위에 과연 있었을까.

인류를 지극히 사랑하여도 위인이라 받들고, 인류를 무참히 죽여도
영웅이라 받드는 것이 현대인의 정신임은 내 모르지 않거니와, 아무튼
「죄와 벌」 이후, 이 놀라운 승리가 원자탄이라면 이건 현대인의 수치
가 아닐 수 없다.

이렇게 놀라운 노력을 가슴 허전한 현대인을 위하여 부어넣어 주었
던들 현대의 정신은 얼마나 살이 쪄 자라고 있을 것인가. 그랬으면 이
혜택으로 나도 한동안은 이렇게 날마다 헌책전을 뒤타지 않고도 살쪄
볼 수 있었으련만, 오늘도 나는 여전히 허전한 마음에 헌책전으로 의
연히 나서야 하는 신세다.

〔발표지〕《문장》(1949. 11.)

〔수록단행본〕 *『상아탑』(우생출판사, 1955)

차가사(借家史)

집 없는 사람에겐 봄과 가을처럼 서러운 시절이 없다.

간신히 집 한 칸을 얻어 들어 밑을 붙이고 삼동을 나게 되면 집이 팔렸으니 나가라, 그리하여 복덕방 순례를 또 하여 가며 "가족이 간단하지요? 어린애 없지요? 단 내외분이어야 놓는다는 방은 있습니다." 하는 따위의 불유쾌한 이야기를 들어 가며 아이들이 있어도 없다 속이고 또 간신히 방 한 칸을 얻어 들고 여름을 나면 집이 팔렸으니 나가라 명령이다.

서울서 집을 가지고 사는 사람은 태반이 집으로 먹고 사는 장사치들이다. 그렇지 아니한 사람은 방의 여유가 있어도 세를 늘 놓지 아니하고, 이런 축들만이 세를 놓는 것이므로 이런 데밖에 얻어 들 수가 없는데, 집은 늘 내놓아 가지고 있다가 단돈 만 원이라도 붙게 되면 팔아서 바꾸는 것이니, 세집에 들어 사는 무리들은 이 가을과 봄이 돌아오기만 하면 이사를 아니 하게 되지 못한다.

나도 이 가을에 집을 또 얻어야 하는 사람의 하나다. 그러나 자꾸만 올라가는 집값이라, 작년 가을에 얻어 들었던 그 세전을 받아 가지고는 도저히 그만한 집을 얻어 들 수가 없다. 월여를 두고 장안을 돌아보았으나 받은 세전에 맞는 집은 없다. 작년 가을보다 거의 배가 올랐다. 해방 후 단편집을 하나 내 가지고 그 인세로 4천 원짜리 전세를 한 2년 살다 보니 그 돈 4천 원으로는 방 한 칸 월세도 되지 않아 쓴 입을 다시고 작년 가을에 단편집 판권을 또 팔아 다시 세전을 마련했던 그 본전이 금년에 와서는 이렇게 또 모자란다.

집을 쓰고야 살게 마련된 것이 사람일진댄 사람 하나에 집 하나씩은 처져서 세상에 내보낼 것이지, 조물주의 이 무슨 모순이냐. 산으로 기어올라 번지 없는 집에라도 살아 보자는 생각이 문득 떠오르곤 하나, 그러니 그 물을 어떻게 하루이틀도 아니고 연일연시로 끌어 올려다 먹는단 말인가. 마흔두 층대를 올라가는 냉동(冷洞) 꼭대기에서도 살아 보았거니와, 물통 하나 자유로 들 수 없는 백면서생으로선 물 없는 집에 사는 도리가 없었다. 딱한 사정이다.

이것이 허구 많은 학문 가운데서 하필 문학을 골라잡았다는 벌일까. 자래(自來)로 글과 친한 이, 다 가난하였다거니와, 어떻게 해야 돈을 모을까 하고 남들은 눈이 빨개 돌아가는데, 이건, 자나깨나 발부리만 들여다보고 앉아서 어떻게 해야 글을 잘 쓸 수가 있을까 이것만 생각하니 그렇게 되지 않을 수가 없는 것이다. 언젠가 이북서 넘어온 피난민 한 사람이 브로커질을 해서 상당한 액수의 돈을 잡은 것을 보고 그 주위의 사람들이 슬근히 구미들이 동해서,

"그 배 언제 또 떠나나?"

"자네도 또 가나? 이번엔 나두 한몫 넣어 주게."

하고들 떠들 때 나는 나도 저렇게 한번 브로커질을 해 보리란 생각보다 대뜸 머리에 떠오른다는 욕심이, 이 광경을 어느 소설의 한 장면으로 집어넣었으면 하는 생각부터 하기에 나는 나대로 만족한 나이었던 것이니 이러다가는 청내 가야 방 한 칸 마련해 놓고 살아 볼 것 같지 못하다.

서울서 아주 살림을 하기로 작정하고 내 권솔을 다 몰고 올라와 남의 집 사랑방 한 칸을 얻어 들었다가 한 달이 채 못 돼서 집이 팔렸노라 앞자리를 치우라고 해서 방 한 칸을 마련하려 두 달 석 달을 돌아가다가 그 해 겨울도 깊어 섣달 보름날에 이르러서야 겨우 냉동 꼭대기에다 어느 친구의 집 신세를 질 수 있게 됨으로 한숨을 쉬고 나서는

그적부터 오막살이라도 집은 한 채 잡고 살아야겠다고 해마다 별러 오는 게 곧이곧대로 오늘까지 이르기 10여 년이다. 집 한 칸 없으면서도 해방통에 남 다 드는 적산을 치사하다 혼자 안 들고 뻗댄 결과는 그래 무엇이냐. 겨울은 버적버적 닥쳐오고 하는 수가 없어 적산이라도 하나 얻어 들려, 용산 방면이라, 상도동이라, 이즘은 연일 섰다시피 뒤가 타 돌아다녀 보나 그 엄청난 권리금이 내 재산과 상대되는 집이라곤 고를 길이 없다.

하기야 지난날도 제 집 없이 10여 년을 살아왔거니, 앞날이라고 못 살아갈 바 있으랴. 집을 구하다가는 지치어 이런 자위라도 하여는 보나 물가변동이 이렇게도 심하고 보면 한양같이 제 발부리나 들여다보고, 이러한 글줄로 원고용지 구멍이나 메워야 되는 직업으로선 한 칸의 셋방이라도 얻어질 것 같지 못하다. 그러니 집을 잡아야 한다는 생각은 이젠 깨끗이 잊어버리고 삶이, 차라리 한 근심만은 덜어 줄 것도 같다.

〔발표지〕《문예》(1949. 10.)

〔수록단행본〕*『상아탑』(우생출판사, 1955)

애연사(愛煙史)

맛치고 담배 맛처럼 알뜰한 맛은 세상에 다시없을 것 같다. 내 생활에 있어 담배는 잊을 수 없는 하나의 벗이요, 또 좋은 스승이다.

몸이 피로하여졌을 때 담배를 한 대 피워 무는 맛이란 실로 애연가가 아니고는 이해할 수 없을 것이다. 어느 가까운 벗이 일찍이 이 담배 맛에서처럼 지친 심신에 위안을 준 적이 있을까. 한 대 피워 물고 고요히 앉아서 힘껏 한 모금을 들여 빨았다가 후— 내어쉬면 그 연기와 같이 피로도 몰려나와 공중으로 사라지고 마는 것 같은 기분이 정신을 새롭게 해 준다.

내가 일찍이 담배를 못 배웠던들 이렇게 온갖 맛 중에 제일가는 좋은 맛 하나를 영원히 모르고 지나게 되었을 것이 아닌가 하면 눈물을 흘리면서까지 기어코 배워 냈던 지난날의 그 어린 시절에 감사하지 않을 수가 없다.

마야족의 종교적 예의 중에는 이미 담배 잎을 태워서 신에게 바치는 행사가 있었다는 기록을 보면 담배의 역사는 가장 낡은 역사를 가진 마야족과 같이 이어오는 것으로 추측이 되거니와 신에게 담배를 바치는 승려가 담배의 그 진기한 마취작용 그것이란 신의 현현(顯現)이라 하여 마침내는 그 자신조차가 끽연에의 탐을 내어 일반인사로부터 경끽(競喫)을 하게 되는 취미(趣味)를 가르쳐 준 것이 되어 보편적으로 습관이 길러짐으로 오늘에 와서는 내 입에까지 빨리게 된 것을 생각하면 이 담배의 율칙(律則)을 범한 그 승려에게 나는 다시 한 번 감사함을 사양치 못한다.

처음에는 내가 어떠한 동기에서 담배를 배우기 시작했는지는 생각이 퍽 옹색하나 열한 살 적에 떨어진 대통을 주어다 붓대를 잘라 맞추어서 곰방대를 만들어 가지고 증조모님의 담배함에서 기새미를 훔쳐내다가 변소 같은 곳으로 숨어 다니며 성(盛)히 피워 내던 기억만은 지금도 선하다.

구주(歐洲)에서 담배를 처음으로 피우던 스페인의 로드리크 더 헤레스라는 사람도 담배를 피우는 것 때문에 종교재판을 받아 옥중신세까지 졌다는 말이 전하여 내려오거니와 나도 담배를 배우기까지에는 경을 치기 한두 번이 아니다. 근처 노인네들한테 망해 나가라는 극언을 듣기도 여러 번 하였고 소학교 적에는 선생한테 들켜서 벌까지 서 본 일이 있다.

점심 후 역시 변소에 들어가서 한 대를 피고 났는데 뜻밖에 사무실로부터 호출이 내렸다. 들어가 보니 아무런 말도 묻는 것이 없이 다짜고짜로 선생의 손은 나의 포켓으로 들어와 반도 못 먹은 2전(二錢)짜리 꽃표 권련갑(卷煙匣)을 드러냈다. 동시에 선생의 다른 한 손은 어느 새인지 철썩하고 나의 뺨에 와 부딪치기에 사정이 없었다. 그것만이면 그래도 헐했다. 두 시간 동안인가를 허수아비처럼 곧장 팔을 벌리고 기척을 하고 딱 서서 벌을 서지 않으면 안 되었다.

그래도 나의 담배에 대한 길은 들지 않았다. 조금도 후회하는 법이 없이 여전히 숨어 다니면서 피우기를 즐겼다.

이렇게 주위에서는 담배 피우는 것을 금할 뿐 아니라, 담배를 피운다는 것이 또 자신으로서도 여간 괴로운 일이 아니었건만 끊지를 못했다. 한 모금을 힘껏 들여 빨아 삼키면 그 고통이란 말할 수도 없다. 머리가 얻어맞은 것처럼 텡하고 속이 후리후리한 것이 메스껍고 하여 실로 밥을 못 먹고 병인처럼 근더져서 한나절을 지나보내곤 한 적도 있었다. 그러면서도 웬일인지 그것을 끊지 못하고 끝끝내 계속하여 필야엔 제 맛을 알고 빨게 되기까지 배워 놓고야 말았다.

이리하여 이래 20여 년을 꾸준히 피워 오며 친한 담배는 잊으려야 잊을 수 없는 좋은 벗이 되어진 것이다.

중학 시절에 한 번은 체조 선생이 담배를 조사하는 바람에 호주머니 속에 넣었던 피존 갑(匣)을 갑자기 처치할 길이 없어 책상 밑 뒤 판자 아래 구겨 넣으므로 급변을 피하게 되었든 것이 후일에 이르러서는 도리어 그것이 나를 도와주는 역할이 되었던 것이니 그 후 하휴(夏休)의 영어시험간(英語試驗間)의 하나로서 물은 비둘기의 스펠이 무엇이든지가 생각이 나지 않아 부등부등 애를 쓰다가 문득 그때의 그 책상 뒤 밑의 피존 갑이 생각나기로 끄집어냄으로써 Pigeon이라 똑똑히 보고 쓸 수가 있었던 것이다.

이것도 이제 보면 담배를 사귀어 두었던 그 덕이라 아니 할 수 없거니와 정신적으로서의 활동이 계속되는 동안, 그동안에 있어서의 참 벗은 내게는 오직 담배를 두고 다시 없다. 글을 쓰다가도 문득 혀끝에 담배 맛이 당기면 생각이 자자들고 붓이 멎는다. 그러기 때문에 나는 담배의 준비가 없이는 붓을 들지 못한다. 그것을 피움으로 권태를 느낄 줄 모르고 심신의 위로를 사며 앞으로의 생각을 길이 더듬어 나갈 수가 있게 되는 것이다.

그러므로 혹시 담배의 비치(備置)가 없다든가, 끽연에의 자유가 없는 그러한 장소에 처하게 되는 때의 생활은 내게 있어선 생활하는 그 순간이 아니요, 다만 생존해 있는 그러한 순간에 지나지 못하게 된다.

그러니 이러한 생활에의 욕망은 포켓에의 여유에까지도 기다리기에 급하여 가다간 가끔 가끔 담배값으로 책을 강요한다. 담배로 책을 바꾸게 된다는 것이 아까운 일이 아닐 수 없으나, 담배 역시 책과 다름없이 내 마음을 쳐 주는 벗이 아닌가 하고 생각이 들면 책이나 담배를 가릴 것이 없이 그저 어느 것이든 간 충실한 벗으로서의 역할을 다해 주었으면 그것으로 그만인 것 같아, 하루 세 갑의 담배 소비에 군색

(窘塞)을 피치 못할 땐 나의 가난한 서가에는 한 금씩 한 금씩 틈이
벙으러저 나간다.
  이로 미루어 볼진대 앞으로 내 생활에 있어 물질의 여유가 있게 되
는 것이 아닌 한엔 서가는 서가 저대로 나날이 파리해 가고 있을 것이
빤히 내다보인다.

〔발표지〕《삼천리》(1939)
〔수록단행본〕*『상아탑』(우생출판사, 1955)

문학(文學)과 건강(健康)

저온(低溫) 생활을 하려니 일현(日鉉)이 생각이 가끔 난다.

그는 몇 해 전 내 시골 집에 머슴으로 있던 스물둘이든가, 아마 그러한 연령이었던 엄지럭 총각이었다. 백설이 펄펄 날리는 엄동에도 그는 구들에 불을 넣는 법이 없었다. 구들이 차면 병이 난다고 아무리 불을 넣고 자라고 해도 말을 듣지 않고 맨구들 위에다 그저 짚북데기를 약간 깔고는 그 위에서 그냥 잤다.

남의 집이라 혹 샛더미에 때마다 임의로 손을 대기가 어려워 그러지는 않을까 싶어 하루는 조부님이 이렇게도 말씀을 해 보았다.

"네 방에 불은 산에 가서 네가 나무를 해다가 넣고 자도록 해라."

그리고는 그 태도를 보았던 것이다. 그래도 그는 그저 여전히,

"전 춥지 않아요?"

한마디로 나무 한 조각 해 오지 않고 그 추운 겨울을 냉돌에서 끝끝내 났다. 그러면서도 감기 한 번 뱃증 한 번 걸리고 앓는 일 없이 건강한 몸으로 일은 일대로 남 지지 않게 해내는 아이였다.

조부님뿐이 아니요, 나뿐이 아니라, 우리 전 가족, 아니, 온 동내에서 모두 이 일현이의 생활에는 아니 놀라지 못했다.

물론 그의 정신에 다소 이상이 없었던 것은 아니다. 전하는 말에 의하면 철도 연변의 밭에서 김을 매다가 무심중 기적을 울리며 달리어 들어오는 기차에 놀라 기절을 한 일이 있었는데 그때부터 정신이 좀 부족해진 듯하다고는 하나, 그러나 그의 모든 행동을 종합해 보면 그

"

의 행동이 전연(全然) 정신이상에 있다고만 그렇게 단순히 볼 수는 없는 것이었다.

우리는 거리에서 거지로 노숙을 흔히 보거니와 빈한(貧寒)한 그의 가정은 그 후 곧 산지사방(散之四方)하게 되면서 그는 잠깐 남의 집 사람이 되었다가 한 해 동안을 한지(寒地)에서 아니 지낼 수가 없게 되었다는 것이다. 그러면서 내한(耐寒)에의 단련을 받게 된 것이, 지금의 체질을 만들어 내었는가 보다고 그 자신도 말하는 걸 들었거니와, 사실 거기에 원인이 없었다고 볼 수가 없었다.

이건 내가 직접 자식들을 기르며 지나도 본 일이지만 추위를 타거나 타지 않는 것은, 그리하여 건(健), 불건(不健)의 체질을 갖게 되는 것은 아이의 그 기르는 방법에 있어 좌우됨이 여간 큰 것이 아니었다. 조모님은 증손자가 귀하다고 내 자식을 일상 품에 품으시고 추울세라 절절 끓는 아랫목에다 묻어 놓고도 바람이 어디로 들어오는 것은 아닐까 수건을 씌우고 또 머리맡을 가리고 하시며 방한과 보온에 할 수 있는 힘과 정성을 온통 기울여 길러냈다.

그리고 그 다음 것 계집아이는 그까짓 것은 여차라고 누구 하나 탐탁히 안아 주는 사람조차 없어 어머니의 젖을 떨어져선 아랫목 맛이라고는 보지도 못하고 웃목에서 저 혼자 되는대로 자라났다.

그러나 결과에 있어서는 되는대로 길러낸 아이 편의 건강이 오히려 좋은 것이었다. 냉기나 겨우 피한 정도의 온돌이 밤 열한 시나 그러한 시각이 되면 코뿔이 얼어들고 손이 시럽고 하여 으슥거리는 몸이 이불을 뒤집어쓰지 않고는 배겨날 수가 없는데 이 아이만은 뎅글하게 등에다 샤쓰 하나만을 걸치고 종아리는 벌거숭이 그대로 들어내 놓은 채 조금도 한습(寒襲)을 두려워하는 일 없이 그저 저 할 일에 자세가 천연하다.

나는 그게 여간만 부럽지 않다.

한참 혈기에 충만한 아이들과 건강을 동석에서 비해 말할 것은 아니로되 허투로 길러지지 못하고 아랫목에서 뼈가 굵게 된 내 건강은 아이 적에도 그리 좋은 편은 못 되었다. 그러나 운동에 취미를 얻음으로 단련이 된 몸은 씨름 같은 것도 한태 할 줄 아는 건강이었다.

그렇던 것이 문학과 인연을 맺게 되고부터는 운동이라는 데는 조금도 관심을 아니 하게 되고 오직 그것이 생명인 것처럼 칠팔 년을 꼭 두문불출 방(房) 속에 박혀서 기거를 하며 책과만 씨름을 하게 되는 무리(無理)가 감행되는 동안 건강은 저도 모르게 좀이 먹어 들었다. 십칠 관(十七貫)을 넘던 체중이 아무리 발에 힘을 주고 굴러 보아도 십칠 관 상하에서 저울 침을 더 돌릴 수가 없게 깎여 내린 것이다. 누워서 독서를 했기 때문에 눈이 나빠지고, 책상에 다년간 수굿하고 앉아 있었던 관계로 비색증(鼻塞症)도 생기고——하는 것이 그 부분적으로도 영향이 큰 것을 따져 짚는 의사의 말이었다. 아니 그것만이면 오히려 다행이었다. 심장도 확실히 약해진 것을 알고 있거니와 이것도 문학이 그렇게 만든 것이 사실이다.

정신생활을 위하여 희생시킨 건강을 장(壯)한 일이라고 볼 것인가, 건강의 지속이 없을 때 정신생활도 따라서 영위할 수 없게 될 것은 빤한 일이다. 건강이 제일이라는 말은 보약 광고의 과장만이 아니라는 것을 나는 여기서 절실히 느끼게 된다. 아니 오히려 좀더 굳세게 건강은 그대로 그것이 인생이라고 나는 강조하고 싶다.

문학을 위하여 건강을 희생하고 문학을 할 능력을 잃게 된다는 것은 그 얼마나한 비극일 것인가.

시작한 지 불과 한 시간밖에 아니 되었을 이 짧은 글을 이까지 쓰는 동안에도 나는 몇 번이나 붓을 놓고 혹은 입김으로도 혹은 엉덩이 밑에도 깔아 보고 불어 보고 하며 그리곤 그 손으로 코끝을 감싸 녹히고 하기를 몇 줄 건너 거듭하여 왔는지 모른다. 아니 이것만이 몸에 마춰는 견디기 어려움이라면 오히려 헐할 것이다. 정신이 어찔함을 느끼게까지 된다는 것은 참……

　일현이 같은 건강, 그러한 건강의 꿈을 나는 왜 일찍이 꾸어 보지 못하였을까, 그리하여 길러 오지 못하였을까.

　겨우내 불이라고는 단 한 번 맛도 보지 못한 그 냉돌(冷突) 위에서 자기의 체온만으로 엄습하여 들어오는 한파를 조금도 곤란 없이 막아내며 천연히 앉아서

"아리랑 아리랑 아라아라리요, 아리랑 고개루 너어머간다."

　하고, 가끔 한 가닥씩 넘겨가며, 밤마다 새끼를 꼬던 일현이, 그 일현이의 건강이 나는 얼마나 부러운 것인고.

〔발표지〕《조광》(1941. 12.)

〔수록단행본〕*『상아탑』(우생출판사, 1955)

수상록(受相錄)

사람이 세상에 날 때에 일생의 팔자를 그 얼굴에다 내여 박고 나는지는 알 길이 없으나, 대개 그 사람의 팔자가 그 얼굴에 그려 있는 듯이 보이기는 한다. 붙음 붙음이 괴롭게 정리되고, 번듯하게 생긴 얼굴의 소유자는 그것이 그대로 그 사람의 복을 말하는 것 같고, 또 그와는 반대로 얼굴이 조밀작해서 어딘지 구차해 보이는 얼굴의 소유자는 아무리 해도 복은 없을 것 같게만 보인다.

그러나 실제에 있어서는 그렇지도 않은 예를 우리는 빤히 내다볼 수 있는 것이니, 육안으로 보아도 그렇게 번듯하게 복스럽게 생기고 아니 생긴 것으로는 그 사람의 운수를 따져 볼 수는 없는 일이다.

하지만 얼굴이 번듯하게 생긴 사람을 보면 사실은 그렇지 않다 해도 어쨌든 복 좋은 사람같이 보이는 데는 할 수 없다.

그리고 또 그것이 장래의 팔자에는 어찌 되었든 뭇 사람에게 그렇게 복스럽게 보이는 것만 해도 천복을 타고 난 사람 같아 나는 그러한 얼굴의 소유자를 대할 때마다 내 얼굴을 연상하고, 그러면 내 얼굴은 뭇 사람에게 어떻게 보일 것인가 하는 생각에 가끔 거울에다 자신의 얼굴을 비춰 놓고 요모조모 뜯어 가며 장단점을 찾아본다. 그리고 오늘까지 보아 오는 동안에 제일 잘생겼다고 인정하던 그런 얼굴에다도 비해 보고, 또 제일 못생기었다고 보였던 그런 얼굴에다도 비해 본다.

그러나 내 얼굴은 내가 좋아하는 형으로 그렇게 복스럽게 환하지도 못하고 할복한 형이라고 인정하는 그렇게 조밀작한 얼굴도 아니고 그저 평범한 나 하나의 보통 얼굴에 지나지 않는 것 같다.

그러면 내 얼굴 같은 이러한 형은 그 소위 관상학상으로는 어떤 것일까 나는 근래 그것이 무척 궁금하였다. 이것은 무슨 관상법을 믿어서가 아니라 복스럽게 생긴 사람도 복이 없고 복스럽게 생기지 못한 사람도 복이 있는 것을 볼 때 관상학상에서는 이것을 어떻게 보나 하는 호기심이 내 관상에서 한번 그것을 시험하여 보고 싶은 까닭이었다.

그러나 이러한 일인즉 역시 쑤그러운 짓이라 돈을 주고까지 보일 필요는 없어 한번 보여 보자 하고 그 어떤 기회만을 엿보아 오던 것이 월전(月前)에 우연히도 모모 씨로 더불어 이야기를 하던 끝에 관상이야기가 나서 돈을 아니 받고도 보아 준다는 청운정(淸雲町) 오개석 씨(吳介石氏)를 찾아가 관상을 보인 일이 있다.

그러나 관상학상으로 보는 관상은 우리가 척 보기에 그저 번듯하고 아니 번듯한 것으로 복(福), 불복(不福)을 따져 버리는 그런 추상적 관법이 아니라, 사람의 일생에 굴곡이 있는 것과 마찬가지로 얼굴에도 그 부분부분에 굴곡이 있어서 그것을 일생에 맞추어 보는 그러한 구체적인 관법으로 내가 생각하는 것보다는 그 보는 법이 아주 과학적이요, 조직적이다.

그러면 관상법으로 본 내 얼굴은 어떠하였나, 그 역시 대체로 볼 때는 내 자신이 생각하는 대로 그저 평범한 하나의 보통 얼굴로 본다. 그가 본 내 얼굴의 형은 무엇을 의미하는지는 모르나 자래형이라는 단안을 내린다. 그리고 세부분으로 들어가 일생의 그 소위 팔자를 논하는 데 있어선 머리가 좋으니 초년 팔자는 좋았으나 이마가 들어가 삼십대 팔자는 극히 좋지 못한데, 코가 또한 좋아서 사십대부터는 다시 운수가 좋다 한다. 그러나 그 직업의 가짐에 있어 운(運), 불운(不運)이 좌우될 것인즉 문필을 집어 던지고 장사를 하여야 성공을 할 것이라 한다. 그래 그 성공이라는 것이 어떠한 정도의 것이냐고 물었더니 이천 석 하나는 염려 없다는 것이다. 그런 데다 입까지 또한 좋아서 그것을 족히 지킬 것이니 부디 장사를 하란다. 그리고 뺨 아래 뼈가 넙적하게 두드러졌으니 부하를 많이 거느릴 관상으로 유순한 마음은 심성으로 그 부하를 사랑하고 지도하나, 그 심성을 몰라주는 부하들이라 그들로부터의 시비는 면할 수가 없는 형이라고 한다. 이것이 그의 관상법으로 본 내 얼굴에 두드러진 팔자다.

무슨 이것을 믿을 것은 아니요, 또 믿고 싶은 것도 아니기는 하지만 문필을 던져야 된다는 얼굴이 내게는 갑자기 밉게 보였다. 그리고 가만히 얼굴을 뜯어보니 그 어느 한 모에 문재(文才)를 나타내는 그러한 재기에 찬 부분을 사실상 찾을 수 없다.

그러나 그렇다고 또한 나는 문필을 황금으로 바꾸어 버릴 생각은 조금도 없으니 내 팔자에 타고났던 벼 이천 석을 아깝게도 쌓아 보지 못하고 뉘 집 곳간에다 자선을 베풀게 되는 셈이 되고 만다.

〔발표지〕《박문》(1939. 2.)
〔수록단행본〕*『상아탑』(우생출판사, 1955)

율정기(栗亭記)

인제 버들잎이 완전히 푸르른 걸 보니 밤나무 잎에도 살이 한참 오르고 있을 것 같다.

버들 뒤에 잎이 푸르른 나무가 하필 밤나무뿐이랴만 버들잎이 푸르면 나는 내 고향집 정원의 그 늙은 밤나무의 안부가 궁금해진다.

그것은 몇 백 년이나 되었는지 팔순의 노인네들까지 자기의 어렸을 시절에도 역시 그저 지금이나 다름없는 모양으로 그렇더라고 하는, 언제 어느 때에 심어졌는지 그 유래조차 알 수 없는 그러한 연령을 가진 밤나무다.

어떠한 나무든지 아름드리로 굵게 되면 그 보이는 품이 사람으로 비해 보면 많은 수양에 단련이 된 그러한 학자같이 침착하고 장중한 맛이 있어 보이거니와, 이 밤나무야말로 사상이 일관된 철학자같이 숭엄하게, 무겁게, 그리고 거룩하게 보였다.

주위에 둘러선 백양이라든가 솔 같은 것은 바람이 부는 듯만 해도 바람 좇아 몸을 부지할 줄 모르건만 유독 이 밤나무만은 고삭고 무지러진 가지일래 의연히 서서 그 자세를 변치 않는다.

척 보면 이젠 아주 생명이 다한 것 같이 속속들이 좀이 파먹어 들어가 껍데기 안으로 겨우 한 치 두께의 살밖에 붙어 있지 않지만 그래도 버들잎이 푸르면 잊는 법이 없이 뒤이어 잎을 피우고, 가을이면 기어이 열매를 맺어 굽알을 떨웠다.

이것은 마치 그 속속들이 구새 먹어 썩어진 등덜미가 이러한 도를 닦기까지 얼마나한 세고의 풍상에 부대끼며 속을 썩인 그 자취인가를 우리에게 보여 주는 것 같아, 그 밤나무를 대할 때마다 나는 무엇엔지의 사색에 저도 모르게 머리가 숙군했다. 어쩐지 나는 그것이 좋았다. 그것이 좋아서 조석으로 이 밤나무 그늘 아래를 거니는 것이 남 모르는 내 한동안의 즐거움이었다.

조부님도 내 마음과 같았던지 항상 이 밤나무 밑을 떠나지 못하시고 나와 같이 그 그늘 아래 거닐기를 즐기셨다. 그러다가 요 바로 몇 해 전에는 해마다 그 가지가 고삭고 축나는 이 늙은 철학자를 보호하여 그로부터 영원한 벗을 삼으시려 돈을 들여 가며 인부를 사서는 북을 돋우어 주고, 그리고 그 둘레론 돌을 때려 대를 쌓고 정자를 만들어 놓았다. 그리고는 과객조차도 그 아래 머물러 같이 즐기게 하기 위하여 자연석을 주어다가 곳곳에 좌석을 만들어 놓고 이 늙은 철학자를 주위로 돌아가며 장미라, 목단이라, 매화라, 이런 향기 높은 꽃나무까지 구해다 심어서 정자로서의 정취를 한층 더하게 했다.

이렇게 하시는 것이 나로 하여금 이 늙은 철학자와 좀더 친할 수 있게 하는 원인이 되었거니와, 사람들은 이것을 율정이라 이름 짓고 여가(餘暇)가 있으면 이 철학자를 찾아 모여 와서 고풍한 그 정취 속에 잔을 기울여 가며 시를 읊었다. 내 그 시를 지금 일일이 기억 못 하거니와 그 지방 일대는 물론, 남북관(南北關)으로부터서까지 모여든 시문이 실로 기백 수(幾百首)로 조부님도 지금은 그것을 노여(老餘)의 보배로 제책(製冊)까지 하여 머리맡에 두시고 그 시문 속에 구원한 진리가 담긴 듯이, 그리하여 그것을 찾으시려는 듯이 짬짬이 읊으심으로 심신의 위로를 삼아 오신다.

내 창작도 태반(殆半)은 여기서 되었다. 직접 이 철학자를 두고 짜여진 것은 아직 한 편도 없으나, 이 철학자와 벗하여 상이 닦였던 것만은 사실이다. 상(想)이 막히어 붓대가 내키지 않을 때, 나는 나도 모르게 책상을 떠나 이 철학자의 그늘 밑으로 나왔다. 그리하여 그 밑

에서 고요히 눈을 감고 뒷짐을 지고 거닐면서 매듭진 상을 골라서 풀
곤 했다. 생각이 옹색해도 이 그늘을 찾았고 독서와 붓놀음에 지친 피
로가 몸에 마칠 때에도 이 그늘을 찾았다. 실로 이 늙은 철학자 밤나
무는 나에게 있어 내 생명의 씨를 밝혀 주는 씨앗터였다.

　이러한 씨앗터를 내 이제 떠나 살게 되니 해마다 버들잎에 기름이
지면 이 늙은 철학자의 그늘 밑이 더할 수 없이 그리워진다. 인제 그
밤나무에도 잎이 아마 푸르렀겠지. 비바람에 고삭은 가지들은 어떻게
됐을까 그 안부가 지극히 알고 싶어지고, 그 밑에서 고요히 눈을 감고
사색에 잠겨 보고 싶어진다.

　더욱이 생각의 가난에 원고를 자꾸만 찢게 될 땐. 어쩐지 그 그늘
밑 자연석 위에 잠깐만 앉아 눈을 감아 보아도 매듭진 상의 눈앞은 훤
히 트여질 것만 같게 그 품속이 생각난다.

　얼마나 나는 그 품속에 그렇게 주렸든지, 바로 며칠 전 그때가 아마
밤 열시는 넘었으리라, 역시 그 밤에도 나는 기한이 박두한 원고와 씨
름을 하다가 뜻대로 되는 것이 아니어서 이런 때이면 언제나 하던 버
릇 그대로 이미 쓰인 몇 장의 원고를 사정조차 없이 왈왈 찢어 쓰레기
통에 동댕이를 치고 대문 밖으로 뛰쳐나왔다.

　그러나 일단 발이 멎고 보았을 때 그곳은 가지리라고 믿었던 그 철
학자의 품속이 아니었고 대문 밖이자 행길인 냉천정(冷泉町)도 한 꼭
대기 돌층대 위임을 알았다. 그적에야 비로소 나는 내 몸이 서울에 있
는 몸임을 또한 깨달을 수가 있었다.

　그리하여 그 순간, 갈 곳을 모르는 나는 어처구니도 없이 한동안을
그대로 멍하니 서서 쓴웃음을 삼키고, 아까 낮에 일터에서 돌아올 때
복덕방 영감이 돌층대 아래 죽어 가는 한 그루의 포플러 그늘을 지고
담배를 한가히 빨고 앉았던 것을 문득 생각하고 거기라도 좀 앉아서
생각을 더듬어 보리라 포플러 그늘을 찾아 내려갔다.

　그러나 낮에 있던 그 나무 판쪽의 기다란 의자는 거기에 있지 않았

다. 그대로 두면 그것도 잃어버릴 염려가 있어 영감은 필시 가지고 들어간 모양이다. 그러니 그 행길 가에 그대로 우뚝 서 있을 맛이 없다. 그것보다도 나는 지금 마음을 가라앉힐 시원하고도 고요한 자리를 찾는 것이다. 이 근처엔 어디 그만한 곳이 없을까, 담배를 한 대 피어 물고 뒷짐을 지고 연희장(延禧莊)으로 넘은 산탁 길을 추어 올랐다. 그러나 거기도 역시 마음을 놓고 앉았을 만한 곳이 없다. 산이라고는 하나 사람의 발부리에 지지리 밟히어 돋아나다 죽은 풀밭 위에는 먼지만이 보얗게 쌓여 조금도 신선한 맛이 없다. 밑도 대여 볼 생념이 없어 다시 집으로 내려와 옷을 갈아입었다. 내 다방에 취미를 모르거니와 이러한 경우엔 싫더라도 서울선 다방이란 곳밖에 찾을 데가 없는 것이다.

다방에도 제법 그 우리 고향 집 정원의 주인공 늙은 철학자와 같이 구새가 먹은 모양으로 흉내를 내어 꾸며서 분에다 심어 놓은 마치 애들의 장난감 같은 나무가 있기는 있다.

그러나 그것의 그늘 밑에서는 한동안의 마음을 가라앉히기커녕, 그리하여 사색에의 힘을 얻기커녕 인위적으로 자연을 모독하여 순진한 사람의 눈을 속이려는 그것에 도리어 불쾌를 느끼게 되는 것밖에 없다. 그리고 현대의 권태가 담배연기와 같이 자욱이 떠도는 그 분위기 속에 숨막히는 답답함이 도리어 정신을 흐려 놓아 줄 뿐이다.

하지만 잠시나마 다리를 쉬자면 역시 그러한 다방밖에 어디 밑 붙일 휴식처가 없으니 인위적인 철봉으로 생나무를 지지여 놓고 자연을 비웃으려는 그 분에 심은 나무와 억지로라도 벗이 되어야 하는 것인가 하면 그리하여 그 나무를 무시로 대하고 바라보며 인생을 생각해야 되는 것인가 하면 내 자신의 마음까지도 그 나무와 같이 철봉에 지지워드는 것 같아 그러지 않아도 속인으로서의 고민이 큰데 자꾸만 인위적인 속인의 속인으로 현대화되어 가는 것 같은 자신을 생각하면 할수록 그 늙은 철학자 밤나무의 자연 속에 생각을 깃들여 자연 그대로 살고 싶은 욕망이 전에보다도 더 한층 간절하다.

　나 떠난 이후에 이 늙은 철학자는 누구와 더불어 뜻을 바꿈으로 마음을 치는지, 조부님 좇아 이젠 연로에 자유롭게 이 철학자와 벗을 하실 기력이 근심되는데…….

〔발표지〕《조선일보》(1939. 5.)
〔수록단행본〕*『상아탑』(우생출판사, 1955)

진달래

꽃을 여자에게 비한다면, 진달래는 이미 춘정을 잊은 스무 고개는 훨씬 넘어선 여인 같으면서도 또 정숙하여 보입니다. 그리고 확호한 인생관이 유행이라는 데는 눈도 뜰 줄 모르는, 그리하여 속세의 풍정과는 높이 담을 쌓은 점잖음이 속속들이 깃들여 있어 보입니다.

그러기에 모든 꽃은 나비를 기다려 춘정을 느끼건만 진달래는 나비도 오기 전에 산간 깊숙이 홀로 피어서 스스로 봄을 즐기는 것으로 만족하는 것이 아닌가 합니다.

진달래와 같은 시절에 피는 꽃으로 두봉화(杜蜂花)가 있습니다. 두봉화는 꽃도 잎도 그리고 나무까지 분간할 수 없이 진달래와 같습니다.

그러나 그 이름이 두봉화인 것같이 벌을 방비하는 약을 지니고 있는 것이 다만 진달래와 다른 것뿐입니다. 꽃을 싼 화판 밑에는 어교(魚膠)보다도 거센 진이 꽃이 시들 때까지 흐르고 있습니다. 그리하여 제아무리 큰 벌이라도 와서 어르다니기만 하면 발이 붙고, 일단 붙으면 헤어나지 못하고 그 자리에서 생명을 잃게 되는 것입니다.

이러한 두봉화의 지조도 아니 가상타 할 수 없습니다만 진달래는 그러한 것의 방비책으로보다도 마음으로 그것을 이기어 내는 데 좀 더 고상한 뜻이 담긴 것을 엿볼 수 있습니다.

그러기에 두봉화와 진달래는 같은 형상, 같은 빛의 꽃이로되 우리는 진달래를 좀더 알고 사랑하는 것이 아닌가 합니다.

진실로 진달래가 사람의 마음을 움직여 놓는 힘은 큰 것입니다.

화전(花煎)이라면 진달래를 두고 하는 말입니다. 진달래가 봄 일찍이 피는 꽃이니까 한겨울 동안 그리웠던 춘정에서 빨리 서두는 것이 진달래를 찾게 되는 원인 같으면서도 진달래보다 빨리 피는 개나리를 찾아 화전을 노지는 않습니다. 다른 어느 꽃보다 붉은 꽃이 좀 더 유혹적이기는 하지만 그 빛의 유혹에서라기보다는 어딘지 모르게 우리는 진달래의 그 높은 품위와 아름다운 마음씨에 움직이는 것이 아닌가 합니다. 보는 것만으로서는 만족하지 못하고 그 꽃을 먹어까지 보자는 것이 화전의 목적으로 찹쌀가루에 꽃잎을 따 넣어서 꽃전을 지지어 먹는 것입니다. 술병을 지니고 진달래를 찾는다 해도 우리는 반드시 그 술잔에다 꽃잎을 뜯어 띄워서 마시고야 만족합니다. 이것은 높은 뜻을 지닌 진달래 꽃빛 물이 내 마음속에도 물들어지고 싶은 그러한 심정에서가 아닌가 합니다.

봄이면 그리운 진달래입니다. 해마다 한식절(寒食節)이면 선조의 선영(先塋)으로 성묘를 가서 그 산 속에 핀 진달래꽃을 따 먹어 보며 노닐던 어린 날의 그 시절이 그립습니다.

이 봄에도 성(盛)히 피었을 그 선영의 그 진달래꽃, 그 진달래는 내가 그렇게도 저를 그리워하는 줄이나 알고 피었는지? 아니, 속진(俗塵)에 무젖은 나를 잔뜩 피어서 비웃고 있는 것은 아닐는지? 진실로 한 잔 술에다가 진달래 꽃잎을 마음껏 따 넣어 실컷 마셔 보고 싶습니다. 그리하여 마음속을 새빨갛게 물들여 진달래 마음이 되어 보고 싶습니다.

〔발표지〕《여성》(1939. 3.)

〔수록단행본〕 *『상아탑』(우생출판사, 1955)

장미(薔薇)

하필 꽃에 있어서뿐 아니라, 무슨 빛에 있어서나 그 어느 다른 빛보다 붉은 빛이 좀더 유혹적이거니와 같은 향기를 담은 같은 장미로되, 황장미(黃薔薇)보다는 홍장미(紅薔薇)가 한결 마음을 끈다.

황장미를 보통 여자에 비한다면 홍장미는 확실히 그것을 뛰어넘는 미인이다. 그리고 황장미는 숙성한 여인같이 점잖아 보이는 데 반하여 홍장미는 한참 시절을 자랑하는 17, 8의 처녀 같은 애교를 가졌다.

나는 이 붉은 장미의 애교에 반했다. 어느 때나 무시로 대할 수 있는 가족공원의 한 모퉁이에 핀 꽃이건만 나는 그렇게 한지(寒地)에 세워두고 보는 것만으로 만족할 수는 없었다. 한 가지를 꺾어 책상 위에 꽂아 놓고 마주앉아 그 높은 향기와 애교에 취하고 또 사랑하고 싶은 충동을 느낀다. 가지를 꺾으면 그렇게 고이 가꾸던 꽃이 성기어져 보기 싫을 것을 염려하면서도 나는 칼을 꺼내 들고야 말았다.

그러나 가시 때문에 용이히 손을 댈 수가 없다. 뿌리쯤에서 줄기의 끝까지 바늘끝같이 날카로운 가시가 손을 대일 자리도 없이 다닥다닥 붙었다. 황장미에는 그래도 손댈 자리는 있는데 이 홍장미에 그렇게 많다.

이것은 마치 예쁜 여자일수록 마음이 독하듯 꽃도 그러한 듯하다. 예쁘게 생기면 뭇사람들의 눈독을 많이 받아야 될 것이니까 그 예쁘고 아름다운 미의 절개를 지키게 하기 위하여 창조의 신은 미를 지으실 때에는 반드시 그 보호책으로 독을 주신 듯하다.

그러나 미를 사랑할 줄 아는 인간은 그것을 마음껏 사랑하여 보아야 만족을 느낀다. 가시 때문에 꺾기가 힘들다고 나는 그대로 두지는 못했다. 가시가 손에 닿지 못하게 새끼로 채앵챙 감아쥐고 기어코 그 중에도 탐스러운 한 가지를 꺾고야 말았다.

미인치고 지조를 가지는 여자가 드물다거니와 근본적으로 마음이 방탕한 탓은 아닐 게다. 미인일수록 그만치 마음은 독했으리라. 그러나 이 미에 취하는 눈은 꺾기 어렵다고 그 미를 그대로 두지는 않는 소이(所以)가 아닐까 한다.

나는 화병에다가 꺾은 꽃가지를 볼품좋게 꽂아서 책상머리에 놓았다. 그러나 그 당시뿐이었다. 그 꽃을 꺾을 그때처럼 정열적으로 그 꽃에 사랑이 가지 않았다. 시들기에 보니 물 주기를 며칠이나 게을리했던 것이다. 미에 취하는 마음도, 그것을 사랑하는 마음도 일시였던 것이다. 그 미를 꺾음으로 나의 미에 대한 욕심은 벌써 만족하였던 모양이다.

〔발표지〕《조광》(1938. 5.)

〔수록단행본〕*『상아탑』(우생출판사, 1955)

제비

　우중(雨中)에 미안하나, 좀 급히 와 달라는 벗의 부름을 받고 연두 끝에 우산을 벗긴다는 것이 어둠 속에 그만 제비 둥지에 손이 닿았던 모양이다. 둥지 안에서 알을 품던 제비가 파드득 날아난다.

　지척도 분별할 수 없는 새까만 이 밤중에 더구나 비까지 내리는 이 밤중에 어디로 날아 났을까, 꽤 그놈이 다시 제 둥지를 찾아 들어올까, 둥지 틀 자리까지 손수 만들어 주고 고이고이 새끼를 쳐 내가기를 바라던 내 마음은 자못 불안하였다.

　받으려던 우산을 나는 다시 내려놓고 방안으로 얼른 들어가 램프불을 밖으로 내다가 번쩍 들어 둥지를 비춰 주었다. 그러니까 어디를 갔던 겐지 획 하고 제비가 어둠 속으로 불빛을 좇아 재빠르게 날려 들어온다. 그러나 연두 끝에 바짝 다가 틀어 놓은 둥지에까지 자유롭게 내려 붙기에는 아직도 불이 어두운 모양이었다. 둥지를 배앵뱅 싸고 돌면서도 올라붙지를 못한다.

　그러니까, 그 옆 처마대에 올라앉아서 자던 수놈이 목을 넌지시 빼고 좀더 바짝 날아 들어오라는 듯이 재재거리며 부른다. 그러나 암놈은 붙으려다 붙으려다 못 붙고 기진하여 다시 처마 밖으로 벗어나 지붕으로 날러 나가 앉는다. 그리고는 숨을 태이는 양, 깃을 늘이고 한참이나 앉았더니 또 처마 밑으로 날아 들어와 아까 모양으로 둥지에 붙으려고 애를 쓴다. 그러나 소망을 못 이룬다. 두 번 세 번 이렇게 들락날락 거듭하기를 칠팔차나 하던 제비는 깃까지 함북이 비에 젖어

나는 것조차 둔하여져서 둥지의 주위에도 날아오르지를 못하고 토방과 처마 끝의 반 중동에서 오르락내리락 헤맨다.

그 정상은 내가 보기에도 딱하니, 처마 끝에 앉아 있는 수놈이야 오죽할 것인가. 둥지에까지는 못 올라붙어도 여기에나 올라오라는 듯이 수놈은 한편 쪽으로 몸을 앉은걸음으로 비켜 가며 자꾸 재재거린다. 허나, 그 암놈은 기운이 다 빠진 듯이 거기에까지도 오르지 못하고 토방 위에 떨어지듯이 그만 내려앉고 만다. 고추장빛 턱 아래 털이 몹시도 불룩거리는 것을 보면 어지간히 숨이 찬 모양이다.

한참이나 이것을 물끄러미 내려다보던 수놈은 자리를 잡지 못하고 처마대를 왔다갔다하며 안타까워하더니 그만 참을 수 없는 듯이 푸드득 날아 내려와 자꾸 올라가자고 위로 날아올랐다가 토방 위에 내려앉았다가 하며 어쩔 줄을 몰라 한다.

암놈도 수놈의 그 뜻을 아는지 푸드득 같이 날아오른다. 그러나 역시 둥지에 붙지를 못한다. 아니, 그 수놈까지도 암놈과 같이 붙으려다 붙으려다 붙지 못하고 토방 위로 내려앉고 만다. 그리하여 두 놈이 다 올라붙지를 못하고 번갈아 오르락내리락하더니 필야엔 암놈이 먼저 올라붙는다. 그러나 이제 또 수놈이 처음 암놈 모양으로 올라붙지를 못하고 한참씩이나 태수를 하다가는 힘이 빠져 떨어지곤 한다.

그러니까 이번엔 암놈이 또 둥지 속에서 고개를 갸웃거리며 처음 그 수놈 모양으로 안타까워하다 못해 수놈 따라 또 좇아 내려온다.

등불을 들고 장시간 이것을 바라보고 섰던 나는 그 제비 부부의 아름다운 마음씨에 자못 감격하지 않을 수 없었다. 그리하여 생사를 같이하려는 그 높은 정신에 나는 내 마음의 온갖 것을 빼앗기고 어서 두 놈이 다 같이 처마대로 올라붙어 그 높은 희생적인 정신에 위안을 주고 싶었다. 그러나 암놈이 붙으면 수놈이 못 붙고, 수놈이 붙으면 그 적엔 암놈이 또 못 붙고 오르락내리락 안타깝다. 급기야 그 두 놈이 다 제 자리에 올라붙기까지에는 내 누이동생까지 불러내다가 쌍불을 받아 비추어 주었을 때로, 그 동안이 아마 한 시간은 나마 걸렸으리라고 보였다.

그리고 나서야 나는 급하게 부르는 벗에게 미안함을 느꼈으나, 그것보담 오히려 무슨 커다란 무엇을 얻은 듯이 마음은 흡족한 것이 있었다. 만일 벗이 꾸짖는다 하더라도 할 말이 있는 것 같고, 그리고 설혹 벗이 내 마음을 비웃는다 하더라도 나는 거기에 스스로 만족할 것 같은 느낌이 조금도 벗에 대한 신의에 미안할 것 같지 않았다.

〔발표지〕《청색지(靑色紙)》(1929. 2.)

〔수록단행본〕*『상아탑』(우생출판사, 1955)

사연(思燕)

서울서 사자니 제비가 그립다. 봄 삼월이면 해마다 잊지 않고 내 서재(書齋) 문〔窓〕 앞 처마 밑에 들어와 깃을 들이고 새끼를 치던 그 제비가 그리운 것이다.

시골 있을 땐 음력 이월 그믐이 접어만 들면 나는 제비가 들어와 둥지 틀 자리를 나무 판지라든가 그러한 것으로 적당한 곳에 마련을 해 놓고는 맞아들이곤 했다. 그리고는 그놈이 아무 지장도 없이 고이고이 새끼를 쳐 내가기를 이심으로 바라곤 했다.

그것은 무슨 제비가 들어와 새끼를 쳐야 그 집에 운이 든다는 그러한 전설을 염두에 두어서가 아니라, 나를 찾아들어와 내 방문 앞에 둥지를 틀고 새끼를 치는 그것이 귀엽고 사랑스러워서였다.

그것은 참으로 내 가족과 같이 귀여웠고 사랑스러웠다.

그러한 제비였건만 서울 와서 살게 되면서부터는 아주 소원하여졌다. 나를 찾아 들어오는 놈이 있기커녕 공중에 날아다니는 그것조차 찾을 길이 없어졌다.

내가 서울 살림을 이제 처음 하여 보는 것이 아니요, 학생시절로부터 통산을 하여 보면 십유여 년은 살았을 것이다. 그때는 집이라는 것이 없었고 남의 집 한 칸 방을 빌려 기숙을 하는 데 지나지 않았던 것이니까 특별히 그러한 관심이 없었던 것이나 집을 잡고 살림이라고 살게 되니 가족과 같이 여기던 그 제비라, 그 제비가 안 들어오니 가족이 안 들어오는 듯이 그 제비가 그리운 것이다. 실로 나뿐이 아니라,

선조대대로 봄이면 맞아들이고 살던 그 제비였다고 생각하니 제비 없는 집에 살기가 더욱 쓸쓸한 감이 있다.

시골선 제비가 안 들어오는 집이면 흉가라고 한다. 그놈이 참으로 이상한 짐승이기는 한 것이었다. 안 들어오는 집은 영 안 들어온다. 시골이라도 읍(邑)이라든가 그런 고층건물이 번화한 거리에는 으레 들어오지 않는 것이지만 농가로 떨어져서도 안 들어오는 집이 있다. 조금도 다름이 없는 그 집이 그 집이나 마찬가지인 초가이로되 집이면 집마다 다 들어오면서도 빼어놓는 집이 있다.

그러면 그 집의 그 해의 운은 나쁜 것이라고 추측을 하게 되는 것이 농촌 일반의 상식이다.

그러나 그것이 무슨 흉수(兇數)를 말할 만한 것이라는 그렇게 믿을 만한 근거를 찾을 수는 없는 것이니 그놈이 번화한 도시에는 들어오지 않는 것과 같이 어딘지 그 집에는 그놈의 비위에 맞지 않는 그 무슨 점이 필시 있을 것이라고 알 밖에 없다. 그런데 나는 이러한 일을 직접 한 번 내 집에서 지나 본 일이 있다. 십여 년 전 내 집이 파산을 당할 때 내 서재에는 물론, 건넌방 큰방 사랑방 할 것 없이 방이면 방마다 그 방문 앞 처마 밑 도리 짬에다가 세 쌍, 네 쌍, 심지어는 다섯 쌍, 여섯 쌍 그 수도 모를 만치 들어와 다투며 둥지를 틀던 것이, 이 해 따라 어느 방문 앞에나 깃을 들이지 않고 그저 들어와서는 처마 밑에 그 무슨 무서운 것이 있기나 하는 듯이 기웃하다가는 달려나가서 지붕 위를 빙빙 돌다가는 나가고 하면서 간혹 가다가 마당에 건너 맨 빨랫줄에 앉아 보되, 그것도 못 앉을 데를 앉은 듯이 날름하니 앉았다가는 곧 날아 나가곤 했다.

이렇게 하기를 삼사 쌍이 들어와서 봄내 하더니 여름철을 접어들면서 겨우 한 쌍이 내 서재 문 앞 처마 밑에 둥지를 틀고 새끼 한 배를 쳤다.

그리고 그 이듬해에도 역시 그 전해 모양으로 제비란 놈이 들어와서는 지붕만을 빙빙 돌다 나가고 나가고 하다가 또 한 쌍이 남아서 깃을 들이고 하더니 설레는 집안이 조용해지자 삼 년째 되던 해 봄에 이르러서야 방문 앞마다 쌍쌍이 들어와 이른봄부터 예전대로 둥지를 틀었다.

이것이 이상하기는 했다.

대체 제비란 놈이 사람의 집 문전에 둥지를 틀고 새끼를 치려는 그 이유는 오직 사람을 믿고 자기를 해할 고양이라던가, 이런 모든 짐승을 돌보아 주리라고 믿는 데 있다고 추측되는 것만은 사실 같으니, 가령 그놈이 새끼를 치려고 하던 집에 불안한 빛이 보이게 되면 자기의 신변까지 보호하여 줄 그러한 성의가 그 집에 없으리라는 것을 엿보는 데서가 아닐까 하고 그 원인이 어디 있을 것인가를 한동안 생각해 본 일이 있다.

그러나 그것은 제비가 대답을 하지 않는 한, 영원한 숙제로 남을 그러한 성질의 것밖에 더 되는 것이 아니어서 다시는 더 그것을 생각하려고도 아니하고 있은 지가 오래다.

이제껏 내가 제비를 못 잊어 하는 것은 다만 나를 찾아 해마다 들어오던 그 귀여움을 못 잊어서고, 또 내 집이 있게 된 후부터 몇 백 년을 맞아 오던 그 제비를 맞지 못하는 섭섭함이 늘 마음에 남아 있는 데서다.

서울도 제비가 들어오기만 한다면 내 서재 문 앞에 틀던 그 제비가 와 주기를 바라기나 하련만 내가 없으니 그 서재에 둥지 틀던 그 제비 필시 자리를 옮겨 뉘 집 문전에 깃도 들이고 그 집주인의 사랑을 받고 있을 것이라 아니 다시 그 시골집의 서재로 돌아가 그 제비를 불러다 놓고 책을 들고 앉아 보고 싶은 생각이 불현듯 간절하여진다.

〔발표지〕《금융조합신문》(1939. 4.)

〔수록단행본〕 *『상아탑』(우생출판사, 1955)

정릉 일일(貞陵一日)

정릉의 산 속은 새소리 없이도 푸르다. 물소리만이 그저 솨아솨 골짜기마다 들릴 뿐인데 산은 푸르렀다. 새소리를 무시하고도 정기만으로 푸르른 그 기개만은 장하다 아니 할 수 없으나 적어도 이만한 녹음이라면 꾀꼬리소리 한마디 들을 수 없음이 무색하구나.

내 본래 산이나 바다의 취미를 모르거니와 오늘 내가 정릉의 녹음을 찾게 된 것도 무슨 이런 녹음의 유혹에서가 아니요, 사우(社友)들의 종용에 마지못해 따라 나섰던 길이니 그까짓 녹음이야 짙었던, 말았던 꾀꼬리야 울던, 마던 어아(於我)에 하관(下關)이리오만 그래도 이 녹음에, 이 물소리라면 꾀꼬리 소리 한마디쯤은 있어야 면목이 설 것 아닌가. 어쩌다 오다가다 숲 속을 다녀가는 밀화부리 소리 한마디 들을 수 없다.

이러한 녹음(綠陰)도 좋다고들 모여든다. 우리도 그리 늦은 편은 아니었건만 언제들 이렇게 떨쳐났는지 아직 오정도 멀었을 텐데 산은 사람으로 찼다. 아니, 곳에 따라선 벌써 도도한 취흥에 허리를 부러치고 꼽당춤에 냄비 장단이 한참인 데도 있었다. 우리 일행도 물이 흐르는 골짜기의 한 곳을 택정하고, 짐을 풀었다. 소고기, 닭고기, 계란, 과자, 술, 쌀 거기에 이것들을 요리할 도구 일습이 자전거로 하나가 실리어 왔다.

논다는 것은 결국 먹는다는 의미가 아닐는지 모른다. 제 아무리 명승경개를 대했다 하더라도 그것이 향락으로서의 본의였다면 반드시 먹는 일항(一項)이 따라야 그 의의를 지니게 되는 것 같다.

그러나 먹을 줄 모르는 것까지 먹어야 되는데 그 의의가 있다면 향락의 존재에 나는 의심을 가지지 않을 수 없다.

일행 칠팔 인 중 다만 한 사람만이 호주객이요, 여타는 모두 비주객인데 우리의 짐 속에서도 소주가 한 되, 삐루가 서너 병 나왔으니 먹을 줄 모르는 술이라도 이러한 좌석에서는 먹어야 된다는 법칙일까. 그리하여 억지로라도 먹어야 향락이 되는 것일까. 어쩌자고 먹을 사람도 없는 술의 준비가 이렇게도 많았을까. 처리에 곤란할 것이 미리부터 짐작되었지만 결국 삐루 몇 잔에 나는 괴로웠다. 제가 그물을 떠다 놓고 그 그물에 걸려드는 것이 사람의 장난이기는 하지만 스스로 지어서 괴롭게 만들어 놓고 괴로워하는 것으로 낙을 삼는 것이 인생 본래의 사는 재미인지 모른다. 육자배기 장타령에 산을 떠내 보낼 듯이 노자 때리던 맞은짝에서도 모두 혼곤히들 근더졌다. 즐거운 현상일까 괴로운 현상일까. 나도 한번 한껏 취하여 그들의 심경에까지 이르러 봄으로 그들의 심경과 같은 심경에서 인생을 한번 내다보고 싶기도 하건만 몇 잔에 괴로운 술이니 도저히 그런 경지에까지 보지 못할 주량이한이다.

"자, 한 잔만 더?"

하는, 권도 간절한 좌석의 권고이었으나 주량이 말을 안 듣는다.

나는 인생의 밑바닥을 들어가서는 살아 볼 수 없는 영원한 인생의 초년병인가 보다.

"녹음방초승화시(綠陰芳草勝花時)에……."

하는 곡조도 어디선가 흘러드는 것을 보면 술에만 취하는 것이 아니라, 녹음에도 취하는 것임은 틀림없는 사실 같거니, 녹음에도 술에도 취할 수 없는 인생은 결국 괴로운 의의를 모르는 인생일까. 그렇다면 녹음도 술도 모르고 괴로운 내 마음은 과연 무엇을 의미하는 괴로움일까.

　만산에 주홍이 물소리와 같이 골짜기마다에 찼는데, 오직 침묵으로 물소리만을 흘려 내려 보내는 이 골짜기는 좋은 의미에서건 나쁜 의미에서건 녹음도 술도 무시한 이날의 히트에 틀림없으리라.

〔발표지〕《경향신문》(1949. 6.)

〔수록단행본〕 *『상아탑』(우생출판사, 1955)

피서(避暑)의 성격(性格)

그 어느 해 여름 피서를 한다고 이삼 인의 벗으로 어울려 옥호동(玉壺洞) 약수(藥水)를 찾아갔던 일이 있다. 산촌의 약수치고는 설비나 경치나가 다 무던했다. 이 약수의 성능이 어떠한 것인지는 알 바 없었으나 물이 차기로는 빙수에 질 바가 없었다. 돌 틈 새로 용솟음쳐 흐르는 물을 배지로 받으면 물 위에 보얗게 어리는 안개가 보기만 하여도 땀방울이 가더든다. 게다가 심산 깊숙이서 시잉싱 줄기차게 숲 사이를 헤치고 쏟아져 내려오는 산바람이 끊임없이 몸을 어루만져 주어 셔츠 바람엔 한기까지 느낄 정도다. 다만 피서지로 결점인 것은 쭉 벌거벗고 진탕치듯 헤엄을 쳐 볼 그러한 물만이 없는 것뿐이지 시원하고 조용한 편으로 송도원(松濤園)이나 그런 곳보다 오히려 좋을는지 몰랐다.

그러나 벗들의 비위엔 이게 다 틀렸다. 그날 밤 약수터 주위를 일순하고 난 벗들은,

"가세. 싱거워!"

하고 날이 밝으면 덥기 전에 일찌감치 떠나야겠다고 풀어 놓았던 짐을 도로 챙기며 수선이었다. 그래 대체 이게 어찌 된 일이냐고 물었더니,

"술이 있어? 계집이 있어? 병쟁이 아닌 담에야 무슨 맛에 여기서 여름을 나!"

하는 것이 그들의 똑같은 불평이었다.

피서가 목적이긴 하면서도 부수되는 그 어떤 자극적인 향락이 필요했던 것이다. 아무리 시원한 물이요, 바람이라고 하더라도 주색이 따르지 않는 물과 바람은 시원하질 않았던 것이다. 따지고 보면 피서를 한다는 그 피서는 피서를 위한 한낱 배경에 불과한 것이고 기실 피서는 주색에 있었다고 아니 할 수 없었다.

술을 마시지 않는 자에겐 이 약수터가 훌륭한 피서지이었지만 술을 마시는 사람에겐 이렇게도 피서가 안 되는 것이었다. 나도 일찍이 그 어느 한때에는 삐루 한 타쯤은 사양치 않으려고 하던 시절이 있었거니와 만일 내가 술을 제대로 계속하는 그러한 건강한 몸이었더라면 이 약수터가 그들과 같이 그렇게 피서지로서의 대상이 되어지지 않았을 것일까. 술과는 지금토록 인연이 멀게 지나는 나는 피서의 성격에 자못 그 파악이 어려웠다.

내 술과는 인연을 멀리하되 이미 맛은 들였던 술이라 술맛은 알고 있는 처지다. 지금도 가다가는 가끔 조끼라도 한 잔…… 하는 생각이 불현듯 떠오르는 때가 있는 것이 숨길 수 없는 심정이기는 해도 이만 정도로는 술의 천리가 밑바닥까지 통하지 못한 때문일까. 그렇다면 술을 다시 계속할 만한 그러한 건강이 회복되지 못하는 한 나는 인생의 즐거운 취미 하나는 영원히 맛보지 못하고 살아야 하는 셈이 된다. 주색 없이도 시원함을 느낄 수 있는 나의 이 옥호동 약수 취미는 과연 어디 있는 것일까. 유색유주(有色有酒) 속에서 느끼는 취미보다 무색무주(無色無酒) 속에서 느끼는 취미가 좀더 유현한 취미가 되어지는 것은 아닐까. 이즘 나는 친구들의 우리 어디 피서나 가 볼까 하는 그런 의견이 있을 때마다 이러한 생각을 하고 피서의 성격에 다시금 고요히 마음을 깃들여 보곤 한다.

[발표지] 《서울신문》(1949. 7.)

[수록단행본] *『상아탑』(우생출판사, 1955)

수박

　취미에 따라서 제각기 다르기는 할 것이로되 여름 과실로는 아무래도 수박이 왕좌(王座)를 차지해야 할 것이다. 맛으로 친다 해도 수박이 참외나 다른 그 어떤 과실에 질 배 없겠으나 그 생긴 품위로 해서라도 참외나 그런 그 어떤 다른 과실이 수박을 따를 수 없을 것이다. 그 중후한 몸집에 대모(玳瑁) 무늬의 엄숙하고 점잖은 빛깔이 우선 교양과 덕을 높이 쌓은 차림새 같은 그러한 고상한 인상을 주거니와, 감미한 맛을 새빨갛게 가득히 지닌 그 속심은 이 교양과 덕의 상징이라 아니 볼 수 없다. 새빨갛게 속이 물드는 과실이 하필 수박이리오만, 유심히 보면 수박의 그것은 어느 다른 과실의 그것보다 빛의 성질이 다르다. 천진에 가까울 만치 순한 빛이요, 연한 살이다. 아마도 자연의 제과품으로선 이 수박이 여름의 풍물 가운데선 가장 예술적일 것이다.

　내가 수박을 좋아하는 것도 실은 이 예술적인 풍미에 있다. 그래서 나는 수박을 미각으로만 즐길 것이 아니라, 시각으로도 취미로도 즐기고 싶어, 한때 시골서 살 적엔 채원(菜園)에다가 수박을 손수 심고 가꾸며 어루만진 적이 있다.

　한 개의 예술이 완성되기까지에는 그 노력이 헐한 것이 아니듯이 이 수박을 가꾸는 노력도 참으로 헐한 것이 아니었다. 재배법을 들여다보며 꼭 법칙 그대로 가꾸는데도 말을 잘 듣지 않았다. 참외는 맺히기만 하면 결실이 거의 영락이 없는데 수박은 그렇지 않았다. 맺혔다가도 곧잘 떨어지고 한창 크다가도 결실에 이르기까지의 밑자리가 위태해서 그것을 바로잡으려고 손만 좀 대어도 손내를 맡고는 않는다. 자연 이외의 접촉은 허하려고 아니했다. 자연이 준 지조를 충실히 지키는 과실이다.

이런 고상한 의지를 지니고 있는 것만으로도 수박은 탐나는 미각의 대상이 아닐 수 없는데, 달고 시원하면서도 훗입이 깨끗한 맛이란 여름의 그 어느 과실이 감히 따르지 못할 것이다. 적당히 익어서 땅바닥에 닿았던 부분이 누렇게 되고 두들겨 보아 북소리가 나는 놈만 골라 들면 그야말로 그건 여름이 아니고는 맛볼 수 없는 일미다.

그러나 시장에 진열된 것으론 이런 게 용이히 눈에 띄지 않는다. 영리를 위하여 다량생산을 목적하고 인공을 가하여 자연을 모독해서 조숙시킨 것이 거의여서 수박 본래의 제 맛을 다들 그대로 지니지 못했다. 심지어는 속을 붉게 만드느라고 애숭이에다가 물감 주사질로 성숙시킨 것도 없는 게 아니라니 도시 사람은 어쩌면 한평생 수박의 제 맛을 모르고 지나게 될는지도 모른다.

4천여 년의 역사를 가지고 오랜 세월을 내려오며 시인의 홍을 돋우고 만인의 입에서 오르내려 오는 수박이 오늘 와서 이렇게 변질이 되고 만다는 건 여름의 미각을 위하여 슬픈 일이 아닐 수 없다.

〔발표지〕《국도신문(國都新聞)》(1949. 7.)

〔수록단행본〕 *『상아탑』(우생출판사, 1955)

전승지 (戰蠅志)

　파리와 싸운다.

　밥상을 들여다 놓으면 뚜껑을 열기가 바쁘게 달려들어 먼저 맛을 보며 돌아가는 놈이 파리다. 불결한 배설을 정한 데 없이 아무 데나 되는대로 갈겨내는 놈이 또 파리다.

　그러나 이런 것들쯤은 그래도 괜찮다. 책을 들고 누운 얼굴 위에 날아들어 자꾸만 피부를 간질이며 방해를 하는 때처럼 미운 것은 없다.

　시인 하이네는 바로 죽기 직전에 사랑하는 애인을 가리켜 "나의 파리여!" 하고 불렀다거니와, 병석에 누운 자기의 주위를 떠나지 않고 언제나 빙잉빙 돌아가는 것이 마치 파리와 같아서 그렇게 불렀는지 어쨌든 애인을 파리라고 불렀다니 이 시인은 파리가 그처럼 좋았을까. 파리일레 책과의 친밀히 알뜰히 이어지지 못하고 모처럼 가라앉혀 책 속에 파묻힌 정신이 한 마리의 파리 때문에 가리가리 갈리여 나가는 걸 보면 애인이란 심사숙고에의 장애물이라고 이 시인은 애인을 파리에 비하여 그렇게 부른 것은 아니었던가도 싶어진다.

　책을 들 때는 의연히 파리를 염려해서 앞뒤 창을 꼭 닫고 '후마기라'를 방안이 보얗도록 냅다 뿌려서 그놈들이 모두 취하여 근더지기를 기다려 말짱히 쓸어 버리고 새로운 기분으로 아주 길게 자리를 잡고 눕는 것이나, 어디서 날아오는 것인지 창을 열기만 하면 옹옹 하고 모여들어 얼굴을 무대로 별별 추한 장난이 다 벌어진다. 난리니 뭐가 있을까, 옹이— 하고 날아나선 허공을 한 바퀴 비잉 돌아가지고는 다시 돌아와 그 장난인 것을……. 앉음앉이도 아주 묘한 것이다. 콧등이면 콧등, 입술이면 입술, 꼭 앉던 그 자리에 영락없이 돌아와 앉는다. 골이 아니 오를 수가 없다. 갈릴 정신을 꺼리어 참자 참자 참아 내다 못해 그놈들을 따라 일어서고야 만다. 어떻게 해서든지 그놈들을 잡아 경을 쳐야 마음이 개운해지는 것이다. 요리조리 피해내는 놈을 구석구석 따라다니며 기어코 쳐서 잡아 놓고야 다시 책을 들고 눕는다.

그러나 어디 고놈들뿐이던가. 얼굴에 와서 붙는 놈이란 매한가지로 고놈의 장난이 고놈의 장난이다. 날리다 날리다 참지 못해서 다시 벌떡 일어나는 날이면 그적엔 물불을 헤아릴 여지 없이 난타전이다.

"아, 아야!"

아내의 등골에 파리채는 가 부딪쳤다.

고의의 짓이 아니라 미소로 대항이기는 하나, 맞은 자리가 노상 헐치는 않은 모양이다. 일감을 놓고 손을 등으로 돌려 긁적긁적하기에 보니 좁쌀알 만한 피가 한 점 모시 적삼 등골에 빨갛게 물이 들었다. 얼마나 세차게 때려 조지었던지 파리 대가리가 그 자리에서 아주 박살이 되어난 모양이다.

그러나 배설 정도의 오점이라 썩 분간이 가지 못할 흔적이기에 나 역시 건 모르는 체 다시 파리 따라 채를 옮기었다.

제일착으로 맞은 건 파리가 아니라 엉뚱하게도 날라리였다. 그저 치기에만 독이 오른 손은 그놈조차 파리로 빗보였던 모양이다. 날라리는 안타까움을 못 참는 듯이 머리를 뒤로 곤두세우고(기실은 비뚤어졌다) 뱅글뱅글 자꾸만 돌아가는 양이, 내겐 무슨 죄로 형벌이요 하고 살려 주기를 애원하는 것 같아 보기에 심히 민망스럽다. 다시 살아날 도리가 없을까 회생을 기다리며 동정을 엿보았으나 민망한 내 마음을 풀어 주기엔 너무도 상처가 컸다. 돌아박힌 대가리를 종시 바로잡지 못하고 한참이나 앵둥이를 들었다 놓았다 하고 앞발을 바르르 떨더니 그게 최후였다. 그 후로는 영 아무런 동작이 없다. 큰일을 저지른 것처럼 마음이 섬뜩하다. 이 며칠 동안 파리를 수없이 아마 수천 수(數千首)는 넘었으리라. 그렇게 쳐 왔어도 조금도 마음에 동요가 없던 것이, 날라리를 죽인 이제 그놈이 끔찍히도 불쌍하다. 그것이 내 본의가 아니었던 것을 변명한댔자, 그리고 안 했댔자 죽고 말았으니 무슨 소용이 있으랴. 그저 횡액을 면치 못한 그 죽음만이 애처로울 뿐이다.

이 날라리의 횡사에 대한 책임은 누가 져야 마땅할 것인가. 파리가 져야 할 것인가, 내가 져야 할 것인가. 결국은 내가 아니 질 수 없는 성질의 것이다. 돌아오게 되는 책임이 당연하게 되는데 고놈들의 파리가 더한층 미워진다. 고놈들을 씨알머리가 없이 멸종을 시키리라, 파리채 끝에 주어진 힘은 더할 수 없이 어지러워졌다. 안팎으로 들락날락 진종일을 쳐냈다.

그러나 그날 밤 빈대의 성화에 잠이 깨어 보니 어디서 또 그렇게 모여들었는지 10여 마리는 넘으리라, 어쨌든 그만한 수효의 파리가 아내의 잠자는 입에 한 입 들어가 진탕치듯 침을 빨아내고 있다. 입 안이라 파리채는 쓸 수가 없어 손으로 휘저어 날리고 보니 그 벌어진 입 안의 하얀 이빨 위에 동골동골하게 그려진 누에알 같은 까만 반점들은 그게 필시 그놈들의 배설이 또 틀림없었다. 이것이 항상 입을 다물고 잘 줄 모르는 벌이라면 비색증으로 늘 코가 막히어 입을 벌려야 잘 줄 아는 내 입이니 내 입엔들 어찌 그러한 장난이 없었으리라고 믿으랴. 고놈들을 모조리 또 잡아 죽이지 않고는 마음이 가라앉을 수 없었다. 다시 자리에 누울 생념도 없이 불의의 작전이 야반에 한참 또 분주하였다.

이렇게 추하고 성가신 그 짐승을 하이네는 애인에 비하여 부르다니!

애인을 "나의 파리여!" 하고 부를 때, 족히 성을 내지 아니하고 이 시인의 부름을 영광으로 만족하게 받아 주었던지, 하이네에게 한번 물어보고 싶어진다.

〔발표지〕《매일신보》(1942. 5.)

〔수록단행본〕*『상아탑』(우생출판사, 1955)

여름의 미각(味覺)

　여름은 채소를 먹을 수 있어 좋다.

　시금치, 쑥갓, 쌈, 얼마나 미각을 돋우는 대상인가. 새파란 기름이 튀여지게 살진 싱싱한 이파리를 마늘장에 꾹 찍어 아구아구 씹는 맛 더욱이 그것이 찬밥일 때에는 더할 수 없는 진미가 혀끝에 일층 돋운다.

　그러나 같은 쌈, 같은 쑥갓이로되, 서울의 그것은 흐뭇이 마음을 당기는 것이 아니다. 팔기 위하여 다량으로 뜯어다 쌓고 며칠씩이나 묵혀 가며 시들음 방지(防止)로 물을 뿌려선 그 빛을 낸다. 여기 미각이 동할 리 없다. 여름철이 아니고는 이런 것이나마 역시 맛볼 수 없는 것이기는 하나, 싱싱한 채정(採精)이 다 빠지고 취김 물에 겨우 제 빛을 지니어 가는 그 가난한 이파리가 비위에 틀린다.

　그래서 이 이삼 년 챈 쌈이 그리운 여름이 와도 여름을 잊은 듯이 그처럼 좋아하는 쌈 한번 마음 가득히 먹어 보지 못했다. 언제나 시골서처럼 채원에다가 푸른 식량을 한 밭 심어 놓고 식욕이 움직일 때마다 먹으면 뱃속까지 새파랗게 물들 것 같은 싱싱한 정기가 담뿍 담긴 그 푸성귀를 아구아구 씹어 먹어 볼는지—.

　아내도 그런 것이 무척 그리운 모양으로 가게에서 사오는 그것보다 어떻게 좀 생기가 돌게 만들어 먹을 수 없을까 한 번은 파를 사다가 서울집 하고도 유별히 좁은 그 마당 한귀의 물독 옆에다가 세네 포기를 꽂아 놓고 물을 주어 키웠다.

　이걸 하루는 고향에서 손님이 왔다가 보고 "저게 뭐 채원(菜園)인가?” 해서 고성소(高聲笑)를 한 일이 있기도 했거니와, 이런 것에 구애가 없이 사는 시골 사람이 무척 그립다.

어떻게도 우리 집 마당이 좁은 것인가는 여기에 그 평수를 숫자적으로 따지어 밝히기보다 좋이 설명해 주는 것이 있으니 바로 작년 봄이었다. 시골서 입학시험을 치러 올라왔던 어떤 여학생 하나가 마당 한복판에 서서 사방을 두루 살펴보더니 “마당은 어디 있어요?” 해서 웃었다면 그 마당의 넓이가 얼마나한 정도일 것인가는 가히 짐작해 알 것이다. 그러니 그렇게 심어 먹기를 즐기는 아내이었건만 그 파 다섯 포기(꼭 다섯 포기)밖에는 여기에 더는 생념을 내지 못하고 넘석거린다.

“그 뒤꼍 바위 위에다가 흙을 좀 사다 붓고 쌈이나, 그런 것을 좀 못 심을까요?”

“장독은?”

“장독 옆으로 말이에요.”

“사다가 먹는 게 그저 싸지.”

“그래두—.”

아내는 되건 안 되건 한번 시험을 해 보았으면 하는 심정이다.

그러나 그 바위 위에다가 흙을 덮으려면 한 자 두께는 덮어야 할 게니 한 자 두께면 흙이 한 마차, 한 마차면 비용이 사 원, 그리 많은 돈은 아니나, 장마를 한 번 겪고 나면 꼭 사태(沙汰)질에 나중에는 그 흙을 쳐내는 인부 삯까지 쳐넣어야 될 것만 같으니 아내의 그 심경을 헤아려 보잠도 딱한 노릇이었다. 이유를 설명하고 승낙을 않았더니 아내도 그건 그럼즉이 생각이 들었던지 다시는 더 아무 말이 없이 그저 그 마당귀의 파 다섯 포기에만 일심으로 손을 넣으며 이즘엔 한 포기를 더 늘여 여섯 포기가 담 짬에서 새파랗게 자라나며 반찬의 양념을 돕는다.

하지만 가게에서 사오는 시들은 백채(白菜)엔 아무리 신선한 파가 들어가도 그토록 맛을 돕는 것이 되지 못된다. 모처럼 애를 쓰고 키워서 만든 김치를 맛이 없달 수 없어 잠자코 먹기는 하지만 결국은 아내의 손만 좀더 분주하게 만드는 수고밖에 더 되어지는 것이 아니다.

겨울밤 찬밥에다 동치미를 썰어 비빈 그 기운찬 맛, 미미각(美味覺)의 여성적인 추과(秋果), 고사리, 맛이나물 같은 가지가지의 춘채(春菜), 철철이 미각의 대상이 계절을 자랑하지 않는 것이 없으나, 여름철의 그것이 내게는 좀 더 유혹적이건만…….

참외와 수박이 결코 추채류(秋菜類)에 떨어지는 미각이 아니거니와, 쑥갓, 쌈이 또한 산채에 지는 것이 아니건만…….

먹는 데도 역시 그 운치가 반은 더 미각을 돋우는 것이어서 수박은 다락 위에서 꿀을 부어 한가히 먹어야 맛이 나고, 참외는 거적문을 들치고 들어가는 원두막 안에서 먹어야 맛이 난다. 그런 것을 서울선 기껏 골랐대야 따다 두어서 익힌 속 곤 놈을 그것도 마루 위에서밖에 앉아 먹을 데가 없으니 제 맛이 돋궐 리가 없다.

이즘 한참 수박과 참외를 수레에다 잔뜩 싣고 거리거리 돌아가며 외쳐내기는 하나 쑥갓이나, 쌈 매한가지로 내 비위는 그렇게 흐뭇이 움직여지는 것이 아니다.

"줜치 사라우?"

채소에 맛이 없어 하니 아내는 생선장수를 불러 세운 모양이다.

"외이를 사지?"

"글쎄, 생생한 게 여기야 올라와야지요."

"그럼 거리에 내려가 보지?"

"아까도 내려가 봤는데요. 뭐 소경 눈 뜨나 감으나예요."

오늘도 김치는 또 굶었다.

〔발표지〕《매일신보》(1942. 5.)

〔수록단행본〕*『상아탑』(우생출판사, 1955)

조어찬(釣魚讚)

나는 낚시질을 좋아한다. 지금도 내가 만일 고향에 있는 몸이라면 이 글을 쓰는 이 시간이 바로 송가포반(宋哥浦畔)의 그 소위 '섬배미 뚝'이라는 갈밭 속 회돌아진 모롱고지의 애기버들 밑에 한가히 풀방석을 깔고 앉아 바람 좇아 굽이치는 물결 위에 자리를 못 잡는 낚시 깃의 동정에서 고깃쩔을 찾아 내려고 온 정신을 시선에 모으고 있을 그러한 시간에 틀림없을 게다.

한여름의 한낮 볕이 지글지글 내려 눌러, 개구리조차 어쩔 줄을 몰라 하며 죽은 듯이 두 다리를 쭉 뻐드러지고 물 위에 두웅둥 떠도는 그러한 더위인데도 이때만은 더운 줄을 모른다.

실로 내게 있어, 세상의 온갖 시름을 잊을 수 있는 행복한 순간이 있다면 한바다에 낚시를 던지고 고기를 노리는 그 순간일 것이다. 창작을 할 때의 그 한 순간이 낚시질 그것보다 못지않은 행복한 순간임에는 틀림없으나 그 순간과 상반하여 속을 태워 주는 한동안 한동안의 괴로운 그 순간마다 한 근씩이나 살을 깎아 내리는 듯한 실로 참기 어려운 역한 순간이기도 하다.

그러기 때문에 내 마음을 살찌워 주는 점에 있어선 낚시질이 오히려 창작의 위에 놓여진다.

그래서 그런지는 모르나 어쨌든 낚시질 철만 되면 나는 보던 책도 쓰던 글도 다 집어던지고 한여름 동안을 줄곧 낚시질로 지나 보내게 된다. 이것이 그 어느 한 해의 여름 동안의 그 짓이 아니었고 십 년 가까이를 계속해 온 때가 나의 과거에는 있다.

집에 일은 어떻게 되는지 모른다. 오직 눈에 보이는 것은 굽실거리는 푸른 물결이요, 그 물결 위에 곤드라 선 낚시 깃대. 그리고 하얀 비늘을 번득이며 요동치는 손바닥 같은 붕어—.

이 유혹은 날이 새기가 바쁘게 나를 강가로 이끌어 낸다. 홰에서 닭이 푸득푸득 내리는 깃부춤 소리가 들리면 부랴부랴 옷을 주워 입고는 낚시도구를 매고 떠난다. 그래선 해를 지우고도 오히려 부족하여 강변에 미련을 두고 이튿날을 혼자 마음에 약속하곤 날이 어두움을 못내 탄식하며 집으로 돌아온다.

낚시질 그것에의 신밀(神密)한 제호미(醍醐味)에 취하면 잠시라도 강변을 떠나기가 싫은 데다 고기란 놈이 물기를 또 아침저녁으로 잘 물리는 것이어서 그 유혹이 이렇게 나를 날마다 진종일을 강변에 붙들어 놓는다.

참으로 해가 솟을락말락 동쪽 하늘이 벌겋게 물들어 오를 때, 그리고 해가 질락말락 서쪽 하늘에 붉은 놀이 길이 퍼질 때, 이때야말로 낚시질의 그날의 계절인 것이다. 어쩌다 아침잠이 늦어서 해가 올라오게만 되면 아침도 미처 못 먹고 떠난다. 그래서는 저녁 한동안을 또 기다리기에 한 종일을 굶는 일도 있다.

그런데 나의 낚시질 취미에는 남다른 이상한 것이 있다. 남들은 크나 적으나 고기가 쉴 새 없이 물어야 재미가 있다고들 하나, 나는 적은 놈이 물리면 그만 화가 버쩍 나서 못 한다. 적어도 손바닥만큼이나 한 놈이 물려야 정신이 낚시에 쏠린다. 그러기 때문에 나는 언제나 큰 놈을 잡기에 애를 쓴다. 그러나 큰 놈이 그리 쉬이 물리는 것이 아니다. 그러니 잡는 수는 남보다 언제든지 떨어지기 쉬우나 잡히는 놈이면 그것은 굵다. 낚시질 취미란 물론 고기를 낚는 데 있을 것이나 그저 낚는 것만으로는 묘미가 없다. 아무런 반항도 없이 낚싯대도 휘지 않고 경뚱 달려 올라오는 작은 놈은 아무 낚을 맛이 없는 것이다. 적어도 일 척 내외의 큰 놈이라야 물 밖을 나오지 않으려고 물속을 왔다 갔다 물살을 찢으며 요동을 쳐서 낚시대가 부러질 염려가 있을 만큼 수고스럽게 낚아내는 데 묘미가 있는 것이니, 이 순간이야말로 유현한 진리 속에 자기를 잊는 그 일순이다. 실로 낚시질 취미란 큰 놈을 낚는 데 있다. 그러나 메기라든가, 뱀장어 같은 놈은 아무리 굵은 놈이라 해도 낚을 맛이 없다. 물살을 찢고 달아나는 힘이 없이 그저 무겁게만 달려 올라오기 때문에 그것은 싱겁기가 짝이 없다. 차라리 술쪽 같은 적은 붕어만치도 그것은 낚을 맛이 없다. 낚시질엔 붕어 낚시질이 본격적일 것이다.

그러므로 고기를 낚아도 재미있게 낚기 위하여 붕어 낚시질을 아니할 수가 없다. 그러나 붕어가 서식하는 곳에는 메기도 의례히 같이 살고 있어 도저히 붕어만을 낚을 수는 없으나 고기의 습성을 알고 낚시를 주는 그 방법을 알게 되면 어느 정도까지는 이 메기를 피하고 붕어만을 낚아낼 수가 있다. 어떠한 고기나 작은 놈은 대개 물 위에서 놀기를 좋아하고 큰 놈은 물 깊이 있기를 좋아한다. 그러기 때문에 낚시의 지혜를 깊이 주어 물 위에 뜨는 것이 겨우 곤드라서게 낚시를 주면 문제없이 큰 붕어를 낚을 수 있다.

이렇게 하는 것이 자연히 또한 메기는 못 물리게 하는 방지도 되는 것이니 메기란 놈은 크나 작으나 물속 깊이보다는 물 위에서 늘 떠돌아다니며 작은 고기를 잡아먹는 습성을 가졌기 때문에 작은 놈들이 노는 옅은 물속에서 대개는 지나고 있음으로 지혜가 깊으면 메기가 잘 물리지를 않는다. 그래 이렇게 깊이 지혜를 주어 놓고 노리다가 꿈물하고 깃에 이상이 있을 때엔 바짝 정신이 긴장되며 가슴이 두근두근하여진다. 그것은 지혜가 깊으니만큼 의례히 붕어일 것이요, 또 붕어라도 보통 낚을 수 있는 평범한 작은 놈은 아닐 것이기 때문이다. 그런데다 그 맥에서 고물거리는 깃의 동작으로 두말없이 큰 놈인 것을 짐작해 내기까지 할 때에는 옆에서 누가 뺨을 쳐도 모르게 정신은 거기에 빼앗기고 법열의 무아경 속에서 진맥을 하게 된다. 그러다가 그 맥과 같이 과연 굵은 놈이 채여 낚싯대를 쥐인 손끝이 뭇줄 하고 낚싯줄이 모로 뻗을 때의 그 순간의 묘미란 여기 붓끝으로 형용하기에 족한 그러한 성질의 평범한 묘미가 아니다.

사람이란 성질에 따라 취미를 달리 가지거니와 나는 과거의 생활에 있어 맛보아 온 온갖 취미 가운데서 낚시질의 신묘한 맛에 족히 비겨 볼 그러한 취미를 일찍이 맛보아 본 일이 없다.

지금도 나는 백화점 같은 곳을 들렸다가 낚시도구가 눈에 뜨이게 되면 불현듯 낚시질의 충동을 받고 잊을 수 없는 부세(浮世)의 시름에 더한층 마음이 우울하여짐을 느끼나, 낚시질의 그 절묘한 취미로 한동안이나마 시름을 잊어 볼 그러한 시간의 여유에 군색함을 혼자 속으로 극히 애달파하곤 한다.

〔발표지〕《조광》(1937. 7.)

〔수록단행본〕*『상아탑』(우생출판사, 1955)

창작 일기(創作日記)

왜 이리 창작이 어려워지는지 모르겠다. 도시 붓을 들기가 끔찍하다. 창작욕은 여전히 쇠할 줄을 모르는데도 쓰기는 을씨년같다. 이달 그믐까지에 60매짜리를 하나 써야 할 것이 있어 구상은 다 짜 놓았는데 붓은 들리지 않는다. 사무에 펜놀음이 지친 탓도 탓이겠지만 원체 창작하면 겁이 앞서게 된다. 10여 년 전에는 잡은참 앉아서 4, 50매는 문제없이 쓰던 것이 근래엔 이렇게도 어려워진다. 어떻게 생각하면 이것이 창작이란 무엇인지가 좀더 알아진 탓도 같으나 쓸 수가 없으니 탈이다.

오늘도 사(社)에서 나올 때에는 집으로 돌아만 가면 고요히 정신을 가다듬고 앉아 좀 써 보리라는 생각이었으나 단 한 줄을 써 놓을 수가 없다. 나는 이 시작에 여간 고심을 안 한다. 썼다는 찢고 썼다는 찢고 하기를 아마 7, 8차는 거듭했으리라. 그러니 역하기가 짝이 없는데 몸은 피로감을 느낀다. 담배를 한 대 태우고 잠깐 누웠다 다시 붓을 들고 일어나 앉았다.

그러나 열한시가 넘도록 그대로 붓방아만 찧다 말았다. 그리고는 부질없는 생각만 혼자 해 보았다. 이렇게도 어려운 창작인데 비평가의 붓끝은 사정이 그렇게도 없으니 하고.

5월 14일

　오늘 밤은 기어이, 30매는 쓰리란 생각으로 마음을 사려먹고 붓을 들고 앉았으나 뜻도 않았던 손님이 또 온다. 이런 때에 찾아오는 손님처럼 미운 것은 없다. 친한 동무라도 그것은 밉다.
　그러나 오래간만에 시골서 찾아온 동무라 반갑게 아니 대할 수가 없어 옛날 이야기를 한참 집어내니 또 열시다.
　그러나 아직 자기까지에는 두 시가 남았다. 다시 붓을 들고 앉았다.

　어이없어 웃었다. 수염이 센 것이다.
　내천자(川)로 그어진 이마에 주름살이 인제 뚜렷이 나타나게 되었거니 하는 정도에서밖에 더 자기의 늙음이 내다보여지지 않던 현태는 오늘 아침의 면도에서 뜻도 않았던 수염이 턱밑에 세임을 찾았다. 그리고는 벌써! 하는 놀라운 생각에 유심히 아내의 경대 속에서 턱을 비추어 보았더니 수염은 턱밑의 그 한 곳에만 센 것이 아니요, 여기저기 심심찮게 희뜩희뜩 찾긴다. 아침마다의 면도날에 자라지를 못하는 수염이게 그렇지, 그대로 버려두는 수염이 있더라면 서릿발 같은 수염이 인젠 제법 치렁치렁 옷깃에까지 허옇게 늘어졌을 게다.
　'허― 수염이 센다! 마흔다섯 수염이 세?'
　어이없어 다시 한 번 웃었다.

　겨우 이 두 장에 생각은 또 막힌다.

5월 15일

　사에 나가서 뒤를 이어 좀 써 볼까 했으나 복잡해 쓸 수가 없다. 나는 고요한 자리에 혼자 앉았지 않으면 생각이 꽉 갇혀들고 나오지 않는 버릇이 있다. 독서 역시 그렇다. 다년간을 혼자 박혀서 쓰고 읽고 한 버릇의 영향인가 보다.

밤에 두 장을 썼다. 스스로 생각하고 웃었다. 사흘 동안에 2백자 넉 장, 원 이렇게도 어려울 수가 있나? 자신의 역량에 의심을 마지 않았다.

5월 16일

다섯 장을 썼다.

그러나 부분부분에 문장이 몹시 마음에 맞지 않는다. 찢어 버리고 다시 썼다. 하나 문구가 좀 달라졌을 뿐 역시 그 턱이 그 턱이다. 이러다는 필시 기한까지 완전한 한 편이 이루어지지 못하리라, 구고(舊稿) 한 편을 정리해 볼까 꺼내서 읽어 보다, 묘사에 어리석은 데가 꽤 많다. 다시 층뜰이를 하여 개작을 하지 않으면 못 쓰겠다. 그대로 별 함 속에 집어넣고 다시 쓰던 뒤를 이어 쓰기로 붓을 들다. 석 장을 썼다.

5월 17일

열다섯 장을 썼다. 다른 날보다 그래도 꽤 많이 내려간 푼수다. 오늘은 쓰면 얼마든지 쓸 것 같다.

그러나 이미 피로해진 심신은 앞으로 더 내킬 수가 없다. 한참 머릿속에 어물거리는 상(相)을 끄집어 내지 못하고 아깝게도 자리에 눕고 말다.

그러나 누워서 가만히 생각하니 당장 그것을 꺼내 놓지 않으면 그 상은 그대로 머릿속에서 썩어지고 다시는 떠오를 것 같지 않아 도로 일어나 불을 켜고 잊어버리지나 않을 정도로 대충대충 아무렇게나 적어서 내일의 참고를 삼기로 하다.

〔발표지〕《조선문학》제20집(1939. 7.)

제주 풍물 점경(濟州風物點景)

삼성혈(三姓穴)

고(高), 양(梁), 부(夫) 삼성(三姓)의 시조를 낳은 삼성혈(三姓穴). 고을나(高乙那), 양을나(梁乙那), 부을나(夫乙那)의 아득한 옛날의 신화가 천고(千古)의 풍상(風霜) 속에서도 의연히 남아 있는, 그 문적(文跡)에서 새롭다.

산지항(山地港)

만주(滿洲)의 물자가 들고 나는 산지항. 봄이면 젊은이들의 산책으로, 여름이면 피서객으로, 갈매기의 윤무(輪舞)와 같이 즐겁다.

시일(市日)

달마다, 이틀 닷새면 부녀(婦女)들의 등짐으로 열리는 장날. 흥정의 짓거리 소리에 고유한 만주(滿洲)의 정서가 흐른다.

돌

우두(牛痘)를 못 맞아, 지독한 홍역(紅疫)을 겪고 난 상판같이, 쭐벅쭐벅 얽은 돌. 진시황(秦始皇)의 만리장성도 비웃을 장성을 쌓고도 남아서, 집도 돌, 울파주도 돌. 그리고도 돌은 남았다. 산에는 물론, 바다에까지 깔렸거니—.

바람

지랄병 삼기(三期)의 환자같이 급작스럽게 일어나는 모진 바람. 돌 담을 부닥치곤, 그 틈바구니를 헤어나느라고 몸부림을 치는 "호오히호이" 목이 메여 지르는 휘파람을 못 슬러 그 공중에서 그냥 깃만 너불너불 답보(踏步)하는 까마귀와, 그리고 "후이이 후이이" 대기의 주악(奏樂)에 윤무(輪舞)하는 먼지와.

여인(女人)

요람(搖籃)을 떠나면 구덕짐이 의무. 구덕과 더불어 자불서 구덕과 더불어 늙은 여인들. 제주를 지키는 거창한 장성도 이 여인들의 구덕짐에서 이루어졌거니.

해녀(海女)

'태박'을 안고 '비창'을 들고 물속의 고기를 노리는 해녀. 두 다리를 꼿꼿이 모아 하반신을 거꾸로 공중 올려붙이고 물속으로 곤두박질을 치는 그 날램. 겨울도 그들을 위협하지는 못한다.

무녀(巫女)

물 센 바닷가의 이끼 푸른 자갈 위에 조심히 쪼그리고 앉은 백발(白髮)의 무당할멈. 흐르는 방울 소리와 외는 주문(呪文) 소리에 악귀(惡鬼)는 물러가고 선귀(善鬼)는 모여든다.

"공신(恭神) 강신(降神) 옥황상제전위(玉皇上帝前位)께 아뢰옵나이다. 연등(燃燈) 할멈, 연등 할아범 이월 초일(二月初日) 오셨습니다."

소

굴레도 없이 그대로 내놓았건만, 머언 선조가 사던, 산 속 고향을 그리는 법도 없이 한가히 풀만 뜯다가 낙조(落照)와 같이 집으로 감돌아드는 미덕에 길든 소. 그러나 화식(火食)은 아직 입에 서툴고.

말

　겨우 넉 자의 키를 확보하는 듯 마는 듯한 조랑말.

　자고만 나면 목에다 멍에를 메고 종일을 끌어야 하는 신세. 오정(午正)도 머다 게슴츠레하게 풀어진 눈에는 눈곱이 겹으로 쌔와 돌고.

　넉 자를 아슬 넘으면 출세를 하게 되는 말. 방립(方笠) 쓴 양반(兩班)을 허리에다 올려놓고 자박자박 석벽(石壁) 사이를 달리며 겨울밤 할머니의 무릎을 베고 누워서 옛날 이야기를 졸면서 듣던 동화 속에 어릴적 시절이 되살아 오르거니.

〔발표지〕《문예》 제17호(1953)

소설가란 직업

“소설가가 생활에 위협을 느낀다는 것은 거짓말이다.”

이런 말을 들었다. 제주도에서였다.

피난 첫 해인 그 해를 나는 제주읍 ‘카네이션’이란 다방에서 지냈다. 커피의 향훈에 취해서가 아니었다. 향락에 취해서도 물론 아니었다. 있을 곳이 없어서였다. 살겠다고 난을 피하여 이 절해(絶海)의 고도(孤島)에까지 흘러온 몸이라 끝까지 살기 위하여 뻗대어 보지 않을 수가 없는 일이었다.

돼지와 마찬가지로 기거를 하여야 되는 공동수용소에는 차마 발길이 들어 놓이지 않았다. 그렇다고 방 한 칸 얻어 들 밑천이 없다. 나는 그대로 노상에서 헤매이었다. 이런 정경이 어떤 한학자의 귀에 흘러들었던 모양이었다. 그것이 소설가라는 소리를 들은 이 한학자는 그분이 방을 못 얻고 노상에서 헤매이다니 — 글은 글로 통해야 된다. 우리 집에 마루방이 있으니 우선 방이 날 때까지 이리로라도 모셔야 한다고 이 한학자가 특별히 나에게 베푼 호의로 나는 이 한학자의 집 마루방에다 짐을 풀었다.

일찍이 면식이 있던 것도 아닌데 글을 한다는 소리를 풍문으로 듣고, 글은 글로 유통이 되어야 한다고 자진하여 방까지 제공해 주는 이 호의에 나는 이 한학자에게 감사하기 전에, 먼저 문필인으로서의 자기 자신이 그 감격에 감읍되어 눈시울을 뜨겁게 느끼었다. 실로 문필인으로서의 내 생애에 있어 이것은 영원히 잊을 수 없는 감격의 한 토막일 것이다. 면식을 초월해서까지 글은 글로 유통이 된다는 것은 이 얼마나 반가운 사실이었으랴.

그러나 아무리 남해의 기후라고는 해도 겨울은 겨울이었다. 화로 하나 놓지 못한 이 마루방에 댕그라니 앉아서 엄습하는 한기를 이겨낼 도리는 없었다. 보온을 위하여 나는 다방을 찾았고, 통행금지 예비 사이렌이 울릴 때까지 그 노변(爐邊)을 떠나지 못했다.

이 다방에 날마다 일정한 시간을 두고 미공군 여섯 사람이 출입을 하였다. 자기네들이 올 때마다 밤이나 낮이나 언제나 내가 앉아 있는 것이 그들의 눈에 이상하게 보였던 모양이다. 하루는 내가 이 다방으로 나오던 도중에서 어떤 친구를 만나 시간이 좀 지연이 되는 동안에, 이 다방으로 왔던 그들은 내 그림자가 보이지 않음으로 주인에게 묻기를, 어째 오늘은 그 사람이 없느냐 하고 나서 대체 키가 자그마한 그 사람이 무엇을 하는 사람이냐, 무슨 직업을 가졌기에 다방에서만 사느냐 하고 나라는 사람의 정체에 무척 궁금해하더란다.

그래서 주인의 대답이 그 사람은 우리 한국 소설가인데, 이 제주도로 피난을 오게 되었으나 온돌방을 얻지 못해서 우리 다방에 불을 쏘이려 나오는 것이라고 하였더니, 그 미군인 한 사람이 손을 번쩍 들어 주인의 말을 막으며 노오 노오 하고 거짓말은 말라는 눈치더란다. 그래 주인은 농담이 아니고 사실이 그렇다고 다시 말을 하였더니, 그적에는 그는 그렇게 꼭 믿지를 않고 반신반의하는 태도로, 아니 소설가라면 돈을 많이 벌었을 텐데 그것이 무슨 소리냐, 소설가가 생활에 위협을 느낀다는 것이 —— 우리나라에서는 삼류의 소설가라도 생활에 위협을 느끼는 일은 없다고 다시 손을 들어 말을 막았다. 농담으로 들리기에 우리나라는 당신네 나라와는 실정이 달라서 소설이, 더욱이 순수문학은 잘 팔리지를 않아, 소설가뿐이 아니라 예술인은 모두 궁하다고 하였더니 그는 눈을 둥그렇게 뜨고 도리질을 하더란다.

이런 이야기를 그 이튿날 다방 주인인 음악가에게서 막 듣고 앉았는 판인데 또 미군인 여섯 사람이 다방으로 들어오다가 나를 보고 히죽이 미소로 인사를 하는가 하니, 그 중 제일 나이 적은 한 사람이 덥썩 손을 내밀어 전례없이 반가워하며 악수를 청하고 카멜을 권한다.

그리고 하는 말이 자기도 미술을 공부하는 사람으로 예술인을 좋아한다고 하면서, 어제 이 다방 주인에게서 당신의 이야기를 들어 잘 아노라고, 얼마나 고생이 되느냐고 위로를 한다.

그리고 나서 대한민국에서는 소설가가 그렇게 돈을 못 버느냐고, 이 다방 주인이 그런 말을 하는데 그것이 사실이냐고 묻는다. 그래 사실일 게라고 하며 웃었더니 정말 사실이냐고 되채며 머리를 흔든다.

그에게는 사실이 그렇게 믿기지 않는가, 이렇게 믿기지 않는 사실이 우리에게는 사실이다.

그러나 그까짓 사실이야 어쨌든 나는 이 제주 피난에서 글이 글로 통할 수 있었던 감격에 내 자신을 찾은 것 같다. 글 한 줄에 설사 백만 원을 받았다손 치더라도 이러한 감격에 감읍이 되지는 않았을 것이다.

(1955년)

〔수록단행본〕 *『노인과 닭』(범우사, 1976)

닭

　일전 어느 친구 집에 들렀다가 마루 구석에 안기어 놓은 닭을 보고 나는 문득 닭의 그리움을 느끼었다.

　해마다 수백 마리씩이나 닭을 치는 가정에서 자라난 나이었건만 나는 별로 닭에게 친밀감을 느끼지 못했다. 정한 데 없이 돌아가며 배설을 하고 못 댈 데 없이 돌아가며 주둥이질을 하는 그것이 미워서 닭은 아예 치지 마자고 늘 집안에 건의를 하여 오던 것이, 전쟁 말기에 징용을 피해서 고향으로 내려가 병을 칭탁하고 배겨 있으면서 소적(消寂) 삼아 닭을 치다가 닭의 그 희생적인 정열에 나는 그만 반했던 것이다.

　할머니가 맡아 가지고 치던 닭을 금년엔 내가 맡아 친다고 할머니의 승낙을 얻은 다음, 나는 닭이 안기만 기다리고 있었다. 음력 정월 보름을 넘어서더니 하루 걸러 알을 낳곤 하던 닭은 알을 뚝 그치고 목줄기 털을 구슬러 세우며 꼴꼴거리기 시작했다. 그러지 않아도 안기를 기다리던 차이라 반가워서 나는 알을 주었다. 알을 받은 닭은 그저 그 알이 몸 밖에 내놓일세라 좌우 깃을 폭 느리우고 주둥이로 알을 한 알 품안으로 몰아 넣으며 품기를 시작했다.

　그때부터 닭은 모이 한 톨 물 한 모금 먹지도 마시지도 아니하고 알을 한 번 품은 그대로 옴짝도 않고 이삼 일을 둥지에서 떠나지 않는다.

　양계에 상식이 없는 나는 닭이 이렇게도 여러 날을 내려와서 모이를 안 먹는 것이 짐짓 근심스러워서 할머니더러 닭이 알을 품은 후부터는 한 번도 내려와 모이를 안 먹으니 어떻거느냐고 물었더니

"아니, 머, 아직두 닭 모이를 한 번두 안 줬니?"

하시고 안는 닭을 가꿀 줄도 모르는 것이 닭을 말아 치겠댄다는 눈치로 놀라신다.

그러면서 하시는 말씀이 안는 닭은 모이를 그릇에다가 담아서 둥이 안에 들여놓아 줘야지 내려와서 모이를 먹기 기다리다가는 굶어서 몸이 약해 병들어 죽는다고 어서 모이를 둥지 안에 들여놓아 주라고 하시면서 물레질도 떼시고 일어서 손수 고방으로 내려가 강냉이 바가지를 들어내다 주신다.

배가 고프면 내려와서 모이를 주워먹고 다시 둥지로 올라가 알을 품고 품고 하려니만 생각하고 있던 나는 할머니의 이 말씀에 짐짓 놀랐다. 보통 때에는 모이를 찾아 산일지 들일지를 헤아리지 않고 종일을 쏘다니며 살멱을 휘어질 듯이 불려가지고 들어오곤 하던 닭이 알을 품기 위해선 이렇게도 생명조차 돌보지 아니하고 연 이삼 일씩이나 굶어가며 눈이 새빨갛게 불덩이가 되어 그저 모든 정열을 창조에만 맡기는 그 거룩한 정신 덩어리였던 것을 나는 이제야 알았던 것이다.

그리고 생각하니 안는 짐승은 다 그랬다. 어렸을 때 안는 새를 잡아 가지고 놀던 생각이 난다. 평상시에는 나무 아래로 지나가기만 해도 저를 해할까 보아 겁을 집어먹고 푸드득푸드득 날아가던 비둘기도 알을 일단 품기 시작만 하면 나무 아래는커녕 그 나무에 올라가 둥지 가까이 접근까지 해도 눈 한 번 깜박하지 아니하고 그저 도록도록 마주 건너다볼 뿐 둥지를 떠나지 아니하였다. 그래서 재빠르게 손을 내어 덮치면 흔히 비둘기는 손안에 들어 오곤 했다. 비둘기뿐이 아니라 물닭이도 꾀꼬리도 멀화부리도 이렇게 잡아 가지고 노끈으로 발목을 매어 끌고 다니며 논 일이 있었다. 창조의 정열엔 사람도 무서운 것이 아니었던 것이다. 이런 것을 미루어 볼 때 그까짓 굶는 것쯤 문제가

아닐 것이었다.(모이를 안 주면 굶어 죽는다.)

미상불 아니 그렇게 될 것 같지도 않아 사흘씩이나 굶은 닭의 그 생명이 시가 바쁜 것 같아 할머니가 주시는 강냉이 바가지를 받아 들기가 급하게 둥지 안에다가 들여놓아 주었다.

닭은 얼마나 배가 고팠던지 그 굵다란 강냉이 알을 두 알일지 세 알일지 그저 주둥이에 쪼여지는 대로 삼켜 넘긴다. 한참이나 이렇게 주워삼키더니 그적엔 목이 메어서 캐엑 하고 학춤을 추며 목을 내두르기에 고무신짝에다가 물을 떠다 또 올려놓아 주었더니 목도 어지간히 말랐던 모양이다. 주둥이를 연거푸 물에다가 담가선 고개를 들어 삼켜 넘기기 무려 수십차나 반복을 하다 이렇게 고팠던 배를, 이렇게 갈했던 목을 닭은 참고 있었던 것이다.

나는 이렇게 닭을 한 번 안겨 본 후부터 저도 모르게 닭에 대한 인식이 달라져 시골과 같이 닭의 주위에서 이 정열 덩어리인 닭과 벗하여 살고 싶은 충동을 닭을 볼 때마다 느끼곤 한다.

(1949년)

〔수록단행본〕 *『노인과 닭』(범우사, 1976)

악(惡)의 성격

거의 날마다 다방에서 만나는 친구인데, 이 친구 오늘은 여느 때와 달리 몇 마디의 담화 끝에 뚝불견,

"선생님 댁 주소가 어디죠?"

하고 어째 좀 이상한 것 같은 태도다.

그때 건 왜 묻느냐고 하니까,

"한번 찾아뵙고 싶어서요."

하는 대답이 암만해도 좀 부자연스러웠다.

그래서 나는

"나를 만나는 것은 내 집에서보다 이 다방에서 만나는 것이 더 쉬울 겁니다. 밤에 잘 때밖에는 집에 붙어 있지 않는 것을 알면서 그래요. 우선 코구멍만한 방이 누추까지해서 친구들한테 뵈기두 싫구 또 불도 못 넣어서 늘 냉돌입니다. 이런 방에 누굴 오라고 하겠어요."

하고 가정 방문을 은근히 거절하였다.

이것은 그의 부자연한 태도에 대한 방위이기도 하였지만 그것은 또 사실이기도 했다. 피난 첫 해의 나의 숙소는 실로 그랬다. 그러한 숙소요, 그러한 생활인 줄을 이 친구도 또한 모르지 않았다. 그렇다고 찾아오겠다는 친구에게 농담이 아닌 나의 이런 대답은 물론 상대 측에게 불쾌한 감정을 주었을 것은 물론이다. 나도 그가 이러한 대답에 불쾌한 감정을 가지리란 것은 미리 짐작하고 한 대답이다.

그랬기 때문에 나는 이런 말을 하면서도 앞으로의 나의 태도를 취

하기 위해서 그의 태도를 예리하게 살피었다. 그러나 술에 취해 있는 태도 같은 그의 표정에서는 용이하게 그 무슨 별다른 표정을 알아낼 수가 없었다. 사람이 흥분이 되면 먼저 그 눈의 충혈로 그것을 살펴 알 수가 있는 것이나 이 친구는 본시가 눈 흰자위에 붉은 줄이 서리어 있는 것이어서 그것으로는 짐작하기 어려웠다. 그래 언사에서 그 태도를 엿보려고 거듭 그에게 방문 거절의 뜻을 강조하여 보였다.

"언제나 만나고 싶으면 이 다방에서 만납시다."

했더니,

"아닙니다. 꼭 선생님을 찾아뵙고 할 말이 있습니다. 여하간 선생님이 계시는 시간을 알아서 찾아뵙기로 하겠습니다."

하고 그도 방문에 대한 초지를 굽히려고 하지 않았다. 그리고 불쑥 밖으로 나갔다.

거의 매일 만나다시피 하는 처지요, 또 만나면 이 다방에서도 얼마든지 조용한 이야기를 할 수도 있다. 구태여 집으로 찾겠다는 심사, 그 심사의 원인이 어디 있는 것일까, 나는 자못 궁금하지 않을 수 없다.

그것도 그와 나 사이에 무슨 감정이 있어서 또 둘이 마주앉아 담판을 지어야 할 그런 우려가 있을 것도 아니었다. 그도 피난민 나도 피난민 사고무친(四顧無親)한 이 절해고도(絶海孤島)에서 피난민끼리의 의분이란 서로가 모두 친족이나 매일반으로 두려웠다. 그런 데다가 그와 나는 글을 좋아하는 처지에서 누구보다도 좀더 각별한 사이였다. 글을 좋아하되, 그 좋아하는 분야가 다를 뿐으로 그는 시였고 나는 소설이었을 뿐이요, 문단적으로는 선배 후배의 관계에서 나에겐 그 지반이 있었고 그에겐 지반이 없었을 뿐이다. 그는 나에게 시를 가끔 제시하고 비평을 요청하였다. 나는 내가 알 수 있는 한에서 솔직히 평을 하곤 하였다. 이런 관계에 혹 무슨 불평이 개재해 있는 것은 아닌가 나는 궁금한 대로 그날의 해를 그 다방에서 전날이나 다름없이 보내고 저녁식사 후에 또 그 다방으로 나왔다.

거의 아홉시가 되어서 이 친구가 또 나타났다. 그는 내 탁자에 와서 대좌를 하고 앉는다. 그리고 앉자마자 머리를 숙여도 아주 숙이고,

"선생님 잘못했습니다."

하고 진정이 담기운 어조로 눈시울을 적신다.

"저는 요 시간 전까지라도 선생님을 원망했습니다. 건방지다고 원망했습니다. 사람을 무시한다고, 실로 담판을 내리고 망신이라도 주려고 생각했습니다. 그러나 그것은 제 잘못인 것을 알았습니다. 선생님에게 이러한 불순한 생각을 품게 되었던 것을 사과합니다. 제가 아까 낮에 선생님 댁을 찾겠다고 고집할 때, 제 그 무지한 태도에 선생님은 응당 불쾌했을 것입니다. 아니 그 불쾌해하시는 기색도 저는 잘 알 수 있었습니다. 잘못했습니다."

하고 다시 머리를 숙인다.

대체 무엇을 어떻게 말하는 것인지 무엇을 잘못했고 무엇을 사과인지 알 수가 없어서 나는 그의 하는 말을 그저 듣고 있을 수밖에 없었다.

"실은 제가 바로 요전 크리스마스 날 고아원에서 특별히 받은 선물이 있었는데 선생님 생각이 나서 양말, 털조끼, 넥타이를 갈라서 선생님에게 약소하나마 보내면서 선생님이 또 특별히 좋아하시는 우리 한국 인절미를 좀 사서 그걸 같이 봉해서 제가 있는 고아원의 고아를 시켜 바로 댁으로 보내 드리었는데, 선물은 초라하지만 그래도 제딴에는 정성을 다한 것으로도 알고 있었는데, 그걸 받고도 저를 만나 이렇다 고맙다는 인사도 한마디 없는 것은 '자식이 사람을 어떻게 보고 누굴 거지로 알고 이런 걸 다 보내느냐' 하는 자존심에서 저의 정성을 묵살하는 처사라고 실로 저는 분함을 참기 어려웠습니다. 그러나 알고 보니 그것은 전연 저의 오해였습니다. 그 망할 자식이 선생님에게 전하지 않고 다 팔아먹지 않았겠어요. 떡은 제가 처먹구요, 딴 친구에게도 역

시 그렇게 분류를 해서 보낸 일이 있는데, 그 친구도 역시 만나서 인사가 없기에 그적에야 의심이 생겨서 그 친구와는 너나들이하고 노는 처지이기에 왜 인사도 없느냐고 따져 보지 않았겠어요. 여기서 비로소 알았어요. 이 자식이 하나도 전하지 않고 다 팔아먹지 않았겠습니까. 그래 너무도 약이 올라서 지금 막 그 자식을 두들겨 패 주고 선생님께 사과를 하려 들렸습니다.”

그는 일장의 설화를 끝내고 차를 청했다.

나는 이야기를 다 듣고 나서도 무어라고 대답할 바를 몰랐다. 있을 수 있는 일이기 때문이었다. 만일 그 고아가 딴 사람 것은 전하고 내 것만을 횡령했던들 나는 옴짝 못하고 그 친구의 오해에 봉변을 당하게 되었을 것이다. 그리고 그 오해로 말미암아 그와 나와의 사이는 풀릴 길이 없이 영원히 멀어지게 되었을 것이다.

(1956년)

〔수록단행본〕 *『노인과 닭』(범우사, 1976)

자랑

　가만 보면 자랑하려는 마음처럼 무서운 마음은 없는 것 같다.

　자기를 자랑하려고 내세우려면 우선 자기 이외의 세력은 꺾어내려야 자기의 자랑이 되니까, 그런 마음의 눈앞에는 물도 불도 보이지를 않게 된다.

　사람을 욕하고 해하는 것도 결국은 자랑에서 나오는 마음이요, 사람에게 인자하고 선을 베푸는 것도 기실은 자랑에서 나오는 마음이다. 심지어는 술 한 잔 마시는 데도 자랑이 있다. 술을 그 도가 지나치면 후에 미칠 고통을 뻐언히 내다보면서도 남보다 잘한다는 게 자랑 같아서 컵에다 늠실늠실하게 채워 놓은 잔을 태연하게 단숨에 들이키는 우둔을 감행하는 것도 그렇거니와, 고루 거각에서 영화를 꿈꾸는 것도 자랑에서 나오는 마음이요, 일간 초옥에서 양식을 고집하는 것도 자랑에서 나오는 마음이다. 악이나 선이나 교만이나 겸손이나를 물론하고 그 어느 것이 자기를 높이려는 자랑의 마음에서 작용 안 됨이 없다. 그 사람의 성격 여하에 따라 적극적이요 소극적인 면이 있을 뿐인 것이요, 선과 악으로 갈리는 면이 다를 뿐이다. 그리고 그 사람의 교양 정도에 따라 자랑이 우둔해짐과 영리해지는 차가 있을 따름이지, 사람이 산다는 일에 있어 그 모든 것이 저를 위한 자랑 아님이 없다.

　이것은 사람들 저 스스로도 모르는 가운데 공인이 되어, 서로들 보통으로 알고 제각기 이런 자랑으로도 살아가는 것을 가만히 바라보면 참 웃음이 난다.

남보다 높은 데 올라서서 남을 내려다보는 게 왜 그리 좋은 것일까? 이렇게들 저마다 높은 데 올라 앉아서 내려다만 보자니, 그 밑에서 이 자랑을 만족시켜 줄 존재가 있어야 아니 하나.

이들 내려다보는 존재의 만족을 위해 몇 사람쯤은 그 높은 존재 밑에서 이들을 우러러보는 못난 존재도 있었으면 좋으련만.

이렇게 높이 앉는 것을 자랑으로 알면서, 제 목숨을 제 손으로 끊는 그 소위 자살 행위로 높이 앉으려는 자랑은, 자랑 가운데서도 참 무서운 자랑이다.

사람에게서 이 모든 자랑의 행동을 빼 버린다면 사람의 행동은 그 즉시도 정지되고 말 것 같다. 그러고 보면 이 자랑이라는 마음은 바로 그것이 사람의 생명인지도 모를 일이다.

(1956년)

〔수록단행본〕 *『노인과 닭』(범우사, 1976)

인심(人心)

　작년 여름이었다.

　오래간만에 어떤 벗을 만났더니 그 쓰고 다니는 모자가 격에 맞지 않게 이상하였다. 껌정 바탕에 흰 줄 퍼런 줄이 서로 엇갈린 좁디좁은 리봉을 두른 싯누런 대만 파나마였다. 오십대에 가까운 그에게는 그 빛깔이며 제조된 품이 어울리지도 않을 뿐 아니라 그것도 작기가 엄청나게 작아서 머리에 썼다고 하기보다는 올려 놓았다고 함이 적당하게쯤 보였다.

　원래 검소한 분이 되어서 언제든지 그 차림새에 무슨 모양이라든가 그런 걸 보는 것은 아니었지만 늘 의관을 격에 맞게 단정히는 차리고 다니는 성격이었는데 모자는 도무지 그의 성격과는 어울릴 뻔도 아니한 모자였다. 아무리 보아도 수상해서

　"모자 그거 금년에 산 게요."

　하고 물어보았더니

　"허―."

　하고 히죽이 미소를 짓는 폼이 스스로도 우스운 모양이었다.

　그리고는 그 우스운 이유를 못내 우스워하는 듯이 빙글빙글 그냥 웃고만 있는 태도가 어째 나더러 어서 그 이유를 캐고 물어 달라는 것 같아

　"암만 보아도 그 모자는 어울리지 않는데―."

　했더니

“안 어울려?”

하고 되묻는다.

“안 어울리구말구.”

“그럴 거야, 남에 걸 얻어 썼거던.”

하고 여전히 미소다.

“왜 형 건 어쨌게?”

“잃었어. 남들은 맨머리로두 잘들 다니두만 난 무슨 점잖을 내서가 아니라 습관을 그렇게 길러 놓아서 모자 안 쓰군 밖에 나서기가 뭣해서 모자 걱정을 했더니 어떤 친구가 하나 쓸 테면 쓰라고 주둔 그래. 그래 쓰긴 썼더니 만나는 사람마다 모자에 대한 인사를 받기에…….”

하고 무릎 위에 벗어 놓았던 모자를 다시 주워 들고 원 이게 그렇게도 보기 흉할까 하는 듯이 어루만지며

“그러니 월급쟁이루야 모자를 살 수가 있어야지. 웬만한 것도 값을 알아보니 만 원이 넘어. 그러니 맨머리룬 나다닐 수가 없구, 격엔 맞지 않아두 썼지 별수 있어야지. 난 모자두 모자려니와 여름에두 꼭 조끼를 입어야 마음이 가든해.”

하고 남은 다들 노타이 바람인데 단정히 넥타이를 매고 조끼까지 받쳐 입은 앞가슴을 슬슬 쓸어 보이더니

“세상은 참 재미있는 세상이야. 허무하거든.”

하고 모자 이야기의 흥미는 이제부터라는 듯이 여전히 빙글거리며

“글쎄 죽지 않구 모자만 잃은 것두 다행이야. 혜화동서 성북동 사이의 그 고개탁 길을 만원 전차는 내달아 올라가다가 그만 탈선 전복이 됐지. 내가 전차를 탔었거든. 꼭 죽는 줄 알았어. 그저 몸이 갑자기 휘청한다고 알고는 전복인지 무언지 그 순간 정신이 없었지. 정신 없는 시각이 얼마나 경과되었는지는 모르지만 뭇 발들이 모가진지 가슴 패긴지를 가리지두 않고 자꾸 지리밟으며 왔다갔다하는데 괴로움을 느낄 수 있었을 때에야 전차가 전복이 되고 나는 쓰러진 전차 바닥에 네

활개 쭉 펴고 근더져 있었음을 알았단 말이야. 그적에야 나는 아차 큰 일났구나. 전차 전복이로구나. 이러단 밟히여 죽겠다. 어서 일어나자 정신이 들었으나 앞으로 뒤로 자꾸 서루 떠밀며 오고가는 뭇 발이 가슴으로 목으로 사정없이 연달아 밟아내는 그 통에서 몸을 뒤젤 수가 있어야지, 참 급하둔. 그런 걸 어떻게 태수를 하다 비비댕겨 간신히 일어나 보니까 그적엔 벌써 승객은 반 이상이나 빠져 나가고 전차 안 이 좀 휑해진 짬이지. 사지를 놀려 보니 괜찮은 것 같애 상처는 요행 없나 부다 하고 안심을 하고 나도 내리려고 머리를 쓸어 보니 머리엔 모자가 없지 않겠나. 세상에 이런 법도 있소? 전차가 전복되어서 피를 흘리며 사네 죽네 하고 오구장단이 일었는데 이 기회를 이용해서 남의 물건을 훔친다는 거야, 어디 세상에……. 눈들이 뻘개서 차 안을 델편 델편 살피다가는 만년필일지 고무신짝일지 그저 무어든 눈에 띄이는 대로 슬쩍슬쩍 집어 넣는 친구가 있다면 더 할 말 없지 않아. 이걸 보 니 내 모자는 벌써 어떤 친구가 집어 가지고 내려간 게 빤하더군. 전 차 안에 떨어졌을 모자가 차 안에 없을 말룬. 어쨌든 무슨 물건이건 몸에서 떠나 있기만 하면 그건 내 물건이래두 내 것이 안 되니까. 그 저 내 것이면 손에 다 꽉 부러쥐고 있어야지. 인심 참 고약해!"

하고 그는 어처구니없는 듯이 그리고 재미있는 현상 아니냐는 듯이 나를 바라보며 웃는다.

있을 수 있는 일이었다. 백주 대로에서 부인네들의 가슴에 달고 다 니는 금단추를 오다가다 마주치는 것처럼 꽉 가슴에 안기어선 떼어 가 지고 달아나는 세상인데 그까짓 손안에서 벗어난 물건쯤 슬쩍 들고 달 아나는 건 예사일는지 모른다. 눈을 감으면 코를 베어간다는 것이 서 울이라는 말이 있지만 이건 벌써 동화같이 아득한 옛날 이야기에 속한 다. 눈에 꼈던 안경을 전차 안에서 쓸렸다는 친구도 있다. 지금은 눈 뜨고도 눈알을 빼앗기는 세상이다.

언제라고 사람 사는 사회에 선악의 대등이 없으련만, 해방 후 이렇게도 인심이 포악해졌다는 것은 무슨 때문일까. 나는 길을 가다가도 미군의 작업복을 너슬너슬하게 입고 개털 모자를 머리에 쓴 사람을 만나기만 하면 멀찌감치 피해서야 간다. 내 몸에 돈 없고 아무 잘못 없지만 어쩐지 그런 사람을 보면 이쪽에선 점잖게 얌전히 입을 붙이고 가만 있어도 무어 잘못했다고 생트집을 잡고 시비를 걸까 보아 슬근이 겁이 나는 것이다. 한 번 웃고 말 성질의 것에도 눈에 핏대를 돋우세우고 따지는 시비가 노상에는 가끔 있으니 이 시비에 대들 철학과 완력의 수양을 이미 닦아 넣지 못한 사람으로선 아니 겁이 나는 수가 없다.

누구의 잘못인지도 모르게 복잡한 인파 속에서 오다가다 서로 부딪쳐 이마빼기를 받게 된다든가 발을 밟게 된다든가 하는 일은 흔히 있는 일이요, 약간의 피해가 설혹 있다 하더라도 고의가 아닌 이상 참고 지나는 것이 예의일 것이어늘 혹은 자기의 부주의에 부끄러움을 느끼어 남이 볼까 두렵게 머리를 숙이고 달아남이 마땅할 이런 경우에 처해서 한쪽 상대는 한쪽 상대에게 눈에 핏대를 세우고 불문곡절 뺨을 갈기고 구둣발을 건네고 하는 야만질도 본다.

행보객뿐이 아니라 차류도 무섭다. 교통의 율칙은 자기가 범하고도 행객더러 피하지 않았다고 행악을 하기가 예사다. 언젠가는 을지로 노상인데, 뒤에 찝차가 달려오는가 보다 했더니 갑자기

"이 자식!"

하는 소리와 같이 문이 절컥 열리고 맨머리에 미군 작업복을 입은, 많이 나서야 나이가 스물셋이 채 되었을까 말까 한 겨우 소년의 티를 면한 승객 한 사람의 새파란 청년이 머리를 쑥 내밀더니 차가 지나가는데 피할 줄도 모르고 귀는 뭣 하러 달고 다니며 눈은 그게 가죽이 모자라서 내어놓았느냐고 하는 서슬이 푸른 호령에 어처구니없는 명을 한 바탕 개어내고 맞지 않은 것만을 다행으로 돌아선 일도 있지만 이렇게 여러 모로 사람이 사람을 믿을 수 없이 되었고 무서워하지 않을

수 없이 되었다.

　해방 직후 일본 천황 히로히도가 눈물을 흘리며 항복 방송을 하던 그 흐느낌 소리가 우리들의 귀에 아직 젖어들 때의 그 살이라도 서로 베어 먹일 듯이 있는 마음을 다해서 베풀던 인심 그 인심은 어디로 갔을까. 해방이 가져온 인심이래서 눈물겹던 그 심정이 이렇듯 냉정한 인심에 다시 눈물이 겹게 된다는 것은 참…….

(1949년)

〔수록단행본〕 *『노인과 닭』(범우사, 1976)

8 · 15와 한글

　8 · 15를 맞을 때마다 나는 잊지 못하는 사람이 하나 있다. 다나까(田中英光)라는 일본 작가다. 살인 명부 속에 내 이름을 기입하여 넣고 "어쩌다 만일 당신이 체포가 된다고 하더라도 그건 나라에서 하는 일이니 나를 원망하지는 마시오." 하고 사전에 나에게 호의나 보이는 것처럼 면접해서까지 대담하게 이야기를 하던 그 순간보다도 나는 이 다나까라는 작가를 못 잊는다. 그까짓 무식층의 발악쯤은 문제 삼을 것이 없다. 다나까라면 그래도 일본 문단에서는 우수한 작가 측에 속하는 소위 지다니 상(池谷賞)까지 받은 소설가로 나도 소설도에 정진하고 있는 한 사람으로서 그 어느 부문 사람보다도 서로 마음이 통할 수 있게 느껴져서 만날 때마다 반갑게 대해 왔다. 그러나 그는 나로 하여금 그 반갑게 대하던 호의를 일조에 깨뜨려 주었고, 적의를 품게 만들어 주었다.

　하루는 본정(지금의 충무로)에서 우연히 그를 만났더니 인사 끝에 차나 한 잔 하자고 메이지 제과(明治製菓) 이층으로 나를 인도하였다. 별로히 친한 사이도 아니고 그저 인사나 하고 지나는 정도였으나, 같은 길을 걷는 동지라 오래간만에 만난, 내가 그를 대하는 것과 마찬가지로 반가움에서의 호의인 줄로만 알았더니 그것은 나 혼자 생각이었다. 전쟁의 도가니 속에서 그때 일본이 한창 우둔을 부리던 한글 말살 정책 그것이 이 소설가의 애국심에도 감염이 되었던 모양이다. 다짜고짜로 하는 말이 이제부터는 국어(일본어)로 소설을 쓰지 않으면 재미 없다는 위협이었다. 나는 국어를 잘 모르기 때문에 이제부터 배워가지고 써야지 현재의 실력으로는 중학생의 작문 정도밖에 되지 않으니 당분간 어쩔 수 없을 거라고 대답을 하였더니 그것은 한글을 고집하겠다는 변명에 불과하다, 나의 사상을 이제 알겠노라, 정말 국어로 못 쓰겠느냐, 조선 사람의 소설은 중학생의 작문 정도라도 용인이 될 것이다, 국책에 협력을 아니 하면 너라는 존재도 머지않아 없어질 것이라고 위협이었다.

이런 언사가 소위 예술을 운위하는 작가라는 레텔이 붙은 사람의 입에서 나왔을 때, 나는 놀라지 않을 수 없었다. 한 나라 국민으로서 위기에 처한 조국을 구하겠다는 그 심성이 나쁘다는 게 아니다. 그런 무식이 어떻게 조국을 구할 수가 있겠는가가 나에겐 우스웠다. 아무리 우리가 자기네에게 매여 산다고 하더라도 자기가 조국을 건지겠다는 마음이 그처럼 두텁다면 어찌 조국을 잃은 사람의 마음은 어떠한 것인가쯤은 무식한 사람이라고 하더라도 상상이 갈 것이다. 하물며 신에 도달하는 길이 예술이라는, 그리고 인생을 탐구하는 길이 예술이라는 그 예술을 탐구하는 소설가로서 남의 나라의 말을 말살하겠다는 이런 놀라운 언사가 어디 있을까. 한 나라의 문화는 그것이 비단 그 나라의 문화일 뿐 아니라 전세계의 문화다. 한글의 말살에만 그치는 것이 아니고, 그 어떤 부분의 말살에 있다 하더라도 그러할 것이다. 나는 그를 그때 우리의 적으로서만 여기지 아니하고 전세계의 문화의 적으로 간주를 하였다. 그러나 그에게는 무기를 든 배경이 있고, 나에게는 대항할 아무런 배경도 없다, 오직 도피의 길밖에 도리가 없었다. 그로부터 노상에서의 위협을 두 번인가 받고는 나는 시골로 몸을 피하였다가 살인 명부에까지 올라가지고 8·15를 맞았거니와, 다나까의 우직하고 무식한 애국심이 패전을 하게 되자 자살을 하게 만들었는지는 모르나, 들리는 말이 다이사이 오사무의 무덤 앞에 가서 목을 매었다니, 이러한 무지를 눈과 같이 결백한 다이사이 오사무(太宰治)의 예술혼이 과연 받아들였을까?

그가 한글을 말살하려고 나를 위협하던 그 한글로 나는 지금 이 일문(一文)을 초(草)하여 아홉 번째 맞는 8·15를 기념한다.

(1954년)

〔수록단행본〕 *『노인과 닭』(범우사, 1976)

탐라 점철(耽羅點綴) 초(抄)

바다

야하아, 해녀(海女).

하늘 끝과 맞닿은 듯이 보아도 보아도 끝도 없는 마안한 바다, 하얗다 하얗다 못해서 새파랗게 짙은 비취빛의 물결, 이 물결이 길을 넘어 뛰는 파도, 파도의 주악 속에 고스란히 잠긴 바다, 이 바다 위에 해녀는 떴다.

머리에다는 수건을 동이고, 적삼으로는 유방(乳房)을 가리우고, 잠방이로는 하복부(下腹部)를 거뜬히 감춘 다음, 팔목에다는 '피창'을 걸고, 가슴에다는 '태박'을 가슴에다 안고 휘파람을 휘이휘 불면서 개구리처럼 버지럭버지럭 물을 밀고 나간다. 나가다가는 곤두박질을 친다. 두 다리를 종긋이 모으고 하반신(下半身)을 수면 위로 공중 꼿꼿이 거꾸로 올려비치며 잔뜩 팔마, 물속으로 달려드는 그 날램이란 마치 물속에다 쏜 사람의 화살이었다. 물속을 헤여드는 고기를 쫓아 들어가 '소살'로 쏠 작전이니 오죽 신속해야 할 것이련만 육지에서의 동작보다 오히려 날랜 데는 자못 놀라지 않을 수 없다.

이 파도의 주악에 잠긴 한바다 위에 오리떼처럼 둥둥 떠서 오거니 가거니 서로 엇갈려 돌며 나왔다 들어갔다 물속으로 곤두박질을 치는, 이 해녀의 작업 풍경이야말로 제주 바다만이 가지고 있는 자랑이다. 여기, 돛폭에다 바람을 넌지시 안은 어선이 드문드문 물결 좇아 몸을 일며 오락가락 한가로움은 한 폭의 풍속화를 대한 것처럼 마음을 황홀케 한다. 이 바다, 이 풍속에 갈매기의 춤이라도 어울렸으면 그 얼마나 해녀의 작업에 흥을 돋우며 운치를 도울 것이련만 바다면 으레 따라다니는 갈매기가 없으니 무색하기 짝이 없구나.

해상에 어울린 춤은 없다 하더라도 가다가 그 어느 외딴 수상석(水上石) 위에서 주둥이를 뒷가슴 깃 속에 틀어박고 깽지발로 한가히 서서 졸고 있는 늙은 갈매기나마 한 마리 눈에 뜨인들 이렇게도 무색하지는 않을 것을…….

그래도 하, 날이 길면 어쩌다 해풍에 풍기어 날음에 자유를 잃고 비칠비칠 소리도 없이 어디로 가는지 바다 위를 거슬러 날고 있는 갈매기가 한두 마리 눈에 뜨이기는 하나, 이 바다, 이 풍경에는 쓸쓸한 존재가 아닐 수 없다.

제주 바다와 갈매기와는 그 어이 그리 인연이 멀던고.

여인(女人)

허리 굽은 꼬부랑할머니란 말은 제주도 할머니들에게는 적용되지 않는 말이다. 7, 80의 백발이 허이연 할머니들도 허리가 굽기는커녕 오히려 뒤로 잔뜩 다들 재쳤다. 어느 백과사전이 노파의 특징을 자상히 밝히느라고 할머니의 허리를 굽혀 놓고 지팡이를 들린 사진으로 설명을 보충하였다가는 제주도 할머니들에겐 분노를 아니 살 수 없을 것이다. 제주도 할머니는 이렇게들 허리가 건강하다. 좋게 말하면 늙어도 젊은 할머니들이요, 나쁘게 말하면 늙을 줄 모르는 할머니들이었다.

사내들은 육지에서와 같이 다들 제대로 늙어 허리가 굽을 사람은 여전히 굽고 하는데, 유독 여인네만은 육지에서와는 달리 머리는 그냥 허옇게 세어 가도 허리만은 그대로 굽을 줄을 모른다. 여인은 짐을 진다. 어려서부터 짐을 지는 데 그 연유가 있었다. 여인치고는 노유(老

幼)를 물론하고 구덕(대바구니)을 안 지는 여인이 없다. 저녁 물을 기를 때부터 한 말들이나 되는 허벅(크다란 독병)에다가 물을 남실남실하게 길어서 구덕 안에 들여놓고 저나르기를 위시해서 쌀을 판다, 나무를 판다, 걸금을 낸다 하는 유의 온갖 생활수단이 이 구덕의 등짐에서 영위되는 것이다. 제주도 여인의 등에는 이 구덕이 실로 하루도 떠나는 날이 없다. 이런 구덕이 일생을 통하여 늘 무겁게 잔등에 매달려 있으니 허리가 앞으로 굽을래야 굽을 수가 없게 뼈가 굳어져 버린 것이다.

짐이 무겁게 뒤로만 자꾸 제자지니 이것을 막기 위하여 자연히 앞부분에 힘을 주게 되므로 앞부분 발달이 또한 될 대로들 되었다. 그래서 파파노인의 걸음걸이도 허리를 똑잡아제치고 커다란 엉덩이를 징그럽게도 모로 일며 성큼성큼 걸어야 되게끔 골격이 굳어져 버렸다.

이런 걸음걸이의 동작을 보고 제주 여인의 동작미를 육지의 여인네들은 혹 비웃을는지 모르나, 걸음만 보지 말고 얼굴도 자세히 볼 필요가 있다. 납작한 바탕에 유난히 새까만 동공이 쌍가풀진 눈썹 밑에서 이글이글 광채를 내고 있음은 그 얼마나 아름답게 보이는 것이랴! 제주도 여자치고 얼굴이 둥글지 않은 여자가 별로 없고, 얼굴이 둥글면 으레 쌍가풀진 눈에 새까만 동공이 배였다. 여기에 격에 맞지 않은 그 걸음걸이가 동작미를 무시하는 것이라고 하기는 할 것이다. 이런 걸음걸이가 말하는 그 건강한 체격 앞에는 이 또한 아니 굴복할 수 없을 것이다. 이 미의 소유자인 여인들이 제주도에선 주로 생활의 멍에를 메었다.

육지에선 남자가 벌어서 여자를 먹여 살리지만 제주도에선 여자가 벌어서 남자를 먹여 살리는 것이 원칙이다. 철저한 남존여비의 극치다.

이렇게 여인네들이 짐으로 자라서 짐으로 늙으며 뼈를 굳히는 제주도 풍속을 안다면 '남부여대(男負女戴)'란 술어도 모름지기 정정이 있어야 할 것이다.

돼지

측간(厠間)에는 돼지를 친다. 배설물을 처리시키자는 것이다.

2, 3평 정도의 터전에 위설비도 없이 돌로 네모지게 한 길 남짓이 쌓아올린 것이 측간이요, 동시에 돈사(豚舍)다. 한편 구석에다 기다란 돌 두 개를 다리처럼 건너 놓았다. 여기 올라앉아 뒤를 본다. 그러면 돼지는 그 아래에서 대기를 하고 있다가 배설물을 처리한다.

어려서부터 이렇게 습성이 된 돼지라, 사람이 그들 위에 올라서기만 하면 그것이 벌써 무엇을 하자는 것인 줄을 알고 한쪽 구석에 모로 근더져서 씨익씩거리며 눈을 껌벅이던 돼지는 어느새 그 육중한 몸을 일으켜 홀눙거리는 배때기를 모로 일며 돌다리 아래로 들어와선 대가리를 잡아쳐들고 연밤송이 같은 콧구멍을 벌룩시며 꿀꿀댄다.

배설물 처리는 좋다고 해도 이 미물이 과연 성급하지 않게 사람의 그 일을 완완히 기다려 가지고 그것만을 처리함으로써 그 임무 수행을 다하고 말게 될는지, 이런 데 단련을 받지 못한 사람으로선 안심하고 앉아서 일을 치룰 수가 없다.

지혜라고는 조금도 없는 것 같은 짐승이 돼지다. 어느 모로 뜯어보나 둔하게만 생겨먹었다. 목이 그렇게 굵어가지고 마음이 곧을 리 없고, 꼬리가 그렇게 짧아가지고 영리할 리 없다. 게다가 그 비계덩이로만 찬 뚱뚱한 몸집은 비위주머니일 것만 같고, 기다란 눈썹 밑에서 한가롭게 꺼먹시기만 하는 충혈된 그 길쭉한 눈은 아무리 보아도 흉물스럽다. 이렇게 생긴 짐승이 제 욕심을 희생해서 사람의 편리를 도모해 줄 것 같지 않다.

그러지 않아도 이 짐승이 이렇게 안심치 않은데 소변을 받는 단지가 또 소변이 받길 만한 위치에 놓여 있어, 앉으면 코 끝이 그 단지와 일직선으로 딱 마주선다. 올려뻗치는 악취에 정면을 하고 앉았을 수가 없다. 그러니 뒤로도 안심치 않고, 앞으로도 안심치 않다. 한쪽의 불

편이나 덜까 해서 소변을 그 단지 밖으로 피하게 되면 그 아래서 일어
다니던 돼지의 목덜미에 먹을 감기게 되니 미물이라도 그건 싫은 모양
이다. 후두둑 몸을 떨어대는 바람에 소변 비말이 전신에 튀어 오른다.
아니 앞뒤의 배설이 일시였을 때의 그 비말엔 정말 질색이다.

까마귀

검은 빛이란 원래 그리 마음에 당기는 빛이 아니다. 흉(凶)의 상징
에 흔히 이 빛이 쓰인다. 자연도 어둠의 표현을 검은 빛으로 나타내거
니와 죽음을 표시하는 상장(喪章)도 이 검은 빛으로 택해졌다. 이런
흉색을 새까맣게 혼자 뒤집어쓰고 태어난 새가 까마귀다.
물 맑고, 산 아름다운 이 섬에 보기만 하여도 정떨어지는 까마귀가
듣기만 하여도 흉물스러운 탁한 목소리로 까악까악 밤낮 난동을 친다.
물이 맑으면 노래 맑은 물새라도 살 법하고, 산이 아름다우면 빛 고운
산새라도 있을 법한데, 이렇단 물새, 이렇단 산새 한 마리 없이 이 어
인 까마귀란 말인가. 빛이 까만 새가 하필 까마귀뿐이련만, 그래도 다
들 발이나 주둥이만은 색다른 빛을 지녔더라. 주둥이도 발도 그리 영
악스레 온통 새까맣게 더럽힐 법이 어디 있는가.
제주에는 바람이 세다. 어쩌면 바다에 바람이라니, 바람이 셈은 당
연한 바람일 것이요, 바다엔 파도라니, 파도가 셈은 바다의 운치를 돕
는 것으로 오히려 상 줄 바로되, 이 바람, 이 파도 소리에 까마귀 소
리가 어울려 제주의 해가 뜨고 지고 한다는 것은 모름지기 제주의 욕
이 아닐 수 없다. 한두 마리도 아니요, 수백 수천으로 세일 떼까마귀
가 하늘을 새까맣게 물들이며 흉악스러운 소리를 지르며 떠돌다가는
행길일지 지붕일지, 아니, 해안에까지도 격에 맞지 않게 새까맣게 내
려와 깔려서는 어찌하자는 놀음인지 목세를 추어 가며 까왁신다. 아무
리 까마귀 제 소리라고 해도 지붕 위에 떼로 올라 앉아서 방안을 들여

다보며 까왁심을 볼 때 기분이 좋을 사람은 없으리라.

제주 바다에 갈매기가 이렇게 가난함은 이 까마귀의 난동에 멀리 어느 다른 바닷가로 몸을 피해 옮아 앉은 것은 아닌지, 그렇다면 이 제주 바닷가의 갈매기는 그 어느 조용한 바닷가로 피난을 가서 해녀와 같이 먹을 감으며 철썩이는 파도 소리에 춤을 추다 졸다 하던 옛 고향 제주의 꿈에 잠기었음인가. 내 제주에 피난 온 몸이라 평소에 소원턴 이 갈매기의 신세에 새삼스럽게 마음이 가누나. 과연 갈매기 너는 어느 깊숙한 바닷가로 피난을 간 것일까. 그렇지 않아도 밉던 까마귀가 갈매기 너 생각을 하니 더한층 미워지누나. 당연히 네 보금자리여야 할 해석(海石)을 더럽히며 앉았다 날았다 제 세상처럼 설레이는 까마귀 떼를 보고 나도 '까마귀 노는 곳에 백로(白鷺)야 가지 마라, 청강(淸江)에 고이 씻은 몸 더럽힐까 하노라'라고 격려를 하고 싶은 심정이다.

소

순하기로 유명한 짐승이 소거니와 소치고도 순한 소는 제주 소다. 뭇 짐승과 같이 산 속에서 야생적으로 자란 조상의 혈통을 받았으면 모름지기 마음도 포악할 법한데 육지 소보다 오히려 순하다. 생김새로 보면 암소도 황소마냥 이마빼기가 넓적하고 뿔이 꼿꼿이 내뻗어 성미가 아주 사나울 것 같은 인상을 주나, 외양과는 달리 마음이 착하다. 조그마한 반항도 없이 사람의 말이라면 무엇에나 그저 순종이다. 그러기 때문에 코를 꿰기는커녕 굴레조차 씌울 필요가 없어서 산에서 자란 때나 마찬가지로 자유가 허여되어 있다.

고삐라는 건 그래도 두기가 멋쩍기라도 한 것처럼 좌우 뿔에다 아무렇게나 매서 늘어놓은 놈도 간혹 있으나, 특별한 필요가 없으니 그것도 거추장스러워 모두 뿔에다가 이리저리 그 고삐를 엇새여 두었다.

8·15 해방 전까지는 농가에서 일 년 두루 소를 치는 일이 별로 없었고, 산에서 자라는 놈을 농사철을 접어들면서 기경을 위하여 그때에야 비로소 산에서 소를 몰아다가 농사를 짓고는 다시 놓아 주어 산으로 올려보내곤 하던 것이 폭도가 산 속으로 들어와 잠복을 하게 되자부터 소를 잡아먹기 시작할 뿐 아니라 마음놓고 산에 오를 수도 없어 소를 산으로 돌려보내지 아니하고 집에서 기르게 되었다는 것이다.

집에서 기른다고 하더라도 육지에서마냥 고삐를 꼭 매어 기르면서 사료를 제공하여 먹이는 게 아니라 제가 나가서 벌어먹게 일을 시키고는 자유로이 놓아 준다. 그러면 소들은 마음대로 저희들끼리 풀을 찾고 물을 찾아 스무 마리고 서른 마리고 서로 떼를 지어 엉기어 돌며 제주만이 가질 수 있는 특이한 풍경을 자랑시키며 저무른 날과 같이 어슬렁어슬렁 저희들끼리 또 집으로들 찾아든다.

아무리 복종만을 아는 짐승이라고 하더래도 조상 적부터 살던 산 속 고향이 모름지기 그리울 법하건만 이렇게 자유가 허여되어 있는 데도 산 속엔 얼씬도 않고 그대로 집으로들 감돌아 든다는 건 어쩌면 미물스럽기도 하고 기특하기도 하다.

원체 생김생김이 꾀라고는 한푼어치도 없이 생긴 짐승의 소이지만 이렇게도 복종만으로 일관하는 짐승이 세상에 또 있을까. 하기는 이 순종의 미덕이 대접을 받게 되는 원인인지는 모르나 제주선 말보다 소가 뛰어나게 대접을 받는다. 그까짓 말은 고사하고, 부인네들까지 진날 마른날 없이 고역으로 허덕이는데, 유독 소만이 밭을 가는 외에는 별로이 부리워지는 일이 없다. 일단 밭만 갈아 놓으면 그만으로 자구는 또 말을 들여 세워서 밟히운다. 이 무슨 미신인지. 자구는 말이 밟아야 곡식이 잘된다고 해서 이것까지 말의 부담으로 되어 있다.

이렇게 일하는 품으로 보아 제주선 여자와 말의 역할이 가장 고되다. 여자의 등에 짐이 떠나는 날이 없고, 말의 목에 말구적 멍에가 떠나는 날이 없다. 이런 의미로 보자면 말은 여자의 위치에 처해 있고 소는 남자의 위치에 처해 있다고 볼 수 있다.

바람

한 달을 두고 맑은 날이 대체 며칠이나 이 제주엔 계속되는 것인지 아니, 옹군 하루도 볕이 명랑하게 대지를 어루만지며, 제대로 서산을 넘어 내는 날이 별로이 없다. 하루도 몇 번씩 구름과 비와 바람이 급각도로 교체를 하는지 모른다. 구름이 떠도는가 보다 하면 어느새 비로 화해서 질금거리고, 비가 질금거리는가 보다 하면 어느새 퍼뜩 또 해가 제법 구름을 헤치고 비죽이 내다본다. 그러나 그것도 한 순간이다. 한 결도 못 참아 낮은 구름이 또 뒤덮이며 바람을 몰아 온다. 이 구름이 몰아 가지고 오는 바람은 왜 그리도 세기는 센 것인지 그저 일어만 나면 솨아 솨아 소리다.

비와 바람은 따라다니는 것이라, 비가 많으니 바람이 많을 것은 정한 이치일 것이나, 질금대는 비면 바람도 좋아서 여승이 없을 성싶은데, 비는 질금대는 비라도 바람만은 어지간칠 않다.

이렇게 원체 센 바람인데 저 갈 대로 채 가기도 전에 뒤좇아 몰리는 바람이라, 바람과 바람이 서로 맞부딪쳐 일어나는 풍파가 '휘이' 하고 한 번 먼지를 하늘로 날려 올리게 되면 뒤이어 밀리는 풍파에 그저 '휘이 휘이' 하는 소리 속에 제주 천지는 금시에 안개 낀 날처럼 먼지 속에 보얗게 잠기게 된다. 그러다가 밀리는 바람이 좀더 세게 되면 급속도로 달리는 불자동차의 경적 소리와도 같이 '오옹이 오옹이' 소리로 변한다. 이렇게쯤 되면 바람이 어디 걸려서 그런 소리를 지르는지 꼭 돼지가 급소를 찔려가지고 지르는 비명 소리같이 '꾀액 꾀액' 하는 소리가 어디선지 한편으로는 또 들려온다. 게다가 돌담에 부딪치는 바람이 그 돌담 좁은 틈바구니를 뚫고 헤어나느라고 애를 쓰는 '호오이 호오이' 하는 목메인 휘파람 소리가 또한 어울려 뒤범벅이 된 바람 소

리는 무어라고 형용할 수도 없는 소리로 한동안씩 제주 천지를 들었다
놓곤 한다. 이런 날이면 먼지 때문에 눈을 뜰 수도 없거니와 몸도 지
쳐 걸음걸이조차 자유롭게 옮길 수가 없다. 새들도 그 날개의 힘으로
는 이 바람을 정복할 수가 없어 공중에서 그저 너불너불 깃부츰만 하
며 뒤로뒤로 자꾸 멀어졌다가는 그만 맥이 빠져 전선주고 지붕이고 아
무 데나 되는대로 앉아 버리고 만다.

비바람의 섬 제주—! 이런 날씨에 이런 바람보다는 차라리 이가 떡
떡 갈리는 추운 겨울이 그립고, 등어리가 지글지글 타는 더운 여름이
그리워짐은 내 단순한 기질의 탓일 것이다.

쥐

도적이 없어 문단속을 않아도 좋다는 곳이 제주라는 말을 듣고, 이
런 곳에 짐을 풀게 된 것을 퍽 다행으로 여겼거니와, 그러지 않은들
피난민 보따리에야 누가 손을 대랴 싶어 짐을 흐트러 놓은 대로 그대
로 하룻밤을 지나기로 했더니 웬걸 배 안에서 먹다 남겨 놓은 뒷박쌀
이 한밤 동안에 반이나 나마 없어졌다.

아무렇게나 샤쓰에다 우무러쳐 발칫목에 버려 놓았던 것이 이쪽의
잘못이기는 하였으나 원 많지도 않은 뒷박쌀을 반이나 갈라 갔다는 건
이건 도적도 영악한 도적이 아닐 수 없었다. 제주에 도적이 없다던 말
도 빨간 거짓말인 듯싶어 쓴입을 다시고 살펴보았으나 아무럼 그렇지,
사람이야 마득해 요런 좀짓을 했으리라고, 알고 보니 그게 사람의 짓
이 아니었다. 쥐의 장난이었다. 윗목 머리맡 벽장으로 커다란 구멍이
뚫렸기에 들여다보니 그 구멍 가득히 하이얀 쌀이었다. 밤새도록 날라
들인 모양이다.

사람 단속은 필요치 않아도 쥐 단속은 있어야 하는 곳이 제주인가
보다고, 그적엔 그날 사 온 쌀 한 말은 류색에 넣어 주둥이를 단단히

호매어서 머리맡에 가까이 놓고 자기도 했다.

그러나 무얼, 그날 밤이 깊기도 전에 어릿어릿 잠에 취한 신경을 뭣이 바스락바스락 건드리기에 불을 켜고 보았더니 이놈의 쥐가 어느 틈에 막아 놓았던 그 소라껍질을 또 밀어내고 들어와서 류색을 쏠고 있었던 것이다. 안심이 가질 않아 그적엔 아예 그 쌀자루를 바싹 당겨 머리에다 대고 자기도 했다. 그러나 그것도 역시 허사였다. 여전히 쥐는 덤벼들었다. 쫓으면 제법 질겁을 해서 가기는 하나 갔다가는 또 나오고 또 나오고 할 기세로 달려드는 품이 이건 꼭 마가을 누런 논에 새 날리기다. 통 사람을 몰라보는 쥐였다.

육지라고 쥐의 장난이 없는 게 아니지만, 이렇게도 영악스럽지는 않다. 이래서야 어떻게 쌀자루를 방안에 두고 잘 수가 있을까 잠만 들었다가는 영락없이 잃어버리게 될 것이 빤히 내다보인다. 그러니 그렇다고 쌀자루를 그냥 붙들고 앉아서 한밤 동안을 뜬눈으로 샐 수도 없는 일이고 해서 우리 부처는 이 쌀자루 처리의 방법에 궁하여 한동안 멍하니들 싱겁게 앉아 있다가, 마득해 쥐란 놈이 이불 안에까지는 못 들어올 테니 이젠 아예 쌀자루를 이불 안에 넣고 품에다 품고 자자는 데 합의를 보기는 봤으나 베고 자는 쌀자루를 건드리는 쥐라 품고 자는 이불 안인들, 그놈이 무서워 건드리지 못하랴 싶은 데다가 만일 이불 안에까지 뚫고 기어들어 온다면, 그리하여 왔다갔다 몸둥이를 어릅쓸며 밟고 돌아간다면 그걸 징그러워서 어떻거느냐는 것이 또한 걱정이었다.

그러나 임시 조치로선 이 밤중에 그렇게밖에 달리 도리가 없었다. 아내가 용단을 내어 쌀자루를 이불 안으로 끌어들였다.

우리는 다시 불을 끄고 누웠다. 쥐의 세상이었다. 흥에 겨워 날뛰는 장난인지 혹은 수가 틀려 어르대는 싸움인지 그건 알 바 없으나 그저 물고 뜯는 것 같은 찌익 째액 소리가 밤이 깊어갈수록 요란하다. 몇 마리씩이나 그렇게 밀려 다니는 건지 그놈들이 벽 사이를 통과할 땐 우르르르 소리가 꼭 벽이 무너지는 소리다. 이렇게 벽 사이를 뚫고 선 천장으로 밀려 올라온다. 올라와선 한다는 짓이 세 다리 네 다리 곤두박질이다. 이것이 쥐 사회의 무도회인지는 모르나 만일 그렇다면 그 노는 품으로 보아 우리 인간사회에서는 볼 수 없는 그런 성대한 연회일 것 같다. 한참 곤두박질을 치며 천장이 좁다고 난탕으로 돌아가다가는 또 밀려 내려가고 또 밀려 올라오고……. 쌀 걱정도 걱정이려니와 이건 원 우선 시끄러워 잠을 이룰 수가 없다. 십 리나 달아난 잠을 재촉하느라고 눈에다 힘을 주고 이 단련을 받으며 누워 있노라니 뭣이 턱 하고 이마빼기를 바쪼아댄다. 천장 위에서 한참 곤두박질을 치며 돌아가던 쥐가 공중에서 떨어진 것이다. 그만 어떻게 실족이 되었던 것인지 그렇지 않으면 요기를 또 좀 해 보려는 고의의 낙하이었던지는 알 수 없으나 그건 어쨌든 쥐에서 이마빼기를 맞고선 질겁을 아니 하는 수가 없었다. 그러니 놀란 것은 나만이 아니라 내 동작과 고함소리에 쥐도 어지간히 놀란 모양이다. 일어나 앉아 보니 쥐도 질겁을 해서 빠져나갈 구멍을 찾느라고 달빛이 허이연 창문으로 후다닥후다닥 추어오르고 있다.

할 수가 없는 쥐였다. 이렇게 쥐는 난동을 처내건만 주인집에선 이 쥐에 대한 불평이라곤 한 마디도 없다.

듣자니 바다에 사는 섬 사람들은 쥐를 여간 사랑하는 것이 아니라고 한다. 배에 침수가 되면 배에 올랐던 쥐는 나갈 구멍을 찾노라고 돌아가다가 결국은 그 침수되는 구멍으로 들어가 침수를 막는다는 것이다. 그리하여 자기의 목숨을 희생해서 파선의 구조 역할을 하게 되는 것이므로 쥐를 배에 일부러 올리기도 하려니와 쥐가 배에 오른 것을 보면 그 배에선 먹이까지 주어 기른다고 한다.

그래 쥐는 섬사람들이 자기네들을 이렇게 사랑하는 줄 알고 자기네들이 아무리 함부로 떠들어대도 결코 천대는 못 하리라는 생각에서 이렇게 사람을 깔보고 야단인지는 모르나 어쨌든 제주의 밤은 쥐의 난동

속에 깊고 짧고 하는 것이 사실이다.

〔수록단행본〕 *『노인과 닭』(범우사, 1976)

말*

　말이 많기로도 유명한 곳이 제주거니와, 말이 작기로도 유명한 말
이 제주 말이다. 간섭 없이 산에 막 놓아 기르는 말이었거니, 번식이
많아졌을 법은 하지만, 막 놓아 길렀으면 마음대로 자라기도 했을 법
한데, 굴레를 꼭 쓰고 자라난 육지 말보다 오히려 작음은 웬 까닭일
까. 넉 자가 될까말까한 키가 보통이다.

　방립을 쓴 노인이 이렇게도 신통스러운 조롱말 허리에다 안장을 지
어 타고 땅바닥에다 발을 사작시며 동백꽃 우거진 석벽 사이로 백발을
헛날리면서 타박타박 달릴 적엔, 이건 대한의 고유한 정서가 담뿍이
풍기운 한 폭의 그림이다. 이런 풍경을 대할 때마다 피마자 등잔 밑에
서 할머니의 무릎을 베고 누워, 옛날 이야기를 졸면서 듣던 동화 속에
마음이 휩쓸려 들음은, 오로지 내 심정만일까.

　집이면 거의 다 말을 매었고, 말이면 거의 다 짐으로 고생을 하는
제주에서 타마(駝馬)를 비웃고 호올로 이렇듯 호사를 함은 이 어이 희
한한 일이냐. 밭갈이 한 가지만이 소에게 양여되고는 모든 짐의 역할
이 도맡기었거늘······.

　참으로 말치고 제주 말처럼 존재가 무시되어 눈곱을 닦을 새도 없
이 지지리 끼고 고생만 하는 말은 없을 것이다. 육지에선 방아에도
소, 달구지에도 소이건만, 제주에선 방아에도 말, 달구지에도 말, 그

---

　* 『한국문학전집』 제36권(민중서관, 1960) 계용묵의 「耽羅點景抄」 중에서 일부를
　옮겨 실은 것이다.

저 부려 먹는 게 말이다.

이것이 말로 태어나서 하필 작게 생겨먹은 벌인지는 모르나, 어쩌면 말로 태어나서, 한참 젊어 혈기에 제 소리를 마음껏 기세 높이 지르며 장검을 길이 빗겨 찬 쾌남아를 한번 태워 보지 못하고 짐으로 늙는다는 것은 천추의 유한(遺恨)이 아닐는지 모른다.

김환기(金煥基) 형(兄)

　형께서뿐 아니라 나 제주도에 왜 묻혀 있는지 모르겠단 말 여러 친구들한테서도 듣소. 하기야 제주는 또 제주대로 재미가 있을 테지 하는 말도 듣소. 그러나 다 내 속을 모르는 말이오.

　내가 제주에 떨어질 적엔 해녀가 따는 전복이 맛도 있으려니 돌담 안에 우거진 동백꽃의 고유한 정서가 피난에 쫓긴 애달픈 심정을 어루만져도 주려니 하였던 것이 솔직한 심정이었고, 그리하여 시미창일한 전복으로 고유한 정서 속에 마음껏 배 불리고 취해 보고 하리라. 그래서 짐을 아주 풀어 놓았던 것이 친구들로 하여금 여러 가지로 억측을 빚어내게 한 것이오.

　그러나 해녀가 따는 전복 맛도 동백꽃의 정서도 나와는 인연이 멀었소. 제주가 내 발목을 붙잡은 것은 오직 한 가지 민속적인 정서 그것이 아닌가 하오. 이 민속적인 면에는 원시적인 것과 더불어 순수적인 것이 따라다니고 이 두 가지 면은 예술과 통하는 길이므로 나도 모르게 나를 어루만지는 것이 아닌가 싶은 것뿐이오.

　하기는 먹고야 사는 사람이 하루같이 일 년여를 양쌀밥으로 견디면서 뻗대는 것은 형의 말마따나 잘도 견디는 셈이긴 하오.

　작년 여름 형이 그 큰 키에다 군복 단장으로 동부인하고 제주에 나타났을 때 다방 카네이션에서 주객이 전도되어 형이 차를 샀지요. 그리고 평양 냉면점에서 또 형이 점심을 샀지요. 그리고 그 자리도 훌훌히 떠나면서 부디 가운데 구멍이 뚫린 제주 돌 하나 구해 가지고 나오라고 부탁을 했지요.

그러나 그런 돌이 어디 용이하게 구해지는 것이 아니구려. 산에 오를 때나 바닷가를 거닐 때면 행여나 그런 돌이 눈에 띌까 일심으로 헤적거리나 허사였소. 하필 왜 구멍 뚫어진 돌을 부탁한단 말이오. 그런 돌이 있나 더 갔다간 미친 놈 될 것 같기에 아예 단념했으니 돌 생각은 아주 잊으시오.

피난 다니면서 전람회를 다 열고 참 장하오. 나는 제주 일 년에 무엇을 했는지 그 잘난 작품 나부랭이 하나 못 만들고 노상에서 세월을 보냈구려. 형의 정열 참 부럽소. 그래, 몇 점이나 내놓았던 것이오? 제목은 다 형 독특한 시였겠지요. 나는 형의 개전(個展)을 볼 때마다 그 제(題)에 늘 인상이 깊소.

그럼 재미있는 글 써지면 주시오. 나도 부산 한번 나가려 하오. 안녕하시오.

2월 27일
제주 칠성동 다원(茶園) 동백에서
계용묵

〔발표지〕《신문화》(신문화사, 1952. 9.)

꿈을 새긴다

나는 내 마음을 가지고도 내 마음대로 살아 보지 못한다.

내가 오늘껏 사람을 속여 온 속임이 몇 속임이나 될까.

내가 오늘껏 웃어지지 않는 웃음을 웃어 온 웃음이 몇 웃음이나 될까.

내가 오늘껏 권력의 강압에 고개를 숙여 온 고개가 몇 고개나 될까.

내가 오늘껏 죄 없이 죄의식을 느껴 온 죄의식이 몇 죄의식이나 될까.

이걸 수첩에다 낱낱이 기록을 해 두었더라면 나를 좀더 아는 재미 있는 계산이었을 텐데 이걸 보통으로 살았다.

내 수첩에는 지금 이런 기록밖에 없다.

불안에서 해방하기 위하여 죄를 구성 (소설)

그래도 인생을 살아야 하는가 보다 (소설)

회충과 석공 (꽁뜨)

가래침과 금붕어 (소설)

이놈의 모가지 (수필)

웃음 (수필)

生活路(發作) (소설)

나만 아는 비망의 기록이다.

내가 내 마음대로 살지 못한 생활을 적어 둘 생각도 않고 그래도 무엇을 써 보겠다는 알뜰한 의욕에서 이런 것만 소중했다.

　그러나 나는 이것들을 작품화하지 못했다. 창작이나 수필의 청탁이 실로 간절한 청탁이 1년이 아득하게 넘은 것도 있건만, 나는 이 가운데서 하나도 빼내지 못했다. 청탁을 받을 때마다 어디 하나 드러내 볼까 하다가도 그대로 고이 덮어 둔다. 수첩에다 적을 생각을 못 했다. 내 마음이 아니었던 생활처럼 그렇게 수월한 것이 아니었던 것이다.

　나는 내 마음을 마음대로 사는 것이 오직 이것 한 가지다. 잊어서는 안 되겠다고 수첩이 바뀔 때마다 옮겨서까지 품에다 품고 다니면서도 창작화하지 않는 이 한 가지.

　이 한 가지나마 마음대로 할 수 없게 내 마음을 내 마음 아닌 것으로 주위가 강요를 한다면 나는 정말 내 마음 아닌 마음이, 내 마음이 되게 살아 보아야 할 길밖에 도리가 없을 것이다.

　작가가 창작을 하지 못한 때의 그 우울은, 그 고민은 그것이 그대로 창작일 수는 없는 것일까. 실로 이것은 창작을 해 본 사람으로 창작을 하다가 창작을 위하여 못하는 작가만이 알 수 있는 아름다운 실로 아름다운 꿈이다.

　나는 지금 내 마음 아닌, 내 마음에다 이 꿈을 새긴다.

　내 마음 아닌 마음이, 내 마음이 되고 싶어서. 그러면 어디 내 마음 아닌 마음이, 내 마음이 되어 볼까 해서.

〔발표지〕《사상계》(1956. 1.)

천렵(川獵)

물 속에 들어서서 한참 그물을 끌고 다닐 때에는 오직 고기를 그물 안으로 몰아넣을 거기에만 정신이 집중되어 힘이 듦도 더움도 모두 잊고 지낼 수 있으나, 일단 그물을 놓게만 되면 제정신으로 돌아와 오력이 폭삭함을 느끼게 되고 숨이 턱턱 막힘을 참을 수 없게 된다. 그러지 않아도 등이 델 것을 염려하여 헌 셔츠 나부랭이를 걸치고 나서기는 한 것이었으나 오늘의 볕은 어찌도 내려눌렀던 것인지 그 볕의 위력에는 셔츠도 소용이 없었다. 어깨가 어지간히 쓰린 것이 아니다. 며칠 동안을 연거퍼 하여 왔으되 이렇게 심하진 않던 것이 오늘 하루에 등은 익을 대로 다 익었나 보다. 저녁에 집으로 돌아와 세수를 하려니까 목덜미에 손이 갈 때마다 뜨끔뜨끔 쓰리다.

이렇게 일기를 써 놓고 그 이튿날부터는 아예 천렵은 말으리라 한 권의 책 위에다 부채를 받쳐들고 여가이면 언제나 모여서 서퇴(暑退)를 하던 송림 속의 군현학당(群賢學堂)을 찾았다.

그러나 여기서 동무를 만나 어제의 천렵 이야기가 났을 때 교묘하게 그물 안으로 고기를 몰아넣던, 그리하여 몰려들던 그 찰나에의 묘미는 잊을 길이 없이 되살아 눈부시게 은린를 번득이며 물 위를 뛰어 달리는 고기떼가 눈앞에 어물거려 그것의 유혹은 또 나가 보자는 한 사람의 발의가 있어지기 바쁘게 등덜미들을 뻘겋게 구어가지고 돌아오면서 다시는 그만두자던 어제 저녁의 그 약속을 이 순간 여지없이 웃음으로 깨어치고, 오히려 누가 여기에 반대나 하는 사람은 없을까 하는 아니아니한 마음으로 눈치들을 살피며 그 쓰라린 익은 어깨에다 다시 그물을 둘러메고 송가포(宋哥浦)를 향하여 나갔다.

이것이 내가 십여 년 전 천렵을 시작하던 그 해 여름의 잊혀지지 않는 한 토막의 기억이려니와 이렇게 천렵에 맛을 붙인 다음부터는 독서도 창작도 완전히 잊고 집에야 일이 있건 말건, 등이야 익어 꺼풀이 벗겨지건 말건, 이 노릇에의 그 취미를 버릴 수가 없었다. 그리하여 그 한 해 여름을 줄곧 물속에서 살았을 뿐 아니라, 농촌에 있어서는 여름이면 만사를 두고라도 이 천렵만은 충실히 계속이 되는 것이었다.

그물로 고기를 몰아 잡는 것이 천렵에의 전부는 물론 아니었다. 물의 심천(深淺)에 따라 그 방법은 몇 번이고 고쳐졌다. 비가 와서 강물이 불으면 물 가운데서 자유로 그물을 끌 수가 없다. 이럴 때면 낚시와 자리로 그 잡이법을 바꾼다. 그러다가 얼마 동안의 한천(旱天)이 계속되어 능히 물속에서의 행보가 자유롭게 되면 다시 낚시와 자리를 집어던지고 그물을 끈다. 물이 얕을수록 낚시질에나 자리질도 한결 재미가 더 있어지는 것이기는 하나, 그 잡히는 수로 볼진대 그물을 끄는 것에 따르지를 못하니, 고기를 잡는 맛는 낚시질에 승하는 것이 아니나, 그 많이라는 욕심이 이렇게 낚시를 빼앗고 등을 여름내 구어 주게 만드는 것이다.

이러한 장난에서 잡혀지는 유(類)의 고기에는 별로 식욕에 당기는 종류의 고기가 내겐 없다. 더욱이 메기나, 가물치 같은 유에 이르러선 입에 댈 비위조차 가지지 못한다. 그렇건만 다만 그 고기를 잡는 재미, 그것이 그렇게도 나를 자꾸만 천렵에로 이끌어 내는 것이다.

그 어느 여름 한철에는 먹는 수보다 잡히는 수가 많아서 날마다 달뱅이가 철철 넘게 밀려드는 것이므로 이것을 처치할 길이 없어 작은 놈은 골라서 일변 조림을 조리고 큰 놈일랑 독에다 물을 붓고 길러 가며 먹어 본 적도 있다.

천렵이 일단 시작만 되면 지는 해가 아쉬웠고, 흐리는 날이 원망스러웠다. 진종일을 더위와 싸우며 그 무거운 그물을 끌고 돌아다니고, 그리하여 지친 피로가 실로 해가 서산 머리에 올라앉을 무렵이면 여간한 것이 아니언만 그 하루의 지는 해가 왜 그리 아까운지 날이 밝기만 하면 또 다시 그 장난일 것을 길이 물속에다 미련을 두고 돌아오게 된다. 그리고 또 하늘이 흐려 별빛이 윤택을 잃게 되면 비가 오려는 것은 아닌가 하는 조바심에 이불 속에 누웠다가도 문을 열고 나가 하늘을 우러러보기 몇 번이고 거듭하는 때가 있다.

지금도 내가 만일 시골에 있어진 몸이라면 으레 이 여름도 등이 뻘겋게 익어서 낚시나 혹은 그물을 둘러메고 날마다 밤이 새기 바쁘게 강변을 찾아 다닐 것에 틀림없을 것이다.

서울서도 낚시질 같은 것은 가다가 한때씩은 직장의 휴일을 이용하여 기렵(飢獵)에의 욕망을 어느 정도까지는 만족시켜 볼 수도 있을 것이기는 하나, 역시 시작을 하여 맛을 들여 놓고 보면 그것에의 유혹이 더욱 심할 것이여서 아예 생념(生念)을 내지 않고 있다. 목랑우(木朗友)가 뚝섬으로 나가자부터는 낚시질을 시작한 모양으로 휴일의 익일이면 그 성과를 보고하고 일일의 행락을 같이 가져 보자고 유혹을 하는 것이나 연속적이 되지 못할 다만 하루 동안에 그치고 말 그러한 성질에 더 나아가지 못할 것임을 깨달을 때, 마음은 여전히 내키지 않아 금년철에도 이제껏 단 하루의 낚시질도 가져 본 일이 없다. 적어도 열흘이나 그러한 시일의 여유를 못 가지게 된다면 그것은 앞으로도 영원히 있어지지 않을 것이다.

[발표지] 《여성》(1939. 8.)

금화산령(金華山嶺)에서*

초가집 처마 끝에 고추다래가 붉게 늘어지면 산기슭은 귀뚜라미 소리에 눌은다.

이 시절이면 율정(栗亭)의 자연석 위에 고요히 걸어앉아 자연의 주악(奏樂)에 귀를 기울이고 어지러운 마음을 잊어 보는 때처럼 마음의 위안은 없었다.

장미꽃이 빨갛게 피는 봄 아침이거나 방초가 하얗게 머리를 푸는 가을 저녁이면 나는 이 율정을 잊지 못한다. 창작에 매듭진 생각도 봄 아침, 가을 저녁의 이 율정에서 풀렸고, 파리한 마음에 너그러운 살도 봄 아침, 가을 저녁의 이 율정에서 쪘다. 장미꽃을 빨갛게 물드는 봄 아침의 율정, 방초 머리가 하얗게 헛나는 가을 저녁의 율정 — 그 어느 해나 봄과, 가을의 이 두 철을 맞으며 내 고향 집 율정을 잊어 본 때가 있었을까.

달빛에 젖은 금화산탁을 끼고 저녁도 늦어 집으로 돌아오다가 나는 문득 율정이 그리워지는 서정을 참을 길이 없었다. 귀뚜라미 소리가 여물수록 풀리는 방초 머리였다. 추석도 이미 지났으니 율정에는 한참 성(盛)히 풀리어 흐드러졌을 방초 머리다. 이 머리 푼 방초 속에서 울어내는 귀뚜라미 소리는 유달리도 정서를 자아내게 하는 것이었다.

그러지 않아도 8·15 이후 나는 고향 집 소식을 모른다. 38선은 나

---

* 원제는 '율정(栗亭)의 가을'

를 고향으로 보내 주지 아니하고 또 고향은 소식을 전해 주기엔 아주 신용이 없었다. 가뜩이나 그리운 율정이다. 어지러운 마음에 억하게 느껴지는 심서(心緒)를 붙안고 고개탁에 힘 없는 걸음을 세웠다.

주위의 숲 속은 귀뚜라미 소리에 온통 찼다. 방초가 없고, 나를 맞아 주는 자연의 돌의자가 없다뿐이지, 율정의 방초 밭에서 듣던 그 귀뚜라미 소리 그대로 귓가에 익다. 담배를 피워 물고 언덕에 앉았다. 소음이 시끄럽다. 노변에다 일렬로 건너 지은 피난민의 거적막 속에서 들려 나오는 신음 소리, 좁은 길을 유형선 자동차가 달리는 폭음 소리만 듣기도 역한데 먼지까지 주위의 일대를 뒤덮는다. 가던 사람마다 입을 막고 손길을 내젓는다. 앉았던 보람도 없다. 나도 입을 막고 일어섰다. 그래도 귀뚜라미 소리는 끊일 줄을 모른다. 귀뚜라미 소리는 같은 귀뚜라미 소리건만 왜 율정에서 듣던 귀뚜라미 소리처럼 그렇게 내 마음에 위안을 주지 못할까. 여전히 가라앉을 길이 없는 마음이다. 천리 길의 가깝잖은 율정이라고는 해도 열 시간 동안의 기차 신세만 졌으면 어지러운 심서(心緒)를 마음대로 풀 수 있었던 율정이었다. 그러나 해방과 같이 그어진 38의 경계선은 서로 제 땅이 아닌 듯이 율정에의 길을 구속하고 있다. 다시금 암담해지는 마음을 안고 나는 또 걸음을 내켰다.

새빨간 불을 가슴에 단 미국 비행기는 무슨 일로 또 푸르릉 푸르릉 머리 위에서 돌기 시작하는 것일까.

[발표지] 《경향신문》(1947. 9.)

동창(冬窓) 앞에서

첫 추위에 한 번 언 창이 좀체 녹질 않는다. 스토브에 불은 연일 지속되건만 대용탄(代用炭)의 기세로는 동창(冬窓)을 녹일 만한 화력을 한 번 올려 보지 못한다. 쓸쓸한 방안이다. 바람 맞은 병아리같이 어깨만 그냥 올라간다. 그러지 않아도 남의 집에 몸을 맡긴 손님처럼 자유에 가난한 마음이 오력(五力)에 자유까지 잃게 되니 도시 몸이 무거운 듯이 흥이 실리지 않는다. 그래도 웃고 지나는 친우들을 보면 해방된 백성의 면모인 것 같아 한결 마음이 풀리다가도 어느새 동창과 같이 얼어들곤 한다.

이러한 방안에서 이러한 마음으로 나는 사무를 본다.

붓대를 잡으면 전기가 간다. 붓대를 놓으면 전기가 온다.

전기도 이 겨울을 접어들면서 제법 정치가처럼 변덕을 부린다. 어느 시각에 붓대를 들어야 전기와 배가 맞아 일의 능률을 올리게 될지 알 수가 없다. 전기의 농락이 귀찮아 아주 붓대를 놓고 그래도 스토브라고 노변(爐邊)으로 의자를 당겨 앉았다.

젊은 여자 손님이 찾아온다. 《민성(民聲)》 기자라고 한다. 쪽지와 연필을 내들더니 신년호 설문에 대답을 하란다.

"1948년에는 독립 정부가 수립되리라고 보십니까?"

창졸간 대답이 나오지 않는다. 나는 세계 정세나 국내 정세에도 눈이 어둡다. 여기에 대답할 자격이 사실 없다.

"글쎄올시다."

이야기를 던졌는데도 기자의 잡은 붓대는 가부론(可否論)을 그냥 기다리며 고집이다.

얌전히 고개를 숙이고 내 대답에만 오직 성의를 다해 기록하려는 이 설문에 나는 "왜 1948년엔 독립 정부가 수립되리라고 봅니까?" 하는 이 한마디가 빨리 나오질 않아 기자로 하여금 붓방아만 찧게 만들지 않으면 안 되는 나이었을까. 하도 찧는 붓방아가 미안해서 "그야 정치가들이 알겠지요."

기껏 한다는 대답이 이것이었다.

보하게 얼은 창은 오정이 훨씬 넘었는데도 조금도 녹지 않을 것 같다. 언제야 삼동(三冬)이 걷혀 얼어붙은 동창이 녹아서 오력을 펴게 될 것일까. 등골에 으슥거리는 한기를 나는 다시금 느끼며 넣어도 녹지 않는 대용탄을 또 집어넣어 본다.

[발표지] 《문화시보(文化時報)》(1947. 12.)

독서법

글을 읽는다는 일은 그대로 인생을 읽는다는 일이다. 서적이란 저 작자가 인생을 살아가는 생애에서 생애의 거친 찌꺼기는 깡그리 버리고 신수(神髓)만을 정밀히 뽑아 담은 생명 그것이기 때문이다. 아무리 저급한 서적이라고 하더라도 인생이 담기지 않은 서적은 없다. 다만 진실한 인생이 담겼느냐 그렇지 아니한 인생이 담겼느냐의 차이일 뿐이다.

그러므로 인생을 살아가기 위하여는 인생과 독서와는 불가분리의 관계에 놓여 있는 것이다. 더욱이 시대의 진보에 따라 사상이 복잡하게 된 오늘날에 와서는 독서 여하에 있어 그것이 인생이냐 아니냐 하는 단안이 내리게까지 되었으니 더 말할 것도 없다.

독서는 그것이 그대로 인생인 것이다. 그리고 이 인생을 인생에게 넣어 주는 것이 독서인 것이다.

그러기 때문에 올바른 독서는 올바른 인생을 얻게 되고, 바르지 못한 독서는 바르지 못한 인생을 얻게 된다. 독서 방법에 따라서 얻는 인생이 달라지는 것이다.

그러나 사람이란 자기에게는 항상 약한 것이기 때문에 어떤 부주의에서 바르지 못한 독서에 눈을 주게 되면 거기서 얻은 맛으로 인해서 이런 유(類)의 서적에만 눈이 팔리게 되어 자기도 모르는 동안에 이 서적과 같은 내용의 인간으로 화하여 버리는 것이다.

이렇게 되면 아무리 본래의 자기를 되찾으려고 하여도 어떤 한 시기를 경과하면서 굳어진 인생이라 과거가 연연하여 되돌아서기가 용이하게 되지 못한다. 독서에 대한 취미는 그 취미가 도를 지나쳐 독서광이 되는 수도 있다. 불란서의 어떤 사람은 잠에서 깨어서 다시 잠이 들 때까지 식사를 하면서도 손에서 책을 놓지 못하고 그저 책을 들여다보는 것이 일로, 하루는 대소제 때인데 이날도 그는 책을 놓지 못하고 방안에 틀어박혔다가 경찰관에게 강제로 끌려 나왔다는 이야기가 있다.

독서란 이런 매력을 가진 것이기 때문에 그 서적의 선택과 독서의 방법에 따라서 인생을 읽는 것이 아니라 인생을 낭비하게도 되는 것이다. 그러므로 한 권의 서적을 손에 드는 데 있어서도 결코 경홀히 할 일이 아니다. 그렇다고 남이 좋다는 서적이 내게도 좋은 것은 아니다. 사람은 취미가 각각 다르다. 그러기 때문에 남이 좋다고 권하는 서적이니 반드시 읽어야 한다고 머리를 싸매고 덤비었댔자 거기서 느끼는 생리가 다르면 머리에 들어오지를 않는다. 머리에 들어오지 않는 것을 읽는다는 것은 읽지 않는 것과 마찬가지니 이것은 아무리 억지질을 하여 읽었댔자 이 또한 시간의 소모와 정신의 낭비밖에 되어지는 것이 없을 것이다.

독서란 그 독서에 공감이 되어서 즐거움을 느끼며 읽되 읽어대는 것만이 사명이 아니라 읽으면서 생각을 해야 되는 것이니 생각을 하는 데 얻어지는 것이 있는 것이다. 이른바 이것이 인생을 읽는 일이다. "어째서 읽는 것을 제 것으로 만들 수가 없는 것인가 하면 읽는 사람 자신이 생각하는 것이 적기 때문이다"고 말한 리히텐베르그의 이야기는 독서자에게 주는 깊은 주의일 것이다.

그러니까 만 권의 서적을 독파해 내려는 욕심보다 자기의 생리에 맞는 서적을 선택하여 그것을 몇 번이고 반복하여 가며 읽되 읽으면서 자기의 생각과 바꾸어 가며 읽는 것이 진정한 독서의 방법일 것이다.

내가 한참 문학에 열중하였을 시대에 전집 5, 6종을 예약해 놓고 시

간표를 작성하여 벽에 붙이고서는 이 여섯 종을 하루 한 종류에 두 시
간씩 꼭 축일(逐日)을 해서 매일 읽어대기를 한 삼 년 해 본 일이 있
다. 여기서 얻은 것이 전연 없는가 하면 그런 것은 물론 아니겠으나
욕심이 앞을 서서 정독도 아니었을 뿐 아니라 읽기가 싫은 것을 그래
도 읽어야 되는 것이라고 무리를 한 이 독서는 내가 정력을 소비한 정
도로 얻은 것이 없었다. 차라리 내 생리가 허하는 어느 한도의 것만을
택하여 가지고 깊은 생각에 끌려 들어가며 정독을 하였던들 그 보람은
훨씬 컸을 것이라는 것을 지금 내가 하고 있는 독서법에 비해 보고 놀
랄 만치 느낀다. 자기 자신을 되살리며 깊은 생각으로 끌려 들어갈 때
독서의 의미는 거기에 있는 것이기 때문이다.

[발표지] 《경향신문》(1955. 10.)

어떤 무명 작가의 질문에 응하여

맹목(盲目)

지식욕이 한참 부글부글 끓을 학생 시절에는 알아지는 것마다 새로운 맛이 난다. 그리하여 그때마다 거기에 절대 가치를 부여하게 되고, 그 가치의 예찬자가 된다. 한 권의 서적을 접하고 새롭다는 것을 느낄 때에, 그 서적이 기천 기만의 부수가 전세계에 유포되어, 기천 기만의 인사로 하여금 새로움을 느끼게 하고 있으리라는, 또 느껴 왔으리라는 그런 생각은 한참 지식욕에만 감각이 마비된 약동하는 핏속에서는 첩경 맹목이 되기 쉬운 까닭이다.

사상

하나의 사상은 완성됨에 따라 까풀이 벗는다. 그것은 한 개의 과실이 숙성함에 따라 꼭지가 물러나는 것과 마찬가지다. 그리하여 과실의 육은 썩고, 씨만 남아서 후인(後人)의 구미를 돋구는 역할이 되듯이 사상도 그 사람에게서 완성이 됨에 따라 육은 썩고 씨만 남아서 후인의 구미를 돋구는 역할이 될 뿐이다.

사상이란, 완성 이전에 그 효력이 발생된다. 완성되었다면 그것은 벌써 무사상으로 돌아간 것이니까. 그러므로 무서운 것은 사상 그것이 아니요, 사상의 배태기인 것이다. 이 배태기에 기성(旣成)은 무사상의 낙인이 찍힌다.

문단 등용

일제 말기였다.

신문 잡지에 소설을 몇 편 발표하고 나서도 문단은 신진 작가로 대우를 해 주지 않으니까,

"신진 작가 소리를 한번 들어 보고 죽어도 한이 없겠다!"고 나에게 말한 문청(文靑)이 있었다.

그 문청이 지금은 대학 교수로 있다.

옛날에는 문학 등용이 그렇게 어려웠다.

소설

나는 소설을 술에다 비해서 생각해 본다.

장편 소설은 '막걸리'

중편 소설은 '약주'

단편 소설은 '배갈(고량주)'

문장

명문과 악문과의 차는 종이 한 겹의 차라는 말이 있다. 용이히 그 차를 따지기 어렵다는 데서 나온 말인 듯하다.

그러나 이건 문장을 겉으로만 핥아 본 말이요, 씹어 본 말은 아닐 것이다. 씹어 보면 그 차는 현저하다.

우리 문단에는 문장의 차가 몇 겹으로 층이 진다. 그러나 문장에 대한 시비는 좀체 들어 볼 길이 없다.

이 종이 한 겹의 차에서 소설이면 소설이 꼭같은 대우를 받는다.

집필

쓸 이야기가 없는데 써야 할 경우처럼 딱한 일은 없다.

"못 쓰겠습니다."

"못 쓰겠다는 그 심경 피력이 좋습니다."
"정말 쓸 수 없습니다."
"정말 쓸 수 없는 이야기는 더욱 좋습니다."
이런 강요에서 붓을 들면 무엇이 나올까?
그래도 붓을 들었다가, 그대로 붓을 던질 때의 그 유쾌한 마음이란.

문단 미풍
백중(伯仲)을 다툴 때는 질투가 있어도 진출에는 질투가 없는 것이 문단의 미풍(美風)이다. 바다에의 진출이 자유이듯이 문단에의 진출도 자유다. 벌거벗고 다니는 자유는 어디서나 허하지 않는 것을 바다는 허하듯이, 남자뿐이 아니라 여자도 허하듯이, 아니, 남녀가 같이 쭉 벌거벗고 뛰어들어도 허하듯이 문단도 허한다.

〔발표지〕《새벽》(1956. 7.)

권력과 아부(阿附)

어느 때나 권력 그것보다 권력에 아부하는 그 아부가 더 무섭다. 권력에는 그래도 사리의 분변이 어느 정도 따라다니기도 하지만, 아부는 맹목 그대로이기 때문이다.

일제 말기에 있어서도 소위 그 내선 일체를 부르짖던 그 정책보다 그 정책에 아부하는 그 아부배가 더 무서웠다. 자기 개인의 일시적인 영화를 위하여 혹은 자기의 신변 보장만을 위하여 혹은 사리에 눈이 어두운 이 아부의 맹종은 과연 무서운 것이었다. 거기엔 수단도 없고 방법도 없었다. 권력이 말하는 정책에 협조가 없으면 그저 비국민이라는 낙인을 찍어 놓으므로 아부의 도구를 삼는 것이 그들의 행동이었다. 이것도 일본인이 아니고 동족인 같은 혈통끼리의 행동이었음을 생각할 때, 나는 이 와중에서 벗어나던 8·15를 또한 이러한 의미에서도 잊지 못한다.

이 아부배의 맹종에 나도 제 나라에서는 살 수 없는 한 사람이었다. 일어로 글을 쓰라는 위협, 조선 옷을 입어서는 안 된다는 위협, 머리를 깎으라는 위협, 요즘은 무엇을 하고 지나느냐는 따짐, 온갖 위협과 따짐이 날이 갈수록 조여 들었다.

더욱이 같은 문화선상(文化線上)에서 예술을 탐구한다는 동지들에게까지 이러한 모함을 받게 되었을 때는 이미 나라는 존재는 내게 없었다. 파리 단련에 책을 볼 수가 없어서, 파리와 싸우는 이야기를 썼다가, 어떤 문예 평론가에게서 비국민이라는 공격을 받던 일은 연중(然

中)에서도 잊히지 않는 기억의 한 토막이다. 드디어 천황 폐하를 불경했다는 모 선배의 고발로 유치장 신세를 면치 못하게까지 되었으니 더 말할 나위가 없다. 아부의 힘은 이렇게 백성을 괴롭혔다. 어떤 문예 좌담회 석상에서 파리 이야기를 쓰는 것 같은 비국민적인 정신의 소유자는 응당 징용감밖에 안 된다는 논의가 있음을 보았을 때는, 나는 서울에서 기류계(寄留屆)를 빼 버리지 않을 수가 없었다. 그리고 지방으로 몸을 감추었다.

그러나 지방 역시 같은 무리의 발호에 끓고 있었다. 이 불시의 틈입자가 이상한 존재가 아닐 수 없었다. 같은 방법의 위협과 따짐은 묘하게도 같았다. 이 틈입자(闖入者)의 정체를 조사하는 기간이 좀 지연되었던 것이 다행으로 그 조사 도중에 8·15를 맞게 된 것은 얼마나 나를 위한 환희이었으랴. 드디어 8·15는 나를 찾아 주었다. 나를 위협하던 무리들의 수그러진 머리를 바라볼 때, 나는 일종의 승리감을 느꼈다. 유치장에서 나의 뺨을 치고 포악한 행위를 임의로 자행하던 형사들의 살려 달라는 호소, 그러나 그것은 일시적인 현상이었고, 불과 월여에 이들은 나에게 외면을 강행하는 존재로 변하였다. 8·15 이후의 권력에 이들은 또 아부하기 시작했다. 그것으로 이미 권력 잡은 기관에서 권세를 부리게 되었던 것이다.

그러니 권력 없는 한 평민의 존재인 나는 이들의 안중에 있을 리 없었다.

과거 나에게 산 감정이 자기네들에게 미칠 것 같아서 이미 자기네들이 잡은 권세로 나를 여전히 위협하지 않아서는 안 되었던 것이다.

권력에의 아부란 이런 것이었다. 그리고 이 아부란 침해를 받게 되는 것은 선량한 비권력층인 것이다.

6·25 때에도 그들의 표변은 권세를 부렸고, 9·28 수복 이후에도 이들은 또 권세가 있음을 보았다.

8·15는 나라를 찾은 날이다. 그리하여 우리나라가 계승되는 날이

다. 그러나 이 새롭게 나라가 계승되는 새 나라가 아부마저 계승해 받
지 않아서는 안 되었던 이유는 어디 있는 것일까.

　나는 8·15를 맞을 때마다 이 아부배들이 연상되고, 그것이 우리나
라 민족이 운명적으로 짊어지고 나온 민족적 근성은 아닌가 하는 의구
심에 자못 전율을 느끼지 않을 수가 없다.

〔발표지〕《심우(審友)》(1956. 8.) ─ 원제는 '8·15'

내가 사는 주변*

　버스를 타고 미아리고개를 터덕이며 넘다가 길음교를 접어들 때 시선이 왼편으로 쏠리게 되면 바로 눈 아래 시멘트 기와를 인 무슨 목장 지대 같은 납작한 건물들이 산으로 둘러싸인 오목한 골 안 일대에 지질펀펀하게 깔려 있음을 내려다볼 수 있을 것이다.

　그리고 그것이 판에다 찍어낸 듯한 그 집이 그 집 같은 꼭같은 것을 무더기로 쏟아 놓은 그래서 인가(人家)는 아닌 것 같은 생소한 건물임이 쏠린 시선에 좀더 주의를 깊게 만들 것이다.

　그러나 알고 보면 그것이 인가임에는 틀림이 없다. 환도 후에 집 잃은 전재민들에게 우선적으로 베풀어진 그 수 삼백칠십이나 나마 세이는 소위 아홉 평짜리의 정릉 재건 주택이다.

　이 목사(牧舍) 같은 아홉 평짜리의 집이나마 집이 그립던 전재민들에게는 궁궐보다도 소중하다. 게다가 명색이 양옥이라 입주자들은 이 양옥에 상부한 생활이어야 한다고 마치 경쟁이나 하는 것처럼 내 집의 미화에 저마다 여념이 없다. 제멋대로의 취미에 장단이 되어 파아란 뺑키를 뒤집어쓰는 집, 하얀 뺑키를 뒤집어쓰는 집, 온갖 빛깔을 뒤집어쓰고 색채가 된 이 건물에다가 또 꽃이요, 상록수요, 기암 괴석까지 끌어다 정원을 꾸미는 등, 보기 드문 색다른 집으로 색다른 한 촌락을 이루었다.

　나도 이 풍속에 휩쓸려들어서 하늘빛 뺑키로 대문을 단장하고 뜰에다는 라일락 한 그루와 장미 한 그루로 이 미화의 공동 보조에 인색하지는 않았으나 내 마음은 울타리 안에보다는 울타리 밖으로 늘 쏠린다.

　바로 집 뒤를 끼고 흐르는 개천, 이 개천가에서 날이면 날마다 진종일을 연이어 가며 후닥거리는 여인네들의 빨래방망이 소리, 이 소리가 풍기는 민족혼의 고유한 정서, 이 정서에 나는 살이 지고 싶었고……

　이 개천을 끼고 한 발자국만 산으로 더 내디디면 약수가 또 있다. 약수라도 신선한 새벽물은 더 효험이 있으리라 해도 뜨기 전 자욱한 안개 속에 모여드는 수객들, 이 수객들이 모여들면 물할머니의 푸념이 정성스럽게도 그들의 건강을 빌어 준다.

　이 물할머니는 처녀 시절에 신령이 내리어 이 약수를 맡게 되었다는 것으로 백발이 흩나는 오늘까지 하루도 쉬임없이 연일 연성으로 수객들의 건강을 위하여 빈다. 이 물로 병을 낫게 하고 자손 만대에 복을 주라고 산신에게 빌고 또 강씨마마──정릉의 유래를 말하는 태조고황제계후신덕성강씨(太祖高皇帝繼后神德星康氏)로 정릉이라는 것은 정동(貞洞)에서 옮겨온 능이라는 이름──이 약수터 너머의 봉국사 보살에게도 빈다.

　그리고 좀더 산골짜기로 올라가자면 산의 배를 가르고 바위를 차며 흐르는 맑은 물에다 하반신을 늘리 잠그고 겨울난 무거운 몸을 헤우며 초여름 하루를 즐기는 젊은 남녀의 벌거벗은 몸에 벌거벗은 마음이 좋았다. 난잡을 욕할 리 없지 않을 것이나 삶이라는 속박에서 이 하루를 저대로 아무렇게나 놀아도 구속이 없고 자유의 풍속이 실로 진실한 그들의 것일 것임으로써다.

　이 골짜구니에서 마음대로 터져 나오는 벌거벗은 마음 소리, 이 개천가의 빨래방망이 소리, 이 약수터의 물할머니의 푸념, 이 소리들이 내 귀에 멀었던들 나는 이 아홉 평짜리 울 안의 소꿉장난 같은 어른들의 흉내로 아름다움을 만들려는 아름다움으로 정릉을 상 주고 사랑하지는 않을 것이다.

(1957. 5.)

자기를 잊는 구상(構想)

역시 가을이면 받는 것이 독서의 유혹이다. 이것은 지식의 욕심에서라기보다는 취미에서 오는 것이 아닌지 모른다. 자기를 잊는 무아(無我)의 경지(境地)에 있을 때 누구나 거기서 무한한 취미를 느끼게 되거니와 이 무아의 취미가 사람에게는 가장 으뜸가는 취미인 것 같다.

그래서 이 취미에 한번 무젖어 들기만 하면 거기서 졸연히 헤어나지를 못하게 되는 것이 상정이다.

독서에도 이러한 강력한 취미가 있다. 빠지면 헤어나기가 어렵다. 밥을 굶으면서도 책은 사야 하고 건강은 해치면서도 독서는 해야 된다. 하물며 제 계절을 당해서 받게 되는 이 유혹이랴. 나도 이 유혹에 못 이겨 생량(生凉)과 같이 여름내 곰팡이 쓸은 몇 권의 책에 손질을 해 본다. 그러나 서실(書室) 없는 독서에서는 독서가 지닌 그 알뜰한 취미를 제대로 살릴 수가 없다. 가족이 한 방에 들어앉아 설레이는 그 가운데서 정신이 그 책 속에 똑바로 쏠려 들어갈 리가 없는 것이다. 때로는 손님 때문에도 또 모처럼 들었던 손에서 책이 떠나게도 된다. 손님이 여자일 때에는 곤란한 경우까지 생긴다. 찾아온 손님이니 유쾌하게 마음껏 놀다 가게 그의 자유를 위하여 자리를 사양하지 않으면 안 되는 것이 인사일 것이다.

그래서 일없이 자리를 떠 다방 신세를 져야 되는 때도 많다. 여자 손님을 대하게 될 때란 또 자리를 사양하기도 실히 힘이 드는 일이다. 우선 입고 앉았던 옷을 벗고 외출복으로 갈아입어야 하자니 이게 곤란

한 일인 것이다. 갈아입을 기회가 좀처럼 생기지 않아 그 짬수만을 살
피다가 그 기회가 용이히 얻어질 것 같지가 않아서 부득불 용기를 내
어 실례를 범해야 되는 것이다.

여자 손님은 내복 바람인 내 몸에서 눈을 딴 데로 돌려야 하는 것이
인사요, 나는 그 여자의 눈을 피해 돌아서서 옷을 갈아입어야 하는 것
이 인사이니 말이다.

이렇게 힘드는 인사도 사람의 생활에는 있다. 서실 생각이 간절하
지 않을 수가 없다.

짬짬이 서실을 둔 집을 설계해 보고 그리고 그 서실에 깊이 들어박
혀서 독서를 해 본다.

밤이고 낮이고 그 안에 파묻히고 싶다. 그리하여 자기를 깡그리 잊
고 싶다. 그리고 이것은 영원히 그리운 나의 꿈이다. 내가 느낄 수 있
는 취미의 전부로 나를 살리자는 이 가을의 나의 구상은 여전히 이 구
상 속에서만 또 아름다울 것일까 보다.

놓고 싶지 않은 책을 안심하고 들고 앉아서 그 페이지의 가생이마
다 손때를 새까맣게 묻히며 넘겨 보고 싶은 욕심이여.

〔발표지〕《서울신문》(1957. 9.)

나의 집필 태도

작품의 제작에 있어 나는 실제로 붓을 들고 쓰는 시간보다 붓을 들기 전의 그 소요 시간이 더 길게 된다.

테마가 붙잡혔다고 해도 구성이 안 되면 붓이 들리지 않고 또 구성은 되었다고 하더라도 시작하여야 할 서두가 떠오르지 않아도 역시 붓은 들게 되지 못한다. 서두에서 그 작품이 말하려는 전체의 의미를 단한 마디로 던져 놓게 되어야, 그러면서 그 첫마디가 또한 어감도 좋고 평범한 말이 되지 않아야 붓끝에 흥이 실리게 된다. 그리하여 이 첫마디가 흡족하게 되지 않으면 다 된 구상으로도 물건을 만들지 못하고 며칠 몇 달, 심지어는 해를 넘겨 가면서까지 생각을 계속하여 본 예도 있다.

내가 써 온 작품 가운데서 어느 정도나마 그 첫마디에 이렇게 그 작품 전체의 의미를 던져 놓았다고 보는 것은 단 두 편 「유앵기(流鶯記)」와 「캉가루의 조상이」에서였다. 그러나 이것은 청탁 없이 썼던 작품이므로 시일의 제약을 받지 않고 무한정으로 생각을 계속하는 여유를 가졌던 것이기 마련이지, 기한이 있는 작품일 때는 이렇게 무한정으로 내 본래의 태도(취미라고 함이 어떨까)를 고집할 수는 없다. 그 첫마디를 생각하다 하다 시일이 박두하게 되면 하는 수가 없이 본래의 태도를 버리고 안이한 수법을 쓴다. (나는 이것을 안이한 수법이라고 본다.)

그것은 구성을 하여 놓은 그 내용의 10분의 3 정도를 처음 위로 잘라 놓고 4분 정도에서 첫 서두를 내되, 그 부분의 사건 중에서 가장 매력적인 이야기를 골라, 한마디 던져 놓고 앞으로 써 내려가면서 위에 잘라 놓았던 3 정도의 부분을 1, 2, 3의 순서로 형편을 보아 가면서 적당하다고 인정되는 처소에 간간이 삽입을 한다. 이런 수법을 쓰는 것이 지나 본 경험으로 볼 때 별로 구성에 파탈이 없이 무난하게 되는 것 같았기 때문이다.

이리하여 붓만 들리게 되면 그 적에는 일사천리로 붓끝은 달린다. 평균 한 시간에는 십 매 정도가 될 것이다. 그러나 한 절을 끝내고 딴 절이 시작될 때 또 시간이 걸리게 된다. 그 절에 있어서도 역시 첫마디가 마음에 들어야 하는 데다가 그 절에서 또한 그 부분의 취사 선택이 중요하기 때문이다. 이러한 고비를 거쳐 가며 달리기 시작한 붓이면 그 작품이 끝날 때까지 밤이고 낮이고 아니 며칠이라도 계속이 된다. 일단 집필을 하게 되면 나는 붓을 놓았다가는 못 쓴다. 6, 70매의 단편이면 대개 이틀 정도가 보통일 것이다.

그러나 작품이 끝나고도 표제 때문에 며칠의 시일이 걸리기가 또 일쑤다. 실로 나는 이 표제에 무척 신경을 쓴다. 구상 도중에서부터 생각하는 표제를 작품이 끝남과 동시에 그 즉석에서 붙여 본 예는 한 번도 없다. 「캉가루의 조상이」에 이르러서는 실로 그 표제가 붙기까지 상당한 시일이 요하였던 것임을 잊을 수 없다.

[발표지] 《동아일보》(1959)

고발(告發) 당한 인간의 재판관이

작가는 모름지기 누구나 무엇을 어떻게 쓸 것인가 하는 생각이 항상 머릿속에서 떠나지 않고 계속되어 있을 것이다. 자기류의 스타일은 체득하고 있을 것이니까, 이 '어떻게'라는 것은 어떻게 되리라고 알 것이마는 '무엇'이라는 데 이르러서는 그 모색에 살점이나 톡톡히 깎이우면서 고심을 할 것이라 안다.

무엇을 어떻게 쓸 것인가?

붙잡힐 것 같으면서도 붙잡히지 않은 것이 그것이다.

인생의 진실을 추구해야 된다. 그것을 다들 알기는 알고 있지마는, 진실이란 무엇인가가, 또 붙잡기 어렵다.

진실! 숱한 작가라는 사람들이 머리를 싸매고 추구해 왔다.

종래의 그 소설이라는 '틀' 안에 이야기를 집어넣어야 하는 그 틀이 부자유하다고 해서 그 틀을 깨치고 자유로이 이야기를 구사시켜 보는, 그리하여 예술적이기보다는 인간적이기 위한 시험도 해 왔다.

그러다가 20세기 후반기로 들어서면서 불란서의 몇몇 작가로부터 휴머니즘의 사상이 추구한 인간은 고발이 되었다. 그리하여 고발을 당한 인간은 피고석에 앉아서 그들의 새로운 인간상을 증언하는 광경을 보고 오늘까지 쌓아 올린 인류 문화의 축적이 애석하게도 허물어지게나 되는 것은 아닐까 하여 눈이 휘둥그러져서 초조하게 판결을 기다리고 있다.

무엇을 쓸 것인가?

이 시각에 붓을 들고 있는 작가는 이 고발 당한 인간에게 사형을 내려야 옳으냐 그렇지 않으면 그들의 증언을 일축해야 옳으냐 하는 데 재판관이 되어 영원한 인류의 조상을 창조하는 것이 그 임무가 아닐까 하고 나는 생각해 본다. 그리하여 우리가 지금 살점을 깎이우며 모색하는 그 '무엇'은 바로 이것이 아닐까고.

이것은 내가 일전 소설의 추천을 원하는 어떤 무명 작가의 원고를 몇 편 읽고 나서 그에게 이야기를 해 본 줄거리의 요약이다.

〔발표지〕《동아일보》(1959. 5.)

더위와 예의

　여름철처럼 사람의 마음이 관대해지는 계절은 없다. 팔뚝과 정갱이를 징그러울 정도로 드러내 놓고 대로상으로 마음대로 활보를 해도 누구 한 사람 눈살을 찌푸리려고도 하지 않는다. 이것이 물속일 때는 좀더 관대하다. 아니, 그 순간 전까지의 예의를 깡그리 무시하고 남녀가 그 물속으로 같이 뛰어들어도 그것은 자유다. 그리하여 예의의 까풀 속에서 번열증(煩熱症)을 느끼던 심신은 해방이 된다.

　여름, 더위, 그리운 물이다. 그러나 나는 물을 모른다. 왠지 물이 싫다. 물은 지자(智者)가 즐긴다고 공부자(孔夫子)가 일찍이 한 말을 그대로 믿는다면 아마 나는 지자가 못 되는 모양이다. 그렇다고 그럼 산을 즐기는가 하면 산도 나는 싫다. 산은 인자(仁者)가 즐긴다고 했으니 산도 싫은 나는 인자도 이 또한 못 되는 모양이다.

　사람은 대개 동적(動的)인 기질과 정적(靜的)인 기질을 타고 나는 것이 보통으로 동(動)은 지(智)에 통하고 정(靜)은 인(仁)에 통한다고 한다. 그리고 보면 지도 인도 못 타고난 내 기질은 대체 무슨 기질일까. 이 무슨 기질이기에 여름 한철이나마 남과 같이 벗을 수 있는 예의의 까풀을 벗지 못하고 척서(滌暑)와는 인연을 멀리 살아야 하는 것인가. 공부자가 지와 인 이외에 그 무슨 딴 기질을 상징하는 그 무엇 하나만이라도 더 들어 이야기를 하였던들 나는 내 기질을 거기다가 미루어 보고, 그리고 그것이 비슷이라도 해 보이면 나도 사람이 타고나는 기질을 떳떳이 하나 타고나기는 났다고 땀을 흘려 가면서도 고개를

끄덕거리며 한여름을 나기는 날 것인데, 이 여름에도 나는 예년이나
다름이 없이 그저 내 집 조그마한 뜰 한쪽 모퉁이의, 이제 겨우 길 나
마를 자란 라일락 그늘 아래다 깔기나 한 조각 깔아 놓고 책이나 들고
근더져 볼 밖에 없다. 그러나 가두나 물이 아니면 관대할 줄 모르는
라일락 그늘이다. 더위에 지친 몸이 그저 졸리다가 잠이 들다가 하면
서 의식을 잊으므로 예의의 까풀을 벗어 보는 그 한때의 요행이 던지
어져 있을 뿐이다. 때와 곳에 따라서 이렇게도 관불관(寬不寬)을 하는
변덕스러운 예의.

[발표지]《동아일보》(1959. 8.)

버들

　썩둑, 전협(剪鋏)에 잘리어 되는대로 땅 위에 떨어져서 아무렇게나 이리저리 굴러다니면서도 제대로 싱싱하게 기름기가 눈이 부시도록 흐르는 새파란 이파리를 피우는 버들가지를 보고 그 장쾌한 생명의 힘에 감탄을 하며 머리를 주억시던 어린 시절의 기억이 봄만 접어들면 잊히지 않고 먼저 머리에 떠오른다.

　생명의 부여는 그 어느 나무나 화초가 꼭같이 받았을 것이오, 또 봄뜻을 저대로 다들 느낄 것이나, 이 버들처럼 봄뜻을 그렇게 집요하게 느끼며 생명을 위하여 성실한 나무는 별로 없을 것이다. 아니, 이렇게 잎을 피우며 굴러다니다가 진흙땅에 몸이 부딪히기만 하면 부딪히는대로 어디에서나 뿌리를 내어 땅 속을 파고들어 가지를 뻗어서 제대로 한 그루의 나무 구실을 한다는 게 이 버들이다. 또 봄을 가장 민첩하게 느끼고 먼저 눈이 트이며 봄이 왔다는 것을 앞서 전해 주는 것도 역시 이 버들이다.

　그러나 사람들은 버들의 그 장한 봄마음을 상 주려기보다는 그저 샛노랗게 아름답기만 하려는, 그리고 새빨갛게 아름답기만 하려는 개나리나 진달래 마음에 비로소 춘흥(春興)을 느끼며 상 주기를 인색해 하지 않는다.

　이 개나리와 진달래의 노랗고 붉은 마음에 춘흥을 못 느끼는 나는 역시 봄마음이 아름다운 것임을 느낄 줄 모르는 둔감한 탓일까.

　개나리와 진달래꽃 가지를 한 지게씩 져다가 거리에다 받쳐 놓고 봄뜻을 전해 주는 장사치가 요즘 피뜩피뜩 눈에 띄이나, 그 진달래와 개나리가 온실 안의 주반 알이 사람들에게 춘의(春意)를 강매하려는, 개나리나 진달래 그 꽃이 지닌 본래의 춘의의 생리를 모독한 꽃임을 알음에랴.

이러한 개나리와 진달래꽃을 한 아름씩 안고 택시를 잡아타는 젊은 여인네들이 또 있다. 필시 입원을 한 어떤 친지의 입원실 문턱에 가져다 놓음으로 봄뜻을 전해 주는 데서 환자를 위문하잠이 아니면, 애인의 안두(案頭)에 가져다 꽂고 너도나도 그 꽃의 아름다움에 봄뜻을 함께 느끼며 마음이 즐거워 보잠일 것이다.

내가 이런 여인네들을 볼 때마다 봄뜻에 왕성한 버들가지를 연상하고, 그 개나리나 진달래의 꽃묶음이 버들가지와 바뀌어 들리었으면 얼마나 그 환자와 애인에게 거짓없는 진의가 깃들이게 될 것일까 하고 혼자 안타까워함은 이 역시 봄뜻이 아름다운 것인 줄을 모르는 둔감한 소치에서만일는지.

〔발표지〕《동아일보》(1961. 3.)

내 붓끝은 먼 산을 바라본다*

　나는 지금 소설이란 것과 인생이라는 것이 무엇인지 모르고 있다. 처음 소설이란 것을 쓰기 시작했을 때도 소설이 무엇인지 모르고 썼다. 물론 인생이란 무엇인지도 몰랐다. 소설이 무엇인지 모르면서 소설을 쓰고 있는 동안에 나는 소설이 무엇인지 알 것 같았다. 인생도 무엇인지 알 것 같았다. 그래서 인생을 알고 소설을 쓴다고 소설을 써 왔다. 이렇게 인생을 알고 소설을 안다고 인생을 살면서 소설을 써 오는 동안에 나는 또 내가 아는 인생이 인생이 아닌 것 같고, 내가 쓰는 소설이 소설이 아닌 것 같게 생각이 되어서 인생을 알려고 애를 쓰면서 붓을 떼었다. 인생을 모르고 소설이 무엇인지 모르면서 인생을 말하는 소설을 쓸 수가 없었던 것이다. 지금 나는 널리 인생이라는 것은 고사하고 내 자신이 무엇인지도 모르고 산다. 만일 이런 것이 인생이라고 한다면, 그리하여 제 자신이 무엇인지도 모르는 인생을 찾아보는 것이 소설이 가지는 임무라고 한다면, 그것을 쓸 수도 있을 것이다. 그러나 자신이 무엇인지도 모르는 이 인생에게 흥미를 느끼게 되지 않는다. 흥미 없는 인생에게 붓끝을 가게 되는 수는 없다. 소설에 붓을 못 댈 것이다.

　오늘 이 자리에서 내가 인생을 알게 된다면, 그리하여 인생에게 흥미를 느끼게 된다면 붓을 들 것이다.

---

* 원제는 '과학과 싸울 작품을'인데 소장본에서는 제목과 일부 내용이 수정되었다.

아마, 이렇게 된다면 나는 과학과 싸우는 소설을 쓸 것이다. 과학의
위력을 두드려 부수는 것이 오늘날 우리 인생이, 진실한 인생만이 느
낄 수 있는 통절한 부르짖음이어야 할 것 같다. 과학의 힘과 예술의
힘을 맞비겨 보라. 과학은 지금 이 우주를, 이 인생을 진탕치듯 짓이
기고 있지 않는가. 동양 사상이 약시약시(若是若是)하면서 춘향의 절
개를 가상하다고 무릎을 치고 앉았다가 화성인(火星人)과 악수를 하게
된다면 그때에도 우리 인생은 예술을 말하고 살게 될 것일까. 아니,
그때에도 인생이란 존재가 있게 될 것일까. 정말 나는 오늘의 인생이
라는 것을 모른다. 화성인과 악수를 하려고 인생을 배반한 인생들, 이
런 인생을 어떻게 알 수 있단 말인가. 나 개인은 나지만, 나도 인생이
니까 인생의 일원임에는 틀림이 없다. 인생의 자격으로서 나는 지금
정신이 얼떨떨하여 내 붓끝은 한참 먼 산을 바라보고 있다.

제주 여자의 건강과 미

  제주 여자는 근로의 화신입니다. 아름다운 옷도 기름진 음식도 그들은 꿈꾸지 않습니다. 그저 일, 그리하여 자활(自活)을 하여야 한다는 그 정신만이 자나깨나 그들의 머릿속에서 떠나지 않고 있습니다.

  이러한 근로 정신이 어렸을 때부터 젖어 노동으로 단련을 시킨 그 건강은 차라리 야만에 가까우리만치 징그러운 데가 있습니다. 여자로서 논밭에 들어서 김을 맨다든지 하는 일은 우리 육지에서도 농촌으로만 떨어지면 얼마든지 볼 수 있는 것이지만, 제주 여자는 송아지만한 돼지를 잔등에다 지고 더욱이 오십 내외의 중늙은이가 이러한 짐을 힘도 들지 않게 진다고 한다면 혹 여러분은 과장된 말이라고 곧이듣지 않을는지 모르나 장날이면 아침저녁으로 팔러 가고 사오고 하는 여자의 돼지 짐이 길거리에 즐비하게 널림을 볼 것입니다. 참으로 놀랄 만한 건강입니다. 진시황(秦始皇)의 만리장성도 비웃을 제주성의 석성(石城)도 이 여자들의 손에서 되었다는 것을 안다면 더 말할 것이 없을 것입니다.

  제주 여자는 이렇게 비가 오나 바람이 부는 날이면 날마다 사철을 두루 짐으로 생활을 영위하고 있습니다. 아침이면 아침밥을 위한 물구덕을 지기 시작해서 해가 질 때까지 걸금이라 추수라 육지에서는 소 잔등이 져 날라야 할 온갖 것이 이 여자의 등에서 운반이 됩니다. 남부여대(男負女戴)란 어떻게도 이 섬의 풍속을 무시한 말인지 모릅니다. 이렇게 짐으로 어렸을 때부터 단련이 된 건강한 허리뼈는 무쇠처

럼 굳어진 모양으로 7, 8십이 장근한 늙은이도 허리 하나 굽지 않았습
니다. 그러니 지팡이도 물론 필요가 없습니다. 젊은이나 마찬가지로
허리를 젖히고 활보를 하는 정도입니다. 만일 어느 백과사전이 늙은이
의 특징을 소상히 그리느라고 늙은이의 허리를 굽혀 놓고 그 손에다
지팡이를 들린 사진으로 설명을 보충한다면 제주 여자들의 치소는 면
할 길이 없을 것입니다.

　이런 이야기를 하면 여러분은 간직하여야 할 여자로서의 미(美)를
상상해 볼 것이나 그것은 부질없는 상상일 것입니다. 제주는 색향입니
다. 이러한 고된 노동도 그 미를 송두리째 말살시키지는 못합니다. 순
수한 제주 여자의 얼굴은 동글납작하고 눈에는 흰자위보다 검은자위가
더 많은데 그 눈까풀이 쌍까풀이 졌습니다. 게다가 고르게 균형이 진
얼굴은 어딘지 사람의 마음을 끄는 아름다운 매력이 숨어 있습니다.
현대의 미인형은 쌍까풀진 눈에 있다고 인위적으로 수술까지 하여 일
부러 쌍까풀을 지우는 오늘날 이 자연의 쌍가풀의 미는 그 얼마나 순
수한 매력일 것입니까. 화장수 한번 얼굴에 대여 본 일이 없지만 그
벅찬 노동도 이 균형미를 덜지는 못합니다. 건강과 미를 갖춘 여자는
이 섬의 여자들입니다.

개가(改嫁)

한 점의 혈육도 남기지 못한 어떤 젊은 과부가 남편의 삼년상도 치르기 전에 개가할 의향을 가지고 하루는 약간 소중한 물건만을 대강 추려서 한 보퉁이 싸 이고 집을 나섰다.

얼마쯤 걸어가다가 이 과부는 어떤 산 모롱고지에 이르자 마주 바라보이는 건넛산 공동묘지로 저도 모르게 눈이 쏠렸다. 우뚝 걸음을 세우고 바라보았다. 거기엔 고인의 무덤이 있는 곳이었다. 올송졸송 공지가 없이 둘러붙은 그 무덤들 가운데서 이 과부는 어느 것이 남편의 무덤일까를 일심으로 찾기에 바빴다. 아직 잔디풀이 완전히 무덤을 덮지 못한 하나의 새 무덤, 분명히 그것이 남편의 무덤인 것을 알게 되자 이 과부는 소스라쳐 놀랐다. 그 무덤 옆에는 틀림없는 자기의 남편이 이전 생시 모양으로 새까만 주의(周衣)를 입고 서서 손을 헤기는 것이었다.

그게 이 과부에게는 내 혼이 이렇게 버젓이 살아 있는데 나를 버리고 시집을 가다니! 어서 발길을 돌리어 자기 있는 곳으로 오라고만 손을 헤기는 것 같아서 자기의 지금 집을 떠난 행동을 하느님이 내려다보고 금시 벌을 줄 것 같게 마음이 두려웠다. 이미 작고한 남편은 잊어버리자 일단 마음을 정하고 떠난 길이면서도 자책에 뉘우쳐지는 마음을 이겨낼 길이 없었다. 너무도 무서움에 그는 눈을 감았다. 그러나 감은 눈앞에도 그 산 그 무덤은 보이고 그 무덤가에선 여전히 남편이 손을 헤기고 있다.

펵 하고 머리 위에 이었던 보자기가 땅에 떨어졌다. 손맥이 뽑힌 것이다. 뒤이어 곧 과부도 모로 쓰러졌다. 몸을 받쳐 줄 다리 힘도 없어졌던 것이다.

이것은 그 여인의 뒤에서 짐을 싣고 오다가 목도(目睹)했다는 우차부(牛車夫)의 이야기와 병원으로 실려가 응급 수당을 받고 나서 의사의 물음에 직접 그 여인의 입으로 나온 말이라고 전하는 사람은 말한다.

물론 그 무덤가에서 손을 헤졌다는 남편은 그것이 사람일 수는 없고, 그 부인이 개가를 하게 되므로 작고한 남편에게 절개를 못 지키는 미안한 마음에서 그렇게 보여진 환상(幻想)임에 틀리지 않을 것이다.

그러나 그 부인이 어떻게도 남편을 생각하고 있었더라는 것과 또 개가라는 것이 어떻게도 그 부인으로 하여금 마음에 걸리게 하였더라는 것을 일반은 여기서 알 수가 있게 됨에 죽도록 수절을 못 하고 개가에 마음을 먹었다가 이렇게 혼이 났으니 인젠 개가에의 마음은 그 부인으로 일절 두지 않으리라 하는 것이 누구나의 추측으로 자못 흥미롭게 그 동리에선 그 부인의 그 후의 행동을 주시하였다는 것이다.

그러나 그 부인은 일반의 추측을 완전히 무시하고 바로 며칠이 지나지 못해서 가다가 기절을 하였던 그 길을 다시 걸어가고야 말았다고 한다. 그래서 다들 놀랐다는 것이다.

나도 놀랐다. 나는 그 대담한 생활 태도에 놀랐다. 작고한 남편을 그렇게 못 잊어 하면서도 수절을 무시하는 대담성 — 무엇이 그 부인을 이 길로만 그렇게 이끌어 냈을까?

"얼마나 재미가 나는지 시집을 간 날 저녁부터 가마니를 부처끼리서 치는데 밤에도 자지 않고 하루 열 폭씩을 쳐낸다나" 하는 마지막 마디를 들었을 때 나는 그 부인이 아직 이루지 못한 청춘에 불타는 생활에의 의욕을 생각해 보지 않을 수 없었다. 넘쳐 흐르는 왕성한 생활력을 수절의 가슴속에 얌전하게 묻어 썩이는 것과, 이미 작고한 사람

이니 영원히 잊어버림으로 천부의 생활력을 마음껏 발휘해 보는 것과,
그 부인도 얼마나 생각해 보다가 필야엔 이 길을 걷기로 했을까고.

[발표지] 《조광》

8·15와 순사(巡査)*

나는 8·15를 시골서 맞았다. 전국(戰局)의 추세로 보아, 이 몇 달 안으로는 십상 일본이 항복을 하고야 말리라는 짐작이 들기는 들었으나, 그동안을 서울서 그대로 앉아 배겨내기는 어려울 것 같았다.

가뜩이나 미워하는 문인회이라, 마지막 판에 이르러선 이 문인회에까지 징용을 내리기 시작하여 주위의 지우(知友)들이 날마다 탄광 같은 곳으로 끌리어 나가는 것을 볼 때 나라고 무슨 신수에 유독 빠져날 것 같지 않아서 불안한 마음을 자못 이겨낼 길이 없었다.

그래서 서울을 떠나는 사람처럼 시골로 전거(轉去)하는 형식의 수속을 밟아, 기류계를 빼 놓았다. 그러니 그적엔 쌀 배급을 받을 수 없어, 한 말에 7, 80원이라는 고가를 주고 소위 야미로 사 대어야 하게 되니, 야미 쌀을 그렇게 수월히 또 구할 수도 없었거니와, 어떻게 구한다 하더라도 4, 5 식구나 거느린 내 힘으로서는 그 비용을 댈 재주가 없었다. 그런 데다가 징용을 피하는 방법으로 나와 같은 이러한 수속을 취하는 사람들이 부쩍 늘게 되어 이 기미를 안 노무과(勞務課)라는 데서는 정회(町會)를 통하여 징용장을 떠르는 새로운 방법을 강구하여 그적엔 집 주소로 연락을 아니 하고 직장으로 하게 되기 때문에 빼 놓고 기류계도 소용이 없이 되었다. 쌀 배급만 밑지는 짓이었다. 결국은 직장에서까지 이들을 빼 놓아야 이 노릇을 면할 수 있게 되었

으니, 그러지 않아도 야미 쌀은 댈 수가 없는데 월급까지 없으면 먹고 살 도리까지 없어진다. 이러고 보면 서울서는 도저히 배겨낼 장사가 없었다. 그렇다고 우리 같은 것이 시골로 내려가면 그 존재가 더욱 두드러져서 주목이 더 심하다고 시골로 내려갔던 사람들이 모두 올라오는 판인데 좀더 기다려 보며 서울 그대로 있어 보자고 만류하는 친구도 있었지만 그래도 시골은 나를 낳아서 키워 준 고향이라, 사람을 도울 줄 아는 인정이 있겠지, 다만 무서운 것은 관할 주재소 순사 몇 사람뿐일 것이리라, 그것도 대부분이 조선 사람일 테니 여간 좀 어루만지면 염려 없겠지 하는 생각으로 나는 마침내 짐을 싸 가지고 고향으로 내려갔다.

그러나 조선 사람 순사도 내 생각과는 달리, 우리 편이 아니고 완전히 일본 사람 편이었다. 조금도 속은 적지 아니하고 날마다 찾아와서는 시골로 내려온 이유를 이리 캐고 저리 캐고 참 무서웠다. 무슨 사상객으로 연락이나 하려 내려온 사람처럼 꼭 취급을 하고 달려붙는 데는 구재(口才) 없는 나로선 여간 곤란한 일이 아니었다. 심장이 나쁘다고 병을 핑계하고 들어 배겨서 곧이곧대로 수양차이라고 해도 그건 내 소리뿐이요 그들의 귀에는 들어가지 않았다. 한 일 삭쯤 왔다갔다 하더니 한다는 말이 "만일 내가 당신을 붙들어 가는 한이 있다 하더라도 나는 원망하지 마시오, 그것은 내 개인의 의사는 아닐 테니까, 그래 나도 그렇게 되기를 바라지는 않지만 만일의 경우가 있다고 가정을 한다면 내 심사만은 그렇지 않았다는 것을 알아주시오." 하고 간다. 가슴 뜨끔하는 소리었다. 공연히 내려왔구나, 필야엔 아무래도 붙들리고 말 것 같아서, 다시 서울로 올라갈까 하다가도 그게 또 그들을 더욱이 의심케 하는 것이 되지 않을까, 실로 어찌할 도리를 모르고 쩔쩔매다가 8·15를 맞았다.

8·15가 예상보다 좀 일찍 왔다는 말을 들었으나 아무리 뽐내도 머지 않은 앞날에 손을 들리란 것은 추측이 되었으므로 나는 그 순사들

의 단련을 받아 가면서도 방안에 깊숙이 들어앉아서 밤이면 원고 정리를 하고 있었다. 그러지 않아도 내가 서울을 떠나 시골로 내려갈 때 어떤 인쇄소를 경영하는 친구와 일본이 손만 들면 출판업을 하자고 이미 약속을 하고 그리고 항복을 하면 곧 그 이튿날로 올라오라는 그 친구의 다짐까지 받고 내려왔던 차였다. 그래 나는 내 책도 낼 때에 제일 먼저 수필집을 내리란 생각으로 이날도 나는 순사가 다녀가기를 기다려 마음놓고 앉아서 수필을 정리하고 있는데 가사이란 벗이 성큼 들어서더니 전과는 달리 이상한 태도로 주위에는 아무도 없는 줄 알면서도 그대로 마음이 못 놓이는 듯이 몇 번이나 좌우를 둘러 살피며 무슨 말을 할 듯 할 듯 하면서 졸연히 입을 못 열기에

“왜 무슨 일인데 그래?”

하고 물었더니

“일본이 항복을 했대.”

하고 귓속말이나처럼 눈을 둥글하게 뜨고 속삭인다.

나도 놀라지 않을 수 없었다.

“응, 항복! 어디서 들었는데?”

했더니 자기 아는 친구가 단파로 들었는데 오늘 오정 때 항복 방송을 일본 천황이 울면서 하는 것을 들었더라고 한다. 믿음직한 일이긴 하였으나 너무도 낭설이 떠도는 시절이라, 내 귀로 직접 듣지 못하고는 딱히 믿을 수가 없어 들은 대로 혼자만 알고 있었는데, 그날이 마침 우리 시골 장날이라, 읍에 들어갔던 동리 사람들이 저녁때 돌아들와서 전하는 말이 분명하게 그런 뜻을 전하였다. 징병으로 뽑혀서 차를 타러 나가던 아이들도 정거장 마당에서 모두 도로 돌려보내더라는 것이다. 그리고 읍에서는 지금 만세 준비로 태극기를 만드느라고 한참 법석이더란다. 그때에야 나는 울렁거리는 가슴을 안고 단박 사랑방으로 뛰어 들어가 제일 눈꼴틀리던 ‘가미다나’를 떼어내다 발로 짓밟아 돼지우리 안에다 집어던졌다.

　그리고 저녁을 먹고 앉았는데 평소에 의사를 서로 통하고 가까이 지내던 벗 7, 8인의 연서로 일본이 항복을 했으니 치안회를 조직하자고 금융 조합으로 급히 와 달라는 편지가 떨어졌다. 곧 달리어 갔더니 장관은 그게 장관이었다. 어제까지 찾아와서 이리 캐고 저리 캐고 하면서 붙들어 가도 그게 자기 의사는 아닐 것이라고 아주 뽐내고 위협을 하며 이질거리던 순사가 둘씩이나 금융 조합 정문 어구에 섰다가 마주 달려나오며

　"계선생님 어서 빨리 들어가 보세요."

　하고 공손히 인사를 하고 나서도 어떻게 좀 곱게 보이려는 수작으로 내 옆을 떠나지 아니하고 줄곧 따라다닐 때 나는 그 가증스럽던 꼴을 지금도 못 잊거니와, 며칠 후, 주재소 다락에서 일부 타다 남은 살인 명부가 발견되었을 때, 아니 그 명부 속에 내 이름도 있더라는 소리를 들었을 때 나는 짐짓 놀라는 나머지, 세상에서 그 순사처럼 불쌍해 보이는 위인이 없었다. 며칠 뒤 이 순사의 행동이 또 가관이었다. 동리 청년들이 때려 주겠다고 한 50여 명의 군중이 덤벼들 때, 그 주위에도 사람이 무수하였건만 죽이려고 살인 명부에까지 올려 놓았던 나를 붙들고 살려 달라는 그 이유는 어데 있었던 것일까. 나는 지금도 못할 짓은 혼자 하고 도리어 그 사람에 아부를 하며 돌아가는 축들을 목도할 때마다 문뜩 이 순사 생각이 새로워지곤 한다.

〔발표지〕《산업시보(産業時報)》

전원(田園)에서*

　오늘까지 낚시질이 꼭 열흘쨋가 보오. 가을 바람에 벼 이삭이 누르는 시절이면, 나는 고기의 유혹을 벗어날 수 없는 것이오. 형, 가을의 낚시질이란 참으로 여느 때의 그것에 비할, 그러한 성질의 것이 아니구려. 귀뚜라미 소리가 숲 속에 여물면 수족(水族)의 건강도 창포 속에 여무오. 그리하여 비록 술쭉 같은 작은 놈이 물린다 해도, 물살을 막 찢어 내면서 펄떡거리는 것을 보는 그 맛이란 여간 신묘한 것이 아니오. 더욱이 요지음은 고기 족속들의 정례 여행 시절이어서 왕래가 빈번하기 때문에, 여느 때의 곱절이나 고기는 물리는 것이오. 오늘도 다래끼가 철철 넘게 한 짐을 지고 들어왔구려.

　형! 나는 창작도 잊었소. 독서도 잊었소. 아니, 침식까지 잊었다 함이 옳을 것이오. 첫닭이 울면 분주히 낚싯대를 메고 다래끼를 들고 떠나오. 십이 전짜리의 대패밥 벙거지를 머리에다 올려 놓기는 물론, 잊는 일이 아니오. 그리하고는 그날의 해가 지는 것을 아쉽게 강변에다 미련을 두고, 달 그림자 어리는 밤길을 더듬어 돌아오는 것이 아니겠소.

　형! 이것이 도시에서야 그 언젠들 한 번이나 맛볼 수 있는 생활이겠소? 닭의 울음소리를 멀리 촌가(村家)에 두고, 그윽히 들리는 그 소리

---

　* 중등학교 2학년 국어 교재에 수록되었던 이 글의 원제는 '전원 생활 보고서─서울 ×× 형에게'.

와 같이, 훤히 트이는 새날을 맞으며 안개 자욱한 강변으로 이슬 내린 풀밭 길을 달리어 나가는 그 맛은, 참으로 새날을 맞는 그러한 기분이오. 그리하여 이러한 기분을 한 아름 안은 채 낚시질에 맛을 들여, 세상의 뜬 시름을 깨끗이 잊고, 오직 나를 위하여 그 하루를 사는 것이오. 나를 위하여 사는 그 하루는 얼마다 깨끗한 하루이겠소, 형 이것이 나로 하여금 날마다 강변에 한 폭의 풍경화를 꾸며 놓게 만드는 소이가 아닌가 하오.

형! 물론 형은 오늘도 볕이라고는 일 년 열두 달 한 번도 들어 보지 못하는 음산한 콘크리트 2층의 구석 방에서 신문 삽화에 진종일 지치다 지금쯤은 곤히 잠들어 떨어졌을 줄 아오. 얼마 전 편지에 보면, 이 가을엔 세상없어도 뚝섬으로 자리를 옮아야겠다고 했으니, 오죽이 진세(塵世)의 소음이 싫어서 통근하기 그토록 불편한 그곳으로 마음을 결단한 것이겠소. 형!

형! 한번 내려오시오. 철도 패스가 있겠으니 다만 며칠 동안이라도 농촌의 신선한 자연 속에 나와 같이 한번 풍경화의 주인공이 되어 보지 않으려오. 하늘 높고, 강 푸르면 말도 살진다는데 철도 모르는 형의 생활 속에 구석구석 들어찼을 듯한 티끌을 한번 농촌의 자연으로 씻어 주고 싶은 생각이 간절함은 나의 지나친 생각이겠소. 게다가 형이 즐기는 붕어 장조림이 우리 집에는 지금 막 묵어나오. 부디 내려오시오. 백화점 지하실에 케케 묵어나는 망둥이 조림에 비할 것이 아니오. 그래서, 며칠 전까지는 붕어 조림을 형에게 좀 부쳐 보낼가도 했으나 형을 한번 끌어 내리려고, 그리하여, 내려올 것을 믿고 부치기는 아예 그만두니, 꾸짖지 말고 내려오오. 기별하면 내 정거장까지 나갈 테요, 그러면 답장 주시오.

10월 10일 밤
계용묵

주기적으로 왔던 염증의 역정(歷程)

처음으로 내가 소설에 붓을 델 그 시절에는 아직 문단이라는 존재가 뚜렷하게 형성이 되어 있지 않았다. 시를 쓰는 사람으로 시인이 되거나, 소설 쓰는 사람을 작가라거나, 그런 명칭으로도 불리우지 않고 그저 문사(文士)라는 일관된 이름으로 통칭이 되고 있었다. 그러면서 시인들은 데카당파나 상징파 이야기들을 성히 하였고, 작가는 사실주의나 자연주의 이야기 이외에는 별로 흥미를 느끼지 않는 것 같았다. 그리하여 주로 읽는다는 것이, 시인은 보드레르, 베르테르 등이었고, 작가는 졸라, 프로베르, 모파상 등이었다.

이것은 무슨 그런 주의에 공명이 되어 그들의 작품에 공감을 느끼는 데서라기보다는 그들의 이름이 높이 평가되므로 그들의 주의를 말하면서 그들과 같은 작품을 쓰려고 하였던 것 같다. 그래서 이런 분위기에 부지부식중 나도 휩싸여 들어가 그들과 같은 소설을 쓰려고 하였던 것이 사실이다. 「최서방」「인두지주」 같은 것이 어간의 소산이었다.

그러나 이런 것을 몇 편 쓰고 났을 때, 이런 사실주의의 작풍이 나는 싫었다. (그 작품들을 사실주의라고 할 수도 없는 것이지만은) 발표를 본 위의 두 작품 이외에도 이미 성고가 다 되어 있던 2, 3편의 단편이 있었지마는 그것은 발표하려고도 아니하고 장 속에 처박아 둔채, 신비주의적인 작품을 써 본다고 이 방면의 독서에 열중하면서 한편으로, 집필을 하게 된 것이 1,300여 매로 된 「지새는 달그림자」라는 장편이었다. 그러나 쓰고 나자 곧 또 그런 작품이 싫어졌다. 그래서 이 원고를 함부로 굴리다가 분실을 하고 말았지마는 이 원고가 남아 있었다고 하더라도 그때의 심경에 미루어 발표는 하지 않았을는지 모른다.

나는 이렇게 늘 자기의 작품에 염증을 느꼈다. 몇 편을 계속해 쓰는 동안에 그러한 현상이 왔다. 취재한 소재도 싫었거니와 문장도 싫었다. 그래서 몇 편을 쓰고 나서는 또 무엇을 어떻게 써야 할 것인가 하는 그 '무엇'이라는 것의 모색 과정의 고민기에 접어들곤 하였다. 「백치 아다다」 「마부」 등을 쓰기까지는 그 어간이 이태씩이나 경과되었던 것이라고 기억된다. 그러나 쓰고 나서 또 불만하였다. 작품에 있어서 여실(如實)하게 표현을 하여야 한다는 그 '여실'이 어느 정도의 구실을 하게 되는 것인지 의심스러웠다. '여실'로서 사람에게 주는 감동보다는 꿈을 꾸어 보이므로 주는 감동이 훨씬 더 깊은 감동이 될 것만 같았다. 그리하여 꿈을 꾸는 것 같은 작품, 좀더 자세히 말하자면 서녁 하늘에 비끼는 저녁 노을과 같은 황홀경 속에 사람을 몰아넣을 수 있는 작품, 그런 작품을 그려 보고 싶었다.

그러나 이런 작품을 그리자면 '주관(主觀)' 삽입이 없이는 도저히 불가능한 일일 것 같았다. 그리하여 작품에서 주관 삽입은 금물이라고 하지만 남이야 뭐라고 하든 나는 나대로 이런 것을 한번 시험해 보고 싶은 충동을 참을 길이 없었다. 「청춘도」 「캉가루의 조상이」 「유앵기」 등 몇 편을 연달아 단숨에 탈고하였다. 그래도 써 놓고 보면 그 어느 것이나 내가 견을 주었던 그 '사정(射程)'과는 너무도 현격한 거리가 있었던 것을 보고는 또 이런 작품에 염증을 일으켰다. 이러한 수법으로도 견준 사정에 화살이 똑바로 들어가 맞지 않을 때의 그 안타까움, 나는 또 붓을 놓고 '어떻게'를 모색하여야 했다. 그러는 동안에 한참 전쟁에 숨이 찬 일제는 전쟁 협력에의 작품을 강요하였다. 난처한 처지에서 나는 근로 정신의 고취를 빙자로 「불로초」 「묘예(苗裔)」 「시골 노파」 같은 작품을 썼다. 그러나 주기적으로 오는 염증이 이 이상은 더 그런 작품을 계속하게 하지 못하였다. 그렇다고 붓을 놓으면 신변이 위험하다. 그렇다고 또 붓을 드는 도리도 없어 운명에다 목숨을 맡기고 서울을 떠나 낙향을 하였다.

8·15 해방은 나의 창작욕을 무척이도 왕성하게 만들었으나, 「별을 헨다」 「바람은 그냥 불고」 등 몇 편을 쓰고 나자 6·25가 또 붓대를 놓게 한 데다 2차대전 후 세상은 모든 면에 있어 내가 상상하던 이외로, 더욱이 그 과학의 위력 그리고 변모하여 가는 문학의 형태 등이 좀처럼 내 붓끝에 용기를 주지 않고 있거니와, 지금까지 내가 창작을 하여 오는 동안에 이러한 전작에의 염증과 정이 아마 다섯 번짼가 밟히워진 것 같다. 그래서 그 어느 한 시기에 된 작품들과 또 그 어느 한 시기에 된 작품들과는 마치 딴 사람이 쓴 것 같은 그런 작품들이 되었다고 본다.

[발표지] 《서울신문》

210

승차(乘車)*

복잡한 십자로 같은 곳을 건너야 할 경우에 처하게 되면 나는 항상 버스나 전차를 이용해 가지고 건너간다. '고·스톱'이라는 것이 있어, 차를 세우고 사람을 건네 보내고 하는 신호로 안전을 도모해 주기는 하지마는 저쪽까지 채 건너가기도 전에 '스톱'이 '고'로 바뀌게 되면 진땀을 한참 개어 내어야 되기 때문이다. 정지의 신호가 회전만 되면 이제 갈 길이 허여되었다고 차들은 그까짓 건너가던 사람들이야 어떻게 되었건, 그저 자기네들에게 허여된 자유만을 행사하는 것이 할 일이라는 듯이 눈 한 번 깜박할 여유도 주지 않고 내닫게 마련이다.

그래, 못물이 쏟아져 나오듯이 밀려 나오는 이 질주의 물결을 피하자면 도중에 서서 이 물결이 다 흘러내리도록 기다려야 하게 마련인데, 게다가 뒤로 전차 선로까지 두게 되었을 때에는 뒤로 오는 전차까지도 피해야 되게 되는 판이니, 전차 선로와 자동차 통로 사이에 기척을 딱 하고 서서 한두 치 사이의 거리를 둔 발부리 앞으로도, 또 한두 치 사이를 뒤로 둔 발부리 뒤로도 오거니 가거니 하고 달리는 차들을 피해 내자면 참 질색인 것이다. 진땀이 부적부적 등골에 서리게 된다. 운전 부주의로 제 노선에서 자칫 이탈만 되게 되어도 차바퀴 속으로 휩쓸려 들어가게 되는 날이다. 차가 앞으로 다가올 때마다 그 조여드는 가슴은 실로 십 년은 감수가 되는 것 같다.

---

* 원제는 '심서 일편(心緖一片)'.

이렇게 졸경을 겪다가 마지막 차를 보내고 한숨과 같이 발길을 떼어놓다 보면, 아니 이놈의 자전거는 왜 '고·스톱'의 신호도 무시해서 좋은 것인지 제멋대로 발부리 앞을 따르랑 서면서 사람의 신경을 또 건드린다.

빈번히 일어나는 사고로 보아서 차를 탄다는 것도 그리 안전하다고 할 수는 없으나, 행보에서 가슴을 조이며 신경을 쓰기보다는 그래도 차를 타는 것이 좀 헐한 것 같아서 차를 탔다가 봉변을 당한 일이 있으면서도 복잡한 거리를 지나게 될 경우이면 그래도 차를 탄다.

한 번은 그때도 안전을 도모하노라고 합승을 타고 광화문 네거리를 건너오다가 이놈의 차가 앞차를 앞지르려고 바작바작 조여들다가 앞차가 급정거를 하는 바람에 그 앞차의 속도에 맞추어 급정거가 되지 않아서 그만 앞차를 받아 내는 바람에 운전대에 탔던 나는 가슴이 울리어서 월여나 고생을 했다. 그리고 나서는 그놈의 운전대가 위험한 것 같아서 운전대에는 일체 타지 않고 맨 뒷좌석에다 자리를 택하곤 했다.

그래서 일전엔 종로에서 합승을 탈 적에도 올라가는손 뒷좌석으로 들어갔더니 이미 운전대에 탔던 B라는 친구가 나더러 앞으로 나와 앉으라고 권한다. 왜 그러느냐고 하니까, 차는 천상 뒤가 위험하다고 하면서 자기가 일전 뒷좌석에 탔다가 뒷차가 들이받는 바람에 허리를 다쳐 지금 이렇게 지팡이를 짚고 다니는 신세라고 단장을 들어 보인다. 그래서 나는 또 내가 봉변을 당하고 난 경험대로 앞자리가 위험하다고 반대 의견을 웃으면서 피력하였더니

"아니 뒨 위험해."

하고 농담만은 아닌 것 같은 태도로 나를 자기 옆으로 끌어 앉힌다.

차 사고가 생기게 된다면 그야 사고가 생기는 위치와 사고의 성질에 따라서 어느 위치에서나 부상의 경중이 다를 것이니 앞뒤 좌석에 관계가 없을 것임은 말할 것도 없을 것이나, 사람이란 이런 경우에 한

번 처하게 되고 보면 반드시 그런 것이 아닌 줄을 알기는 알면서도 자
기가 몸소 겪은 그 체험의 지배를 아니 받게 되지 못하는 것이 사람의
심리인 것 같다.

애연지(愛煙志)

불란서 희극작가 몰리에르는 그 작품 「돈·주앙」에서 스가나렐의 입을 빌려 담배 예찬을 다음과 같이 하였다.

"아리스토돌이 무어라고 하던 아니 모든 철학자가 무어라고 떠들던, 담배의 철학에는 미치지 못하리라. 담배야말로 모든 예의 바른 사람들의 정열인 것이다. 담배를 모르고 사는 사람들은 도저히 인생의 의의 같은 것을 알 턱이 없다. 담배는 피로한 뇌를 풀어 주고, 부정한 것들을 제거해 줄 뿐이 아니라, 무언 속에서 우리 인간의 마음을 도덕적으로 이끌어 주는 역할을 한다. 그리하여 인간은 이 담배에 의해서 비로소 진정한 의미에서의 신사의 도를 알게 되는 것이다. 끽연자는 어디에 처하게 되는지 '자, 한 대 피웁시다.' 하고 자기의 담배를 꺼내 피우기를 권한다. 요구를 받고 비로소 응하려는 그런 의향을 가진 실례를 범하는 자는 끽연자 중에는 한 사람도 없다. 요구 이전에 벌써 상대방의 마음을 지찰(知察)하는 것이다. 그러기 때문에 담배는 그것을 피우는 모든 사람에게 훌륭한 도덕심을 길러 주게 된다. 이것은 틀림없는 확실한 사실이다."

우리는 이 극시인의 이런 예찬을 기다리지 아니하고도 가장 신사적인 예의를 지닌 것이 담배요, 또 그런 예의가 우리의 생활 가운데 별로히 없음을 잘 안다. 객대(客待)에 초인사가 담배라는 것은 오늘 와서는 담배를 아니 피우는 사람들까지라도 알고 있게끔 보편화되어 있다.

담배를 이렇게 권하는 풍속이 언제부터 생기었는지는 알 바이 없으나 혼자만으로는 피우기에 너무도 그 자극적인 신비한 맛이기 때문에 노나서 피우므로 같은 경지에서 신묘한 맛을 느껴 보자는 것이 그 이유일 것임은 틀림없을 것이다. 이러한 담배의 권에 응할 줄 모르는 사람이야말로 이 세상의 온갖 맛 가운데서 제일가는 맛 한 가지는 모르고 지났다고 아니 할 수가 없다.

담배를 처음으로 피우기 시작한 스페인의 로드리크 더 헤레스라는 사람은 금연의 율칙을 범하고 옥중 신세까지 졌다는 기록이 있거니와 끽연은 건강을 해하는 불필요한 것이니, 연초 재배 대신에 보리나 그런 것을 심어서 기한에 떠는 무리들을 구조해야 된다고 역설을 하며 단연을 주장하던 러시아 문호 톨스토이의 그 굳센 의지로도 이 담배의 유혹에는 어찌 하는 수가 없었다. 참고 참고 참아 오다가도 누가 옆에서 담배를 피우는 것을 보기만 하면 그 묘한 향기에 그만 비위가 동하여 더는 참을 수 없이, 호주머니로 손이 들어가 담배를 꺼내 피워 물고야 배겨났다는 것이다.

일단 이렇게 담배 맛을 한번 알게 되면 용이히 단연이 힘들다는 것을 알게 되거니와, 이런 신묘한 맛임을 이미 알고야 구태여 단연을 하잘 필요가 어데 있오. 나는 일찍이 끽연에 맛들인 것을 후회는커녕 오히려 큰 행복으로 알고 있다.

몇 해 전 나는 모지(某誌)에서 담배 이야기를 쓰면서 이런 말을 한 적이 있다.

"맛치고 담배 맛처럼 알뜰한 맛이 세상에는 다시없을 것 같다. 내 생활에 있어 담배는 잊을 수 없는 하나의 벗이요 또 좋은 스승이다.

몸이 피로하였을 때 담배를 한 대 피워 무는 맛이란 실로 애연가가 아니고는 이해할 수 없을 것이다. 어느 가까운 벗이 일찍이 이 담배 맛처럼 지친 심신에 위무를 준 적이 있을까. '피존' 같은 것을 한 대 피워 물고 고요히 앉아서 힘껏 한 목을 들이빨았다가 후우 내여 뿜으면 그 연기와 같이 피로도 일시에 몰려나와 공중으로 사라지고 마는 것 같은 기분이 정신을 새롭혀 준다.”

이것은 꾸밈없는 나의 솔직한 고백이다.

일찍이 내가 담배를 배우지 못하였던들 이러한 벗 이러한 스승을 이미 못 가졌을 것이 아닌가 하면 종교적인 예의로 담배 이파리를 태워서 신에게 바치기를 잊지 않고 성히 장려를 하여 오늘 내 입에까지 담배 맛을 전해 준 ‘마야 족속’에게 감사하지 않을 수가 없다.

모든 것에 있어 진리를 철(撤)하기까지에는 그 뒤에 숨은 고심이 큰 것이어니와 내가 담배 맛을 알기까지의 고심도 결코 헐한 것이 아니었다.

내가 처음으로 담배를 피우기 시작한 열한 살 적이라고 기억되는데 어른들이 하는 모양 그대로 연기를 힘껏 들이빨아서 흡연을 하였더니 별안간 가슴이 찢어지는 것같이 얼얼하고 속이 메슥메슥해 오며 땅이 팽팽 돌아갔다. 그대로는 그 변소에서 부지해 낼 수가 없어 집으로 들어와 세상 모르고 꼬꾸라져서 한나절 동안을 어쩔 줄을 모르고 뒹굴던 생각이 지금도 선하다.

이렇게 한 번 혼나 보았건만 그대로 나는 그 후로도 줄곧 계속해서 자꾸만 피워댔다. 근처에서 파는 한 갑에 2전짜리 권연 ‘투구’ 표를 매일같이 한 갑씩 사서는 산으로 들로 어른들의 눈을 피하여 다니며 피웠던 것이다.

내가 담배를 피우는 눈치를 안 동리 사람들은 귀밑에 피도 안 마른 자식이 벌써 담배를 피운다고 아이자식 버렸느니 어쨌느니 하고 욕하는 소리를 넌지시 귀로 들으면서도 나는 이 끽연의 율칙을 여전히 범하고 있었다.

어린 한 시절을 이러구러 맛도 모르고 이렇게 담배와 친히 지내오는 동안, 저도 모르는 가운데 담배는 정신적인 유일한 벗으로까지 사귀어지고 말았다. 피우는 도수가 점점 늘어나, 하루 스무 개 한 갑짜리로는 늘 부족을 느끼게 되었다. 그리고 담배 생각이 날 때 담배가 없으면 아무런 일도 손에 붙지가 않았다.

원고를 쓸 때가 더욱이 더했다. 담배 없이는 도저히 매듭진 생각을 풀 수가 없었다. 생각이 옹색할 때마다 담배를 피워 물어야 그것은 풀렸다. 연기를 마음껏 들이마셨다가 후우 하고 내뿜을 때면 머릿속이 이상히 시원해지며 얼크러졌던 생각도 연기와 같이 풀려 스르르 나오는 것이었다. 그리하여 담배의 비치(備置)가 없는 이 나는 언제든지 원고를 못 쓴다. 이것을 나는 유독 나만의 버릇인 줄 알았더니 담배와 친한 사람들은 다 그런 모양이었다.

한참 싸움이 치열하던 소위 대동아전쟁의 말기였다. 물자난은 담배까지 그 영향이 미쳐 배급 이외에는 담배를 얻어 살 수가 없는 시절이었다. 하룻밤은 그때도 역시 나는 원고를 쓰노라고 열두시를 넘기고 새로 한시가 가깝도록 책상머리에 꾸부리고 앉아서 펜과 씨름을 하고 있는데 그 근처에 살던 비석(飛石) 형이 대문을 치기에 나가 보았더니 담배가 없어 원고를 못 쓰겠다고 담배 있으면 몇 개비 좀 달라는 것이었다. 오죽하면 사람들이 다 자고 있을 이 깊은 밤에 찾아와서 걸은 대문까지 칠 것일까? 애연자가 아니고는 실로 이 심정을 이해할 수 없을 것이다.

역시 이 무렵이었다. 모 사건으로 당시 나는 경기도 경찰부 유치장에 한 1개월 동안 갇혀 있던 일이 있었다. 이때 이 속에서 간절하던 담배 생각이란 잊을 수가 없다. 밥보다도 먼저 생각키는 것이 담배였다. 이런 것을 며칠 동안을 굶고 있으려니 정신이 흐리고 입이 마르고 도무지 사람 사는 것 같지가 않았다. 이 유치장을 벗어나는 날은 나서는 그 자리로 우선 담배를 사서 피워야겠다고 그저 담배만에만 정신이 오르고 있는데 하루는 같은 방에 있는 친구가 관식(官食) 들이는 사람을 끼고 벤또 속에다가 담배 한 개를 박아 들여왔다. 그래 그 친구는 여기에 불을 붙여 가지고는 그 유치장 십여 인에게 모조리 돌아가며 한 목 음식의 턱을 내었다. 이 사람들은 이 안에서 담배 피는 법을 다들 알고 있었다.

연기가 복도로 나가 간수의 눈에 띄는 날이면 경을 치는 판이다. 그 한 목 음식 돌려 빠는 것을 똥통 문을 열고 그 안에다 머리를 들여박고 연기를 내어 뿜는 것이었다. 나도 그 담배가 내 차례로 돌아오자 그들이 하는 대로 똥통 구멍에다 머리를 쳐박고 빨아내었다.

이것을 본 목사(다만 이분만이 담배를 안 피웠다.) 한 분이 나를 쳐다보더니

"여보, 계선생 그 담배 그렇게까지 해서 안 피우군 살 수 없소?"

하고 웃는다. 절도나 강도도 아닌 사상 계통으로 이런 데까지 들어오는 사람이 여기서 담배를 못 참으니 어찌 하느냐는 의미를 포함한 비웃음이었다.

이 목사는 이 방 안에서 나를 제일 인격자로 알고 있었다. 나는 실로 대답할 말이 없어서 붉어지는 얼굴을 느끼며 마주 웃을 뿐이었다. 그러나 나는 그 후에도 이런 기회가 있을 때마다 이 목사의 조소를 살 줄은 알면서도 차마 이 담배 윤끽(輪喫)에만은 참례하지 않을 수가 없었다. 아니 이런 기회면 남보다 우선적으로 먼저 차지하여 단 한 모금이라도 더 빨려고 이 담배 물주를 교제하기 위하여 내가 먹다 남은 밥을(나는 사식을 먹었기 때문에 분량이 많아서 늘 남겼다.) 이 담배 물주에게 주어 담배를 먼저 얻을 공작까지 하였던 것이다. 어찌 생각하면 추하고 더러운 짓 같아 보였으나 담배가 주는 심신의 위로를 위하면 이렇게라도 아니 할 수가 없었던 것이다. 이렇게 담배는 나에게 있어 떼랴 뗄 수 없는 심신의 위안제(慰安劑)가 되었다. 내 심장질환으로 술과 담배가 금기인 것은 잘 알고 있으면서도 차마 이 담배만은 떼지 못하는 소위가 실로 여기에 있다.

해방 직전 고향인 시골로 몸을 숨기고 있을 때 담배를 구하지 못하여 가뜩이나 불안한 마음에 마비되는 정신을 위무시킬 길이 없어 혹

길가에 피다 버린 꽁초는 없을까. 이것이라도 주워 피어 보려고 기웃거리며 돌아가 본 적도 있었던 것이 사실이니 그까짓 애장서(愛藏書) 몇 권 들고 나가 담배와 바꾸어 오긴 예사다.

이러구러 오늘까지 삼십여 년 동안 피워온 담배가 하루 평균 사십 본(四十本)은 잡아야 할 것이니 따져 보면 이 소비량이 무려 십여 만 본에 달한다. 이제 이걸 담배 종별로 더듬어 보면 '그레기' '산호(珊瑚)' '투구' '꽃' '백원(百圓)' '조일(朝日)' '단풍(丹楓)' '마코' '은하(銀河)' '가찌도기' '미도리' '해타' '비둘기' '흥아(興亞)' '효(曉)' '목단(牧丹)' '공작(孔雀)' '무궁화(無窮花)' '백두산(白頭山)' '백구(白鷗)' '샛별' 그리고 일본 것으로 '에아쉽' '빳도' '체리' 중국 것으론 '해적(海賊)' 그리고 영국 것으론 '웨스터민스타' 등이 있고 해방 후 미국 것으로 '럭키스트라익' '필립모리스' 것으로는 '탈레이' '올드골드' '쿨' '체스터필드' 같은 것이 소비의 대상이었다.

이 가운데서 내가 제일 좋아하는 것은 '비둘기' '백구' '체리' '필립모리스' 같은 것으로 여유가 있고 구할 수 있는 한에는 지금도 애용하여 오나 근일(近日)은 '공작'으로 매일 벗을 삼는다.

〔발표지〕《신천지(新天地)》

논개에게

—백성의 한 사람으로서 올리는 편지—

논개(論介)!

40이 넘어 수염에 흰 물이 들기 시작하는 내가 당신에게 연정을 느끼다면 "아이 영감두! 무슨 망녕이야!" 하고 어처구니없어 쓴 침을 삼키며 치맛귀를 되사리고 돌아앉을는지 모르나, 논개! 나이는 나이대로 먹을수록 나라를 사랑하는 뜨거운 피는 한층 더 줄기차게 뛰놀음을 억제할 수 없으니 내 정신만은 결코 당신의 사랑을 받들기에 부끄러울 것이 없을 줄 아오.

논개!

내가 당신을 이처럼 사랑하는 것은 무슨 당신의 그 까만 눈동자라든가 웃을 때마다 연지 뺨에 오목하게 폭 패이는 우물이라든가 이런 그 당신의 가진 대로 가진 젊은 여성으로서의 미모에 내 마음이 움직인 것은 너무도 아니오. 불행히도 어려서 안팎 부모를 다 여의고 하는 수 없이 기생의 몸으로 낙적(落籍)은 되었을망정 추호도 변함이 없는 순결한 당신의 그 마음씨에 내 마음은 흔들린 것이오. 그렇다고 이것은 무슨 스물이 갓 넘은 여자로서의 한참 시절인 더구나 기생의 몸으로 술만 취하면 야심꾸러기가 되는 뭇 사내를 다 대해 내면서도 이렇다 소문 한 번 남기지 않은 그 순결에서가 아니라 당신의 연연한 그렇게도 고운 몸덩어리가 4천 년이라는 긴 세월을 내려오는 맑고 깨끗한 조상의 피 그대로인 것임이 내 마음을 흔든 것이오.

논개!

머리에다 빨간 수건을 동이고 술잔이나 부으면 족하던 연약한 그 하이얀 손이 쳐들어오는 외적을 막기 위하여 힘에 넘치는 무쇠 방망이를 들고 조약돌을 까 모으던 그 애국심, 그러나 논개! 그것은 당신만이 하던 일이 아니었소. 여자면 누구나 다 할 줄 알던 애국심이오. 솥에다가 백비탕을 끓이고 마른 풀에다 화약을 찍어 말리는 역할도 당신만이 한 일은 아니었소. 그러나 논개! 당신 같은 젊은 기생까지 이렇게 동전이 되어 막아도 막아도 승승장구로 쳐들어오는 외적은 이미 부산(釜山)·동래(東萊)를 함락하고 상주(尙州)로 올라오는가 하면 또 다른 한 패는 어느새 언양(彥陽)을 지나 충주(忠州)·안성을 지러밟고 김해(金海)·마산(馬山)을 들부신 또 다른 한패와 합세를 하여 서울을 향하고 진주(晉州)로 쳐들어올 때 진주까지 빼앗기면 대세는 기울어지는 날이라. 나라를 위하여 몸을 떨치고 진주에 나서는 당신의 남다른 끓는 피를 나는 장하게 아는 것이오. 비봉산(飛鳳山) 숲 속에 깃을 들였던 까마귀들도 왜병의 총소리에 놀라 자리를 못 붙고 촉석루(矗石樓)를 아끼는 듯이 싸고돌며 까왁까왁 우짖는 구슬픈 소리를 정신없이 들으며 우탄이 퍼내리는 속에서 조약돌을 치맛자락에다 한 아름 싸고 적진으로 솔선하여 나서서 다만 한 사람이라도 막아 본다고 팔매질을 한 것도 당신이었고 성문에다 사다리를 놓고 개미떼처럼 까맣게 기어오르는 적병에게 펄펄 끓는 백비탕을 내려 부어 막아낸 것도 당신이었소. 그러나 중과부적 3천8백 명으로 수만의 적병을 당해낼 길이 없어 하늘같이 믿었던 명장 김시민(金時敏)이 그만 적탄을 받고 마상(馬上)에서 순사하였을 때 누구보다도 먼저 머리에 동였던 붉은 수건을 풀어 시민의 상처에서 흐르는 피를 씻으며 애통을 한 이도 당신이었소. 그러나 논개! 나라가 위기에 처했을 때 그 나라 백성으로 이만한 의무쯤은 누구나 다 가질 법한 일이오. 하지만 기생의 몸으로 지분도 다스리지 아니한다는 것은 그리고 가무(歌舞)도 일체 응치 아니한다는 것은, 그리하여 마치 상제나처럼 베적삼 베치마로 담소하게 소복으로 단장하고 다달이 초하루 보름이면 잊는 법이 없이 불피풍우(不避風雨) 시민의 무덤으로 나아가 머리를 숙이고 분향까지 하였다는 것은 논개! 보통으로는 있을 수 없는 일이 아니오.

그리하여 "시민과 논개와는 남몰래 정분을 통하고 있었던 게야!" 하고 뭇 기생들이 만나기만 하면 숙덕이는 이야기도 나는 들었소. 그러나 나라와 같이 믿었던 시민이었음에 그 충혼을 나라와 같이 섬기는 것이 예의라는 충의에서 나온 숭고한 당신의 마음에 기인한 것이었다는 것은 아마 모름지기 나만이 아는 사실이 아닐는지 모르오. 논개! 그러기에 기생들이 숙덕이는 잡음도 무시하고 그렇게도 시민을 못 잊어 하는 당신인 줄을 알면서도 나는 오히려 당신을 사랑하는 것이오.

논개!

내가 당신을 이렇게 사랑함이 잘못이리이까. 잘못이라면 그 죄는 내가 다만 조선 사람이라는 죄밖에 없을 것이오. 논개! 당신이 김시민의 상복을 입을 때보다 그 상복을 벗을 때의 그 억제치 못하는 비장한 결심에 나는 실로 조선 사람으로서 아니 울 수 없었소. 의병 대장 김천일(金千鎰)이 그만 마저 전사를 하고 진주성이 함락됨에 치욕으로 살기보다 죽음으로 생을 바꾸겠다는 고결한 마음은 당신으로 하여금 분연히 상복을 벗게 하고 다시 지분으로 얼굴을 다스리는 한편 비단으로 몸치장을 하지 않았소. 그리하여 적장 모곡촌육조(毛谷村六助)를 술로 꼬여 등에다 둘러업고 촉석루 위에서 굽어만 보아도 오력이 저린 천길 낭떠러지로 뛰어내려 곤곤히 흐르는 남강(南江)의 푸른 물속에 말 없이 잠긴 그 장함——어찌 내 당신에게 연정을 느낌이 무리이리오.

논개! 참으로 나는 그때부터 당신에게 향한 정을 잊을 길이 없었던 것이오. 그러나 논개! 당신의 그 고결하기 눈보다도 더 흰 마음이 내 마음을 받아 줄는지 몰라 거연히 말을 내지 못하고 그저 벙어리 냉가슴 앓듯 속으로만 세소위 짝사랑으로 가슴을 태여 오던 것이 숨김없는 고백이오. 그런데 논개! 나 혼자만이 가슴속 깊이 이렇게 지니고 있는

222

이 비밀을 '신인(新人)'은 어떻게 알았는지 당신에게 편지를 쓰면 전해 준다고 혼자 속으로만 끙끙 앓으며 가슴을 태우지 말고 부디 쓰라는 호의에 나는 이제야 당신에게 이렇게 편지를 쓰게 되는 것이오.

　논개! 수염에 흰 물이 들기 시작했다고 나를 망녕으로만 돌리지 마시오. 내 혈관 속에서 뛰는 피를 나는 자랑하고 싶소. 논개! 내 당신에게 연정을 느낌이 당신의 미모에서가 아니거든 당신 역시 내 용모에서만 나를 평가하지는 않을 줄 믿으오.

　논개! 그러면 부디 한 번 만나 주시오. 나는 다만 당신과 만나서 당신의 그 고결한 마음의 혼과 더불어 영원히 살고 싶은 그러한 정뿐이오. 사랑하는 논개! 부디 한 번 만나기로 약속해 주시오. 속단은 주제넘는 일 같으나 꼭 오실 줄 믿고 기다리기로 하오.

낚시

　나에게 창작 이외의 예기가 있다면 그것은 낚시질일 것이다. 창작과 같이 이십여 년을 즐겨 온 낚시질은 지금 와서는 창작보다도 오히려 나를 유혹하는 편이 더 승하다.

　그 어느 한 해에는 붓도 책도 깡그리 다 놓고 해춘이 되자부터 결빙이 될 때까지 일출(日出)과 더불어 집을 떠났다가는 일몰(日沒)과 더불어 강변에다 알뜰한 미련(未練)을 남겨 놓고 돌아오기를 하루도 빠짐없이 계속해 본 일이 있다.

　고기를 낚는 그 묘미에다 맛을 들이기만 하면 이 낚시질의 유혹이란 참으로 견디어 내는 재주가 없다. 한 자 내외의 커다란 놈〔鮒魚〕이 물 밖을 나오지 않으려고 물속을 왔다갔다 물살을 찢으며 요동치는 놈을 낚싯대가 부러질 염려에서 간신히 낚아낼 때의 그 순간의 묘미야말로 유현(幽玄)한 무아경(無我境)에 자기를 잊는 그 일순인 것이다.

　살겠다고 죽을 힘을 다하여 요동을 치는 그 생명을 기어코 물 밖으로 끌어 놓는 맛이 왜 그렇게도 신묘(神妙)하게 느껴지는 것일까.

　낚시질을 가리켜 고상한 취미라고 일컬어 오지만 따지고 보면 잔인하기 짝이 없는 취미다. 고기를 낚아냄으로써 한 순간의 무아의 경지에서 자기를 만족시키기 위하여는 또 하나의 생명이 희생되어야 하는 것이다.

　그것은 지렁이나 새우 같은 미끼를 써야 하는 것이기 때문에 살겠다고 꿈틀거리는 지렁이를 사정없이 동강을 쳐서 낚싯바늘에다 홀뚜기를 끼어야 하고 팔딱거리는 새우를 거두 절미(去頭截尾)해서 미끼로 삼아야 한다.

생명이 있는 동물이 생을 영위한다는 그 자체가 살생(殺生)에 있다는 그 원칙을 생각한다면 그까짓 미미한 생명쯤 죽인다는 것이 무어 그리 잔인한 행동까지 될 것이랴만, 새우의 목을 자르려고 한 손으로 대가리를 붙잡고 다른 한 손에 힘을 줄 때에 아픔을 참지 못하여 전신을 파드르르 떠는 그 몸부림이 손끝에 감각될 때 그리고 그 대가리도 꼬리도 없는 몸둥이가 그래도 신경은 살아서 바늘 끝에 끼어서도 파들파들 떠는 그 근육을 눈으로 똑바로 내려다볼 때는 이십여 년이나 낚시질에 바쳐 온 자에 무딘 신경이건만, 그래도 그 순간마다 머리끝이 산뜩거림을 어찌 하는 도리가 없다.

그러면서도 이 낚시질의 유혹에는 벗어나지를 못한다.

내가 근년에 낚싯대를 놓게 된 것은 그 어떤 사정 때문이나, 나는 어느 시기에 또 어옹(漁翁)이 되어야 할 것이다. 그것은 지금도 무한한 유혹을 받고 있기 때문이다.

3·1운동과 나

　3·1운동을 나는 열다섯 살 보통학교 3학년 적에 맞았다.

　나는 그때 3·1운동이란 무엇인지를 자세히 몰랐다. 일본 사람이 알면 안 되는 일이요, 그러기 때문에 이런 이야기는 입 밖에 내어서는 안 되는 일인 줄은 알았다.

　우리 집 사랑방에는 동리 어른들이 밤마다 모여서 「삼국지」「춘향전」 같은 소설을 보며 어떤 때는 닭이 우는 소리를 듣고야 헤어지곤 하였다. 나는 이 어른들 틈에 끼어 앉아서 밤마다 소설 읽는 소리를 듣다가 어른들과 같이 헤어져 안방으로 들어가 자곤 했다. 그런데 이 3·1운동을 며칠 앞둔 어느 날 그 밤에도 소설 읽는 소리를 듣기에 밤이 깊은 줄도 모르고 앉았다가 역시 닭이 우는 소리를 듣고야 모두 돌아가 잘 채비를 하였다.

　그때 먼저 문을 열고 나오던 나는 토방 위에 하얗게 널린 종잇조각들을 보았다. 조금 전에 소변을 보며 나올 때에는 없던 종잇조각이 그것도 한두 장이 아니고 토방을 덮다시피 무수히 쫙 깔려 있는 것이 이상하여 "이게 머에요!" 하고 나는 내놓던 발걸음을 다시 문 안으로 들여놓으며 방안을 향하여 눈을 둥그렇게 떠 보였다.

　"글쎄 그거 웬 종이쪽지가 그렇게 떨어졌니?"

　하고 내 뒤로 나오던 동네 청년 한 사람이 종이쪽지를 집어 들고 오더니 신들을 찾으라고 문 밖으로 내드는 램프 불에다 비추어 보았다. 한참이나 유심히 들여다보던 청년은 놀라운 표정으로 눈이 둥그래지며 좌중을 둘러 살폈다.

"무어냐?"

누가 물었으나 청년은 말하기가 힘이 드는 듯이 한참이나 머뭇거리다가

"독립선언문이에요."

하고 둥그래졌던 눈이 좀더 둥그래졌다.

"뭣이! 독립선언문!"

좌중의 눈도 일시에 그 청년의 눈을 따라 같이 둥그래졌다.

"뉘가 가져다 던졌을까?"

"이 동네에도 독립군이 있나?"

하고 좌중은 알 수 없는 일이라는 듯이 의아한 눈초리로 서로를 쏘아보며 이 종이쪽지를 발견한 것만으로도 무슨 큰일을 저지른 듯한 태도로 한동안은 아무 말도 없이 서로 남의 얼굴만 마주 건너다보다가 한 노인이

"오늘 밤도 야순을 돌지 몰으니 어서 그걸 다 집어 들여오게. 들여다가 불에 태워 버리게."

하니까 또 한 노인은

"그럼 괜히 여기 모여 있었던 사람들까지 경을 칠지도 모르니까."

하고 말을 받았다.

이러한 어른들의 이야기와 태도에서 나는 그 '독립선언문'이라는 것이 무엇을 의미하는 것인지는 몰랐으나 어쨌든 그것은 심상치 않은 글이오 그 쪽지를 가져다 뿌린 사람은 대담한 사람이요, 또 그것은 일본 사람이 알아서는 안 될 것인 줄을 알았다.

그리고는 그 '독립선언문'이라는 것이 무엇을 의미하는 것인지가 알고 싶어서 이튿날 아침 할아버지에게 물어보았더니 그것은 약시약시한 것이라고 조용히 일러주고 우리 사랑에 그런 글이 떨어졌더라는 말을 행여 밖에 내어서는 안 된다고 두 번 세 번 주의를 시켰다.

이리하여 '독립선언'이라는 것이 무엇인지를 어렴풋이나마 알게 된
나는 그 순간 어쩐지 마음이 벅차 오는 것 같은 느낌을 느꼈다. 그러
면서 나는 우리 집 사랑방에 그날 밤 모이지 않았던 사람들도 이 글을
보았을까 또 보았다면 어떤 생각들을 가졌을까 그것이 괜히 알고 싶었
고 또 학교에 가서도 그 많은 학생들이 이런 글을 다 보았을까. 보았
다면 어떤 생각을 다들 가지고 있을까. 나와 같이 마음이 벅차 오는
것일까. 그러면서도 말들은 못하고 혼자만 알고들 있을까. 이러한 생
각만으로 마음이 가득 차서 나는 큰 기쁨을 얻은 것처럼 가슴을 혼자
뛰노이며 지났다.

그러다가 그날(3월 1일)도 이러한 생각을 역시 되풀어 보며 학교에
서 돌아와서는 일꾼들이 마당에서 가복(家覆)과 개바자를 엮는 구경을
하다가 장에 갔다 돌아오는 장꾼들이 전하는 이야기를 듣고 그 '독립
선언문'이 오늘을 말하고 있었던 것임을 알았다.

읍에서는 언제 그렇게 태극기들을 장만해 주었던 것인지 모두 태극
기를 휘두르며 "대한 독립 만세"를 부르며 행진을 하였다는 것이다.
그러면서 헌병들이 말려도 듣지를 않고 그냥 만세를 부르게 되어 나중
에는 총 끝에다 박은 나창으로 그 만세 부르는 사람들을 무수히 찔러
죽은 사람도 있고 붙들어 들어가기도 하여 오늘은 장은 못 보고 질서
는 살풍경한 속에서 절절 끓고만 있더라는 것이었다.

가복을 하던 일꾼들도 일손을 쉬고 눈들이 둥그래서 서로 얼굴들만
마주 쳐다보았다.

나는 이런 사실을 아버지에게 알리려고 사랑방으로 뛰어 들어가다
가 문득 놀라고 걸음을 세우지 않을 수가 없었다. 어디로선지 갑자기
"대한 독립 만세" 소리가 그윽히 고막을 뚫고 흘러 들었던 것이다. 나
는 귀를 쫑긋이 모으고 그 만세 소리가 들려오는 방향을 살피었다. 만
세 소리는 삼봉산 쪽에서 연이어 들려왔다. 일꾼들도 모두 일어서서
그쪽을 바라보았다. 만세 소리는 차츰 더 커지며 뚜렷하게 들려왔다.

　나는 사랑으로 들어가 아버지에게 장꾼들이 전하는 이야기와 또 지금 삼봉산께서도 만세 소리가 들려왔다고 고하였다.

　"응!" 하고 아버지는 벌떡 일어서서 밖으로 나왔다. 그것이 거짓말이 아닌 사실임을 자신의 귀로도 막 들을 수 있었던 아버지는 무엇을 생각하였음인지 일꾼들에게 인제는 날도 저물었으니 다들 집으로 돌아가라고 이르고 아무 말도 없이 다시 사랑으로 들어갔다. 아버지가 이렇게 일꾼들에게 명령을 내린 것은 그들도 이에 격동하여 우리 마당에서 만세를 부르면 난처할 것을 염려했음인지 혹은 돌아가 다들 마음이 내키는 대로 행동을 해 보라는 뜻이었는지 그것은 자세히 알 수 없었으나 아버지도 그 만세 소리에 숨이 좀 차지는 것 같음을 나는 감지할 수가 있었다.

　저녁밥을 먹고 나니 만세 소리는 삼봉산 쪽 그 한 곳에서만이 아니고 어디선지는 알 수 없으나 여러 곳에서 나는 소리가 한데 어울리어 범벅으로 들려왔다. 이윽고 날이 어둡기 시작하자 극히 가까운 뒷산에서도 만세 소리가 일어났다. 나는 저도 모르게 가슴이 자꾸만 뜀을 느꼈다. 내 또래인 동네 아이들이 이 만세 소리를 따라 뒷산으로 달음박질을 치며 기어올라가는 것이 보였다. 어느 새인지 나도 그리로 내달렸다. '군현재'라는 서당 뒷산의 커다란 바위 위에 수삼십 명의 동네 청년들이 모여서 만세를 불렀던 것이다. 그때 우리 동네에서는 힘이 세기로 유명하고 씨름도 해서 오월 단오면 소를 늘 상으로 타 오던 일 갓집 아저씨뻘 되는 이가 한가운데 윗통을 쭉 벗고 두 다리를 쩍 벌려 디디고 서서 있는 목청을 다하여 "대한 독립 만세" 하며 양팔을 공중으로 버쩍 들곤 하였다. 그러면 그 주위에 비잉 둘러선 청년들은 그 소리를 받아서 역시 "대한 독립 만세" 하고 팔들을 버쩍 들었다. 그 군중 틈에 낀 나도 어느새 나도 모르게 그 아저씨가 만세를 부르면 내 입에서도 만세 소리가 나오며 손을 드는 나임을 알았다. 나뿐이 아니라 역시 올라온 사람이면 어른 아이 할 것 없이 누구나 여기에 합세 아니 되는 사람이 없었다. 얼마 뒤에 보니 산마루가 하얗게 사람들이 모여들었고 그들이 모두 이에 합세하여 만세를 부르고 있었다.

낮에 읍에서는 만세를 부르다가 헌병의 창에 찔리어 죽은 사람도 많고 붙들리어 들어간 사람도 많다는 소리를 들었음에도 불구하고 또 경찰관 주재소가 불과 5리 상거에 있었는데도 조금도 거리낌이 없이 아무러한 두려움도 없이 만세를 모두 불렀다.

지금 생각하면 아무것도 모르는 일개 소학생으로 아니 나 또래의 동리 아이들이 이렇게 이 운동에 가담해서 만세를 불렀다는 것은 그리고 그것이 누가 만세를 부르라고 가르친 것도 아닌 자발적인 행동들이었던 것이니 같은 민족의 피란 역시 같이 끓게 되는 것이 피의 생리이었음을 다시 한 번 더 깨닫게 하는 데가 있다.

그때 우리 이웃 동네에서 만세를 안 부른 동네가 없었으니 우리 또래의 학생들도 모두 가담을 했을 것은 틀림이 없을 것이다. 학교에 모인 학생들 간에서는 누구 하나 동무들 사이에서도 이 '만세'라는 소리에 대해서는 불렀던 안 불렀건을 고사하고 그 사실을 입 밖에 내려고 하지 않았다.

선생이 만세를 부른 학생은 손을 들라고 날마다 엄포를 하였으나 한 아이도 손을 드는 것을 못 보았던 것이다.

서로 의논을 한 것도 아닌 철없는 아이들의 이러한 단결력을 생각하고는 나는 지금도 그 때의 그 3·1정신의 무서움에 스스로 놀라곤 한다.

고독한 세계

　나의 창작 생활은 한 폭의 슬픈 그림이다. 소복한 여인의 심정과도 같이 늘 고독하다. 내 세계는 언제든지 독자의 이해 밖에 있는 것이다. 창작을 한다고 붓을 든 지 금년까지 꼭 35년 발표한 작품수가 50에 가깝건만 그 어느 하나 이해의 대상이 되어 있음을 보지 못했다. 간혹 비평가의 붓끝이 다소 찬사를 아끼지 않았다고 했자 그것으로 그들이 완전히 이해를 하였는가 하면 그렇게 볼 수가 없었다. 찬사가 도리어 고소(苦笑)를 불금(不禁)케 하는 경우가 없지도 않았다. 이럴 때면 작가로서의 자존심이 스스로 높이 앉아도 보거니와 주위가 다 그렇지 않다니 역시 고독함을 느끼게 됨을 어쩌는 수가 없다.

　그러나 나는 나를 제일 잘 알고 또 나를 제일 사랑한다. 그러기 때문에 나를 떠나서 내 작품의 생명은 있을 수가 없다. 그러니까 비위에 틀린다고 아무리 나를 욕했댔자 내 귀에는 마이동풍 격일 것이요 또 그와 반대로 아무리 내 작품을 칭찬했댔자 작자의 의도를 이해한 위에서가 아니면 역시 고소로서밖에 보상할 길이 없다.

　이러구러 누구보다도 나는 나를 믿는 나라는 작가다. 이 슬픈 존재를 비소(鼻笑)의 손가락이 내 꼭대기를 향해서 흔들며 가리킬 것이 빤하다. 그러나 나는 눈앞에서 마주 웃어 주는 뭇 웃음보다 이렇게 혼자 즐기는 고독이 더 즐겁다.

　그러니 앞으로도 문단적으로는 늘 슬픈 그림에 불과할 것이요, 그 고독을 나는 또한 생명과 같이 사랑할 것이다.

〔발표지〕《예술(藝術)》

문화와 서책(書冊)

새 지식에 목마른 갈증을 멈추는 도리가 없을까. 현재 우리의 처지로서는 기껏 넘겨다본다는 게 서울 우체국 뒷골목밖에 없다. 그래, 여길 찾아가 정가의 4배 혹은 4배 반을 희생하고 지갈(止渴) 정도를 하는 것이 유일한 길인데, 문학 관계에 있어서는 이것도 물실호기(勿失好機)라는 행운의 소유자가 아니고는 그나마도 어렵다. 어떻게 가다가 한두 권씩 들어오는 새맛을 지닌 놈은 점두(店頭)에 나오기도 전에 벌써 행운아의 손에 찾아들고 마는 형편이다.

해방 후 티끌로 찬 케케묵은 마음을 좀 씻고 새 정신으로 살아 보려고 옷깃을 가뜬히 여미고 되사리고 앉아 보면 마음은 인제 영 되살려 보지도 못하고 티끌을 뒤집어쓴 채 그대로 장님처럼 지팡이로 앞길을 휘두르며 돌아가다가 죽어야 하나 보다.

20세기 후반기의 공기를 호흡하면서 전반기(前半紀)에 앉은 티끌을 털지도 못하고 그대로 뒤집어쓰고 문화를 운위(云謂)하지 않아서는 안 되는 이 고뇌가 오로지 나 개인만이 고뇌하는 고뇌일까. 이렇게 책이 귀하고도 문화가 발전되는 수 있을까.

친절(親切)*

　내가 열다섯 살이던 그 해 겨울이었다.

　나는 그때 처음으로 차를 타 보았다. 행동을 얌전히 가져야 하는 장가를 드는 길이었기 때문에 좀더 몸이 곤하게 되는 탓이었는지는 몰라도 일곱 정거장이면 내린다는 그리 먼 거리도 아닌 것이 차는 정거장을 반(半)도 세지 못해서 몸은 지탱할 수 없이 말재었다. 무엇보다 맞받아 나오는 메스꺼움을 참을 길이 없었다. 메스꺼운 덴 동전을 입에다 물면 낫는다는 말을 어디서 얻어 들었던 기억이 있어 일 전짜리 동전 두 닢을 꺼내어 입 안에 넣고 아무리 굴려 보아도 메스꺼움은 멎지 아니하고 갈수록 더해만 왔다.

　그런 걸 목구멍에다가 힘을 주어 가며 억지로 참자 그것도 정도가 있었다. 앞으로 두 정거장이면 하차를 하겠는데 그동안을 못 견뎌서 나는 마침내 목을 놓고야 말았다.

　그리고 다음 순간 의식을 깨닫고 보았을 때 나는 놀라지 않을 수 없었다. 바로 내 앞 걸상에 마주 앉아서 같이 오던 그 신사의 외투 자락에 더럽게도 무례를 범하여져 있었던 것이다. 아니 이것만이면 그래도 미안이 헐하겠다. 내 머리와 이마는 이 신사의 좌우 손에 꽉 붙들려 간호까지 받고 있었던 것이었다.

　후행(後行)으로 가시던 조부님은 나의 그 불의의 구토와 신사의 그

친절에 당황 또는 감사를 마지못해

"야! 그만 멎지 않네? 저 외투! 저런 실례가……!"

하시고 어쩔 바를 몰라 하며 손수건을 꺼내어 신사의 외투 자락을 닦으려 하였다.

그러나 신사는 옷보다 사람을 돌보아야 아니하겠느냐고 더러운 옷엔 곁눈도 주지 아니하고 그저 내 몸이 말젤 것만을 염려하여 마음을 베풀어 주는 데만 일심이었다.

나는 그때의 그 신사의 친절을 아직껏 두고 잊지 못한다. 외투 자락에 그러한 실례가 있었는데도 눈살 한 번 찡그리지 아니하고 사람의 난처에 마음을 다하여 정성으로 베푸는 친절——이 이야기를 조부님도 두고 하시는 것을 늘 들어 오거니와 곤경에 처한 사람을 볼 땐 마치 그 신사로부터 받은 그 친절은 내 마음을 그대로 키워나 주고 있는 듯이 문득 그 신사가 생각키우며 자신이 돌보여져선 친절에 무딘 마음을 스스로 책하게 되곤 한다.

그래서 친절을 베풂은 이렇게도 마음에 못 잊히는 것인가. 때론 생각에 떠나지 못하는데, 요 바로 얼마 전엔 딸자식이 동기 휴가(冬期休暇)에 시골 집엘 내려갔다 올라오는 도중 차 안에서 불의의 곤경을 당하게 되었는데 어떤 신사가 이 정경을 보고 동정을 참지 못해 모든 것을 보살펴 주는 수고를 아끼지 않았을 뿐 아니라, 후환까지를 염려하여 황해도 남천까지 이르러선 자기의 집으로까지 데리고 들어가 밤을 재우며 깨끗이 뒤를 보아서 그 이튿날 차를 태워 올려보낸 일이 있었다.

이때부터 딸년은 그 신사의 친절을 두고 잊을 수가 없다고 말끝마다 외우는 걸 들었다.

두고 잊을 수 없다는 말은 그것은 벌써 친절의 감화에 무젖어들어 친절에의 한 점의 살을 아름답게 기르며 있는 증거가 아니면 아니었다.

이 신사의 친절들…… 그것은 신사 그 자신의 아름다운 마음의 표현에만 그쳐지는 것이 아니라 한낱 귀중한 재산의 상속과 같이 길이 두고 베풀어지는 친절에의 쌓이 되는 것 같았다.

그네

그네는 동서를 물론하고 어느 나라에도 고래(古來)로부터 있어 오는 것이지만 조선의 그네처럼 조선의 정조(情調)를 나타내는 그러한 특색을 가지지는 못했다.

대도시의 공원이라든가 그러한 원유지(園遊地)에 시설해 놓은 아동 유희(兒童遊戲)의 그네 그것은 어느 나라에도 있을 수 있는 것으로 거기서 조선의 냄새를 맡을 수 없는 것은 물론, 옛날 궁중에서 한식절에 경쟁적으로 남녀의 구별이 없이 노닐던 그네에서도 조선의 냄새는 나지 않았다. 한식절에서 단오절로 그 그네의 철이 바뀌면서부터 비로소 조선이 아니면 찾을 수 없는 그러한 표정을 그네는 가져 왔다. 사내들은 씨름터를 찾아가고 부녀들만이 마을에 그냥 남아, 이 하루를 그네로 즐기게 되는 데서 그네는 부녀만이 노는 유희가 되어 조선의 정서를 길러 온 것이다. 단오절의 바야흐로 잎이 기름진 신록의 높다란 가지에 까암하게 공중 드리워 맨 굵다란 무동줄의 그 그네인 줄을 알게 되고 새빨간 댕기를 넌지시 질러 느리운 적령기의 처녀가 그네줄을 풍긋이 잡고 올라서 그네줄에 올라 앉았음을 연상하게 된다. 참으로 이 단오절의 그 그네 속에 조선의 표정은 아름답게 빛난다.

아무 때나 마음대로 놀 수 있는 자유를 못 가지고 규방을 지켜 오다 자유가 허여(許與)되는 이 하루이므로 능히 그네줄에 올라설 수 있는 여자이면 상하 귀천 할 것 없이 모두 집을 떨쳐나 새 옷 새 신발에 마음껏 이 하루를 즐기기에 시간이 아깝게 그네줄을 찾아 이 마을 저 마을 밀려다니게 되는 것은 이미 한 개의 풍속이 되어 있거니와, 옥색 모시 치마에 분홍의 빈사 적삼을 산뜻히 받쳐 입고 그네줄에 올라서 빨간 댕기를 공중에 날리며 '5월 수리 드근 드근이야' 소리를 규방 처녀가 소리 높이 질러 보는 이 풍경이야말로 조선의 그네에서가 아니면 그 어데서 능히 찾아볼 수 있을 것일까. 그것은 5월 조선의 아름다운 한 구(句)의 시다.

서선 지방(西鮮地方)에서는 소위 모기 날림(그네를 뛰여서 모기를 날려야 그 해 여름에 모기를 적게 물린다는 미신)이라 하여 가지고 그네줄에 올라설 건강을 이미 잃은 늙은이들도 앉은 그네나마 한 번씩은 대개 다 뛰여 보는 욕심을 가졌다. 그만큼 그네는 부인네의 관심의 적(的)이 되어 해마다 단오의 가절(佳節)이면 조선의 표정이 이 부녀들로 하여금 마을마다 아름답게 무르녹는다.

이 몇 해째는 단오절을 기하여 현상 추천(懸賞鞦韆)이 성히 유행함을 보아 온다. 이것이 어떻게 생각하면 그네에 대한 관심이 커 가는 데서라고도 볼 수 있으나 그 성질이 일반을 상대로 하는 그러한 것이 아니요, 다만 선수의 그것이 되는 데서 일반 부녀로선 그네줄을 잠깐이라도 잡아 볼 권리가 없게 된 것이 한끗으로는 그 재래의 아름다운 풍속미가 무시되어 그토록 아름다운 정서를 찾을 수 없는 것이 여간 섭섭하질 않다.

그네는 이 이름부터가 조곰도 한자의 영향을 받지 않은 순수한 조선말로 되여 그 어감에서조차 우리 내가 나는 우리 것이다. 그네가 옛날 초나라에서는 '施鉤'라고 불렀고, 열반경(涅槃經)엔 '冒索'이라는 기록이 있고 또 일본에선 '由左波利'라고 하였다니 이들 이름과 그 그네라는 이름과를 대비해 보아도 조곰도 그 어데에서나 영향을 받지 않은 이름을 가지고 있는 그 그네다. 이러한 역사적 존재를 가지고 조선의 부녀들과 같이 길이 단오절에 조선의 정서를 빛내 내려온 그 그네이므로 이것이 앞으로 한 개 역사적 사실로 남아지기보다 그대로 조선

의 정서를 길이 빛내며 있어야 할 것이 우리의 자랑임을 현상자(懸賞
者)는 알아야 할 것이다.

〔발표지〕《조광(朝光)》

무명 작가(無名作家) 목군(木君)에게

군(君)은 언제인가 노상에서 나를 만났을 때 발표한 작품을 내가 보았는지 못 보았는지 그것을 말, 말끝에 은근히 경위 떠 보고 아직 보지 않았으면 한번 보아 달라는 그런 의미까지 포함된 태도를 가지더군요. 그래서 나는 군이 아마 그 작품에 자신을 가졌나, 그렇지 않으면 자기의 작품이 활자화된 것을 자랑하는 철없는 자부심에선가 그 어느 것일까에 흥미를 느끼고 그 후 나는 군의 작품을 주의해 보았소.

그러나 보고도 나는 군의 그때 태도가 어디 있었던 것인가는 지금도 모르오. 자신을 가졌던 것이라고 보자면 군은 소설을 너무도 모르는 사람이 될 거요. 자부심에서라고 보자면 도리어 위신이 떨어질 정도니 대체 그때의 군의 태도는 과연 어디 있었던 것이오?

군 이제 스스로 한번 다시 생각해 보시오. '나는' '나는' 하고 '나는' 소리가 한 구절이 끝나고 다음 구절이 시작될 때마다 정성스러히도 달려다니더군요. 일인칭으로 글을 꽉 잡고 시작한 소설이 '나는' '나는' 소리를 넣지 않는다고 무어 삼인칭으로 달아날 염려가 있어 그랬소? 왜, 이런 말의 낭비가 절대로 필요했던 것이오?

그리고 또 하나는 '그러자' '그래서' '그리고' 하는 문구가 말이 접속될 때마다 충실히 붙어 다니기에 대체 얼마나 이놈이 붙었나 보자하고 세어 보았더니 놀라지 마시오, 무려 오십여 처이더군요. 군의 그 작품에 내가 진정으로 흥미를 잃었다고 한다고 나를 결코 나무라지 마시오.

내가 이렇게 말한다고 군은 혹 "아니 내 글만 그렇소, 소위 기성층에도 그런 사람들이 많습니다. 또 안 할 말로 너는 그래 무얼 잘 쓰길래……." 하고 대항을 한다면 실로 버젓이 대답할 면목은 없소.

그러기에 무슨 누구를 시비하자는 그런 데서가 아니고 내가 남이나 다들 주의해서 잘 쓰기로 힘쓰자는 말이니 군도 그런 줄 알고 어떤 친지의 작가나 평론가가 군의 그 작품을 칭찬하는 일이 설사 있다 하더라도 군은 군 자신이 글을 모르고, 글을 모르는 친지의 작가나 비평가니까 내 글을 칭찬하는 것은 아닌가 하고 조금이라도 이런 생각으로 의심해 보는 그런 자존심을 가져 보는 용기가 필요할 것이오. '나는'과 '그러자' '그래서'가 아니면 말의 시작을 내지 못하고 '하는 것이다' 하고 '것이다' 이라야만 말끝이 맺혀지는 줄 아는 작문과(作文科) 제일과(第一課) 일장(一章) 이전의 실력에 소설이란 것이 만들어졌을 턱이 없는 것이오. 그러기 때문에 작품이 되었느니 안 되었느니 하는 이 얘기는 여기서는 섭섭하나 하지 못하게 되고 우선 소설을 쓸 만한 힘을 기른 후에라야 하게 될 것으로, 부득불 군의 작품은 한 십 년 간 숙제로 두었다 보는 수밖에 없을 것이오.

군 이런 이야기에 찬성이오? 불만이오? 듣자니 군은 그 작품을 발표하고 이즘 기성 문단에 작가적 지위를 안 준다고 항의를 한다는 풍설이 있는데 그건 사실이오? 사실이라면 군의 용기 참 무던하오. 그게 조급증의 소행이라고 해도 나는 그 용기를 치하하면 했지 조금도 나무라진 않소. 반항을 안 하는 것도 좋지만 반항을 하는 것은 더 좋은 일이오. 나는 군이 항의를 하는 소문에 어떻게 반가웠는지 모르오. 기성을 눈 아래로 보고 코웃음을 치는 그 패기는 그게 실로 문학에 대한 참을 수 없이 끓어 오르는 귀한 정열이 아니고 무엇이겠소. 이러한 정열이야말로 오르면 오를수록 군의 문학에 전진을 말하는 것이 될 것이오. 참말 그 정열 귀하오.

그러나 말 한 마디 글자 한 자 쓰는 데 현저한 차이는 없어도 조금

나으나마나한 고만한 알 듯 말 듯한 그렇게 미미한 차라는 것이 실로
작품에 있어선 십 년 이십 년의 세월로 된다는 것임은 이제 십 년(혹
은 이십 년) 후이면 자연 알아지겠지만 우선이라도 "그럴까?" 하는 의
문이라도 염두에 두고 항의할 필요가 있다고 아오.

만일 이런 줄을 모르고 항의를 하였다가는 결국은 조급증의 발악에
지나지 못하게 될 우려가 혹 있을지 모르게 될 것이니까 군의 그 모처
럼의 패기는 만용이라는 명예스럽지 못한 오해를 받기가 촉각 세울 것
이라 알기 때문이오.

불만이라면 다시 더 말할 필요도 없겠으나 만일 찬성이라면 이렇게
한번 해 볼 아량이 없겠소? 군이 이후에 쓰는 작품은 하루 종일 앉아
서 꼭 한 장만 죽을 힘을 다 들여 쓸 작정을 하고 한 달에 삼십 장짜
리 한 편을 만들어 가지곤 그 놈을 그적엔 또 한 보름 두고 열다섯 장
쯤으로 부쩍 줄여 보시오.

이렇게 해 본다면 필요한 말은 깎을래야 깎을 수가 없으니까 자연
히 남아질 거요. 필요치 않은 말은 체 밖으로 깎여 나가게 된 것이니
'나는' '나는' 하는 군더더기와 '그러자' '그래서' 따위의 불미한 접
속사도 따라서 말쑥하게 형체를 감추게 될 것이오.

그런데 이렇게 줄이는 게 그게 말로만은 간단히 될 것 같아도 손을
대어 보자면 제법 시일을 요하게 되어서 아마 재질에 따라서 1, 2년
차이는 있을지 몰라도 보통은 한 십 년 걸려야 그래도 그 취사 방법의
묘리를 다들 얻나 보더군요. 문단 생활 이십 년 삼십 년에서도 이런
티를 못 벗은 분들이 간혹 있는 걸 보면 혹은 군도 십 년 이상이 걸려
야 될지도 모를 것이오.

그러니까 소설 쓰는 데 있어 조급증이란 육팔미에 무와 같은 금물
인 것을 먼저 알고 마음을 비위 좋게 늦먹어야 될 것이오.

그럼 우리 있다가 몇 해 뒤 다시 작품을 보기로 하고 우선은 줄이는
공부에만 힘써 주시오. 그래 가지고 발표 전에 일단 한번 사사로이 보

고 논의를 해 주기로 약속해 주시오.

〔발표지〕《구국(救國)》

표제 한담(表題閑談)

작가는 누구나 그 작품의 표제를 헐(歇)히 붙이려고 하는 사람이 없겠지만 나처럼 신경을 쓰는 사람도 있을까 하고 혼자 생각해 보는 때가 있다.

작품에 손을 대면 작품이 되기 전부터 우선 표제 생각을 한다. 좀체 그럴듯한 표제가 떠오르지 아니하면 작품을 쓰면서도 연방 표제 생각이다. 주인공의 이름을 하나 뚝 따서 붙이면 무난할 것이나 그건 싫다. 운치가 없기 때문이다. 내용을 단적으로 설명해 주는 표제도 싫다. 한두 페이지를 읽어 내려가면 그 표제로 말미암아 내용이 빤히 들여다보이기 쉽기 때문이다. 내용을 설명해 주면 서로 그것이 단적으로 드러나지 아니하고 내용을 은근히 깊게 만드는 그러한 표제 그런 것을 나는 늘 추구한다.

표제라는 것을 나는 사람에게 이름을 지어 붙이는 것과 마찬가지로 그저 편의상 표제를 붙여 놓아야 하는 데 지나지 않는 것이라고는 생각지 아니하고, 표제는 내용을 살피는 한 중요한 부분적 역할을 하는 골자가 되는 것이라고 생각하기 때문이다.

그래서 작품은 이미 완성이 되어서도 그 표제가 적당하다고 인정이 되지 않을 때는 마감 기일의 박두도 무시하고 원고를 내지 못한다. 이 표제 때문에 원고를 쓰는 때나 못지않게 애를 태우며 밤잠을 못 잔 일이 거의 작품마다였다. 연중(然中)에도 잊히지 않은 것은 「병풍에 그린 닭이」라는 표제를 붙일 때와 「마을은 자동차 타고」 「캥가루의 조상이」「별을 헨다」 같은 작품의 표제에서 애를 태우던 때 일이다.

「마을은 자동차 타고」(검열 불통과로 분실된 원고)는 농촌의 몰락 과정을 그린 작품으로 120여 매의 원고를 월여나 두고 시달리며 정력을 다하여 탈고를 시키긴 하였으나 그 내용을 상징적으로 깊게 살려 줄 만한 표제가 숫제 떠오르지 않아서 이 표제로도 또 월여의 세월을 허실하였다. 낮이나 밤이나 이 표제 생각을 잊어 본 적이 있었으련만, 그날 밤도 이 작품의 내용을 속으로 되풀어 보며 열두시가 넘어서야 자리에 들어가, 들어가서도 가슴 위에다 손을 얹고 고요히 생각에 잠겨서 표제의 탐색을 하다가 잠이 어릿어릿한 절반 꿈속에 든 것 같은 반수 상태 속에서 불쑥 '마을은 자동차 타고' 하고 나는 나도 모르게 외워 보고 닝큼 정신이 들어 후닥닥 일어나 불을 다시 켜고 종이 위에다 그것을 적어 보았다. 그럴 듯이 생각되었다. 지금까지 수십 개나 생각해 내 보았으나 이 이상 마음에 드는 것이 없었다. 아주 결정하는 데 한 점의 미련이 없었다.

이때의 즐겁던 생각을 무엇으로 어떻게 형용하랴. 그날 밤 나는 몇천번이나 이 '마을은 자동차 타고'를 외워 보다가 드디어 원고에다가 정식으로 표제를 붙여 놓고 또 외워 보고 외워 보고 하며 변동 밤을 밝히다시피 잠을 설치는 반가움이었다.

「병풍에 그린 닭이」도 잊히지 않는 표제다. 처음 이것은 여러 가지로 생각하던 끝에 「병풍에 그린 닭이 홰를 칠 때」라고 붙여서 《여성(女性)》 잡지에 주었던 것이다.

그러나 교정 때 나온 표제를 보니까 그렇지 않아도 거치장스럽던 길다란 표제가 그 굵다란 일호 활자로 쭈욱 내려 박아 놓은 것이 도시 체재가 흉하기 짝이 없었다. 그렇다고 그 이상 더 적합한 표제를 얻지 못해서 이렇게 붙여 놓았던 이 표제를 이렇게 간단하게 금시 처리하는 수도 없고 해서 그저 멍하니 붓방아를 찧기 무릇 시간여나 하다가 교정지가 손에 것채워 '병풍에 그린 닭이'와 '홰를 칠 때'와의 사이가 찢어져 동강이 나서 '병풍에 그린 닭이'만이 손에 들렸다. 읽어 보니 '홰를 칠 때'가 잘린 것이 도리어 더 산뜻하고 여운이 있고 함축성이 있는 것 같았다. 읽어 볼수록 그것은 '홰를 칠 때'가 붙었을 때보다 여운이 길이 파동을 치는 것 같았다. 당연히 잘라 버려야 할 것을 거기에까지 미처 생각이 못 미쳤던 것임을 깨달았다. 이제야 비로소 완전한 표제를 얻었다고 여겨졌다. 만일 내가 자진해서 교정을 원하지 않았던들 지금껏 '병풍에 그린 닭이 홰를 칠 때' 하고 '홰를 칠 때'라는 꼬리가 거치장스럽게 달려 걸리적거리며 마음을 꺼림칙하게 만들고 있었을 것임에 틀림없을 것이었다. 당시 모 평가(評家)가 이 작품을 월평에서 논하되 무엇을 말하려고 한 것인지 제목으로는 조금도 짐작을 못 하다가 다 읽고 나서야 그 제목의 뜻을 알았노라고 한 것을 보면 역시 이 표제는 내 뜻대로 성공하였다고 볼 수밖에 없다. 「캉가루의 조상이」도 꽤 오랜 시일이 경과되어서야 겨우 「미래의 역사」라는 표제가 달려 《조광(朝光)》 잡지로 넘어가게 되었던 작품이다.

그러나 기일 때문에 마음이 달갑게 내키지 않는 이런 표제를 달아 놓은 것이 무슨 실수나 한 것처럼 늘 마음이 꺼림칙하게 개운치 않아서 인쇄에 회부하기 전에 어떻게 표제를 갈아 넣어 보려고 무한히 애를 썼으나 역시 「미래의 역사」만한 것도 떠오르지 않았다. 하는 수가 없어서 그대로 지내다가 하루는 고향에 다녀올 일이 있어서 밤차를 타고 먼 여행을 하며 졸다가 늘 잊지 못하던 이 표제가 이때도 그저 그 표제만을 저도 모르게 생각하고 있었던 모양으로 역시 그 줄거리를 되풀어 보며 고요히 감은 눈앞에 '캉가루의 조상이'라는 글자가 불쑥 떠올라와 버려졌다. 이것이야말로 내가 애를 쓰면서 찾으려던 표제 같았다. 주저없이 그것으로 결정을 하고 그 즉석에서 차장을 불러 차내에서 조광사(朝光社)에 전보를 쳤다.

그리고 상경하는 즉시로 표제가 갈리었는가의 여부를 알아보았다.

표제를 갈아 놓지는 않았으나 그런 뜻은 이미 알고 갈려고 하고 있던 차였다. 갈아 줄 뜻을 재차 전하니 이 소리를 들은 사원의 한 사람인 정모씨는 "이번에도 또 '이'요?" 하고 웃는다. 이 '이'라는 것은 「병풍에 그린 닭이」이라는 '이'를 말하는 것이었다. 손님으로 왔던 박모 작가는 "다음에는 또 무슨 '이'가 나오려나?" 하고 나의 이상한 표제에 쓰는 신경을 농으로 물으며 웃는다. 「캉가루의 조상이」라는 표제가 활자화되어 나타났을 때에도 그 연달아 나온 이 '이'는 친지간에 많은 화제가 되었다. 그들은 이 표제를 어떻게 보고 화제를 삼던 간 나는 다만 내가 찾아야 할 표제를 찾은 것만이 즐거웠을 따름이었다.

그러나 이 「캉가루의 조상이」라는 표제가 잡지의 검열에서는 무난히 통과되었던 것이 일단 단행본으로 출판을 하려고 검열에 제출하였을 때에는 그것이 건전한 표제가 아니라는 이유에서 그 표제를 건전한 표제로 갈아야 통과를 시켜 주겠다는 경무국 도서과 검열계의 지시였다. 어떻게도 애를 써서 찾아낸 표제인데, 이제 이것을 갈라는 것은 그 작품의 생명을 짓밟는 것 같아서 심히 불유쾌하였으나 어느 영(令)이라고 거역하는 수도 없이 성도 가는 세상인데(당시의 소위 창씨) 하고 「행복의 탐구」로 고칠 때의 그 희비의 교차는 지금도 잊을 길이 없다. 해방으로 말미암아 다행히 「캉가루의 조상이」는 원명대로 다시 『청춘도』라는 단편집에서 복구시키므로 그 작품의 생명을 그대로 유지하게는 되었으나 아무튼 이 표제를 살리기까지에는 이러한 곡절도 있었다.

「별을 헨다」는 해방 직후 《동아일보》의 청탁으로 집필을 승낙했더니, 연재 광고를 미리 내겠노라고 표제를 먼저 달라는 주문이었다. 그래서 이제 써야 할 그 내용의 표제를 그날 종일을 또 밤에도 밤새도록 생각을 게을리 하지 않았으나 좀체 적당한 표제를 얻을 길이 없어 내용을 단적으로 설명하는 내가 가장 싫어하는 표제 방식인 그대로 「귀국」이라 우선 붙여서 색책(塞責)를 하는 수밖에 없었다. 그리고는 그 광고가 나기 전에 표제를 마련해서 바꾸려고 종일을 여기에다 머리를

썼으나 이렇다 흡족한 표제를 여전히 얻지 못했다. 원고가 끝나는 4,
5일의 경과에 있어서도 제(題)는 붙이지를 못하고 그 원고를 외투 호
주머니에 지니고 다니면서 조용한 틈만 생기면 그것을 꺼내서 읽어 보
며 생각을 했다. 그러는 동안에 또 2, 3일, 드디어 마감 기일은 와서
원고 독촉이 왔다. 그래도 이 원고에다 「귀국」이라는 제를 그대로 붙
여 보내는 수는 없었다. 끼고 내놓지를 않기 또 2, 3일, 원고 독촉은
하루에도 1, 2차가 있기를 날마다였다. 하루는 직접 편집국장이 사무
실로 찾아오기까지 해서 하는 독촉을 받고 초조한 마음으로 변소에 들
어가 앉았다가 의외에 「별을 헨다」라는 제를 캐냈다. 다시 씹어 보니
버리기 어려운 제목이었다. 변소를 나오는손, 비어 두었던 제목 자리
에 「별을 헨다」라는 흥에 겨운 글씨가 제물에 들어갔다. 더 생각할 필
요가 없는 만족한 표제였다. 써 넣는 그 즉석으로 원고를 보내는 데
조금도 아쉬운 데가 없었다.

 이 작품들의 표제는 이렇게 되었다. 이러한 고심 끝에 이루어졌다.
하나는 이불 속에서 하나는 찻간에서 하나는 교정실에서 하나는 변소
에서. 책상머리에 염착(染着)이 되어 앉아서 부등부등 애를 쓸 때보다
이런 찻간이나 변소 같은 협착한 곳에서 정신을 통일시키므로 눈을 고
요히 감을 때에 의외로 좋은 상이 떠오르는 것은 나만의 경험하는 의
외인지는 모르겠으나 아무튼 이러구려 나는 표제에다 이렇게 신경을
쓴다.

 이렇게 신경을 써 가며 붙이는 표제가 잡지 편집자의 임의에서 자
기의 비위에 맞는 표제로 갈리어 나옴을 볼 때의 그때의 불쾌함이란
또 무엇으로 어떻다 형용해 말을 해야 할 것인지 모르겠다. 이런 무지
한 피해를 입어 보기 무려 수삼차이거니와 「심원(心猿)」이라는 소품도
그것이 「심원」이라는 표제가 붙기까지에는 장시일의 애가 씌었던 것인
데 이것이 편집자의 손에서 「김선달」이라는 주인공의 이름을 딴 표제
로 갈리어 나옴을 보았다. 더욱이 그 편집자가 작가이었음을 알았을

248

때, 나는 아연 실색하지 않을 수 없었다. 그리고 이 작가가 표제를 붙이는 그 표제의 의의(意義)의 해석에 나는 나를 스스로 높이 평가해 보려고 한 적도 있다.

작품에 표제를 붙이는 것이 물론, 그 작가의 취미와 성격 나름에 따라 각각 다를 것이기는 하겠지만 단적으로 내용을 설명해 주는 표제는 작품의 가치를 마이너스로 이끄는 것밖에 안 되는 것이라고 나는 생각한다. 표제는 모름지기 그 작품의 내용을 상징적으로 표현해 주는 은근한 깊이가 있어야 하는 것이 아닌가 한다.

나의 취미
─ 조미(釣味)의 경(境) ─

고래(古來)로 낚시질을 가리켜 고상한 취미라고 일컬어 오지만 따집어 말하면 낚시질이란 잔인하기 짝이 없는 취미다. 미물이라고는 하나 살겠다고 구풀거리는 지렁이를 사정없이 동강을 쳐서 낚싯바늘로 홀뚜기를 꿴다든가 팔딱거리는 새우를 거두 절미하여 미끼로 삼는다든가 하는 그 살생부터가 잔인한 행동이거니와, 이러한 살생으로서 또 다른 하나의 좀더 대규모인 살생을 도모하므로 만족을 얻자는 것이 결국은 낚시질의 본의(本意)인 것이다.

생명이 있는 동물이 생을 영위한다는 그 자체가 살생에 있다는 원칙을 생각한다면 그까짓 미미한 생명쯤 죽인다는 게 그게 무어 잔인한 행동까지 될 것이랴만, 새우의 목을 자르려고 한 손으로 대가리를 붙잡고 다른 한 손에 힘을 줄 때 아픔을 참지 못하여 전신을 파드르르 떠는 그 몸부림이 손끝에 감각될 때, 그리고 대가리도 꼬리도 다 잘린 몸둥이가 그래도 신경은 살아서 바늘 끝에 꿰어서도 파들파들 떠는 근육을 눈으로 똑바로 내려다볼 때, 거의 반생 동안이나 낚시질에 바쳐 온 무자비한 신경이건만 그래도 그 순간마다 머리끝이 산듯거림을 아니 느끼게 되지 못한다.

닭의 멱 따는 것은 차치하고 남이 주사침 맞는 것도 정면으로 똑바로 바라보지 못하고 얼굴을 찡그려야 되는 내가 이 낚시질에서만은 이렇게도 잔인한 용기를 갖게 되는 것이다.

손바닥 같은 커다란 붕어가 낚어지리란 것을 생각할 때, 그리하여 그놈이 물 밖을 나오지 않으려고 이리 달렸다 저리 달렸다 물살을 찢으며 요동치는 것을 바늘에 걸린 주둥이가 찢기지 않게 줄을 놓았다 주었다 하며 기진맥진하게 힘을 뽑아 끌어낼 그 묘미에 내 마음은 완전히 사로잡혀 있기 때문이다.

맛이란 원래 무슨 맛에 있어서든지 상대방의 희생의 전제에서 생기는 것이지만, 알뜰히 살겠다고 죽을 힘을 다하여 요동을 치는 것을 굳이 물 밖으로 끌어내 놓는 맛이 그렇게도 신묘롭게 느껴짐은 이건 확실히 잔인한 재미가 아닐 수 없다.

낚시질은 무슨 위치가 좋아야 한다고 한 그루의 실버들이 수면 위에 실실이 가지를 늘이어 출렁거리는 물결에 굽실굽실 잠겼다 솟았다 하는 위치여야 하고 가까운 주위에서 맑은 물이 돌 사이를 찢으며 흘러 내리는 소리가 청아히 들려오는 시내를 끼고 앉아야 하고, 그리하여 이 자연의 경치 속에 청간 일지(淸竿一枝)를 더하여 몸도 자연이 되고자 그러므로 낚시 깃에 속세를 잊고 마음까지 자연이고자 하는 그 정취만의 욕심으로선 낚시질의 욕망은 채워지지 않는다. 하기야 이런 아취의 주인공이 되면서도 제대로 고기를 낚을 수 있다면 그야 마달 사람이 뉘 있으랴만 낚시질이란 결국 고기를 낚는 재미에 있는 것이다. 그러기 때문에 낚시질의 취미는 경치가 승한 봄철보다는 낙엽이 지는 가을철이 오히려 더하다.

봄에 고기를 낚는 맛과 가을에 고기를 낚는 맛은 현저히 다르다. 고기는 같은 고기가 낚기되, 봄은 고기의 난산기(卵産期)이기 때문에 건강이 빠져서 요동을 치지 못하는 것이다. 여름을 지나고 가을철이 접어들어 벼 이삭에 황누름이 들고 수변에 창포가 여물어야 수족의 건강도 여물 대로 여물어 술쪽같이 적은 놈이 물린다 하더라도 물살을 막 찢으며 요동을 쳐서 낚싯대를 휘근거리게 만든다. 실로 낚싯대가 휘지 않는 낚시질처럼 무미한 낚시질이 없거니와 가을철은 또한 이 수족들이 건강을 자랑하는 여행기이어서 수중 주유가 빈번하기 때문에 고기

의 물림도 여느 때의 곱절은 더하다. 참으로 이 가을철의 낚시질 맛이
란 그 어느 다른 맛에 비할 그러한 맛이 아니다. 그 어느 해엔 얼음이
풀리자부터 시작한 낚시질을 갓얼음이 잡힐 때까지 봄내, 여름내, 가
으내 어두워 나갔다가 어두워 돌아오기를 하루도 빠짐이 없이, 꼬박이
계속해 내고는 피로에 몸이 지쳐서 한 달 동안을 죽을 뻔하고 않은 일
도 있었지만 그러면서도 나는 낚시질의 유혹에만은 벗어나지 못하고
해빙만 되면 이 잔인한 취미의 충동에 늘 마음이 들먹거리고 있다.

〔발표지〕《신경향(新京鄉)》

나는 이렇게 소설가가 되었다

소설가가 되겠다고 소설에 손을 대었던 일을 지금 생각하면 참으로 어찔어찔한 모험이었다.

다른 부문의 학문이라면 연구를 하느니만큼 그만큼 거둬지는 성과에 따라 그만한 행세를 할 수 있지만 지어(至於) 소설이야 연구를 하느니만큼 그만큼 거둬지는 성과로서는 행세를 할 수가 없고, 그 어느 일정한 수준이 있어 그 수준을 돌파하여야 그리하여 그 수준이 문단적으로 인정이 되어야 그래야 비로소 행세를 하게 되는 것이요, 그러기 전에는 대학 문과 몇 개를 나왔대도 응용이 되지 않는 학문이기 때문이다. 이렇게 모험인 학문이 소설인 줄은 도무지 모르고 나는 소설의 문으로 덤벼들었던 것이다. 발표만 하면 소설가가 되는 줄로만 알았던 것은 한낱 공상에 지나지 않았다. 아무리 투고 발표를 해야 문단은 반응이 없었다. 이러다가는 십년 공부 나무아미타불만 될 것 같아 일시는 다른 방면으로 방향을 돌려 볼까도 하였으나 전공(前功)이 가석(可惜)하여 그대로 우기자니 암만해도 그 성공 여부에 장담이 가지 않아 마음이 늘 초조하였다. 소설 공부란 마치 전재산을 다 털어 바치고 금광을 하는 모험과 같았다.

그런 데다가 한번 물이 든 이놈의 문학이란 어떻게 생겨먹은 것인지 장담도 가지 않는 붓대를 놓지 못하게 하여 밤낮 책상 앞에 붙들어 앉혀 놓고 세월이야 가던 오던 제멋에 취게 하여 그저 자꾸 쓰게만 만들었다.

글을 쓴다는 것은 살을 깎는 것과 같았다. 쓰면 쓰는 이만큼 건강은 부쩍 축이 났다. 글이란 그대로 아로새겨지는 피인 것임을 나는 알았다. 여기서 나는 문득 깨달은 것이 있었다. 내 피로 아로새겨진 학문이야말로 내 생명이 아닌가 하는 생각이었던 것이다. 그리하여 글을 쓰다가 죽는 한이 있어도 좋다는 젊은 혈기로 이런 모험에 주심(注心)을 북돋아 주었다. 그까짓 성공 여하는 말할 것이 아니라 내 생명을 살리기 위하여 나는 그저 소설을 썼으면 그만이라는 생각이 그것이었다.

나는 다시 마음을 사려먹고 앉아 각국의 명작이란 작품은 모조리 사다 쌓아 놓고 읽으며 쓰며, 한편 또 투고를 시작하여 그 발표 여부와 비평 여부로 자신의 역량을 저울질해 보았다. 투고를 하면 발표는 되나 역시 반응은 여전히 없었다.

이러구려 소설에 붓을 대고 허비한 시간이 10여 년, 어쩌면 십년 적공(十年積功)이라는 말도 있는데 이 소설 공부엔 십년 적공에도 등용문이 열리지 않았다. 과연 위험한 길이었다. 여기엔 내 재질의 둔한 원인도 있겠지만 원체 이 문단국(文壇國)의 등용문 담당 수위는 수준 평가의 안목이 한없이 높아서 좀해서는 문을 열어 주지 않는 것이었다.

남의 글도 내 글보다 별로 나은 것이 없는 것 같은데 왜 그럴까 나는 세심한 주의로 남의 글과 내 글을 비교해 보았다. 과연 등용문 담당 수위는 잘못이 아니었다. 소설은 쓴다고 하면서도 나는 소설이 무엇인지를 채 몰랐던 것이다. 구성이니 묘사니 표현이니 하는 데 있어 그 어느 하나에도 말 한 마디 글자 한 자의 차로 소설이 되고 안 되는 것임을 나는 그직에야 알았다. 그리하여 내 글이 이 말 한 마디 글자 한 자의 차에서 남의 것만 못한 것임을 알았다.

그러나 그 말 한 마디 글자 한 자의 차라는 그것이 또한 그리 수월한 것이 아니어서 일조일석(一朝一夕)에 바르고 고릅고 아름답게 그렇게 써지는 것이 아니었다.

　이런 것을 그저 그대로 자꾸 싸워 나가다 보니 어느 틈엔지 내 이름 위에도 소설가라는 레테르가 붙게 되어 이런 글의 주문도 받게는 되었으나, 제가 쓴 글을 스스로 검토해 볼 때마다 결점 투성인 것을 무난히 발견할 수 있는 처지니 나는 아직도 소설가로서의 꼬리가 완전히 떨어지지 못한 올챙이다.

〔발표지〕《신태양(新太陽)》

무제(無題)
─ 유고(遺稿) ─

나는 존다. 내가 조는 것을, 어마어마하게 커다란 수레를 타고 앉아, 어디로 가는지 가는 곳도 모르면서 졸고 있는 것을 나는 재작년 겨울 이십세기(二十世紀)에게 물어 본 바 있다. 그러나 우금껏 아무런 대답을 못 받고, 나는 그대로 존다.

이것이 나는 지금 이십세기에게 납치되어 가는 도중에 피로를 느끼고 있는 것이 아닌가 모른다.

나는 내가 조는 것을 본다.

무시무시하게 큰 수레 안에 나는 내가 타고 앉아 조는 것을 본다. 소나 말이 끄는 것도 아니요, 엔진이 돌리는 운전도 아니다. 무엇이 어떻게 되어서 가는지 거침도 없이 가는 수레는 허공에서 그냥 가기는 가도, 멀어지지도 않는 수레가 그만한 거리에서 그저 가고만 있다.

나는 어디로 가는 것일까.

어디로 가는지도 모르면서 가야 하는 것일까.

20세기는 나보다 세 살 위인 당연한 견수(肩邃)의 벗이건만, 이렇게도 나는 그를 모르고 그렇게도 그는 허교(許交)를 허(許)치 않는다.

세상이 새까맣게 어두워지며, 위(胃) 속이 텅 비이는 것 같게 메스꺼워서 게막질을 하는 사르트르를 나는 보았고, 신을 반역(反逆)하고 둥그런 무거운 돌을 굴리면서 숨도 쉬일 사이 없이 영원히 올라갈 수 없는 산 고갯길을 추어 오름으로 자아를 새로이 구성하는 카뮈를 나는 보았다.

인생이라는 것은 정말 한 알의 구토제(嘔吐劑)의 효력밖에 더 되는 것이 아닐까.

올라갈 수 없는 산 고갯길을 영원히 올라가지 않아서는 자아라는 존재를 정말 확보할 수 없는 것일까.

과거의 인생에 대한 이념으로는 오늘의 이 인생의 고뇌는 너무도 이해키 어렵다.

이 고뇌의 의식 속에 숨어 있는 영혼의 심연(深淵)을 비치어 보는 특제(特製) 망원경은 그래 없단 말인가.

나는 존다.

군(君), 군은 단정(斷定) 나와 허교(許交)를 하지 않겠는가.

1954. 11. 27.

나는 오늘도 내가 수레를 타고 앉아서 조는 것을 보고 또 20세기에게 이렇게 물었던 것을 생각하고 나는 정말 왜 졸며 어디로 가는지가 알고 싶어서 그리운 그리운 내 존재에 목이 말라, 침을 몰아 삼키며 팔굽으로 턱을 고이고 눈을 내려 감았다. 그리고 나는 내 존재를 고요히 찾아보려고 감은 새까만 눈앞에서, 내가 타고 앉아 어디론지 졸면서 가는 나를 나는 그냥 본다. 그리고 그것이 나의 전부인 것만 같게 생각이 들어서 졸고 앉았는 나를 불쌍하게, 가엾게, 정말 어처구니없게 바라보다가 나는 또 눈을 떴다.

밖은 유난히 장그러운 볕이다. 활짝 열린 문으로 쏘아 드는 햇볕에 살이 닿으니 감기 기운이 육체를 엄습할 때 사타구니에 손을 넣는 맛보다 더 개완하다.

고양이는 블록 담 위에 모로 근더져서 꼭대기를 지지며 뒷다리를 들어 새끼들에게 젖을 내맡기고 졸고, 마루 위에서는 주인집 할머니가 흐트러진 하얀 머리를 그대로 손녀의 무릎 위에 내맡기고 이를 잡히며 존다. 그리고 마당에 널어 놓은 메주 멍석 귀에는 쥐 한 마리가 여차 붓하면 뺑소니를 치려고 뒷다리에 힘을 주고 제지바름이 서서 주위를 도록도록 살피다가는 떨어진 메주 부스러기를 살짝 한 개씩 실례를 하면서 고개를 까딱인다.

모두 존다. 봄볕은 무서운 힘이었다. 평화의 경지에까지 모든 생명을 이끌고 있었다.

바람이 담을 타고 나비와 같이 넘어온다. 담 안 장독대 모서리에 무데기로 핀 샛노란 개나리꽃이며, 진달래꽃이며를 가지마다 흔들어 놓는다. 고양이도, 할머니도, 쥐도 슬며시 눈을 뜬다. 봄의 향훈이 대기 속에 흩어져 그들의 코로 흘러들은 모양이다. 고양이는 피부가 늘어나는 데까지 마음껏 입을 벌려 하품을 한 번 하고, 수염 끝에 스치는 향훈마저 핥아 들이는 것처럼 혀를 내밀어 휘이 좌우 수염을 핥아 들이고, 할머니는 사지가 늘어나는 듯하게 기지개를 켜고 네 활개를 쭈욱 펴며 아주 나가 근더지고 쥐는 또 한 번 살짝 실례를 하고 무릎을 꿇고 나는 그저 그것을 멀거니 바라보고.

나는 냄새를 통 맡을 줄 모른다. 축농증이 아주 심하다. 졸음까지 깨울 수 있는 봄의 향훈, 그 향훈도 나와는 인연이 멀었다. 나는 얼마나 봄의 향훈에 살이 지고 싶은 것일까, 살이 지고 싶은 것일까. 축농증 수술을 몇 번이나 받았지마는 헛일이었다. 현대 의학은 숱한 박사를 내었으나 그 근치법은 모른다. 그들의 말과는 달라서, 내 육체를 그 이상 더 아프게나 하지 않는 것이 나를 위한 현명한 일임을 나는 알았다. 어떤 친구의 딸이 적령기에 있어 혼담이 일어나자 축농증 수술을 받았다가 벗겼던 이틀 윗가죽이 잘못 붙어 입이 비뚤어져서 여성미를 온통 잃고 혼담이 깨어져 나가던 것을 보고 나는 그것이 무서웠다. 나는 축농증 수술을 아주 단념하고 봄을 모른다. 그들의 졸음과 나의 졸음에는 이렇게 현격한 거리가 있었다. 나의 졸음은 그들과 같이 봄의 향훈에 자아를 잊는 졸음이 아니었다.

나는 현재에 있어서만이 아니라, 과거에 있어서도 봄뜻에 마음이 살쪄 본 기억이 없다. 과거란 나에게 있어 거의 없다고 하여도 좋다. 다만 과거가 있다면 오직 한 가지 휘파람 소리, 그 휘파람 소리다. 새끼손가락을 까부라쳐 입 안에다 한 반쯤 넣고 김을 내불면 묘한 소리가 그 입으로 흘러나오던 그 광대의 휘파람 소리다. 이렇게 휘파람을 한 번 불고 훌쩍훌쩍 세 번이고 네 번이고 펴 놓은 멍석 끝이 다하기까지 사팔뜀을 넘고 나서는 우뚝 서서 또 한 번 아까 모양으로 새끼손가락을 까부라쳐서 입 안에다 반쯤 넣고 조금도 틀림없는 꼭 같은 묘한 소리를 내던 그 휘파람 소리를 나는 어머니의 등에서 업혀서 토방 위 느리운 발 틈으로 내다보며 듣던 기억이다.

그것이 증조모님의 환갑 때라는 것을 나는 그 후에 어머니에게서 듣고 안다. 내 종아리에는 그림에 그린 달 같은 조그만 동그란 하얀 허물이 하나 있다. 닭의 다리를 달라고 샛문 고리에 매달려 칭얼거리며 졸다가 샛문 돌쩌귀가 빠져서 샛문이 떨어지는 바람에 몸이 쏠려 한참 펄펄 끓는 솥뚜껑의 손잡이에 종아리가 닿아 익어 가지고 달포나 신고를 하다가 그런 허물을 얻게 되었다는 이야기를 또한 어머니에게서 듣고 그 허물의 유래를 알았다. 그것이 역시 증조모님의 환갑날 일로, 내가 낮에 휘파람 소리를 듣던 바로 그날 저녁밥 때였다는 것을 또한 알았다. 그리고 그것이 나의 여섯 살 때라는 것을 알았다. 이렇게 같은 여섯 살 때이면서 허물을 남기게까지 고생을 한 기억은 없고, 그저 그 광대의 휘파람 소리, 그 휘파람 소리만이 살아 있는 것을 보면 그 휘파람 소리가 얼마나 나를 기쁘게 하고 즐겁게 하고 그러면서 근 오십 년을 나와 함께 살아온 것임을 알 수 있다. 그리하여 이 휘파람 소리에 살이 졌음을 알 수 있다.

휘파람 소리, 이 휘파람 소리에 구성이 된 내 자아는 대체 무엇인
가. 나는 이 휘파람 소리에 목이 말라서 졸리는지 모른다. 냄새에 둔
감한 바랜 내 마음은 이 휘파람 소리에만 살고 싶은가 보다. 휘파람
소리, 이 휘파람 소리를 들으며 자아가 구성이 된 잃어진 그날의 그리
움이여, 그리움이여. 나는 지금 내 눈앞에서 졸면서 타고 어디론지 가
는 수레를 나는 바라보면서 휘파람 소리로 내 마음은 돌아간다. 나라
는 내 존재의 모두가 돌아가는 것을 이 시각에 나는 느낀다. 분명히
기억하여야 한다. 나는 이 소리에 살았던 것을, 또 살고 싶은 것을.

그러나 내 나이 오십, 그 광대는 이미 죽었을 사람. 영원히 들을 수
없는 휘파람 소리는 영원히 잊을 수 없는 휘파람 소리는 아주 흘러가
고 말았을 것일까.

나는 휘파람 소리를 들어야 하겠다. 휘파람 소리를 듣고도 내가 수
레를 타고 졸면서 어디론지 가는가 하는 것을 보아야 하겠다. 나는 나
를 구제할 의무가 있다. 내가 무엇인지 모르는 나를 내가 아는 나로
구제할 의무가 있다. 그러나 나는 나를 나대로 구제할 힘이 없다. 사
지를 옮겨 놓는 데도 마음대로 할 수가 없는, 마음의 행사도 마음대로
되지 않는다. 나는 분명 무엇에 붙들리어, 그것의 조종대로 거역을 못
하고 노예를 사는가 보다. 따져 보면 살아온 생이라는 것이 어느 것
하나 내 본의인 것이 없다. 사람 사는 극히 사소한 일인 차 한 잔을
사는 데도 마음대로는 안 된다. 불과 오십 환이면 족할 차 한 잔도 사
기 싫은 미운 사람이 있다. 그러나 차를 사고 싶은 손님과 마주 앉았
을 때 짓궂게 옆에 와 앉아서 떠나지 않을 때는 하는 수가 없다. 또
차래도 한 잔 나누고 싶은 친구를 만나 차를 사려고 하면 엉뚱한 친구
가 사이에 끼어 그 찻값을 치른다.

하늘과 땅 사이의 공간은 신의 완상용 공원인지 모른다. 그리하여
이 공간의 만물은 신의 향락을 위한 제물인지 모른다. 그리하여 신의
비위에 맞도록 모든 것이 조종되고 있는 것인지 모른다. 그러지 않고

야 제 마음을 제 마음대로 못 할 법이 어디 있으랴. 지금도 나는 싫은 일을 또 해야 할 시각에 다다랐다. 윤군을 관에다 집어넣어야 한다. 죽은 사람을 보는 일이란 싫은 일이다. 하물며 송장을 만지게까지 일은 되어 있으니…….

이것이 다 무언가.

윤군은 병원에서 죽었다.

〔발표지〕《현대문학》 통권 88호(1962. 4.)

한국문단 측면사(韓國文壇側面史)

　　이것은 1·4후퇴 때 피난지 제주도에서 '합동통신 제주지사' 주최로
열렸던 하기대학 강좌에서 '문학강좌'를 더럽혔던 문단 이야기의 메모
보충이다. 그 당시의 제목은 '신문학 30년사'라고 붙였던 것이나 문학
사와는 이야기의 성질이 전연 다른 이질적인 것이므로 '40년 문단 회
고담'이라고 개제하여 발표하기로 한다.

　　인사

　　제목은 '문학 30년사'라고 걸어 놓았으나, 소요 시간 세 시간 동안
에 30년 이야기를 하자면 한 시간에 십 년씩 배당이 돌아간 모양이니
이것은 주마간산 격이람보다 초특급을 타고 달리며 얼른얼른 차창으로
밖을 내다보는 격이 아니 될 수 없습니다. 피난 중인 몸이라, 참고서
한 권 없이 머릿속에 남아 있는 희미한 기억과 입만을 가지고 이런 자
리에 나서는 몸으로서는 이렇게 된 것이 차라리 다행한 일이 아닐는지
모릅니다. 그런 데다가 연대가 미상하여 이야기의 진전을 시킬 수가
없어서 문단적으로 공적을 남긴 잡지의 발간 경로를 더듬어 가며 이야
기의 체계를 세워 볼까 합니다. 하기는 우리나라 문학이란 잡지의 발
간과 함께 발전되어 내려온 것이므로 이것 또한 재미있는 시도이기는
합니다만, 지금 하려는 이야기만으로는 문학강의가 될 성질은 아니고
문단회고 잡담에 지나지 않을 것이니 그리 알고 들어 주기 바랍니다.

1. 《청춘(靑春)》 시대

우리나라 문단은 종합잡지 《청춘》의 발간(1914년)으로 그 토대가 닦이기 시작하였다고 보겠습니다. 당시 조선총독이던 寺內가 갈리고 齊藤이 부임하면서 조선사람에도 언론의 자유를 준다고 하여, 문화의식에 목이 말랐던 유지층에서는 한편으로 학교의 설립과 신문, 잡지의 발간에 부심(腐心)하였던 것입니다. 이때 진정한 의미에서 우리의 입을 대변하고 나온 잡지가 《청춘》이었습니다. 이 《청춘》은 최두선(육당의 백씨)의 창립인 '신문관'이라는 출판사에서 육당 최남선의 주재로 창간이 되었습니다. 이것이 문화의 불모지에 들어가는 첫 삽이었습니다. 그 표지에 입을 잔뜩 벌리고 선 호랑이의 머리를 한 장대한 청년이 한 손으로 쓸어 주고 있는 춘곡(春谷) 고희동(高羲東) 화백의 그림은 우리의 힘의 표시인 청춘의 기백을 상징한 것으로 보입니다.

이 《청춘》을 무대로 필봉을 들고 활약한 중심인물은 그 주재자인 육당 이외에 고주(孤舟, 당시의 호) 이광수, 소성(小星, 당시의 호) 현상윤, 홍모 등 세 사람이었습니다. 최남선, 이광수, 홍모 이 세 사람은 당시에 있어 조선의 삼재사(三才士)라는 칭호로 불리우는 쟁쟁한 인사들이었으므로 이들의 필진를 가진 《청춘》은 신문화의 눈이 띄이기 시작하는 청년층과 일제에 불평을 품은 의식층의 절대한 환영리에서 호를 거듭하였습니다.

지금 《청춘》을 들추어 보면 그 편집 면에 있어서나 체재에 있어서나 이렇다고 들어서 이야기할 건덕지가 없습니다. 언론 종합잡지라, 약간 취급한다는 문예물 그것도 창가인지 시인지 분간도 할 수 없는 '무쇠팔둑 돌주먹 소년남아야' 식의 노래가 시라는 명칭으로 발표되었으니 더 말할 나위가 없습니다. 그때, '신문관'에서 발행하던 《청춘》 이전의 소년잡지 《소년》이나 《아이들 보이》《붉은 저고리》 같은 데 발표되는 작품이나 그 수준에 별 차이가 없었습니다.

그리고 그때에는 소설을 쓰는 사람이거나 시를 쓰는 사람이거나 혹은 역사, 지리 그밖의 계몽적인 논문을 쓰는 사람이거나 물론하고 붓을 드는 사람이며는 누구나 다 문사(文士)라는 칭호 하나로 불리우는 시절이었습니다. 그래서 그 '신문관'에서 발행한 최남선 편인 『시문독본』과 스마일스의 『자조론(自助論)』 같은 것도 문예서와 혼동이 되어 지식 청년층으로부터의 선전으로 말미암아 학생들 간에서 열애가 되던 것을, 그리하여 그것이 우리나라 문학 발달에 많은 도움이 되었던 것임을 여기 부언하지 않을 수가 없습니다. 나도 이들 저서의 애독자의 한 사람으로, 주목을 받은 일이 있거니와, 그 당시 『시문독본』이나 『자조론』 같은 책을 읽는 청년은 순사들이 한 점 더 놓고 주목을 해 왔습니다. 그러니 지도층의 인물들이야 얼마나 눈독을 받으며 지내 왔을까는 가히 짐작할 수 있는 일입니다.

그때 육당은 시조를 썼으나 시조시인으로서보다는 조선역사가로서 더 이름이 있었습니다. 씨는 이 시기에 된 시조를 모아서 『백팔번뇌』 라는 국반절판(菊半截判)의 시조집을 이쁘게 양장으로 내어 놓았을 뿐 문학적인 활동은 없이 역사 연구로 서재의 인(人)이 되고 말았습니다.

그리고 소성은 폐질환으로 장년을 향리 정주에서 요양을 하다가 교육계로 아주 기울어졌고, 홍모와 춘원만이 꾸준히 문학적 활동을 계속하였습니다. 「오도답파기(五道踏破記)」로 이미 문명을 날리고 있던 춘원은 단편 「가실(嘉實)」과 장편 「개척자」의 발표로 그 명성은 더한층 올라가며 있는 판인데 뒤이어 발표된 「무정(無情)」으로 말미암아 춘원은 일약 전선적(全鮮的)인 인물이 되고 말았습니다. 소설이 무엇인지를 모르는 시골 농부들 사이에서도 춘원은 훌륭한 사람인 것으로 알려졌습니다. 춘원은 재사였던가 봅니다. 오산학교 재학 당시에 한문 선생으로 있던 박기선(朴琪善) 씨의 이야기에 의하면, 춘원이 한문을 따로이 배워 달라고 해서 「논어」를 배워 주었는데 「논어」 전질을 불과 기일(幾日)에 떼어냈을 뿐 아니라, 한 마디도 틀림없이 앉은 자리에서 내리 암송을 하고 또 그 뜻의 해석에 있어서 배워 준 자기보다도 더 정확하게 하는 데는 놀랐노라고 하였습니다. 그러면서 "그 광수의 눈이 남보다 달러, 눈에 재기가 충일하였거든, 반짝반짝 빛나는 동자가" 하고 덧붙여 말하는 것을 내가 어렸을 때 들은 기억이 있습니다.

춘원 이전에도 열재(悅齋) 이해조의 「자유종」「철세계」「만월대」 그리고 국초 이인직의 「귀의 성」「혈의 누」「치악산」 등 신소설이 없었던 것이 아니나, 이것을 신문학 작품으로 간주하기는 어렵고 춘원의 「개척자」에 이르러서부터야 우리는 신문학이라는 이름을 붙이기에 부끄럽지 않게 되었던 것입니다.

그렇다고 춘원의 작품이 우리의 감정이나 생활양식을 충분히 반영시키고 표현해 주는 것이기에는 아직도 미약한 점이 많았습니다. 우리들의 생활에 있어 의욕적인 그 어떤 면이 나타났다고 볼 수는 있으나 권선징악의 낡은 의식을 완전히 버리지 못했던 것입니다. 그런 데다가 그는 그 주관적인 이상주의를 투입하여 주인공으로 하여금 설교를 시키는 등 작품으로서의 결점이 많았습니다. 씨는 문학을 사회개혁의 무기로 쓰기를 즐겨하였고 이상건설의 도구로 삼기를 즐겨하였습니다. 그리하여 지금 신진층으로부터 춘원의 문학은 계몽문학이라는(문장까지도) 소리를 듣게 되거니와 씨는 끝내 이러한 방법을 작품에다 투입시키기를 고집하여 왔습니다. 춘원이 만일, 수양동우회사건(修養同友會事件)으로 미결감에 있을 때의 유치장에서의 취재인 단편 「무명(無明)」을 남기지 못하였더라면 춘원은 한 사람의 통속작가로, 그리고 한 국문학의 개척자의 한 사람으로서밖에 그 존재는 인정되지 않았을 것이라고 문학평론가들은 말하는 것 같습니다. 3·1운동으로 말미암아 중국 상해로 망명을 갔던 춘원이 다시 귀국하여 《동아일보》에 입사함으로 연달아 해지(該誌)에 집필 연재하기 시작한 장편 「그 여자의 일생」「흙」「단종애사」「허생전」「마의태자」「이순신」「재생」 등으로 수만 독자를 얻고 문단의 왕좌를 점령하고 있었습니다. 춘원의 역량이 가장 잘 발휘되었다고 볼 수 있는 장편 「사랑」은 병환으로 장시일(長時日)의 입원 중 병원에서 탈고한 것인데, 지금은 우리 문단인이 아닌 현모가 문학청년 시대에 춘원의 곁에서 춘원의 뜻을 좇아, 부르는 것을 받아 쓰기도 하고, 나중에는 청서(淸書)까지 하였던 것으로, 그 「사랑」이라는 제목은 출판자인 박문서관주(博文書館主)이던 고 노성석(盧聖錫) 씨가 판매정책을 위하여 작자의 승낙을 얻어서 원제목을 갈고 붙인 제목입니다.

　　2. 《창조》 시대

　　《청춘》의 창간을 보고 5년째 되는 해 즉 1919년에 일본 동경에 유학을 하던 김동인, 전영택, 주요한 이 세 사람이 동인으로 잡지 《창조》를 창간하였으니 이것이 우리나라 최초의 권위 있는 순문예잡지였습니다. 이 잡지가 탄생하기까지에는 시어딤 김동인의 힘과 미술가 백악(白岳) 김환(金煥)의 힘이 지대하였던 것입니다. 그 비용을 동인이 대고 김환이 대고 하였습니다.

　　그리하여 이 《창조》의 창간이 비로소 문단의 틀을 형성하게 되었던 것으로, 지금까지 잊지 않고 평론가들의 붓끝이 문학사에서 예문을 들어 오는 주요한의 시 「불놀이」와 김동인의 단편 「약한 자의 슬픔」을 이 창간호가 들고 나온 것이었습니다. 그러나 당시는 한참 동경유학생 간에서 3·1독립운동이 무르익어 가고 있던 시절로, 2호를 그 이듬해 2월, 즉 기미년 3월 전달에 내어놓고는 3·1운동으로 말미암아 주요한은 상해로 건너가고 그밖의 동인들도 피신들을 하게 되어 속간의 여념이 없다가 다시 김동인이 속간 준비를 하였으나 2호 이상 그 비용의 승낙을 집에서 일절 불응하므로 곤경에 처하게 됨에 주식회사를 창립하고 《창조》를 살려 보려고 현해탄을 거슬러 고국 평양으로 건너왔다 또 건너갔다 몇 차례나 왕래를 거듭하며 애를 썼으나 애는 애대로 쓰고도 성사를 못 하고 결국은 당시 문화인의 한 사람으로 문인들과 좋은 교우이며 광익서관을 경영하고 있던 고경상(高敬相)이 비용은 자기가 댈 테니 편집만 해 넣으라 하여 3호부터는 동인진을 이광수(당시 在 상해), 미술가 백악 김환, 유방 김찬영, 동원 이일, 극웅 최승만, 오천석 등 제씨로 넓힘과 동시에 서울 광익서관에서 발행하게 되었던 것입니다. 그리하여 고씨의 힘으로 계속 발행이 된 《창조》는 신문예운동에 있어서의 일조라기보다 주동 역할을 한 셈으로 당시 《창조》와 전후하여 그야말로 우후죽순처럼 족출하던 난파 홍영후 간행의 음악잡지 《삼광》《여자계》, 최승만 편집의 《현대》, 영화잡지 《녹성》(이상 동경 발행), 고경상 발행의 《수양》, 장응진 편집의 《서광》《문우》, 이병조 편집의 《삼우》《근화》, 오천석 편집의 《개척》, 장두철 주재의 《태서문예신문》, 황석우 편집의 시지 《장미촌》(이상 서울서 발행) 등이 모두 1, 2호로 종간이 되고 마는 이런 환경에서 7, 8호를 꾸준히 끌고 나갔다는 것은 실로 고경상 개인의 성의에 있었던 것이므로 신문학 발달사상에 있어 이 숨은 공로자 고경상의 이름을 우리는 잊을 수가 없습니다. 백악 김환이 비용을 대기로 하고 한 호를 더 계속하게 되었으나 그 다음 호부터 형이 불응을 하여 더 계속이 못 되고 《창조》는 폐간이 되었다고 합니다. 《창조》의 폐간에 뒤이어 김동인은 평양서 순문예지 《영대》를 창간하였으나 역시 계속을 못 하고 3호로서 폐간이 되고 말았습니다.

김동인은 이렇게 문학운동과 창작을 겸하여 일도양면의 활약으로 신문학운동에 준 공헌은 과연 큽니다. 「창조」가 문단의 지반을 굳힌 공도 공이려니와 그 작품이 후대에 끼친 바 영향이란 실로 지대한 것입니다. 종시일관 동인은 60이 장근하도록 타계하는 날까지 문학으로 더불어 늙었거니와, 소설이란 동인 이전에도 이인직, 이해조 등 없었던 것이 아니고 춘원에 있어서도 그 쓰는 용어가 모두 현재사로 맛이 없었던 것을 동인이 비로소 과거사를 쓰기 시작하여 그 후부터 가령 예를 들면 '왼통 싸움판으로 변한다' 하고 '한다'로밖에 쓸 줄 모르던 이 '한다'가 '왼통 싸움판으로 변하였다' 하고 '하였다'로 쓰이게 되었던 것입니다.

《창조》《영대》, 그 후 《개벽》《조선문단》 등에 발표한 그의 작품 「배따라기」를 위시하여 「태형」「광염 쏘나타」「광화사」「목숨」「감자」「눈을 겨우 뜰 때」 등이 모두 자연주의적인 정신에서 씌어지기는 하였으나 「감자」나 그 후의 「발가락이 닮았다」 등은 인류애의 여운이 풍기는 작품이요, 「태형」「붉은 산」 그리고 장편 「운현궁의 봄」 같은 것은 민족의식을 고취한 작품이라고 보겠고 「광화사」 같은 작품은 탐미적인 경향을 가진 작품이라고 보겠습니다. 이 작품은 발표 당시에 문인들 사이에서 찬양도 많이 되는 것을 들어 왔거니와 작자 자신인 동인도 해방 후 어떤 출판사에서 내가 대표작을 무엇으로 들겠냐고 물을 때에 「광화사」 이야기를 하면서 씩 웃었던 것을 기억합니다. 작자가 대표작이라고 꼬집어서 내세우지는 않으나 작자로서는 애착이 상당히 가는 작품인 모양입니다.

이 작품의 주인공 '솔거'는 천하에도 없는 추물이었으나, 그 어머니는 절세의 미인이었습니다. '솔거'는 자기가 추물이었기 때문에 미인인 어머니가 한번 그리고 싶었습니다. 그러나 어머니는 이미 세상을 떠나 버렸으므로 그릴 수가 없어서 어머니와 같은 모델을 구하다가 어떤 장님 처녀 하나를 찾았습니다. 그러나 이 처녀는 소경이기 때문에 그 눈의 광채를 그릴 수가 없었습니다. '솔거'는 그만 화가 나서 처녀의 멱살을 붙들고 욕을 하고 저주를 하며 흔들어 대다가 실수를 하여 '솔거'의 손에서 빠져나간 육중한 처녀의 몸은 힘있게 나가 둥그러져서 죽어 버립니다. 이 통에 그림을 그리던 벼루가 뒤집혀 엎이어서 먹물이 그릴 수 없던 처녀의 눈에 가서 떨어져 눈동자가 생깁니다. 이 눈동자는 이 소경 처녀의 생명인 동시에 곧 미인 것입니다. 말하자면 극도의 추(醜)에서 미를 찾자는 것이 곧 이 「광화사」의 테마이었던 것입니다.

동인의 작품으로 엉뚱하게 이런 작품이 생긴 것은 그 당시 한참 성히 읽히던 영국의 탐미주의 작가 오스카 와일드의 작품에서 영향을 받지 않았는가 생각됩니다.

동인의 작품 가운데서 모델 문제로 말썽이 많던 「발가락이 닮았다」는 ○○○이 친구 ○○의 가정 내막을 「질투와 밥」이라는 작품 가운데서 폭로시켰다고 하여 이에 의분을 느끼고 너는 약점이 없느냐 하는 식으로 '발가락이 닮았다'고 응수를 한 작품이었습니다. 그리하여 한동안 문단에 옥신각신 말썽이 생겼던 것입니다. 이런 문제의 작품이길래 해방 후 내가 동인의 단편집을 출판하면서 일반의 흥미를 노리고 그 「발가락이 닮았다」라는 제를 따서 책제를 삼았으나 그 모델의 주인공이 누구인지 모르는 관계도 있겠거니와 지금 와서는 그것이 아무런 흥미도 일반 독자로서는 느끼지 못하는 모양으로 하등의 반응도 없었습니다.

동인은 솔직한 고지식한 사람이었습니다. 이 '고지식'을 그대로 표현하는 일화가 많지만 그 중 한 가지만을 이야기 하겠습니다. 해방 후이었습니다. 하루는 모 출판사에서 오래간만에 원고료를 얼마 받아가지고 들어가는 길에 닭을 한 마리 사들고 전차에 올랐습니다. 생물은 전차에 못 가지고 오르는 법이니 내려 주십시오 하고 차장이 요구하니 사람도 생물인데 사람은 어떻게 타는 것이오 하고 반문을 하였습니다. 그러니까 차장은 그러기에 사람이야 요금을 내고 타지 않습니까. 그래서 동인의 대답은 또 그럼, 닭도 요금을 내면 되지 않겠소 하니 차장은 이 말대답이 불쾌해서 동인의 등을 떠밀어 차 밖으로 내몰았습니다.

동인은 뒤쪽 문으로 쫓겨 내려가지고는 앞쪽 문으로 가서 올랐습니다. 이것을 본 운전수는 여보 그걸 감추어 가지고 타시오 하니 동인은 닭을 양복 저고리 안에다 한 절반 가리고 이만했으면 되겠지 해서 차 안의 사람들이 한 바탕 대소(大笑)를 하는 바람에 뒤쪽 문의 차장이 이 닭이 다시 전차에 올라탄 것을 경위채고 달려와 등어리를 붙들고 강제하차를 시키는 바람에 승강대를 내려서다가 발이 뒤뚝하여 몸이 쏠리는 바람에 닭을 떨어쳤습니다. 동인의 품에서 벗어난 닭은 자유의 몸이 된 것이 반가웠음인지, 전차, 자동차가 경적을 울리며 질주를 하는 것이 무서웠음인지 세 다리 네 다리 종로대로를 갈팡질팡 헤매고 있었습니다. 그러나 그것을 붙들 수가 없었습니다. 동인은 닭을 따라 다니다가 관철동 어느 골목에서 잃어버리고 약이 잔뜩 올라서 동대문 전차과로 달려갔습니다. 차장의 그 부당한 행위를 전차과에 말하여 닭 값을 받아내겠다는 심판이었습니다. 전차과 계원은 웃으면서 하는 말이 그 차가 좀 있으면 돌아올 테니 돌아오면 차장에게 이야기를 하겠노라 하여 동인은 그 차가 돌아오기를 기다리고 전차과 문 밖에서 기다리었습니다. 그러나 곧 돌아올 것같이 이야기하던 전차는 무려 한 시간 나마를 기다려도 돌아왔다는 보고가 없었습니다. 아직 안 돌아왔소? 안 돌아왔습니다. 조금 또 있다가 아직 안 돌아왔소. 네 아직 안 돌아왔습니다. 조금 또 있다가 이와 같은 문답을 한 번 더 하고 나서야 동인은 자기가 고지식하기 짝이 없는 사나인 것을 깨닫고 다시는 더 과원에서 말을 할 용기도 없어서 뒤통수를 털고 그대로 집으로 돌아왔습니다. "내 참 어처구니없어서, 원고료 받아서 닭 한 마리 사다가 관철동 어느 기생집에다 선심을 쓰지 않았나." 하고 동인은 말끝을 맺으며 웃었습니다.

동인의 작품집으로는 처녀창작집 『목숨』을 비롯하여, 『감자』『배회』『광화사』『발가락이 닮았다』 등이 있고, 장편으로는 처녀장편 「태평기」를 위시하여 「아기네들」「수양대군」「견훤」「운현궁의 봄」「백마강」 등의 출판이 있습니다. 그리고 40 전후의 한참 필력이 왕성했을 때 집필한 사담류를 잊을 수가 없습니다. 『동인사담집』 상하 2권에 들어 있는 사담 가운데는 명편이 많기 때문입니다.

주요한은 《창조》 창간호의 시 「불놀이」로 그 이름을 알았으나, 그 이전 이미 일어로 시를 써서 일본 시인 川路柳紅의 칭찬을 받았던 것이라고 합니다.

요한은 이 평양 대동강 관등놀이를 노래한 「불놀이」 이후 《창조》 제2호를 편집하여 놓고는 중국 상해로 건너가서 춘원과 같이 《창조》에 시를 기고하고 있었습니다. 이 시절을 전후해서 발표한 수십 편의 시를 모아 얼마 후 '조선문단사'에서 시집 『아름다운 새벽』을 국반절판 백색포의로 내놓았는데, 그때 한참 물산장려운동을 하던 시절이라, 장정조차 그것이 국산 무명이었던 것은 의식 있는 일이었습니다.

육당이 『백팔번뇌』 한 권으로 문단과 별로 인연을 가까이 하지 않고 지나듯이 요한도 『아름다운 새벽』 이후 별로 작시에 전력을 하지 아니하고 신문사 일을 보면서 침묵을 지켜 오다가 일제가 소위 만주사변을 일으키던 무렵에 언론종합잡지 《동광》을 창간하여 언론계를 위하여 노력한 일도 있습니다. (동광에 대한 이야기는 뒤에 다시 말할 항목이 있겠음) 지금 간행이 계속 되고 있는 《새벽》 잡지가 바로 그 후신이라기보다 속간 격일 것입니다. 전영택은 《창조》 제2호에 처녀단편 「천치냐 천재냐」의 발표로 데뷔하여 뒤이어 「생명의 봄」 「바람 부는 저녁」 「피」 등을 내놓았으나, 씨의 문단적 지반이 굳어지기는 그 후 《조선문단》에 연달아 내놓은 단편 「흰닭」 「화수분」 「사진」 등으로였습니다. 그런데 「보릿고개」라는 작품이 불온사상의 고취라는 지목을 받고 경무국 도서과 검열계에서 말썽이 된 일이 있은 후 이 관계로선지 씨는 그 후부터 작품 발표를 중지하고 종교계로 들어가 문단과는 인연을 끊은 듯하더니 근자 다시 붓대를 다듬고 있습니다.

3. 안서와 소월과 춘성

《창조》도 그랬거니와, 《영대》《폐허》《백조》 등 당시의 문예잡지는 모두가 동인제로 창간이 되었고 또 불란서식을 본떠서 도전(刀剪)을 하지 않는 것이 특색이었습니다. 그러나 가장 하이칼라로 만든다는 이런 제책이 일부 독자층에서는 책의 미를 죽이는 것이라고 불평이어서 《창조》는 독자에게 충실하기 위하여 이런 불평층이 많은 지역에는 그들의 비위대로 따로 도전을 하여 보내는 등 노력을 아끼지 않았습니다. 그리하여 일반독자의 지식 수준에 개탄을 마지않으면서도 당시의 문인들은 그 불란서식인 무도전의 취미를 그대로 고집하여 《영대》 위의 《폐허》 역시 도전 없이 창간이 되었던 것입니다.

　동인으로서는 문인만이 아니었고, 예술동호인으로 안서 김억, 횡보 염상섭, 상아탑 황석우, 우보 민태원, 남궁벽, 오상순, 이병도, 음악가 김영환, 화가로서 김찬영 그리고 역시 여류화가인 정월 나혜석, 일엽 김원주 등으로 멤버는 다채로웠으나 백 페이지 미만의 얇다란 잡지로 그 수명도 짧았습니다. 평론가들이 문학사의 말거리를 꾸미기 위하여 그래도 초창기의 문예잡지라고 이런 잡지들을 내세우고 이야기의 재료를 삼는 것이지만, 이것은 한낱 당시 문청들의 습작 발표의 동인 기관지에 불과하였던 것입니다. 차라리 문단적으로 공적이 컸다고 볼 수 있는 잡지로서는 동경유학생의 기관지 《학지광》이나 선내(鮮內)에서 발행되던 학생잡지 《학생계》였다고 봄이 정당하지 않을까 합니다. 최팔용, 서춘, 계인상 등 제씨로 편집을 거쳐 가며 꾸준히 발행이 계속되던 《학지광》이 우리 신시의 첫 작품이라고 일컫는 유암 김여제(金輿濟)의 「만만파파식적」을 내놓은 것도 잊을 수 없는 사실이거니와 문단 형성에 끼친 자극이란 《창조》에 못지않을 것이 아닌가 합니다. 그리고 《학생계》가 학생란을 두고 문인을 키워낸 공적은 실로 컸던 것입니다. 《학생계》는 황해도 봉산인인 추강 이종준의 힘에 의하여 한성도서주식회사에서 언론종합잡지 《서울》과 같이 발행되던 것입니다. 문학에 뜻을 둔 학생들을 위하여 외국문학사 소개와 문예도의 지도이론을 단편적으로나마 거의 호마다 실음으로 문학지식의 함양에 힘을 쓰는 한편, 학생란의 문예작품 현상모집으로 실로 많은 문인을 양성해 냈던 것입니다. 무엇보다 이 《학생계》 창간호가 김억 씨의 추천으로 소월 김정식의 시 「먼 후일」을 들고 나온 것도 잊을 수 없는 사실이거니와, 파인 김동환, 무애 양주동, 월파 김상용, 유도순, 설의식 등 제씨가 모두 여기서 발을 디디고 자라나서 오늘의 대성을 이루게 되었다는 것을 더듬어 볼 때에 우리는 이 《학생계》의 공적을 크다 아니 할 수가 없습니다. 나 역시 이 잡지의 학생란에서 글짓기를 연습했던 힘이 지대하였던 것임을 잊지 못합니다.

그런데 여기서 한 가지 부언하고 싶은 것은 이 《학생계》가 창간호에서 안서가 추천한 소월을 그 후 학생란 현상문예에서 시 추천 담당자로서의 그 같은 안서가 다시 학생 취급을 하였다는 사실이니, 아무리 소월이 시로 감상문으로 호마다 연달아 1등, 2등의 영관(榮冠)을 차지했다손 치더라도 그것은 이에 추천을 받은 시인으로서도 영예로울 이치 없을 게고 추천을 한 추천인으로서도 그렇게 대접을 할 수는 없었을 것입니다. 그러나 사실은 그렇게 되어 있었으니, 만일 《학생계》가 폐간의 운명에 직면되지 않았더라면 추천을 받았던 「먼 후일」도 학생란 문예현상 응모의 문청으로 돌아간 소월의 존재와 같이 아주 그 가치는 땅 속에 묻히고 말았을는지 몰랐을 것입니다. 그러나 다행히도 《학생계》가 폐간됨으로 《학생계》 학생란 문예현상에 등급이 붙어 발표되었을 시 「진달래꽃」이 당시 제1급 종합잡지 《개벽》의 문예란으로 이동이 되므로 소월의 지위는 다시 회복이 되었던 것입니다. 안서가 지극히 사랑하는 애제자인 소월이었건만 문단적으로 질서가 잡히지 않았던 시절이라 소월의 출세에는 이러한 위험천만한 고비도 있었던 것입니다.

안서를 이야기할 자리에서 소월의 이야기가 먼저 길어졌습니다. 그러나 이 두 사람의 관계는 불란서의 '플로베에르'와 '모파상'과의 관계와 같아서 안서를 이야기하자면 소월이 아니 나올 수 없고, 소월의 이야기를 하자면 안서가 아니 나올 수 없는 것입니다. 그리하여 이 두

분의 이야기는 이 자리에서 서로 엇바꾸이면서 되풀릴 것입니다.

이 무렵에 안서는 4·6배판 8면의 시잡지 《가면》을 내었습니다. 여기 유력한 필자 한 사람은 물론 소월이었습니다. 그리하여 소월의 발표 무대는 좀더 넓어졌습니다. 그러나 《가면》은 자정난(資政難)으로 폐간의 운명에 직면하게 되었습니다. 소월은 자기의 발표작 미발작 합하여 우금껏 써 온 시고 전부를 안서에게 내맡기어 판권을 선생에게 양도할 것이니 시집을 출판하여 《가면》을 살리도록 하라고 하였습니다. 그리하여 소월의 시집 『진달래꽃』은 스승 안서의 손으로 가면사에서 초판이 출판이 되었던 것입니다.

당시 소월은 배재고보의 학생으로 간동 모 하숙에서 변동 고학이나 다름없는 가난한 생활을 하면서 지냈습니다. 이런 가난한 생활이 문학을 하는 그로 하여금 중학의 졸업과 같이 상과를 택하게 만들었던 것이니, 동경상대에 입학을 하게 되기까지의 그의 뇌리에는 복잡한 생각이 실로 기막히게 그를 울렸던 것입니다. 문학을 버릴 수는 없고, 문학으로는 생계를 도모할 수가 없고, 아버지도 할아버지도 다 생존해 계시지마는 당신네들 한 몸도 칠 수가 없는 생활에의 능력이 없는 것이었으므로 공부를 하면서도 자기가 가족의 부양 책임을 져야 한다는 중한 책임에다 앞날에의 더한 과중한 책임이 미루워 생각킬 때 그는 상과를 택하지 않을 수 없었던 것입니다. 소월의 아버지는 불구자로 앉아서 일어나지 못하였던 것입니다. 이 아들의 불구한 불행에 속이 상하였음인지 소월의 할아버지는 또한 정신에 이상이 생기어 그러지 않아도 빈한한 가정은 실로 말이 아니었던 것입니다.

이러한 처지에서 상대에 학적을 두고 고학으로 허덕이던 소월은 학업을 채 마치지 못하고 환국을 하였습니다. 집으로 돌아와 보니 불구인 아버지는 선천적인 불구자라 나으리라고 바라는 생각도 애전에 없었던 것이지만 그래도 할아버지만은 하고 염두에 잊지 못하던 것이었으나 증세는 한층 더하여 돈을 잡아야 한다고 60이 장근한 장대한 노구에 백발을 헛날리며 함마를 메고 산중으로 돌아다니면서 금줄기를 찾는다는 것이 생활의 전부였음에 이 돈으로 말미암은 할아버지의 정신 이상에 소월의 마음은 이를 데 없이 아팠던 것입니다. 오직 술이 위안이었습니다. 그러나 위안만으로는 사는 수가 없어 구성(龜城) 남시에다 동아일보 지국을 터가지고 그날그날을 살아가면서 작시와 술로 위안을 삼다 삼다 「산수갑산운(山水甲山韻)」이라는 시고를 스승 안서에게 부치고 얼마 아니 있어 세상을 떠나고 말았던 것입니다.

이러한 생활이었고 또 짧은 일생이었던 소월이었던만큼 문단적으로 별로 지우가 없었습니다만 안서의 힘으로 소월의 추도회가 서울에서 열렸을 때 소월과는 고면도 없는 유명 무명의 인사가 실로 당시의 그 어느 명사의 추도회에 못지않게 참석이 되었더라는 사실은 오직 소월 자신도 모르는 가운데 쌓여진 문단적 지위가 말하는 것임을 단적으로 증명해 주는 것이었습니다.

안서는 《가면》 이후 《시신(詩神)》이라는 시지의 창간 계획을 세우고 그 자금 조달을 위하여 채권자에게 빚을 받으러 갔다가 돈을 주지 않아 일대 격투 끝에 안면에 받은 상처와 함께 유산이 된 이후로는 모든 것이 여의한 것이 없다고 본래 좋아하던 술만이 늘어 갔습니다.

당시의 안서, 남궁벽 등은 불란서 시단의 퇴폐파 시인 '보들레르', '베르레느' 등의 생활을 몹시 흠모하여 술도 그들이 즐기어 마시는 '워카'나 '압산' 류의 것을 택하여 마시었습니다. 그러나 그때 국내에서는 이런 곳주를 구할 수가 없어 당시 동아일보 학예부 기자이던 안서는 토요일 같은 날은 중국 안동현으로 기차를 타고 밤을 밝히어 가서 일요일을 하루 종일 술을 마시고 놀다가 밤차로 돌아오는 적도 있었습니다. 기차로 열네다섯 시간이 걸리는 이국 땅에 술추렴을 다닌다는 것은 그야말로 호화판인 향락인 것입니다.

몸차림도 역시 놀랄 만한 사치였습니다. 분홍 와이셔츠에다 새까만 보헤미안 넥타이를 목에다 한 아름 늘이고 시곗줄로 그 목에 걸어 좌우 가슴으로 쌍줄로 늘여 가슴을 드러내 놓고 가느단 뿔 손잡이를 한 단장을 휘두르며 거리를 활보할 때 안서의 뒤에는 시인 안서를 숭경(崇敬)하는 학생들의 뭇 손가락질이 따랐습니다. 가장 아름답자는 것이 그의 이상이었습니다. 그가 항상 좋아하는 것이 유미주의의 작가 오스카 와일드이었고 앞에서 지적한 불란서 데카당 시인들이었던 것입니다. 그리하여 그들의 작품도 즐겨 번역 소개하였으나 그의 창작시에는 그런 데카당 냄새가 조금도 풍기지 않고 우리나라 고유한 민요적인 정취가 풍겨오는 것이었습니다. 이 민요 이야기가 났으니 말이지 소월의 민요체가 스승 안서를 본땄던 것이 아니요, 제자인 소월의 민요체를 스승 안서가 본땄다고 봄이 옳지 않은 것인가 모르겠습니다. 창작 처녀시집 『해파리의 노래』와 데카당파의 역시집 『오뇌의 무도』, 인도 시성 타고르의 『기탄잘리』를 내놓고는 모교인 정주 오산학교 교원의 청촉을 받고 향리 시골로 내려가서 횡보 염상섭과 같이 학생들에게 문학사상을 불어넣다가 토요일이면 밤차로 서울로 올라와 당시 일류 호텔이던 패밀리 호텔에 투숙을 하곤 하였습니다. 이러한 호화로운 생활이 오백여 석이나 추수를 하던 막대한 토지를 탕진하게 되어 가난한 생활이 나중에는 「밥과 질투」라는 그의 가정 내막이 모델 된 소설까지 생기어 친우 사이가 벙으러지는 등 자못 파란이 많았습니다. 게다가 맏아들이 공산주의에 물이 들어 아버지와는 대척적인 원수가 되었으므로 안서는 아들과는 불상대면을 하고 지내다가 영 생이별을 하고 말게 되는 등 가정적 불행이 연달아 그를 괴롭혔습니다. 그런 환경 속에서도 그는 작시, 역시를 게을리 하지 않았습니다. 오산학교를 그만두고 가정을 헤치고 청진동 청진여관에 하숙을 하면서 역시집 『잃어버린 진주』와 타고르의 『신월』의 출판을 하였습니다.

그때 이 청진여관에는 시인 남궁벽도 안서의 옆방에 하숙을 하고 있었던 관계로 문인들은 그 집회소나처럼 출입이 잦았습니다. 주로 김동인, 염상섭, 황석우 등 제씨가 모여서는 문단 이야기에 밤 가는 줄을 모르다가는 선술집행을 하곤 하였습니다. 이때 중학생의 몸으로 안서를 청진여관으로 찾아 다니던 나는 어느 날 김동인의 입에서 이러한 말이 나왔던 것을 지금도 기억하고 있습니다. "아마 안서가 오늘까지써 온 돈을 쌓아 놓으면 안서의 키보다 높을 거야." 이 말은 키는 작은 것이 돈은 웬 돈을 그리 쓰느냐 하는 의미로 들렸습니다. 김동인도 돈 잘 쓰는 풍류객이라고 소문이 났었던 것인데 동인이 안서더러 이런 말을 하는 것을 보면 안서는 동인보다도 무척 돈 쓰는 데 취미를 가졌던 모양입니다. 곧 안서의 대답이 "돈이란 쓰는 데 가치가 있는 것이거든……." "세지 않구 쓰면 더 가치 있구……." 하고 웃는 동인의 말에 나의 머리에는 퍼뜩 오는 것이 있었습니다. 그것은 일전 안서가 술추렴차 평양으로 내려가는 기차를 서울서 타다가 장쾌한 활극이 일어나 돈을 세지 않고 썼다가 고경을 당했다는 이야기를 들었던 생각입니다. 당시 2등차의 승객은 한국 사람으로서는 무척 드물었고 설사 있다고 하더라도 한복의 2등 손님은 통 없었던 시절입니다. 이 시절에 안서는 옥양목 두루마기를 입고 2등칸으로 기어 올랐습니다. 차장은 '빠가' 소리를 치면서 안서의 앞 가슴패기를 떠다 밀었습니다. 안서는 들고 오르던 손가방으로 차장의 멱살을 힘차게 치받고 오르기에 성공을 하였습니다. 올라서는 양복쟁이의 일인들 틈에 다리를 꼬고 봐라 하는 듯이 앉자 가방 속에서 애송시집인 불어 『악의 꽃』을 펼쳐 들었습니다. 가방 찜질을 하고 적게 안서의 행동만 엿보던 차장은 이 한복 청년이 자기는 알 수도 없는 양서를 보는 것을 보고 머리가 숙여졌음인지 안서의 앞으로 달려와 기척을 하고 서서 잘못했노라고 허리를 몇 번이나 굽혔다. 안서는 아무 말도 없이 보던 책에서 눈을 떼자 타구가 더러우니 부시어 오라고 명령을 하였습니다. 차장은 곧 타구를 부시어 왔습니다. 안서는 포켓에 손을 넣어 잡히는 대로 돈을 들어내 보지도 않고 던지었습니다. 찻간 바닥에 떨어진 돈을 그는 주어가지고 고맙다고 다시 허리를 몇 번이나 굽히고 갔습니다. 장쾌라, 이렇게 멋들게

한 번 돈을 쓴 것이 지나친 뽐냄이어서 평양을 내려 약속했던 친구들
과 같이 술좌석에 둘러앉고 보니 질탕치듯 한잔 먹자던 것이 수포로
돌아가고 침이 말라서 서울로 되돌아왔다는 것입니다. 안서도 동인의
말에 이런 일을 회상하고 빙그레 웃었습니다.

　이것이 다 안서의 신경질인 단기에서 생긴 일이라고 볼 것이지만
안서는 참으로 신경질이었습니다. 팩 하고 내쏠 때에는 물불을 가리지
못하다가 그 순간이 지나서는 후회를 하는 것이었습니다. 이런 신경질
이 단적으로 나타나 팔팔 뛰며 논전을 하려고 하던 이야기를 한마디
함으로 안서의 항은 끝을 막겠습니다.

　《동아일보》 학예부 담당기자로 있을 때 해지에서 문예현상 모집을
한 일이 있습니다. 그때 시 부류의 고선(考選)은 안서 자신이 담당하
고 동요의 1등을 이런 작품으로 뽑았습니다.

　　　　소금쟁이
　　　　　　　　ー한정동

　　　창포밭 못 가운데 소금쟁이는 1234567 쓰며 노누나
　　　쓰기는 쓰지만두 바람이 불어 지워지긴 하지만 소금쟁이는
　　　싫다고도 아니하고 뺑뺑 돌면서
　　　1234567 쓰며 노누나

　그런데 이것이 어째서 동요냐고 유지영이라는 사람이 동요가 무엇
인지도 모르면서 동요 고선을 한다고 욕을 하였습니다. 이에 화가 난
안서는 시 평문이 발표된 《조선문단》을 들어서 방바닥을 두드리며 당
장에 반박문을 쓴다고 책상을 대하여 붓을 들었습니다. 그러다가 이
반박문이 끝나기 전에 그「소금쟁이」는 창작이 아니요, 일문의 번역이
라는 말이 떠돌고 그것이 분명하다는 실례로 일문인 원문까지 일본 소

학교 하기과제장 이면에 있는 것을 누가 제시하여 선자인 안서는 선자
로서의 그 번역과 창작의 분간도 못 하였다는 부끄러움이 앞을 서서
또 신경질이 발작되어 쓰던 반박문을 가리가리 찢어 버리고 혼자 누구
에게 하는 말인지도 모르게 망할 자식이라고 약이 올라 부르짖었던 것
이라고 하는데 이 「소금쟁이」가 과연 번역인지 아닌지는 나도 지금껏
모릅니다만 그때 이런 일이 있었던 것만은 기억하고 있을 뿐입니다.

안서의 시집으로는 앞에서 말한 것 외에 『안서서정시집』 『금모래』
등이 있고 역시집으로 『백낙천시집』 『망우초』 『꽃다발』 『동심초』 『역
대여류시선』 등 한시역이 있습니다.

그런데 《학생계》를 말함에 있어 잊을 수 없는 인물은 춘성 노자영입
니다. 춘성은 학생란 문예현상의 감상문 고선자로 있으면서 《학생계》
를 중심으로 활약한 것이기 때문입니다. 이때에 그의 시적인 미문이
붙들어 놓은 독자층은 실로 춘원에 지지 않았습니다. 춘성의 감상문에
대한 가치 고하는 여기서 말하지 않거니와 그의 미문이 많은 남녀 학
생으로 하여금 독서에 취미를 기르게 하고 문학으로 끌어넣는 역할이
되었던 것은 문단 건설의 초창기에 있어서 큰 공이 아닐 수가 없었던
것만은 밝히고 싶습니다. 『사랑의 불꽃』이라는 서한체 감상문집이 근
수만 부를 돌파하였다는 사실은 당시의 출판계로서는 놀라운 부수이었
습니다. 신문화가 기성도덕에 반항하는 청년 남녀의 연애를 테마로 한
소설 「반항」도 한동안 인기였습니다.

이렇게 청년 학생층의 인기를 독점하다시피 한 춘성은 기고가 만장
하여 창경원 벚꽃 사이로 단장을 휘두르며 활보를 하다가 뒤에서 밀려
오던 여학생 떼의 한 사람의 종아리를 밧쪼아서 단장을 조심하라는 훈
계를 받고 대잡이를 하던 끝에 그 여학생은 상대자가 자기가 작품을
애독하고 인물을 숭경하는 춘성 노자영인 줄을 알고 도리어 얼굴을 붉
히고 부끄러워 피하여 갔다는, 그리고 춘성은 여기서 단장이 좀더 힘
차게 휘둘러졌다는 일화까지 있습니다.

　　춘성의 작품은 무엇이나 출판을 하면 팔리었습니다. 그래서 춘성의 원고라면 거절을 하는 출판사가 없었습니다. 이런 인기를 알게 된 춘성은 그 이윤을 출판사에 줄 것이 아니라, 그 이윤까지도 깡그리 한몫 보고 싶어서 '청조사'라는 역시 출판사의 이름조차 미문 식으로 붙여 놓고 손수 자비출판을 하여 성북동에 문화주택을 마련하고 한동안 경제적으로 윤택한 생활을 하였으나 지병인 폐환 때문에 집필도 못 하고 병치료에 출판 밑천까지 놓았다가 병세가 떨림에 《신인문학》이라는 문학잡지를 창간하여 발표에 애쓰는 신인들의 심리를 포착하여 꽤 많은 독자를 붙들고 몇 해 동안을 계속하였는데 그때는 또 이렇다는 문학잡지가 없었던 시절이라, 기성문인층의 창작도 많이 발표되었습니다.

　　춘성은 호전가로 그 《신인문학》에도 가십란을 두고 그 가십으로 책 부수를 많이 내었거니와 지면도 없는 일개 시골 문학청년인 나에게도 싸움을 걸어 한동안은 《중앙일보》 문화면에서 3, 4차나 논쟁을 거듭한 일이 있습니다. 내 작품이 아닌 것을 《신인문학》에다 내 이름으로 발표해 놓고 내 것이라고 우겨댔던 심리는 지금도 해석할 수 없거니와 그래서 싸움이 있었던 것입니다. 지독한 욕이 피차에 오고가고 하였던 것인데, 어떻게 공교하게도 그와 나는 한 직장인 《조선일보》 출판부에서 일을 보게 되었습니다. 이때 인사 끝에 춘성이 먼저 하는 말이 과거사는 수포로 돌리고 잘 지내자는 인사가 있었을 뿐, 어떻게 되어서 그 문제의 「출견(出犬)」이라는 작품을 내 것으로 내 이름을 내박고 발표를 하였던 것이냐고 물었을 때에는 그때에 그는 그저 한양대로 "그것이야 분명 계형의 투고였는데" 하고 웃음으로 때웠습니다. 이것도 알고 보면 잡지를 한 부라도 더 팔기 위한 수단이었던 것으로 무명은 무명작가라는 다소 이름이 독자간에 익은 사람으로 목차를 장식하자는 데 그 원인이 있었던 것입니다. 그때에는 잡지들이 잡지를 팔기 위하여 내용은 싣지도 아니하고 이름이 있는 작가의 이름을 소설란 목차에다 나열하는 예가 비일비재 있었던 것입니다. 이 버릇이 어디서 왔느냐고 하면 경무국 도서과에 넣었던 검열원고가 불통과가 되면 그 알맹이는 아니 뺄 수 없어서 빼어 놓고는 이미 찍어 놓은 목차라 목차만은 그대로 두어 없는 내용도 있는 것처럼 되는 수가 있었던 데서 이것을 빙자하여 일부러 이런 짓을 하는 잡지도 있었던 것입니다.

춘성의 시집으로는 『백공작』이 있고 미문 감상집으로 역시 출판부 수를 많이 낸 『영원의 몽상』은 지금도 여학생 간에서 많이 팔리는 측의 하나라고 합니다.

파인 김동환도 역시 안서의 손에서 출세를 한 시인입니다. 《학생계》의 문예현상에 뽑힌 작품이 모두 안서의 손을 거쳐 나온 것이거니와, 처녀시집 『국경의 밤』 또한 안서의 알선으로 한성도서주식회사에서 출판이 되었던 것입니다.

그런데, 무애 양주동도 이때 파인과 같이, 같은 중동학교 동창으로 (그랬었다고 기억된다) 또 《학생계》 학생란에 투고를 하는 같은 투고객으로 막상막하의 실력을 가지고 등급을 다투던 처지로서 그 후 무애가 창간한 시 중심의 동인잡지(동인-양주동, 유춘섭, 손진태, 백기만) 《금성》 지상에 무애의 손을 거쳐 파인의 시 「적성을 손가락질하며」가 추천되었다는 사실은 적이 놀라운 데가 있습니다. 동기의 손에 추천을 받는 파인도 대담하다고 하려니와, 동기의 시를 추천하는 무애도 대담하다고 아니 할 수가 없기 때문입니다. 요즘의 문단행세도 그렇지만, 발표기관을 손수 가지고 임의로 자기의 글을 발표할 수 있다는 것은, 그것은 이미 출세를 하였다는 의미도 되는 것입니다. 그리고 문단을 아무케고 좌우할 수가 있게 되는 것입니다.

나 역시 문청시대에 이와 비슷한 일이 있어서, 일절 투고는 아니 할 것이라고 맹세를 하여 본 일이 있습니다. 서해 최학송과 나와는 《조선문단》의 동시대의 투고 청년으로서 당선의 차이가 불과 8호 사이였습니다. 서해는 창간호에 「고국」이, 그리고 나는 8호에 「상환」이 당선되었던 것입니다. 그러나 그 이후 서해는 곧 '조선문단사' 기자로 입사

를 하여 마음대로 자작을 발표할 권리를 가졌으니 기성이 되었고 나는
그대로 시골서 문단에 지우 한 사람 없이 발표에 급급하여 투고만을
계속하는 문청 그대로 답보하였으므로, 그 후 그《조선문단》이 방인근
씨의 손을 떠났을 때 작품 모집 규정이 달라져서 그 현상문예에 또 응
모를 하게 되었던 것이, 서해의 고선을 받게 되었더라는 사실입니다.
그때 내 것이 당선은 되었으나, 그 당선이란 것이 서해의 고선임을 그
선후언으로 비로소 알게 되었을 때, 나는 짐짓 놀람을 마지 못하였고,
동시에 부끄러움을 마지 못하였던 것입니다. 그렇게 된 것이 어떻게도
자존심이 허치 않는지 당선도 다 반갑지 않고 공연히 응모을 하였던
것이라고 후회가 이를 데 없었습니다.

그러나 파인의 시는 그 웅장한 우렁찬 굵은 선에다 우리나라 고유
한 정서가 다분히 풍기는 시였으므로, 일제치하에 있어서 힘에 눌려
오금을 못 쓰고 그저 가슴속에 주름이 져서 구겼던 이 정서에의 호흡
은 독자의 마음을 때리는 데가 있어 기성으로서의 지위는 곧 회복이
되었습니다.

그리고 이 시절에 있어 파인이 지우 간에 말썽이 되었던 것은 주소
를 통 알리지 않는 데 있었습니다. 처소가 어디냐고 물으면 히죽이 웃
는 것으로, 그것은 알아서 무엇 하느냐는 뜻인지, 혹은 아르켜 줄 수
가 없다는 뜻인지 알 수도 없는 요령불득한 웃음의 응답이 있었을 뿐
입니다. 그 처소를 숨기는 원인이 어디 있을까를 캐고 드는 사람이 있
었으나 파인의 입에서는 종시일관 웃음의 응답뿐이어서 그것은 영원한
수수께끼로 남았던 것입니다. 어느 때 안서는 파인을 급히 좀 만날 일
이 있어서 파인의 처소를 만나는 사람마다 물어보았으나 모두 하나같
이 알 수 없다고 해서 신경질인 안서는 "에잇!" 하고 화가 나서 입을
다시다가 처소를 아니 아르키는 그 이상한 성격을 뒤미처 생각하고는
화가 웃음으로 변하여 혼자 미소를 짓는 것을 본 일이 있습니다.

그리고 파인 하면 우리는 잡지《삼천리》를 연상하게 되나, 이 잡지

를 아마 파인은 근 십 년을 끌고 내려와 6·25 전까지 계속을 하였지마는 문단적으로 남긴 공적은 별로 없고 다만 특색이었던 것이, 여류를 즐겨 등장시켰던 것으로 최정희를 비롯하여 작고한 백신애, 이선희 등 제씨를 작가로 만들었다는 사실입니다.

그리고 일중전쟁 바로 직전에 파인은 순문학지로 《삼천리문학》을 창간하였으나, 수지 면의 채산 문제로 불과 수호에 폐간을 하고 말았습니다. 꽤 후중한 페이지를 가진, 우리 문단에서는 이미 가져 보지 못하였던 체재와 내용이 아울러 권위를 지녔던 것으로, 이 《삼천리문학》이 신인 양성에 또한 특징을 가졌던 것은, 무명작가에게 원고를 모집하되, 각자가 좋아하는 작가에게 그 고선을 지적하게 하여, 지적을 받은 작가로 하여금 절대 책임 하에서 추천을 하게 하는 제도였습니다. 그러나 수명이 짧았기 때문에 제1회에서 3, 4인의 추천을 일시에 보았을 뿐, 이 발판을 집고 문단으로 드디고 올라선 작가는 한 사람도 없었습니다.

무애 양주동은 이 《학생계》에서 자라 동경 와세다를 거쳐 돌아와선 전기 시지 《금성》의 창간으로 문단에 데뷔를 하였습니다. 한 손에는 시봉을 그리고 또 한 손에는 평봉을 들고서 우로 후리고 좌로 갈기며 고함을 쳤습니다. 이 평봉에 제일착으로 맞은 사람이 안서 김억이었습니다. 처음으로 문단에 데뷔를 할 때에는 흔히들 이미 문단에 이름이 가장 뚜렷한 한 사람을 갈기어 나오는 것을 보거니와 무애의 평봉이야말로 어지간히 센 것이 아니었습니다. 인도 시성 타고아(안서는 이렇게 발음하였다)니, 불란서 데카당파니 하는 시인들의 시 번역에 여념이 없던 안서를 향하여 개똥 번역이라고 갈기었던 것입니다. 여기 주를 달리, 똥 번역은 중역이요, 개똥 번역은 2중역이라는 것으로, 안서는 영역에서 일역된 그 일역을 또 우렸다는 것으로, 이 2중역을 지휘하여 개똥 번역이라고 쏘았던 것입니다.

그 당시 이 무애의 평문을 보고 안서에게 욕한 사실을 알렸더니 안

서는 이미 먼저 다 보고 있었던 모양으로, 별로 분해하는 기색도 없이
웃었습니다. 그 시절에는 이런 욕이 흔하던 시절이었으므로 면역성이
생기었던 모양인지, 혹은 찔리는 데가 있었던 모양인지, 그것은 알 바
없었으나, 영어로 불어로 사전을 뒤지면서 보는 정도의 실력은 가지고
있었습니다.

　한참 혈기의 이 시절의 무애는 호전객이었습니다. 무애의 도전에는
끈기가 있어서 횟수가 거듭될수록 더 열도가 올라가는 데 독자의 인기
를 집중시켰던 것입니다. 시집 『조선의 맥박』 이후 고전 방면으로 연
구의 방향을 돌린 무애는, 당시에 있어, 이 방면의 연구에는 거의 무
애 독무대라고 하여도 과언이 아니었으므로 향가니 고려가사니 하는
고전에 대하여 이러니저러니 섣불리 언급을 하다가는 무애의 평봉 세
례를 받곤 하였습니다. 그래도 뻗쳐 대는 사람이 김모 한 사람이었던
것으로 그와의 고려가사에 대한 논전은 참으로 간열한 데가 있었던 것
입니다. 무애는 호전객이면서 호인으로 항상 얼굴에 흐르는 미소에는
신랄한 풍자가 숨어 있습니다. 그 한 가지 예로는 그것이 바로 6·25
직전입니다. 내가 모 출판사에 있을 때인데, 교과서 검인정 위원인 무
애는 모 출판사에서 제출한 검인정 국어과 교과서에 오자가 있어 그것
을 고치라고 했더니 고쳤는지 모르겠다고, 그 교과서가 나왔으면 좀
보여달라고 하였습니다. 마침 그 교과서는 나와 있었습니다. 오자가
있다는 그 글은 정인보의 글로, 자간을 떼는 ‘ǀ’ 이런 한 자 길이의
선이 원고(옛날 신문에서 가위질한) 가운데 있었는데, 이 ‘ǀ’ 선 옆에
파리가 똥을 싸서 ‘ㅏ’ 이렇게 점 복 자처럼 된 것인데, 이것을 출판
사에서는 ‘ㅏ’ 자로 알고 그냥 교정을 통과시켜 놓았더라는 것입니다.
그래 무애는 부리나케 교과서를 받아 보기가 바쁘게 그 대목을 펴들다
가 허리가 끊어지게 웃었습니다. ‘파리똥’은 여전히 그대로 붙어 있었
던 것입니다. “파리똥, 파리똥” 하며 웃어대는 무애의 웃음은 그 ‘파
리똥’이 그대로 붙어 다니는 것만이 우스웠던 것이 아니라, 보통 출판

도 아니요, 교과서인 이 출판에 이렇게도 무성의한 출판사를 아니, 도
대체 출판계라는 것을 웃는 웃음이 반은 섞여 있었던 것입니다. "교과
서, 교과서" 하고 쉬었다가 다시 웃는 그 웃음을 이런 의미를 여실히
증명하는 것이었습니다.

〔발표지〕《현대문학》통권 10, 12, 13호(1955. 10.~1956. 1.)

암흑기의 우리 문단

이 글의 명제자(命題者)는 좀더 구체적인 성질의 것을 요하였을 것이나, 그것은 아직 시기가 아니라고 봄으로, 그러지 않아도 이런 의미에서 쓰다가 중지한 「한국문단 측면사」의 그 어느 시기의 계속으로 미루기도 하고 여기서는 다만 내 자신이 그 시대를 살아온 사실을 중심으로 그 소위 문단의 암흑시대를 대체적으로 말해 보는 데 그치려 한다.

일본의 식민지를 살고 있었다고 하더라도 그래도 일본이 진주만 기습의 오산이 있기 전까지는 그토록 문단은 악조건의 환경에만은 놓여 있지 않았다. 탄압을 받으면서도 그래도 문단은 그저 성장일로로 걷고 있었다. 더욱이 그 직전의 4, 5년 간에 있어서는 자못 그 활기가 전례에 없이 은성거렸던 것이다.

그것은 그들이 문화에 대한 이해를 하는 민족임에는 틀림이 없었으므로 다른 그 어느 부문보다 이 부문에 대한 탄압이 그리 혹심하지는 않았던 데 있었다고 봄이 정당한 평가가 아닐가 한다.

원래 그들의 출판에 대한 정책이 그랬거니와, 잡지나 단행본 같은 것은 허가제가 아니요, 검열제이기 때문에 누구나 잡지를 발행할 의사가 있으면 그 잡지의 제호와 아울러 원고를 검열 당국에 제출해서 검열만 받으면 그만인 것이었다. 혹 그 원고 가운데 어떤 부분은 온당치 못하다는 이유로 삭제를 당하게 되는 경우가 없는 것은 아니었으나 정면으로 그들의 식민지정책에 항거하는 그러한 종류의 글이 아닌, 말하자면 정치적인 그런 논문이 아닌 순수한 문학 예술의 이론이거나 작품류에 있어서는 어느 정도 그 검열이 관대한 편이었다.

그리하여 차츰 발전이 되어 내려오던 문단은 이때에 이르러 《조선일보》《동아일보》《중앙일보》 등 이 세 신문의 학예면의 꾸준한 활약과, 《조선문단》(이학인 속간),《신인문학》(노자영 주재), 《삼천리문학》(김동환 주재), 《조선문학》(지봉문 편집), 《비판》(송봉우 편집), 《사해공론》(평화당 발행), 《중앙》(중앙일보사 발행), 《조광》(조선일보사 발행), 《신동아》(동아일보사 발행), 《동광》(주요한 주재), 《제일선》(《개벽》정간처분 후의 그 후신-개벽사 발행), 《신가정》(조선일보사 발행), 《신여성》(개벽사 발행), 《여성》(조선일보사 발행), 《삼천리》(김동환 편집), 《문장》(이○○ 주재),《인문평론》(최재서 주재),《신세기》(곽행서 주재) 등 잡지가 그 생명은 비록 길지 못하였다고 하더라도 (혹은 탄압, 혹은 자멸로) 그것이 명멸하며 계속하며 내려오는 동안, 그동안의 문단의 성장이란 실로 괄목할 만한 것이었다. 우수한 작품을 들고 나오는 신인이 끊임없이 해마다 뒤를 이었다. 오늘 현역 중견급의 대부분이 모두 이 어간에 배출되었던 작가로, 지금 우리 문학의 재산의 일부로 지목되는 작품이 또한 거의 이들 중견급의 어간의 작품들인 것이다. 그리하여 오늘날 문단의 작품 수준이 일반적으로 해방 전만 못하다는 것은 이 어간의 작품을 표준하고 하는 말이다.

이렇게 작품의 수준을 높이며 성장일로로만 걷고 있던 문단은 1939년도 저물어 가는 12월 8일에 이르러 일본이 진주만을 쳐들어가는 총소리와 같이 일조에 풍상을 맞게 되었던 것이다.

조선 사람의 심정을 모르지 않는 그들은 총소리를 내어놓고 보니 조선민족의 독립을 위한 반항정신이 무서웠다. 그리하여 식민지정책은 조선 사람의 민족주의 사상을 깡들어 그 두뇌에서 불식시켜 버리고 일본정신을 주입시키므로 전쟁에 협력을 하도록 만들어야 한다는 것이 조선민족에게 대한 그 정책의 전부이었다. 게다가 민족적인 사상이 고질처럼 두뇌에 사무친 족속은 특히 문화족속이라고 하여 이 문화족속을 위선 황민화시키라는 것이 그들이 전력을 다하는 운동이었다. 그것은 승산 없는 전쟁에 숨이 가빠 오게 되자, 그 열도는 더했다. 정신뿐이 아니라, 형식조차도 일본 사람이 돼야 한다는 정책 밑에 언어 말살은 물론 성명까지도 일본식으로 갈아야 한다고 소위 창씨를 강요하기에까지 이르렀던 것이니, 이런 탄압 속에 문학이니 예술이니가 있을 것이 아니었다. 전쟁에 협력을 아니 한다는 이유로 조선, 동아의 양대 신문엔 드디어 창씨 마감인 1943년 8월 15일 부로 폐간명령을 내리고, 뒤이어 잡지의 정리로 들어갔다. 자진하여 폐간하라는 명령을 내리었다.

그러나 이런 명령이 있었음에도 불구하고 발행을 계속하고 있는 《문장》《인문평론》《신세기》이 세 잡지의 책임자를 호출하여 이 셋 가운데서 어느 것이든 하나만을 존속시키게 하고 두 잡지는 서로 상의하여 자진 폐간하도록 하라고 재차 명령이 있음에 《문장》은 자진 폐간에 응하였으나, 《인문평론》과 《신세기》는 그 어느 편에서나 양보를 하지 아니하고 계속 간행을 고집하다가 《신세기》는 드디어 강제폐간이 되고 그대로 존속을 하게 된 《인문평론》은 《국민문학》으로 개제를 함과 동시에 그 시책에 응하여 일문반(日文半)의 편집으로 협력하는 기관이 아니 됨을 면치 못하게 되었다.

다만 잡지를 살리는 데만 있었던 욕심이 이러한 결과를 가져오게 되었던 것이다.

그리하여 녹기연맹(황민운동기관) 기관지 《녹기》(본시 일문으로 일인 津田剛 주재)와 같이 창작란도 일어를 주로, 그것도 어느 면에 있어서나 전쟁에 협력을 하는 그 소위 국민문학이 아니어서는 안 되는 작품만이 실리게 되었다.

여기서 문단은 은연중 두 파로 갈리게 되었다. 일문에 호응을 하는 작가군과 붓대를 꺾어 버리는 작가군이 그것이다. 이들은 서로 이방인 시하고 경계하였다. 이제까지 못 하는 이야기가 없이 마음문을 터놓고 불평불만을 서로 토로하므로, 우울한 심정을 풀어 오던 끼리끼리의 사이는 이렇게 일조에 간격이 생기게 된 것이다.

이런 간격이 생기고부터 문단은 완전한 암흑세계로 화하여 버렸다. 아직은 중간적 위치에서 붓대는 꺾지 않고 있는 작가라고 하더라도 이런 정세에 있어 그 붓끝이 쏟아놓는 글이 문학이 될 수는 없는 것이었다.

붓대를 꺾은 작가는 주목 때문에 서울에서는 배겨날 도리가 없었다. 어떠한 구실을 마련해 가지고 시골로 내려갔다. 그러나 지식분자가 서울서 시골로 내려오면 그 주목이 한층 더하였다. 시달리다 못해서 다시 짐을 꾸려 가지고 서울로 올라왔다. 본시 서울서는 배겨날 도리가 없이 시골로 내려갔던 사람이 다시 서울로 올라오면 이제라도 어떻게 배겨날 수가 있을 것인가. 갈 데가 없으니 운명에나 몸을 맡겨 보자는 것이 그것이었다.

이 시기에 있어서 근로정신을 고취한 농민물 같은 것이, 전연 이 방면에는 붓을 대지 않던 몇몇 작가에게서 제작이 되었다. 내 자신 것으로 말하더라도 「시골 노파」 「묘예」 「불로초」 같은 것이 그것으로, 글을 아니 쓰게는 못 되고, 그렇다고 뜻에 없는 붓대는 놀릴 수가 없고 해서 근로정신으로 협력을 가장하자는 데서 이런 작품을 썼다.

그리고 이때에 역사소설과 야담류가 나오게 된 것도 역시 마찬가지 의미에서 양심상 전쟁에 협력하는 글은 차마 쓸 수가 없고 해서 전쟁물이라 빙자하고 집필하게 되었던 것이니, 그 한 예로 김동인 씨의 「백마강」 같은 것이 그것이다.

그러나 그렇다고 해서 당국이 이들을 참으로 전쟁에 협력하는 사람들이라고 인정해 주지 않는 것은 물론이었다. 일문으로 쓰는 작가라고 하더라도 그 신(信), 불신(不信)에 있어서는 마찬가지였다. 혹 오십보

백보의 차이는 가지고 있었을는지 모르나 도대체 그들은 조선 사람으로서 문화인이라면 진심으로 이 협력을 하는 부류로 믿으려고 하지 않았다. 하루는 이들 문인으로 하여금 전쟁에 대한 인식을 깊이기 위하여 또 하루라도 지원병훈련소에 입영을 하여 군대생활이 어떤 것인가를 알아야 할 필요가 있다고 문인보국회에서는 문단인 전원에 일일입영장을 떨렸다. 여기에 거역하면 신변이 위험하다. 이에 거의 전원이 참가하다 싶은 대열을 지어 가지고 일일의 입영생활을 마치고 돌아오게 되었는데, 그 휴식 도중에서 인솔자는 미리 이런 계획을 세워 두었던 모양으로 일장의 훈시를 베풀었다. ——조선 사람의 나갈 길은 오직 한 길밖에 없다. 그 길이란 일본 사람이 되는 길이니, 만일 이 길로 가지 아니하고 딴 길로 가게 된다면 일본 사람이 아니니까, 우리 마음대로 할 수가 있다. 종로 네거리에 기관총 한 대만 비쳐 놓으면 알아보게 될 것이다. 이것은 국가의 방침인 것으로 여러분을 위하여 미리 알려 드리는 것이니 그리 알고 마음대로 하라고 하였다. 그리고 사상이 나쁜 사람들은 다 알고 있으니 아마 불일 내로 검거가 있을는지 모른다고 하였다.

그러지 않아도 그런 검거선풍이 일어나지는 않을까 늘 그런 불안한 생각을 가지고 있던 터이라 이제 그런 소리를 직접 듣고 나니 검거선풍은 예측만이 아니요, 반드시 앞으로 있을 것이란 것을 알게 되고 문인들 사이에서는 그 해당자 가운데 자기도 들 것인가, 자기가 종래에 가져오던 태도를 분석해 보는 등 불안한 공포 속에서 며칠을 지나 오던 중 드디어 검거선풍은 일어났다.

그러나 이때의 검거선풍은 딴 사건으로서의 선풍이었으나, 이 사건은 다만 검거의 구실이요, 그 실에 있어서는 기일 전의 그 검거설의 구체화라고 문단은 도가니 속처럼 절절 끓었다. 이 선풍의 제일 선두로 휩쓸려든 것이 바로 지금 이 글을 쓰고 있는 나였다.

모 황민운동에 가담한 작가를 밉게 본 어떤 문인이 이모 작가에게 투서를 하였는데 그 투서 속에 나도 모 작가를 욕한 한 사람으로 기록이 되어 있고, 또 천황폐하에게 불경을 하는 것이 되는 문구가 들어 있어, 이 투서인은 나를 아는 사람으로 되어 있으므로 경기도 경찰부에서는 나를 붙들어 가게 되었던 것이다.

그러나 나는 누구에게다 그러한 말로 모 작가를 욕한 기억이 없었다. 누가 그런 투서를 하였는지 알 수가 없다고 했더니 그럼 너와 가장 가까운 문인이 누구누구이냐고 따지어 묻기에 친한 몇 사람만을 지적하였다가는 또 그 사람들이 붙들려 들어와 욕을 볼 것 같아서 대개 문단인이라면 같은 정도로 다 친한 사이라고 한 40여 명 열기(列記)를 해 놓았더니 담당 취조자인 齊賀 주임은 자기의 임의로 그 40여 명 가운데서 취사선택을 하여 한 10명 정도를 위선 붙들어 오기로 하였다. 그래서 이 선풍은 이들이 붙들리는 선풍이었던 것이다.

이때 정비석이 가장 지독한 고생을 하였다. 일이란 참으로 묘하게 되는 수도 있었다.

그 당시 정비석은 서울에 있었으므로 나는 그 40여 명의 열기에서 그의 이름은 써 넣을 생각도 하지 않았다. 그러나 그의 이름을 내가 거기서 빼어 놓게 된 것이 도리어 그들의 의심을 사게 되었다. 내 집을 수색하고 친지로부터 받은 편지를 전부 걷어간 그 속에서 정비석의 편지도 있음을 발견하고 그도 나와 친한 사이임을 알게 되었는데, 이 편지가 또 말썽을 일으키게 되려니까, 고향인 용천(龍川) 양시로 내려가서 무사히 내려왔다는 인사장이 어떻게 된 일인지 그 발신국인 양시 우편국의 일부인이 찍혀 왔던 것이다. 그리하여 이 투서는 정비석의 장난으로, 그가 투서를 하고는 그것이 발견되면 자기는 서울에 그 당시 없었다는 변명자료를 삼기 위하여 서울에 있으면서 양시로 내려간 것처럼 그런 편지를 양시 주소로 나에게 보낸 것이라고 경찰부에서는 단정을 내렸다. 그리고 내가 그의 이름을 40여 명 열기 속에서 뺀 것도 그에게 투서의 의심을 주지 않기 위하여 일부러 빼어 놓은 것이라고 하였다. 이런 것을 보면 나도 공모의 한 사람으로, 만일을 위한 변명자료를 삼기 위하여 일부러 내 이름을 그 투서 속에 집어넣은 것은 아닌가 하는 의심도 버쩍 생겼다. 이러한 의심을 사게 된 데다가 그 투서의 일부인 또한 서대문우편국 것이 찍혀 있어서 투서인은 서대문 구내에 사는 사람이라는 것으로, 정비석과 나 또한 서대문 구내에 살았던 것이다. 의심을 받을 대로 받게 되었다. 그래서 나도 이때에 욕을 착실히 보았거니와 정비석은 그 소위 비행기 고문까지 받다가 한쪽 팔이 어깻쭉지에서 물러나게 되는 등 지독한 고생을 하였던 것이다.

이 사건의 검거선풍은 내가 그 주인공으로 모델이 되어 어떤 작가의 붓끝에서 뒤이어 곧 창작화 되었다. 「靜かな嵐」라는 것이 그것이었다. 이 작품의 주인공 고영목은 나의 이름 '계용묵'이라는 한자음을 비슷하게 따다가 이 사건에 실감을 더한 것이었다.

이러구러 문단은 뒤끓었다. 안○남에게는 구주탄광으로 징용장이 떨어졌다.

장행회가 열린다. 내일은 또 누구에게 징용장이 떨어져 장행회가 열리는지 모른다. 한편 김동인 씨가 헌병대에 검거되었다. 문학이고 무엇이고 없었다. 그 하루를 무사히 지내기에 교묘한 처신법은 없을까 하는 것이 누구나가 품게 된 불안이요 공포였다. 어떻게 하루를 무사히 지내고 나면 기어코 밤은 또 밝아서 그 하루의 불안과 공포 속으로 몰아넣었다. 김동인 씨의 검거가 더욱이 그런 생각을 자아내게 하였다. 그 검거의 이유가 우스웠던 것이다.

바로 그때 내가 그 현장을 목격하였거니와 석인해와 둘이서 삼천리사로 박계주 씨를 찾아갔었는데 우리가 들어서자 곧 우리 뒤를 따라 김동인 씨가 들어오며 무두무미(無頭無尾)로 좌중을 향하여 한다는 소리가 "임전보국단(臨戰報國團)이라는 것은 대체 무엇 하는 거야." 하는 한마디를 불쑥 남기고 전화통을 들더니 "중국영사관까지 알아보아서도 걸 못 구해서." 하고 자기의 집에다 전화를 걸었다. 이것이 말썽이었다. 후자는 물론 말썽이 될 것도 없는 것이고 전자가 말썽인 모양이었다. 그러나 내가 그 말을 듣기에도 임전보국단이 왜 그리 무력하느냐는 말로 들었거니와, 김동인 자신도 그런 의미로 한 말인데 그 자리에 와 앉았던 헌병대 형사는 임전보국단이라는 존재는 대체 무슨 필요로 있는 것이냐 하는 말로 해석을 하고 반전론자로 취급을 하게 된 것이다. 그는 그 즉석에서 헌병대로 연행이 되었다.

이런 하잘것없는 이야기 한 마디가 검거의 이유가 되는 것을 볼 때 그맛 정도의 이야기라면 우리도 어느 좌석에서나 일상 하고 지나는 이야기다. 입이 없다면 모르지만 이만한 이야기는 아니 하고 지나는 수가 없다. 그렇다면 이야기마다가 검거 대상 아닌 것이 없을 것이다. 우리의 검거도 시간 문제인 것 같았다.

거리에서 혹 누구를 만나더라도 피차에 인사말까지도 어떻게 해야 될지를 몰랐다.

이런 정세에 처해 있으면서도 이때에 있어 한 가지 특기할 것은 한글 출판물이라면 날개가 돋친 듯이 팔리던 사실이다. 아니 이것은 이러한 정세에 처하게 되므로 민족의 영원한 앞날을 위하여 언어말살 정책에 대한 무언의 항쟁이었던 것이다. 입으로는 우리말을 자손에게 전할 수가 없이 되었으니 글로라도 보관을 하였다가 후일 전하자는 것이었다. 보려고 사는 책이 아니라 쌓아 두려고 사는 책이었다. 그 출판물의 종류가 여하한 것임을 불문하고 우리의 글이었으면 샀다. 역사물 같은 것은 말할 것도 없었다. 더욱이 만주나 이런 외지에 나가 있는 동포로부터의 주문이 더 극성스러웠다. 서점 창고에서 먼지 속에 뒹굴던 유행가 나부랭이 같은 것도 남기지를 않았다.

이때에 나는 징용이 무서워 기류계를 정회(町會)에서 빼 놓고 모 출판사에다 거처를 숨기고 불안 속에서 출판 일을 보면서 『조선전설집』이라는 것을 편집하여 경무국 도서과원을 끼고 검열을 통과시켜 내다가 출판 월여에 수만 부를 팔아 본 잊을 수 없는 사실도 있다.

이 시절의 출판물 검열 상황을 잠깐 말해 본다면 그것은 어렵기도 하고 쉽기도 하였다. 나라가 망하느냐 흥하느냐의 차제의 검열이라, 그 까다로움이 물론 전에 비할 정도가 아니었다. 그러나 그 출판물 대상이 전쟁을 훼방하는 것이 아닌 한 통과시켜서 검열이 별반 책임 문제가 되지 않을 그런 성질의 것이라면, 물론 이런 것도 용지난으로 불허가 방침으로 되어 있기는 하였으나, 그것은 교제 여하에 달렸던 것이다. 이런 교제를 받는 것은 검열원의 정신의 부패를 말하는 것이었다. 원고를 검열에 넣으면 그들은 교제를 받을 생각부터 먼저 하였다. 그 교제를 받는 방법은 경우에 따라 방식이 달랐지만, 대개의 경우에 있어서는 전화로 그 원고의 취하 통고를 하였다. 그 통고는 교제를 하라는 암시인 것이었다. 그러면 출판사 측에서는 벌써 그 취하의 의미를 알아차리고 그 원고가 누구의 손에 걸려 있는가를 탐지해 가지고 그날 저녁으로 이 전쟁 하에서 생활필수품으로 가장 구하기 힘든 그런 종류의 것을 구해 가지고 가정방문을 하는 것이었다. 그러면 그만인 것이었다. 전시라 피차 생활이 곤궁할 것이니 그럼 취하는 아니 하기로 합니다, 고 하는 의미의 대답이 누구의 입으로서나 꼭같이 나오는 것이었다. 그 전이라고 이런 일이 없었던 것이 아니었으나 그것은 전시에 와서 더욱이 더해졌던 것이다.

그리하여 교제만 하면 십중팔구는 검열을 얻어내 올 수가 있는 것이므로 출판사에서들은 한참 한글 출판물이 날개가 돋친 판이라 어떻게 해서든지 출판을 하여 보려고 그들의 이런 부패한 정신을 이용하여 한동안 출판이 기세를 올리게 되는 기현상을 자아낸 적도 있었다. 새로이 창작 같은 것을 하지는 못해도 이미 발표했던 것을 모아서 단행본으로 출판하기는 그리 어려운 것이 아니었다. 그래서 이 시기에 쏟아져 나온 창작집과 시집이 꽤 많았다. 2, 3삭 내외에 내 손으로 직접 편집이 되어 나온 창작집으로도 위선 내 것으로 『병풍에 그린 닭이』를 위시하여 채만식 씨의 『집』, 이무영 씨의 『흙의 노예』 같은 것이 있었던 것이다.

이러는 한편 전쟁에 협력을 하는 일문 창작에는 그 우수작에 조선 총독상이 걸리게 됨과 동시에 작가들에게 일문을 강요하였다. 일문으로는 창작을 쓸 능력이 없다는 변명은 통하지 않았다. 조선 사람의 일문은 중학 졸업 정도로 족할 것이라고 하였다. 그래 가지고야 어디 작가 행세를 할 수 있겠느냐, 한글로 쓰면 일류급에 속하는 작가가 삼사류급으로 떨어지게 될 것이니 처신상 당장으로는 쓸 수가 없고 다시 일어 공부를 하기 전에는 불가능한 일이라고 답변을 하였던 모 작가는 그런 이론은 비국민의 사상이라는 공박을 받고 전에 다른 주목만 받게 되었을 뿐, 아무런 효과도 있는 것이 아니었다. 그들의 방침은 방침대로, 그대로 나아갔다. 조선 사람의 일어는 중학 졸업 정도로 충분하다는 방침이 그것이었던 것이다.

나도 이런 강요를 소설가 田中英光라는 일인으로부터 수차 받은 적이 있거니와, 문단이 이렇게 되고 보니 한글로서의 창작은 씨도 볼 수 없이 그 자취를 감추게 되었을 것은 더 말할 필요도 없을 것이다. 그리고 오직 황민화의 단련을 받아야 하는 것이 문인에게 짊어진 일이었다. 황도학회라는 것이 발기되었다. 이 기관에서 문화인은 일본정신을 배워야 하는 것이었다. 강사로는 경성제대의 교수진으로 되어 있었다. 이제부터는 조선 사람의 두뇌에다는 젖을 먹여서 키울 때 그 젖과 같이 일본정신을 먹여야 하겠다. 특히 부인들에게 요청하고 싶다고 부인들의 좌석편을 향하여 고함을 지르며 테이블을 주먹으로 치던 그 수염이 텁수룩한 밉상스러운 일본학의 권위라던 뚱뚱보 영감쟁이가 지금도 눈앞에 선히 보인다. 그리고 손바닥과 손바닥을 합하여 읍하고 천황폐하 만만세를 황은에 감읍하는 눈물이 흘러 내리기까지 흔들 때 불러야 한다는 그 소위 '미소기'라는 것을 강요받으며 눈물이 흘렀나의 검사까지 받게 된 것도 문학을 하였기 때문에 겪어 볼 수 있었던 우리들의 신세였다.

〔발표지〕《현대문학》통권 26호(1957. 2.)

나의 소설 수업

　나의 소설 수업은 《창조》지에서 이동원의 「몽영(夢影)의 비애」를 읽으므로 시작이 된다. 그때 내 나이 16, 보통학교를 졸업하고 서당에서 「대학」을 펴 놓고 '대학지도재명명덕지어지선(大學之道在明明德至於至善)'을 찾고 있을 때다. 「치악산」이니 「심청전」이니 하는 구소설을 보아오다가 그 「몽영의 비애」에서 조금도 헛놓으려고 하지 않은 진실한 묘사, 산뜻한 표현에(그때는 그렇게 보았다) 크게 감동을 받고 나도 소설을 한번 써 본다는 엉뚱한 마음이 생긴 것이다.

　그리하여 불시에 백로지를 사다 책을 매어 한 편의 소설을 써 보았다. 그리고는 내 역량을 저울질하여 보고 싶은 생각에 당시 나와 같이 《창조》지를 애독하는 벗에게 그것을 내놓으며 이것은 춘원의 작을 내가 신문에서 베낀 것인데 썩 잘 썼으니 한번 읽어 보라 하였다. 그랬더니 이 벗이 그것을 춘원이 썼다는 바람에 정독을 하고 나서 과연 선생이라고 우리는 언제나 한번 저렇게 써 볼까 한탄을 하며 혀를 턴다.

　여기서 나는 내 역량도 소설을 쓰기에 이만저만한 것이 아니라는 철없는 자부심이 잔뜩 부풀어 올라, 나도 쓰면 춘원이 부럽지 않다는 생각으로 서당에서 읽는 「대학」은 훈장의 초달이 무서워 형식적으로 읽는 체 입만 너불너불거리며 머릿속으로는 소설 구상에 여념이 없었다.

　이렇게 낮이면 서당으로 가서 「대학」을 안고 소설을 구상해 가지고는 저녁에 집으로 돌아와선 밤이야 깊거나 말거나 소설을 쓰는 것이

나의 하여야 하는 일이었다. 어느 날이라고 소설을 구상 아니하는 날이 없었고, 그것을 쓰지 아니하는 밤이 없었다.

그러면서 한편으로는 당시 동경의 《창조》와 같이 발간되던 《녹성》 《현대》《삼광》《여자계》《학지광》 등을 위시하여 조선내에서 나오는 《수양》이니 《개척자》니 《근화》니 《서광》이니 《삼우》니 잡지란 잡지는 어떠한 종류임을 물론하고 발간이 되는대로 나오는 족족 모조리 구입을 해다 읽었다.

이렇게 읽고 쓰기를 한 1년을 하니 그전에 써 놓은 글이 발표가 하고 싶어 이들의 잡지에다 투고를 하여 보았으나 창간호가 종간호로들 되는 바람에 밤을 새우면서 쓴 원고를 발표도 못하고 찾지도 못하고 모조리 잘리우고 말았다. 그렇게 되니 발표를 못 보는 글을 찾기에 맥이 떨려 한동안 붓을 쉬고 있다가 《개벽》《서울》《학생계》 등이 또 쏟아지며 제법 그것은 매월 계속하여 발행이 되므로 이것들에 또 투고의 흥미를 느끼고 다시 붓을 들었다.

그러나 《개벽》과 《서울》은 어쩐지 좀 엄엄한 것 같아 거연히 투고를 못하고 《학생계》의 학생문단에 투고를 시작하였다. 그러나 처음의 그 학생문단 규정에는 소설이 없었으므로 주로 논문을 투고 발표하게 되니 논문에 맛이 들리어 그 후 소설이 모집이 발표되었을 때에도 소설은 쓰지 않고 논문만 자꾸 썼다.

그때와 같은 투고객으로 현문단에 중진의 자리를 차지하고 있는 김동환, 이태준, 김상용 제씨는 지금껏 지면이 없어도 어쩐지 사이가 가까운 것 같고 씨 등의 이름을 지상으로 볼 때마다 옛날 그 시절 《학생계》의 학생문단 페이지가 눈앞에 선히 나타나곤 한다.

얼마 동안 학생문단에 발표를 하고 나니 그 무대가 학생이나 하는 유지(幼遲)한 자리인 것 같아 무대를 신문으로 옮기어 《조선일보》 개방란이라는 데 한동안 맛을 들여 오다 《조선문단》이 이광수 씨의 주재로 창간이 되면서 소설을 모집하되 그 규정에 추천 2차면 문단에 소개

한다는 것이 부쩍 내 마음을 흔들어 다시 소설의 붓을 들었다. 그리하여 그 한 편이 써지기까지에는 벌써 제1회로 최서해가 「고향」의 추천으로 나오고, 채만식 씨의 「세길로」의 입선, 한병도(雪野), 박화성 이렇게 자꾸 쓸어 나오는데 어떻게도 응모가 급하던지 그 소설 「상환(相換)」이 끝나기가 바쁘게 점심도 못 먹고 오리 밖의 우편통을 달려가 쓸어넣었다. 그리하여 그것의 발표를 보게 된 것이 해지 제7호(5월호)로 어떻게도 기쁘던지 지금도 그 호수(號數) 월수(月數)까지 잊히지 않고 똑똑히 기억에 남아 있다.

이때부터 주로 써 오던 논문과 시는 집어치우고 소설에만 전심을 하려고 결심을 하였다.

그러나 그것이 당선은 되었으나 그 다음달 해지(該誌) 창작합평회에서 염상섭, 나도향 두 분의 평이 시원치 않아 좀더 공부를 해야 하는 것이라고 다시 붓과는 인연을 끊고 오직 독서에 열중하여 보려고 별러오던 외국의 명작이란 명작 모조리 사다 쌓아 놓고 침식을 아껴 가며 책과 씨름을 하게 되었다.

그러는 동안이 이태, 문단에는 경향의 바람이 일기 시작하여 《조선문단》을 위협하는 데다 경영난에까지 빠져 죽었다 살았다 하다가 그 경영자가 바뀌면서 소설을 현상(상 안 주는)으로 모집하였다. 이것을 보니 독서를 위하여 눌러 오던 창작욕이 눌리우지 않고 맹렬히 끓어올라 마침내 붓을 들어 「최서방」 한 편을 응모하여 당선을 하였다.

그러나 그 선후언(選後言)을 보았을 때 나는 어떻게도 놀랐는지 모른다. 그 선자(選者)가 「고향」의 추천으로 나와 해지(該誌) 기자로 있으면서 「탈출기」 「십삼원」 등으로 약간 문단에 명성은 얻었다고 해도 선자라는 사람이 같은 그 《조선문단》에 투고를 하는 최서해인 것이 어째 권위가 없어도 보이고 어처구니도 없어 보였던 것이다. 그리고 한 끝으로는 모욕을 당한 것도 같아 다시는 이런 데 투고를 아니 하리라 마음을 먹었으나, 발표의 자유는 없고 창작욕은 갈수록 성하여 하는 수 없이 독서의 여가에 「인두지주」라는 것을 또 한 편 만들어 《조선지광》에 보냈더니 이것은 또 편집자 자기의 멋대로 분성덕을 시켜서 발표를 해 놓았다. 그것도 약간의 문구를 고친 것이 아니라 작가의 의도는 전연 무시하고 편집자 자기의 주장대로 주인공을 행동시켜 놓았으니 나는 여기서 또 한 번 어처구니없어 웃고 그 후부터는 일절 투고에는 손을 끊었다.

그리고 도동(渡東)하야 다시 학생 모자를 쓰고 독서와 씨름을 몇 해 하고 나니 내가 그동안 쓴 소설이라는 것이 우습게 보일 뿐 아니라, 도대체 문단 수준이라는 것이 우습게 보였다. 그래서 이 수준을 넘어서야 그것이 비로소 소설이 될 수 있으리라는 생각으로 시골 집에 두문불출하고 들어박혀 붓끝을 닦기 위하여 장편을 하나 시작해 가지고 축일하야 쓰며 짬짬이 단편을 시험하여 보기도 했다. 그 시절에 된 것이 「임종」 「준광인전」 「제비를 그리는 마음」 「고절(苦節)」 「마을은 자동차 타고」 「신사 허재비」 「장벽」 「연애 삽화」 「병풍에 그린 닭이」 「오리알」 「마부」 등이었다. 그리고 그것으로 어느 정도까지 만족했다.

그러나 그것들이 소설이 되기에는 너무도 부족한 데가 많음이 차츰차츰 깨닫기었다. 그러니 소설이라는 것이 무척 어려워지며 거연히 손에 붓이 잡히지 않았다. 표현 기술로부터 묘사, 구성 어느 것 하나 된 데가 없을뿐더러 소설의 소재부터가 그런 것으로는 되지 않을 것 같았다. 그리고 소설이란 이래야 된다고 써오던 종내의 그 소위 리얼리즘의 필법이 마음에 붙지 않았다.

그러하야 첫째 이것을 고치며 시험하여 본 것이 「백치 아다다」였다. 이것을 보고 어떤 친구는 그게 무슨 기문(奇文)이냐 그린 문장식은 감상시절에 있는 문청(文靑)이 쓰는 체지 하고 비웃으나, 소설의 문장은 리얼리즘에서 다시 이 시대로 돌아와야 되는 것이라고 속으로 대답을 하며 종내의 필법을 버리고 지금의 필법을 가지는 데 만족하려 하며 이것을 비웃는 사람을 비웃어 왔고 지금도 비웃는다.

그리면서 다시 재시험을 하여 본다고 붓을 들게 된 것이 「청춘도(靑春圖)」로 이 한 편을 붙들고 애쓰기 실로 8개월 동안이나 하였다. 지금은 어떠한 작품을 써도 그렇게 쓰거니와 몇 달을 두고 고친다. 그러면 원고지 여백까지 가득 차서 다시 불만한 구절이 눈에 띄어도 고칠 자리가 없어 그적엔 그것을 또 다른 종이에다 전부 옮겨 써가지고 또 고치고 고치고 하여 이렇게 옮겨 써 보기를 3, 4차씩이나 하여 본 적이 있다. 이래 이렇게 하여 된 것이 「부부」「붕우도」「유앵기」「캉가루의 조상이」 등이다.

그러나 이렇게 힘을 들여 보아도 불만은 여전이 있고 힘을 들일수록 쓰기는 어려워져 근자에 와서는 또 붓을 못 들고 있다.

이것이 생각하면 소설이란 무엇인지가 좀더 좀더 알려지는 현상 같아 애쓰는 공적이 날아나는 것 같음이 한껏 반갑기는 하면서도 쓰기가 그렇게 어려워만지니 손에 붓이 잡히지 않는 데 고민이 크다.

새해를 잡으면서 금년 안으로 열 편은 꼭 써 본다고 복안에 있는 제목들을 벽에다 즈른이 써 붙이고 우선 착수를 하였으나 구절마다 잘못만 되는 것 같아 붓끝이 졸연히 내키지를 않는다.

이렇게도 소설이란 어려운 것이라는 것을 나는 근자에야 체험하고 그런 것을 지난날엔 앉은 자리에서 잡은참 4, 5십 매를 내려쓰고도 부끄러움을 모르는 그 시절이 너무도 어처구니없어 혼자서 웃어 보는 때가 많다.

[발표지] 《문장》 제2권 2호(1940. 2.)

작품과 기교

소설을 읽는 것도 참외 먹기와 꼭같다. 칼로 배꼽을 베물어 보아 빨갛게 빛이 우든가 그러지 않으면 새파랗게라도 빛이 우든가 종류에 따라선 하얗게라도 익어 속이 배잦아든 놈이라야 구미가 동하지 빨갛지도 파랗지도 하얗지도 않고 퍼러등등한 살갗에 눈물만이 비죽비죽 내돋는 놈은 먹어 봤댔자 맛이 없을 게 빤히 내다보여 구미가 동하질 않는다. 구미가 동하질 않는 놈을 억지로 먹는 재주는 없다.

소설도 처음 서두를 베물어 보아 단 한 줄에 벌써 그 작품의 가치는 인정이 된다. 문장이 멋들어지지도 않고 맵시도 없고 또 정확치도 못하게 씌어졌다면 이것은 구사능력 미숙의 반증이니 이 능력이 부족한 작가가 아무리 좋은 제재를 취급했댔자(취급할 관찰력도 없겠지만) 그 제재를 요리시킬 수가 없을 건 정한 이치일 것이다. 그 어떤 의무로서가 아닌 바에야 무엇을 보자고 이것을 읽어야 될까.

어떤 분은 이렇게도 말한다. 문장은 서툴러도 내용만 좋으면 살로 갈 수 있지 않느냐고. 그러나 아무리 좋은 종류의 참외라도 어느 정도까지 익지가 않으면 그 참외는 참외로서의 제맛을 내지 못하게 되는 것이다. 익는 데 참외가 참외로서의 가치를 지니듯이 작품도 익기 전에는 작품으로서의 가치를 못 지닌다. 작품으로서의 가치를 못 지닌 작품이 무엇으로 살이 될 것인가. 작품에 있언 그저 기교가 절대한 조건임을 알아야 한다.

기교라는 걸 사람으로 쳐 놓고 입은 옷에다 비하는 사람도 있다. 이것은 말이 안 되는 말이다. 기교가 내용을 만드는 것임을 모르는 말이다. 그러기 때문에 기교중치(技巧重置)란 말은 좀더 말이 안 되는 말이 된다. 기교적일수록 그 작품에 생명은 붙게 됨으로서라.

이렇게 말하는 사람도 있다. 도스토예프스키는 그렇게 악문이라도 그 내용 때문에 오히려 문장이 유려한 투르게네프보다 세계적으로 더 명성을 사지 않았느냐고. 내가 노문(露文)을 읽을 힘이 없어 그 문장을 감상해 보지는 못했지만 그 내용을 살릴 만한 그만한 기교 정도는 되었기에 그 내용이 독자의 가슴에 충격을 주었지, 글을 만들지 못했다면 어떻게 그것이 읽혔겠느냐 말이다. 만일 토스토에프스키의 기교가 좀더 기교적이었더라면 좀더 높게 독자의 정신을 황홀케 하였을는지 몰랐을 것이다. 기교를 무시하고 좋은 작품을 말한다는 것은 한낱 망상이다. 기교라면 거의 세련된 문장 구성의 묘법이 혼연일치되어 표현되는 그 과정을 말하게 되는 것으로 이 과정이라는 것이 내용에 피가 되어 엮여 나가는 것이다. 여기엔 문장의 재주가 지대한 조건이 된다. 이렇게 절대적인 이 기교를 가르쳐 기교중치라고 하는 것은 예술이란 무엇인지를 모르고 하는 말밖에 더 되지 않는다.

기교를 부리다가 제 재주에 넘었다는 말을 나는 어떤 평론가에게서 일간 들었다. 예술은 씨름과는 다르다. 씨름은 운동이니까 제 재주에 넘는 수가 있어도 작품은 예술이니까 절대로 기교에 실패 보지 않는다.

어떤 작가는 근일 출판한 전작소설 서문에서 '기교와 이데올로기로 좋은 문학이 되는 것은 아니라고 믿기 때문에 내가 쓰는 이야기는 모든 기교와 이데올로기를 빼련다'고 말하였다. 기교를 무엇으로 아는 말인지 모르겠다. 이렇게 말이 되게 써 놓은 그 글부터도 기교의 덕이다. 기교 없이 어떻게 말의 정리를 시키며 삼백여 페이지의 방대한 긴 글을 독자로 하여금 읽히게 끌고 나가느냐 말이다.

또 이런 말이 씌어 있다. '신문기자가 기사를 쓰듯이, 사진사가 사진을 박듯이 아무 사정 없이 그려 보련다'고. 신문기자가 기사를 써도 기교를 요하여야 되고, 사진사가 사진을 박는 것도 기교를 요하여야 된다. 거리의 핀트, 광선의 주입 등 이건 다 기교가 아니고 무엇일까. 사진기만 가지고 사진을 찍는 수는 없다. 신문기자란 명목만 가지고 기사를 쓸 수는 없다. 쓸 줄은 알아야 하는 것이고 이게 다 실로 기교의 힘이 아니고 무엇이랴. 사진을 박는다는 것, 신문기사를 쓴다는 것, 그것이 벌써 기술을 말하는 것이다. 기술 없는 사진사가 아무리 좋은 경처(景處)를 보고 흥이 나서 찔걱찔걱 셔터를 눌러댔자 그 경처가 제대로 찍혀질 리 만무할 것이다. 기교라는 것을 무슨 사실 아닌 것을 거품으로 꾸미는 것으로 아는 덴 놀라지 않을 수 없다. 작품 제작은 어디까지든지 기교를 요하게 되는 것이다. 문장에도 기교, 구성에도 기교, 내용에도 기교다. 정확한 관찰, 예술적 제재, 이것들의 보는 법과 취하는 그것도 일종의 작가적인 기교에서라야 된다.

남 못 쓰는 글을 쓰는 것은 그건 무엇 때문일까. 글 쓸 줄을 아는 기교가 있기 때문이다. 남도 쓰는 글을 남보다 더 잘 쓰는 것은 그건 무엇 때문일까. 남보다 기교가 우수하기 때문이다. 기교란 위장으로 꾸미는 것이 아니라 사실에 가까운 이야기를 사실처럼 만드는 말하자면 피를 제조하는 심장으로서의 꼬투리다.

글을 쓴다는 그것부터가 벌써 기교를 전제하고 된 것임을 알아야 한다.

〔발표지〕《백민(白民)》(1948. 3.)

어수선한 문단

내가 소설을 쓰기 시작한 것은 열아홉 살 적부터였으나 그때에는
무슨 소설로 일생의 직업을 삼겠다든가 문학적으로 인기를 얻어 세상
에 양명을 해 보겠다든가 그러한 욕심은 조금도 없었고 그저 막연하게
소설을 짓기가 재미있어 지었고 지은 것의 활자화를 보는 것이 또 까
닭없이 좋아서 학교 공부도 여차로 집어치고 그저 소설을 짓기에 타념
이 없었다.

이때로 말하면 아직 우리 문단 초창기이어서 우리 시골 문학청년으
로 하여금 눈을 떠 우러러보게 만드는 이가 겨우 몇 분밖에 없었다.
소설로 이광수, 김동인, 나도향, 염상섭, 전영택, 현빙허 그리고 시인
에 김억, 노자영, 김석송 등 제씨로 문단은 자리도 잡히기 전이므로
웬만치만 쓰면 발표가 문제가 없는 시절이었다.

내가 소설에 손을 대기 전 이태 동안 그러니까 열일곱, 여덟 살 적
에 《조선일보》에 글(논문, 감상문, 시)를 투고 발표하기 거의 연일이어
서 아마 내 이름이 문단 일우에서는 알리어지기도 했던 것이 소설 발
표에 도움이 되었는지는 모르나 아무리 발표가 쉬운 시절이라 하여도
일개 무명청년의 투고가 대잡지의 창작란에 당당히 발표됨을 볼 적에
나는 내 역량을 스스로 과대평가하고 만족해했다. 이것이 문단 진출에
커다란 지장이 되었던 것임은 그 후에야 알 수 있었다.

투고를 하면 영락없이 발표가 되니 내 역량도 인제 그만하면 전기
선배들에게 질배 없음을 알고 좀더 공부를 하여 이 선배들을 누르고

올라서겠다는 철없는 욕심이 붓대를 멈추게 하고 책만을 보게 만들었다. 아는 놈이 제일이다, 눈 딱 감고 오 년만 숨어서 공부를 해내여라, 연후에 다시 붓을 잡고 나오자, 그러자면 학교도 필요가 없다. 다니던 중학을 집어치우고 시골로 다시 내려가 두문불출, 머리를 싸매고 방안에 들어박혀 일과표를 작성하여 벽에 붙여 놓은 다음 그야말로 문자 그대로 침식을 잃고 씨름을 하였다.

소 뿔은 단김에 빼야 된다고 단김에 내받아 문단에 이름을 못 굳힌 것이 나의 문단 진출에 영향이 컸다. 그대로 작품을 계속하여 발표해서 이름을 문단적으로 굴림으로 확호한 자리를 잡아 놓아야 득책일 것을 이렇게 침묵을 지키는 동안 한참 자라기 시작하는 문단은 우후죽순처럼 신인이 머리를 불쑥불쑥 들고 나와 문단의 인원을 불리고 수준을 높였다.

이광수 씨의 주재로 창간된 《조선문단》에서는 최서해, 한설야, 채만식, 임영채, 박화성 등 제씨가 당선을 거치어 나왔다. 평판들이 다들 좋다. 그대로 투고를 해서 발표하는 것보담 당선을 거치어 발표를 하는 것이 문단적으로 대우도 나은 것 같다. 대체 당선이라는 것은 얼마만한 실력이기에 대우가 좋을까 나도 그것은 한번 시험하여 자신의 역량을 문단적으로 저울질하여 보고 싶은 충동을 받았다. 책을 놓고 다시 붓을 들어 「상환(相換)」이라는 소설을 써서 《조선문단》에 보냈다. 이 또한 염치없이 당선이 됨을 보고 나는 또 안심하고 독서를 시작했다.

그러나 해지(該誌) 다음 호의 창작 합평회에서 당선작의 평론이 좋지 못함을 보고는 내 실력이 그럴 수가 있을까 다시 딴 작품으로 호평을 받을 당선에의 욕심을 품고 「인두지주」 「최서방」이 두 편을 써 가지고 「최서방」을 골라 또 해지에 응모를 하였다. 역시 당선이 되고 선자의 평도 나쁘지 않았다. 그러나 이때 이 당선이 나로 하여금 도리어 위신상 부끄러움을 금치 못하게 하였다.

이광수 씨라든가 김동인 씨라든가 이런 문단적으로 뚜렷한 선배의 고선(考選)이 아니고 해(該)《조선문단》이 이광수 씨의 손을 떠나서 경영자가 바뀌는 바람에 그 편집을 맞게 된 최서해 씨의 고선이었던 것이니 해씨는 나와 같은 투고객으로《조선문단》 창간호에서 당선이 되었던 불과 몇 호 전의 선배라기보다 동배격인 인물에게 고선을 받았다는 것이 무슨 모욕을 당한 것 같아 몹시 불유쾌하였던 것이다.

그래서 다시는 이런 위신에 관계되는 장난질은 하지 않으리라 작심을 하고 이왕 썼던 것이니 「인두지주」나 처리하자고《조선지광》에 투고 발표를 하고는 종시일관 마음먹었던 대로 5년 동안을 줄곧 방 속에서 책을 안고 나오지 않았다.

이 5년 동안에 나는 읽을 만한 책 이름도 알게 되었다. 그러면 이제부터 소설을 써야 할 계제였으나 좀더 공부를 계속하고 싶은 욕망에서 한 5년 동안의 계획을 다시 세우고 일본 동경으로 건너가 대학에다 학적을 두고 문단과는 전연 인연을 끊고 책으로만 씨름을 하다가 돌아오니 문단에서는 내 명함 같은 것을 받으려고도 아니했다. 그렇게 문단은 건방져 있었다. 이태준, 이효석, 유진오 등 제씨가 새로이 나와서 패권을 잡고 있다시피 되어 있었다.

그러니 문단에 아는 이라고는 별로 없고 작품을 투고 발표하기는 싫고 하여 작품 발표의 방도를 강구하는 일편 서울에 그대로 머물러 있기 위하여 취직처를 찾는 동안, 나는 술집의 출입을 배웠다. 이때가 바로 서울에 한참 카페가 번성하던 시절로 이 카페는 청춘의 마음을 여지없이 유혹하고 있었다. 이 유혹에 나는 점점 빠져들어갔다. 밤이고 낮이고 네온싸인의 청등 밑에서 푸른 술잔으로 청춘을 즐기지 않고는 넋을 풀 수가 없었다. 밤낮이 없이 꼭 석 달을 이렇게 청춘을 위하여 술로 살고 나니 가슴이 거북하고 다리가 무거워진다. 웬일인가, 의사의 진찰을 받아 보았더니 각기라고 하면서 서울에 있지 말고 공기 좋은 시골로 내려가서 정양을 하라는 것이다. 의사의 가르치는 대로 고향으로 내려가 복약 치료를 하였으나 좀체 낫지 아니하고 심장에까지 병세는 범하여 숨이 하루에도 수삼차나 멎는 때가 있었다. 글을 생각할 계제가 아니었다. 술, 독서, 집필을 일절 끊고 생을 붙잡고 싸우지 않으면 안 되었다.

이러는 동안 문단은 점점 활기를 띠고 자라남을 따라 그 진출에 야심을 품고 덤비는 신인이 머리를 들기 시작하였다. 이때는 어느 정도 문단도 자리가 잡혀 기성문인이 개척하지 못한 새로운 제재를 들고 나오든가 그렇지 않으면 어떤 권위 있는 기관의 당선을 거치든가 하지 않고는 문단은 쾌히 신인에게 등용의 자리를 허치 않았다.

문단 등용이 어려워지니 출세에 위급한 문청들은 기성문단에서 화제가 되는 인기작가나 새로이 나오는 신진을 위로 아래로 돌아가며 필봉을 휘둘러 갈기는 한편 자가 선전의 깃발을 높이 들고 북을 울리어 자기의 존재를 굳히려는 공작, 잡지 편집자나 신문의 문화면 담당기자와 친분을 맺어 웬만한 글이라도 자꾸 발표하여 이름을 굳힘으로 존재의 인정을 받으려는 공작, 또는 잡지를 자영하여 자작을 발표 선전하는 일방 그 기관으로 기성문인층을 매수하여 자작에의 악평을 방지하므로 성가를 높이려는 공작 등등 이런 공작으로 등용문을 두드려 열려는 공작대가 자꾸 늘었다. 이 공작에 매수를 당한 문단의 등용문은 뒤로도 열리게 되어 앞으로도 뒤로도 신인을 끌어들였다.

본래 나는 이러한 공작을 할 생각도 뱃심도 없었거니와 건강이 허치 않는 몸이어서 이 향기롭지 못한 문단의 공기를 웃음으로 넘겨다보며 속수방관을 하고 정양으로 세월을 보내고 있는 어느 해 겨울. 미지의 석인해 형에게서 동인잡지 발간 종용의 편지가 왔다. 그때 좋다는 의향을 표했더니 그 이듬해 봄, 해(該) 석형은 정비석 형으로 더불어 같이 나를 찾아와 동인잡지의 발간을 실현시켜 보자는 논의였다. 이리하여 당시 그 주위에 있던 문학청년으로 석, 정, 양씨 외에 채정근, 김재철, 장일익, 허윤석 등 제씨를 동인으로 잡지 《해조(海潮)》를

서울서 발간키로 하였다. 동인잡지의 성질이 그렇듯이 우리도 이 《해
조》를 통하여 있는 대로 제각기 실력을 문단에 정정당당하게 묻자는
것이었다.

그러나 약속했던 자본주의 불신으로 잡지는 사전에 유산이 되고 동
인들은 제멋대로 제각기들 흩어졌다.

그런데 이 《해조》 발간 준비의 소식이 어떻게 서울까지 전하여졌는
지 당시 《조선문단》을 인계 발간하던 이학인 씨에게서 《해조》에 발표
하려고 썼던 원고를 보내 달라는 청이 있어 「백치 아다다」를 보냈다.
그리하여 「백치 아다다」가 발표는 《조선문단》에 되었으나 그 실은 《해
조》가 만들어 준 나의 재출발기의 첫 작품이었다.

그 후 나는 「마을은 자동차 타고」라는 작품을 썼다. 지금까지 써 놓
은 가운데서 제일 힘을 들인 작품으로 꽤 자신있게 자랑을 하였다. 이
것을 쓰므로 나는 10여 년 머리를 싸매고 공부한 보람의 결정이라고
스스로 자위도 해 보고 자만심도 가져 보았다.

그러나 무명인의 이 작품은 영업잡지에선 그리 신통한 작품이 될
리 없었다. 안서 선생의 힘으로 모 영업잡지에 소개는 되었으나 영업
정책상 무명인의 창작보다 지명인의 창작이 우선권이 있는 것이었다.
차호에 차호에 하고 해 영업지는 발표를 미루다가 원고를 잃었다는 기
별이었다. 하도 기가 막히어 다시는 글을 쓰고 싶지가 않았다. 얼마
동안 책도 붓도 들지 아니하고 빈둥빈둥하다가 《조선문단》에서 소설을
다시 청하므로 광 속에서 해 원고의 초고를 뒤져내어 절반이나 잃어진
것을 다시 생각을 더듬어 성고를 시키어 보냈더니 가운데 부분으로
200자 두 장이 검열에서 삭제처분을 받고 이 부분을 어떻게 좀 고쳐
달라는 기별이 있어 그것을 또 검열에 맞도록 고쳐 보냈더니 이번에는
전편이 통으로 삭제의 인주가 찍히어 반환이 되어 왔다. 그리하여 내
자신 역작이라고 자랑하고 싶은 이 「마을은 자동차 타고」는 마침내 발
표를 보지 못하고 말았다.

여기서 나는 조선사람으로 글은 도저히 쓸 수 없는 것임을 알고 문학을 집어치울 생각이 불현듯 났다. 그리고 날이 갈수록 이런 생각은 굳어만져서 붓대와는 차차 인연이 멀어졌다.

이때 빚을 지고 살던 내 가정은 濱口首相의 긴축정책에 몰락을 당하여 내 손으로 밥을 벌어먹지 않으면 안 될 운명에 놓여졌다. 그해 중학에 입학을 하여야 할 자식의 학비 때문에 서울로 쫓아 올라와 이왕 배운 글이니 잡지 기자나 하여 먹으리라 《조선일보》 출판부에 취직을 하고 거기서 나오는 박봉으로 학비를 대이며 먹고 살기에 여념이 없었다.

그러나 직업이 잡지쟁이가 되고 보니 제 버릇 개 못 준다고 잊었던 창작욕이 되살아올라 「백치 아다다」 이후 틈틈이 써서 시골집 장 속에 처넣어 두었던 원고뭉치를 우편으로 부쳐다가 《조광》 《여성》에 발표를 하는 한편, 제3차 출발을 꾀하고 다시 창작의 붓을 들었다.

이 시절에 있어 뺄 수 없는 이야기 한 가지가 있다. 《조광》에 처음으로 발표한 「청춘도」는 내가 이 출판부에 입사하기 바로 몇 달 전 모 씨의 손을 거쳐 《조광》에 주었다.

몰서를 당한 그 작품이었다. 그랬던 이 「청춘도」가 이제 같은 편집자의 손을 거쳐 잘 썼다는 칭찬을 받으며 인쇄의 광영을 입게 되었던 것이다. 이 편집자의 태도로 보면 모씨의 손을 거쳤을 땐 무명인의 것이라 읽어 보지도 않고 몰서를 하였던 것이 빤히 드러나 무명작가의 설움을 나는 여기서 더한층 느꼈다.

또 한 가지는 내가 글을 발표할 때마다 내려깎고 욕을 하고 문제시하지 않던 어떤 비평가는 나를 알게 되자(내가 《조광》과 《여성》에 관계하는 때문이었는지도 모른다) 내 작품을 가르쳐 우리 문학의 재산이 될 수 있는 작품들이라고 별안간 비평의 태도가 달라진 것을 보고 나는 그 후 그 평가의 비평은 콩으로 메주를 쑤어 놓았대도 곧이듣고 싶은 생각이 도무지 없어졌다. 잡지에서뿐이 아니라 비평가의 붓끝에서도

유명, 무명의 구별이 이렇게 있고, 지면 무면의 구별이 이렇게 있고
그 작가의 취직 여하에 따라서도 작품의 평가에 이러한 차이가 생긴다
는 것을 나는 알았다.

　매수(枚數) 제한 때문에 세밀히 이야기를 못 하고 껑충껑충 뛰어 넘
어와서 이제 붓을 놓으려고 하니 뛰어넘고 온 그 자욱이 너무도 성기
어져서 이 글 본래의 주문 성질에 충실하지 못한 것 같아 적이 미안함
을 느낀다.

〔발표지〕《민성(民聲)》 제5·6호(1949. 5.)

문학적 자서전

무슨 진리를 밴 알이나 품듯이 그 무엇을 동경하면서 『파우스트』를 품고 깡그리 거기에 정열을 기울이며 침식을 잊은 십팔 세의 소년, 그것이 문학의 문으로 들어가게 되던 시초의 나였다.

왜 그런 소년이 되었는지 나는 지금도 그것은 모른다. 다만 소학교를 졸업하게 되자, 소학생 적에 보아 오던 잡지인 《학원》은 책상 위에 놓기가 싫어서 《창조》니 《서광》이니 《서울》이니 하는 잡지로 바꾸어 놓게 된 것이 그 동기가 되지 않았나 생각해 볼 따름이다. 《창조》의 이동원의 소설에서(「마음이 약한 자여」라고 기억됨) '시선과 시선은 마주쳤다' 라든가, '그들 남녀가 방안으로 들어간 뒤에는 다만 구두 두 켤레가 문 앞에 가지런히 놓여 있을 뿐이었다' 라든가, 하는 식의 표현이 어떻게나 재미있던지, 나도 이렇게 한번 글을 써 본다고 글쓰기를 시작하게 되었던 것이니까 말이다.

이렇게 남의 글을 모방하여 이러한 식의 표현에만 치중하면서 두루마리에다 소설이라고 두발 세발 내려 쓰곤 하였다.

하루는 나는 이것을 자랑 삼아 같은 연배인 동리 친구 한 사람에게 보였다. 그랬더니 이 친구는 "네가 이렇게 글을 쓰다니!" 하고 깜짝 놀랐다. 그래서 나는 내가 어떻게 이렇게 소설을 짓겠느냐, 이것은 이광수의 「무정」에서 한 대문 베낀 것이라고 능청을 피워 보였더니 "글쎄 그럴 거야. 이 글엔 씨가 들었는데." 하고 이 친구는 다시 이 글에 감탄하기를 마지않았다.

아무런 뜻도 없이 해 본 장난에서 나는 나도 소설을 쓰면 쓸 수 있으리라는 자부심을 갖게 되었다.

이 무렵에 나는 《새소리》라는 소년잡지가 창간되면서 작품을 모집한다는 광고를 《동아일보》에서 보았다. 그리고 시 한 편을 응모하였던 것이, 이중으로 당선되는 것을 보고 이 소년은 또 시도 쓰면 쓸 수 있으리라는 자부심까지 생겼다. 당시 글방에서 「대학(大學)」을 읽고 있던 나는 이 글방 공부는 소홀히 하고 훈장의 눈을 피해 가며 잡지를 읽고 시와 소설을 쓰기에 전심하였다.

이러는 동안 이 소년에게는 고독이 찰지게 스며들었다. 그 무엇인지를 동경하는 알 수 없는 충동이 이렇게 고독감을 느끼게 만드는 것이었다.

서울로 뛰어 올라왔다. 이런 충동을 그대로 시골의 글방에서 참고 견딜 수가 없었던 것이다. 안서(岸曙)의 문을 두드렸다. 시집 『해파리의 노래』 한 권을 받았다. 그리고 어느 겨를엔지 이 소년의 품에는 『파우스트』가 안기어 있었다.

서울에는 외가편으로 아저씨 뻘이 되는 분이 한 분 간동(諫洞)에 살고 있었다. 이분이 보성고보와 관계를 갖고 있으므로 입학 부탁차 찾아갔다가, 그 집 건너방에 김정식(金廷湜)이라는 배재고보 학생이 하숙을 하고 있음을 알았다. 그가 이미 안서의 추천으로 《학생계》에 「먼 후일」이라는 시를 발표한 소월(素月)임을 알고 있던 이 소년은 그와 무척 상종이 하고 싶었다. 그러나 그는 곧 학교로 떠나고 나는 다시 그 집을 방문할 시일이 없게 되었다. 집에서는 신학문의 필요를 느끼지 않기 때문에 이 소년을 추병이 달려 올라와 붙들어 내려갔기 때문이다. 이 소년이 다시 서울로 도주를 하여 올라왔을 때는 소월은 이미 일본 동경 상과대학의 학생이었다. 그리하여 나는 그렇게도 만나고 싶던 소월과 상종할 기회를 잃어버렸다. 다시 서울로 올라가면 소월을 만날 수 있으리라던 나는 무슨 큰 의지나 잃은 듯이 마음이 죽어서 가끔 안서의 문만을 찾아들곤 하였다.

집에서는 추병이 또 따라 올라왔다. 이미 중동학교의 학생모를 썼던 나는 또 붙들려 내려갔다. 나는 조건을 제시하였다. 집에서 혼자 독학을 할 테니 그 비용이 얼마나 들던지 그것은 무조건 당해 주어야 한다는 다짐이 그것이었다.

그리하여 나는 서재를 한 칸 마련해 놓고 동서고금의 명작이라는 것은 문학 부류의 것뿐만 아니라 철학, 사회과학의 부문에 이르기까지 구입을 해다 놓고 책 속에 파묻히었다. 실로 나의 문학의 기초는 아니 오늘까지 우려먹는 나의 지식이란 것이 여기서 닦이었던 것이다. 낮에는 독서, 밤에는 집필, 이렇게 규칙적인 서재 생활의 일년 후의 나의 노트에는 무려 백여 편의 시와 칠십팔 편의 소설이 활자화를 기다리고 있었다.

이때 김석송 주재의 《생장》과 이광수 주재의 《조선문단》이 전후하여 창간됨을 보고 시는 《생장》에 소설은 《조선문단》에 각기 투고를 하여 발표를 보았다. 이 작품의 게재지에 '진정(進呈)'이라는 스탬프인이 찍히어 배달되어 왔을 때, 그 '진정'이라는 것이 나의 실력을 말해 주는 대우 같아서 어떻게나 그것이 기쁘던지, 지금도 그때의 일이 환하게 기억에 남아 있다.

삼 년이 지나는 동안 각국 문학사를 통하여 알게 된 세계명작이라는 유는 거의 한 번 눈을 거치게 되었다. 그리고 나니 알고 싶어지는 욕심이 자꾸만 앞을 서서 붓대를 집어던지고 일본 동경으로 고비원주(高飛遠走)를 하였다. 그러나 대학에서 소위 강의라는 것을 듣게 되었을 때 어떻게도 그것이 맹랑하던지 학교에는 나가고 싶지가 않아 학적만을 걸어 두고는 하숙에서 독서로 이삼 년의 세월을 보냈다. 그리고 다시 서울로 나왔다.

그러나 무명작가로서는 문단에 발을 붙일 수가 없었다. 그 동안에 문단의 정세는 전연 바뀌어져 있었던 것이다 그렇지 않아도 발표 기관이 부족한 데다 신인이 상당수로 배출되어 소위 기성층도 원고뭉치를 들고 돌아다녀야 하는 형편이었던 것이다.

나는 하잘것없이 카페를 드나들었다. 술이 늘어 갔다. 늘어 가는 만큼 몸의 쇠약을 느끼게 되었다. 드디어 내 몸은 동요가 되었다. 술이 심장을 상하였다는 의사의 진단이었다. 의사의 지시대로 나는 또 시골로 떨어지지 않을 수 없었다. 술은 물론 책도 붓도 다 놓고 오직 살기에 전심을 다해야 했다.

이렇게 지나는 동안이 또 삼 년인가 흘렀다. 인근에 사는 석인해(石仁海)라는 미지의 문학청년에게서 동인잡지 발간을 종용하는 편지가 왔다. 좋다고 했더니 그해 봄에 정서죽(鄭瑞竹)이라는 미모의 청년(아직 소년이라고 함이 적당할 정도의)과 동반하여 석인해가 찾아왔다. 우리 세 사람은 즉석에서 동인지 발간 계획을 세우고, 그 이튿날로 선천읍으로 들어가 인근에 산재해 있는 문학청년 3, 4인을 전보로 불러다 회합을 하였다. 편집 책임은 내가 맡기로 하고, 원고 의뢰까지 다 하였으나 출자 책임자의 배신으로 이 잡지는 창간 준비 도중에서 유산은 되고 말았지마는 이것이 나에게는 몇 해 동안 손을 떼었던 녹슬은 붓 끝에 기름과 같은 역할이 되었다. 되살아 오른 창작 의욕은 「백치 아다다」를 위시하여 「마부」 「청춘도」 「마을은 자동차 타고」 「심원(心猿)」 등 작품을 연달아 쓰게 만들었다. 「백치 아다다」가 《조선문단》에 발표됨으로 김환태의 호평이 있게 되자 해지(該誌)에서는 또 한 편의 창작을 청해 왔다. 「마을은 자동차 타고」를 보냈다. 그러나 월여 후에 이 작품은 검열 불통과로 사백 자 정도의 문면에 삭제라는 주인(朱印)이 찍히어 반환이 되었다. 편집자는 아깝다고 그 부분만의 개작을 의뢰해 왔다. 개작을 하여 다시 보냈다. 웬 까닭인지 이번에는 전문 삭제의 주인이 장마다 찍히어 반환이 되었다. 아까운 일이었다. 지금껏 써 온 나의 작품 중에서는 제일 애착이 가던 작품이었다. 그대로 버릴 수가 없어서 약간 고치면서 정서를 하여 안서에게 주선해 주기를 원하였다.

안서는 《동광》에 주었노라 하면서 다음달에 발표가 약속되었다고 하였다. 그러나 그런 약속은 기성인의 원고 폭주로 이행이 되지 않았다. 다음달 다음달 하고 기회를 본다는 것이 몇 달을 끌고 가다가 그 원고는 분실이 되고 말았다. 이러한 기별을 받았을 때, 무명작가로서의 설움을 아니 느낄 수 없었다. 이와 거의 전후해서 「청춘도」를 《조광》에 투고한 일이 있었으나 3, 4삭이 경과하도록 이 역시 발표가 없었던 것이다.

영업잡지로서 무명작가를 홀대하는 것은 무리가 아니었다. 유명 무명의 그 이름 석 자가 잡지의 부수를 올리는 데 많은 차질이 생김으로서다. 특수한 관계가 없이는 도리가 없는 일이었다. 이런 이면을 단적으로 증명하는 한 사건이 이 무렵에 나와 관련되어 일어났다.

노자영이 경영하던 《신인문학》에 나의 작품도 아닌 것이 그 투고자의 이름이 내 이름과 비슷하다 해서, 그리고 내 이름이 그 투고자보다는 다소 좀 알려졌다고 해서 내 이름으로 고쳐져 나왔던 것이다. 「출견(出犬)」이란 작품이 그것이었는데, 나는 여기에 항의를 하였다. 그러나 해지 경영자는 곧장 내 이름으로 투고가 되었다고 뻗대었다. 그리하여 필경엔 쌍방간에 반분 욕설인 논쟁까지 벌어진 일이 있었지만 잡지의 부수를 올리기 위하여서는 이러한 일도 하였던 것이다.

그 후 나는 《조선일보》의 출판부에 직을 두게 되면서, 예의 그 「출견」 건도 알았고 (노자영 씨가 이미 출판부원으로 있었던 것이므로 거기서 그와 상종이 됨으로써) 「청춘도」가 발표 안 되는 이유도 알게 되었다. 「청춘도」는 아직 누구의 눈도 한 번 거쳐짐이 없이 무명의 것이라고 그대로 몰서가 되고 말았던 것이다. 그랬던 것이, 내가 그 건의 문의를 하게 되자, 그 원고를 뒤적여 내 역량을 저울질하기 위하여 비밀리에서 이운곡(李雲谷)이라는 외부 작가에게 감정을 시켰다. 그로, 그제서야 그 작품은 《조광》에 발표를 보게 되는 기회를 가졌다. 그리고 발표 결과가 또 나쁘지 않았으므로 이러구러 나에게도 작품 발표의 기회가 자유롭게 되었다.

일로(一路) 나는 창작에 전심을 하였다. 그러나 나의 붓끝에는 몇 해 지나지도 않아서 또 열이 빠지기 시작했다. 만주사변으로 숨이 차오는 경무국 도서과는 검열을 강화시켰던 것이다. 나 일개인뿐이 아니라, 한창 흥성하던 전 문단은 이리하여 서리를 맞게 되었다.

연달아 일어나는 태평양전쟁은 검열 제도를 일변시키고 말았다. 모두 붓을 놓았다. 나도 놓았다. 그러나 붓을 놓고는 배기는 수가 없었다. 위협의 채찍이 전쟁에 붓으로 협력을 하라고 등어리를 후려쳤던 것이다. 모두 재주껏 붓을 들었다. 나도 들었다. 나는 근로정신의 고취를 빙자했다. 「시골 노파」「불로초(不老草)」「묘예(苗裔)」이 세 편이 이때의 소산이다. 그러나 이런 취재로서는 협력으로 인정해 주지 않았다. 그 이상 나는 붓을 놀리는 수는 없었다. 붓대를 집어 던지고 농촌으로 피신을 하였다.

8·15를 농촌에서 맞고, 재출발을 한다고 옷깃을 단단히 여미고서 다시 서울로 올라왔다. 그 첫 작품이 「별을 헨다」였다.

6·25를 당하고 1·4후퇴로 피난살이를 하게 되는 동안, 나는 인생이라는 데 흥미를 잃게 되었다. 흥미 없는 인간을 상대로는 붓끝이 움직여지지 않았다. 우금껏 창작에 붓을 못 대고 있는 소이가 여기 있다.

〔발표지〕《신문예》 통권 2호(1958. 8.)

소설 선후감(選後感)

　근 20편을 보았으나 다 시원치 않았다. 이것을 추천해 볼까 하고 시간의 여유를 두고 망설이게 하는 그런 정도의 작품도 없었다. 새로이 신인으로 문단에 진출을 하자면 그래도 좀 색다른 면이 있어야 할 것이다. 세련된 문장으로 작품을 엔간히 매만져 놓았다 하더라도 그리하여 그 수법이 기성 수준을 육박하고 있다고 하더라도 이것만으로는 신인추천이라는 관문을 통과하기는 어려울 것이다. 이러한 추천이라는 관문을 통과하지 않고 그저 발표하는 길로 나간다면 그것은 문제가 달라지지만 이 추천이라는 관문을 통과하여 문단에 나오자면 무엇으로든 이미 문단이 갖지 못한 새로운 맛이 어느 면으로든지 풍기어야 할 것이다. 그러지 않고는 추천을 하는 사람이나 추천을 받는 사람이나 문단적으로 다 같이 아무런 의의도 없을 것이다.

　도대체 현실을 그린다는 것이 모두 육안으로서의 응시요, 심안(心眼)의 렌즈로 비춰보려고 한 작품은 통 대해 볼 길이 없다. 그러기 때문에 누구의 작품이나 그저 매한가지로 겉만 번지르르하게 핥아 놓았을 뿐, 깊이가 없다.

　작가의 눈은 영사기의 렌즈보다 더 밝아야 한다. 영사기의 렌즈가 보지 못하는 깊이까지 보아야 하는 눈, 그것이 작가의 눈이다. 그리하여 현실의 밑바닥까지 뚫고 들어가 입으로써가 아니라, 눈으로 물고 뒤흔들어서 찌께미를 온통 쳐 버리고 정수(精水)를 받아 내야 한다. 이것이 물론 용이한 일은 아니다. 그러나 노력은 해야 하는 것이 작가의 정신이다. 이 정신 없이는 언제나 겉만 핥게 됨을 면치 못하게 될 것이니 일반 응모자는 우선 이런 정신 밑에서 신중히 작품을 대해 달라. 「전전기(輾轉記)」「저녁 공기는 우유처럼」이 두 편은 어느 정도 나이가 먹은 작품들이다. 전자의 문장의 세련, 후자의 감각적 묘사, 그러나 두 편이 다 단편으로서의 구성에 많은 불만이 있었다. 「파양(爬痒)」은 상당한 수준을 확보하고 있다.

제1회의 추천이라면 혹 선에 넣을 수 있었을는지 몰라도 《문예》 시절에 이미 1차 통과를 본 작가로서 2회째인 이제 이르러 이것으로 「파양」 선자가 한 사람의 작가를 책임지고 문단으로 내어보낸다는 데는 자못 주저치 않을 수가 없다. 그것은 위에서 말한 추천 조건에 해당되지 않기 때문이다.

구성이 산만해졌다. 근 70장이 온통 아버지의 묘사로 일관된 작품이나, 이만한 지면을 허비하면서도 그 못난 아버지의 성격이 작가가 애써 그리려고 노력한 그대로 붓대가 잘 말을 안 들어 주어서 못난이의 인상이 퍽 희박하다. 이것이 구성의 산만에서 온 때문이라고 생각된다. 제2절에서 진전을 시킬 사건의 갈피를 붙잡지 못하고 헤매인 흔적이 역연하다

끝으로 한마디 하고 싶은 말은 단풍잎의 그 눈부시게 깨끗한 선홍빛을 비해서 설명하기를,

'구태여 비유를 하자면 마치 세상 물정에 젖지 않고 규방에서만 고히 커온 어떤 숫처녀의 도두룩한 볼때기를 비단 바늘로 단 한번 콕! 찔렀을 때 기다리기나 하였던 것처럼 퐁퐁 새빨간 피가 솟아 나올 때의 빛깔이라고나 할까?——그런 색이다' 하였다. 이것은 감각적인 묘사라기보다는 작품 전체가 후중(厚重)하게 먹은 나이에 옛날 문청시절의 그 감상적 기분이 아직 어느 한 구석에 그대로 가시지 않고 남아 있는 소치가 아닌가 느껴짐은 선자의 둔하고 완고한 생각 때문일까. 이러한 구절은 이 작품 전체에 치명상을 주는 치기와 속취가 풍기는

부분이라고 단언을 하고 싶다.

[발표지] 《현대문학》 통권 6호(1955. 6.)

고행 일로(苦行一路)의 진출*

이런 글을 여러 번 써 왔기 때문에 중복을 피하기 위하여 각도를 좀 달리하여 써 보려고는 하나 역시 전연 딴 이야기만은 나올 수 없는 성질의 글이라 결국은 다 써 놓고 보아야 알 것 같다.

"신진작가라는 이름만 한 번 들어 보고 죽어도 한이 없겠다!"
나와 같이 문학을 공부하던 어떤 한 친구는 한두 편의 소설을 발표해 보았으나 문단에서는 아랑곳도 아니 해 주고 월평(月評)은 취급조차도 아니 해 줌으로 한숨과 같이 이렇게 탄식을 하면서 방바닥에 벌떡 뒤로 나가 자빠지던 것을 나는 본 일이 있다. 문학에 취하여 문학 공부만을 일삼고 학교의 일반 학과는 돌아보지 않았기 때문에 성적의 점수 부족으로 낙제를 해 가면서까지, 그리고 낙제는 저도 좋다 나는 소설을 썼으면 그만이라는 오직 그런 생각 하나만으로 드디어는 학교도 집어치우고 10년을 닦은 공부가 이렇게도 반영이 없음을 보았을 때, 나로서는 기가 아니 막힐 수가 없었던 것이다. 그때의 그 태도로 보아서 그것은 실로 피가 어린 탄식에 틀림없다. 그러면서도 그는 붓대는 놓지 못하고 그 후에도 어떤 선배를 통하여 소설 한 편을 신문에다 발표하였다.
작가로서는 어느 정도 자신이 있었던 모양이나(나에게 그런 의미로

---

* 원제는 '명작 돌파에서 창작의욕을'.

324

말을 하였다) 이 작품 역시 아무런 반응 없고 월평은 또 묵살을 하고 지나갔다. 그는 드디어 붓대를 꺾고 말았다.

문단의 등용문을 지키는 수위는 이렇게도 냉정한 것이었다.

이 친구가 꺾어 버린 붓대는 나에게도 적지 않은 큰 동요를 주었다. 내가 쓰는 소설이 결코 그의 수준을 넘지 못하고 있음을 내 자신 잘 알고 있었기 때문에 그 작품에 움직여지지 않는 그 등용문이 나의 작품에서 움직여질 리 없음은 뻔한 일이었기 때문이다. 생각하면 할수록 내 붓끝에도 차츰 힘이 빠져 나가고 있었다. 그러지 않아도 나는 이미 발표의 경험을 가지고 있었던 것이다. 그것도 보통 어떤 선배의 알선으로서가 아니고 《조선문단》에 당당히 당선이란 명칭으로 발표가 되었던 일이다. 그러나 당선된 그 전호 사람들(그때 《조선문단》에서는 호마다 작품을 모집하여 추천, 입선, 선외가작의 세 부문으로 나누어 발표를 하였다. 그러다가 몇 호를 지나서는 추천이나 입선 정도의 작품은 그저 당선이라고만 하여 발표를 했다)의 당선작은 다들 그 《조선문단》의 '창작합평회'의 합평에서(그 임시 매호 합평회가 있었음) 어떤 의미에서는 이야기 자료들이 되고 있었건만(최학송 씨의 「고국」—추천, 채만식 씨의 「세길로」—입선, 한모의 「동경」—입선, 임영빈 씨의 「난류」—추천 등) 유독 나의 작품이 당선(나의 작품이 당선되던 후부터 당선으로 변경하였음)되기 바로 직전 호의 당선작(입선)인 박화성 씨의 「추석 전야」와 이 두 당선작에 대해서는 평이 좋지 않았던 것이다. 역시 이것이 당선은 되었다고 하더라도 그 합평은 내 실력을 말해 주는 것 같아서 이런 것을 생각할 때마다 그 친구의 꺾은 붓대가 뒤미처 연상이 되었던 것이다. 그리하여 나는 내 실력을 의심하며 한참 붓을 놓고 있었다.

그러는 동안에 나는 박화성 씨의 「하수도 공사」라는 작품이 또 《동광》에 춘원의 추천으로 발표가 되어 나왔는 것을 보았다. 당선을 하고도 그 같은 선자에게 또 추천받는 박화성 씨의 태도는 나에게는 큰 교훈과 자극을 주었다. 나도 좋은 작품으로 문단에 다시 물어야 한다!

마음을 돌려 먹고 놓았던 붓을 또 다시, 그리고 단단히 잡았다. 《조선문단》이 모집하는 현상(그때는 《조선문단》 경영자가 바뀌면서 현상으로 작품을 뽑았다)에 응모하였다. 당선은 또 되었다. 이번에는 평이 그리 나쁜 것은 아니었다. 미지의 문학청년에게서도 재미있게 읽었노라는 편지도 2, 3통 받았다. 그러나 나는 이 당선뿐이 아니라, 내가 써 온 그 동안의 작품이 늘 불만하였다. 그것은 외국의 작품들과 비해 볼 때에 그 수준을 따를 수는 없다고 하더라도 너무도 깊이가 없는 겉으로 줄줄 핥아 놓은 것 같은 그것이 무엇보다의 불만이었다.

그리하여 좀 깊이가 있는 그런 작품으로 문단이 한 번 놀래일 정도로 다시 한 번 문단에 물어보리라는 야심이 생기었다. 세계명작이라는 작품을 한번 통독하여 보자. 그리하여 수양을 한껏 쌓아가지고 그때에 붓대를 들자. 이를 사려물고 마음과 타협을 하였다. 그때 한참 문단에서 유행하던 원본전집(일원 균일의 전집)을 자력(資力)이 허락하는 한 모두 예약을 하였다. 신조사의 『세계문학전집』을 위시하여 『신흥문학전집』, 개조사의 『현대일본문학전집』, 춘양당의 『명치대정문학전집』, 제일서방의 『근대극전집』, 근대사의 『세계희곡전집』, 『노벨상문고』 등이 그것이었다. 게다가 춘추사의 『세계대사상전집』까지 예약을 해 놓고 건강이 허하는 한, 밤일지 낮일지 그저 이 책 속에 몸을 파묻고 있었다.

그러나 한 달에 한 권씩 배본이 되는 이 전집 6, 7종을 제 달 안에 독파해 내리라던 결심은 어림도 없는 욕심이었다. 책을 읽는다고 하기보다는 어루만지고 지나지 않아서는 도저히 불가능한 일이었다. 그러나 지나 놓고 보면 어루만지는 것도 역시 독서였다. 그 작품의 내용과 성질은 대개 짐작할 수가 있었던 것이다. 그리하여 책이란 어루만지는 책도 있게 될 것은 불가피한 일이라는 생각으로 비위에 맞지 않는 책은 어루만지는 정도로(자연히 어루만져졌다) 넘기었다.

어떻게 책을 보기도 하고 어루만지기도 하고 지나노라면 창작 의욕을 느끼게 되는 경우가 많았다. 그러면 자연히 책은 던지게 되고 원고지를 대하고 펜을 들게 된다.

이것이 독서에는 큰 방해였다. 그대로 붙들고 앉았으면 끝까지 독파해 낼 것을 도중에서 2, 3일을 쉬어 놓고 보면 그것이 여간 재미있는 책이 아니고서는 다시 그 책이 손에 들리지 않았다. 그 책은 또 결과적으로 어루만지고 지나는 데 그치고 말게 된다. 그래서 될 수 있는 한, 창작 충동을 억제해 가면서 독서에만 전심을 하였다. 실력만 길러 놓으면 그것은 언제든지 나올 수 있으리라는 생각에서였다. 그러나 이것이 소위 문단 등용에는 큰 오산임을 그 후에야 알았다. 문단은 그 작가의 작품을 통하여 하등의 관계가 없을 것인 데다가 한참 상승일로에 있는 문단의 수준은 자꾸만 올라가고 있었던 것이다. 작품 제작이란 하나의 기술이기 때문에 그것을 단련시키어 방법을 체득하고 표현 기술을 연마시키지 않아서는 상승하는 문단의 일반 수준을 따를 길이 없이 되고 있었다.

이것은 틀림없는 사실이었다. 나는 또 책을 놓고 붓을 들었다. 3년 동안이나 놓았던 붓에는 살륙이 앉은 데다가 신병까지 겹치어 도저히 집필이 불가능하게 되었다. 책도 붓도 다 놓고 정양을 하지 않아서는 안 되게 되는 몸이었다.

이렇게 3, 4년을 또 지나다 보니 문단에는 신진작가가 자꾸 쏟아져 나왔다. 문단은 참 흥성했다. 나는 그 흥성거리는 문단을 멀거니 방관만 하면서 낚시질로 세월을 보냈다. 여기엔 건강을 위한 의미가 반은 더 포함되어 있었다.

이렇게 지나면서도 내가 붓대를 꺾지 않고 가끔 작품을 발표해 오는 것을 본 예의 붓대를 꺾은 그 친구는 나의 꾸준한 노력과 인내에 감탄을 하노라고 하면서 찬사를 보내던, 그리하여 그 이야기를 듣던 기억이 지금도 남아 있다.

그때 같은 문학을 공부하던 사람으로서 다만 붓대를 꺾은 친구 하나만이 다시는 소설에 붓을 대지 아니하고 화필로 그것을 바꾸어 들었을 뿐, 그 이외의 세 사람은 모두 소설로서 문단의 문을 열었다. 나도 붓대를 꺾지 않고 천대를 받으면서 굴러다니다 보니 어느새 그들과 같이 문단의 문 안에 서 있게 되었던 것이다. 고행 일로(苦行一路)였다.

〔발표지〕《자유문학》(1958. 10.)

경인(鏡人)과 황제(皇帝)

鏡人(희곡, 몽환적 삼부곡) 프란츠 · 웰펠

우리들, 인류의 미래에 대한 이상에 불타는 그 정열이 끝까지 마음을 붙들고 놓지 않았다. 주인공 '다마아르'는 인간 영혼의 투쟁과 비극의 상징으로 괴테의 「파우스트」, 입센의 「프란드」, 스트린드베르히의 「다마스크스에」같은 것을 읽는 맛과 비슷했다.

황제(文章 32인집) 이효석

야—과연! 하고 무릎을 여러 번 쳐 가며 읽었다. 그 언어미, 그 예술적 향훈, 이러한 작품이 문제되지 않는 것은 무슨 때문일꼬. 혼자 흥분해서 다시 한 번 더 읽었다.

〔발표지〕《삼천리》(1941. 7.)

기교(技巧) 즉 내용(內容)

─예술은 탐구체─

언어가 없이 문장이 있을 수 없는 것과 같이, 문장이 없이 소설이 있을 수 없다. 그러나 언어라고 다 문장이 될 수 없는 것과 같이 문장이라고 또한 다 소설이 될 수는 없는 것이다. 언어를 정리시켜야 문장이 되는 것이요, 문장을 정리시켜야 소설이 되는 것이다.

이럴진대 소설을 쓰는 데 문장의 정리가 절대적이라는 것을 우리는 알 수가 있다. 그렇다면 문장의 정리가 잘 될수록 잘 된 소설이 되어질 것이라는 것은 다시 더 두 말이 긴치 않게 된다. 여기서 우리는 소설을 쓰는 데 있어 문장을 보다 더 잘 정리시킬 수 있는 재주의 필요성을 절실히 느끼지 않을 수 없다.

이 재주라는 것은 무슨 무용한 문구의 정리만을 말하는 것이 아니요, 제재의 선택에서부터 깎고 짜고 세우고 하는 것 같은 그런 일체의 것이 다 포함되어 있음은 말할 것도 없겠다. 이러한 정리를 가리켜 표현이라고 하는 것임을 우리는 잘 알고 있다. 그러면 이 표현 여하에 따라 소설이 잘 되고 못 되리라는 것을 알 수 있다. 그럴진대 소설을 쓰는 사람으로서 이 표현이라는 것을 늘 무시할 수가 없는 것이다. 누구나 표현을 잘 시킬 재주를 아니 원할 수 없게 될 것이다. 이 재주를 기교라고 한다.

그러면 우리는 기교 없이 소설이 잘 될 수 없으리라는 결론을 얻었다.

그런데 기교라는 것을 무슨 한낱 문장이나 매만지는 그런 형식의 도구로, 없어도 무방한 것인 줄만 알고 내용과 대비시켜 선행 후행의 구별을 백철 씨는 「기교와 내용의 문제」에서 지어 놓았다.

"문장상에서도 우선 내용적인 의미에서 신경지를 개척하자 하는 의욕이 어떻게 표현하느냐 하는 문제보다도 먼저 혹은 그 후자를 무시하면서 올 수 있는 시대다. 적어도 어떻게 표현하느냐 하는 문제에 선행하여 무엇을 택하여 내용을 삼느냐 하는 것이라야 할 것이다." 하였다.

나는 이러한 예를 한번 들어 보겠다. 빵은 밀가루로 만든다고 하지만 밀가루만으로는 빵이 되지 않는다. 거기 필요한 분량의 소다와 물이 필요하고, 또 적당한 화력의 조종이 필요하다. 밀가루는 내용이요 소다, 물, 불은 기교다. 이어 또 한 가지가 없어도 빵은 빵으로서의 형태를 이루지 못한다. 아무리 좋은 밀가루를 택해서 내용을 삼자 해도 소다, 물, 불이 없이는 빵이 안 되는 것이다. 내용이 따로이 있는 것이 아니요 기교가 따로이 있는 것이 아니라 기교 역시 소재의 하나이기 때문이다. 피와 살이 떨어져 인체를 형성할 수 없듯이 내용과 기교가 떨어져 소설이 형성될 수 없다. 우주의 내용이 자연이라고 가정한다면 이 자연이 하늘과 땅이 없이 존재할 수 없는 이유와 마찬가지다. 우주 즉 자연이요 자연 즉 우주다. 내용 즉 기교이요 기교 즉 내용이다.

그런데 씨가 말하는 내용이라는 것은 그때그때 눈앞에 바라보이는 인간 생활의 형태를 말하는 것 같고 그것을 가리켜 현실이라고 지칭하는 것 같다. 그리고 그것을 부단히 주시하는 것이 문학자의 입장을 정하는 것이라 하였다.

"적어도 금일의 현실을 본질적인 면에서 파악하는 눈을 갖고 부단히 현실을 주시하는 곳에 문학자의 윤리적인 입장을 정할 것, 그 입장 위에선 문학은 결국 내용을 중시하는 문학이요, 동시에 그것은 새로운 형식을 탐구하고 기교를 향상하는 길이 될 것이다."고.

그러나 생활은 그때그때 변하여도 예술은 때를 따라 변할 수가 없

기교(技巧) 즉 내용(內容) 331

다. 소설가가 현실을 보는 각도는 그것이 예술적으로 보는 것이기 때문에 현실이라는 형태를 통하여 자기의 정신 내용을 비추어보게 되는 것이다. 그리하여 이 정신 내용에 비친 그러한 현실이라야 그것이 비로소 소설의 내용이 된다. 현실이란 육안으로 직시할 수 있는 사실의 그 일면만이 아니고 천지 자연 속에서 시간적으로 끊임없이 연속하고 있는 인간 생활의 전체이기 때문에 일단 예술의 현실을 통하여 나타나게 될 때엔 작가의 기질에 따라서 현실의 각도가 달라지게 되는 것이다. 육안으로는 볼 수도 없는 꿈이 소설의 제재로 취급되는 것도 그러한 이유에서요 그것이 엄연한 현실임으로서다. 위대한 사실가는 위대한 환상가이여야 한다는 모파상의 이야기는 그 얼마나 현실을 정확히 파악한 명언이랴.

이렇게 볼 때에 "그 내용과 형식은 조화와 통일을 전제하되 시대에 따라서 내용을 중요시할 시대와 갈라진다는 것 그 점에서 볼 때에 금일의 문학은 형식이 아니고 내용을 중시할 시대라고 생각한다."고 한 이러한 이론은 앞에서 지적한 바에 의하여 원칙적으로 성립이 되지 않음이 이미 드러났거니와 다시 한 번 더 말한다면 시대에 따라서 빵 만드는 원칙이 변하여질 수가 없다. 인간 생활은 변하여도 예술은 변하지 않는 것이다. 일제시대에 그렇게도 강요하던 그 소위 「국민 문학」을 우리가 못 쓴 것도 민족적 감정에서뿐만이 아니라 소설이 예술이기 때문이었다.

예술은 물처럼 흔들리는 유형체가 아니요 불상처럼 움직이지 않는 탐구체인 것이다.

〔발표지〕《경향신문》(1948. 10. 10.)

작품의 번역(飜譯)과 역자(譯者) 문제
―문장을 구사할 수 있는 표현 능력―

우리 나라 독서계에도 이제 번역의 시기가 내도하였다. 미첼의 「바람과 함께 사라지다」의 매행(買行)이 그것을 여실히 증명하고 있다. 그리하여 출판계에서는 이 요청에 응하여 온갖 부문에서 번역물의 간행이 입건(立件)되고 있어 세계적인 최대 장편의 하나인 톨스토이의 「전쟁과 평화」도 벌써 수처에서 간행이 경쟁되고 있다는 소식을 듣거니와 일전에는 출판 기관에서도 세계 문학 전집 전30권의 방대한 계획을 세우고 역자의 선정에까지 논의가 진전되었다가 난관인 것이 역자 문제이어서 모처럼 세웠던 이 전집 간행 계획은 아깝게도 수포로 돌아가고 말았다고 한다. 그 이유는 문장의 능력은 미준(未準)하나 외국어가 능숙한 외국어 학자에게 맡기느냐 혹은 외국어는 능숙하지 못해도 문장의 능력이 충분한 현역 문인에게 맡기느냐 하는 문제에 들어가 외어(外語)의 능력은 미준하더라도 문장의 능력이 있는 현역 문인에게 일역(日譯)을 대본으로 맡기는 것이 타당할 것이라는 논리가 승리를 얻게 되었다. 그러나 여기에는 다만 하나의 부대 조건이 있는 것으로 그것은 일역 대본의 번역을 일단 외어에 능숙한 외어 학자에게 내맡겨서 원서와 대조하여 시정을 하기로 하고 그것을 두 사람의 공역으로 하는 것이 완전을 기하는 가장 타당한 방법이라는 결론에 누구나 이의도 없이 귀착되었다. 그러나 예정한 4·6판 5백 페이지 한 권의 초판 3천 부 1할 인세를 환산하면 정가 5백 환으로 치고 15만 환밖에 되지 않으니 그것을 두 몫으로 분배하면 1인당 7만 5천 환의 인세밖에 되지 않는데, 이 5백 페이지 1권의 책을 만들자면 원고(2백자 용지) 일천칠, 팔백 매 정도가 소요되므로 그것의 탈고까지에는 적어도 2, 3삭의 시일은 요하여야 될 것이어서 석 달 동안에 7만 5천 환 수입으로는 이 번역을 착수할 사람이 없으리라는 데서 이 모처럼의 계획은 고스란히 와해가 되고 만 것이었다. 이 와해를 요약해 말하면 외어의 능력과 문장의 능력이 겸비한 일도 양면용(一刀兩面用)의 소유자가 없다는 것으로 학계가 직면할 수치스러운 일임에는 틀림이 없으나 그것이 사실임에는 또한 어찌 하는 도리가 없다.

그러나 당면한 번역에의 요청은 이런 수치를 돌볼 여유가 없다. 냉수 대신에 미지근한 물이라도 마셔야 우선 지갈(止渴)이 될 것이다. 완전을 고집할 것이 아니라 가능한 한에서 이 목마른 요청을 들어줘야 할 것이 출판계의 임무가 아닐까 한다. 그런데 근일 나는 또 이러한 이야기를 들은 일이 있다. 어떤 출판사에서 출판한 번역 소설을 친지인 모 대학 교수에게 기증을 하였더니 이 책을 아무렇게나 되는대로 한번 뒤적거려 보고 나서 인명의 발음도 제대로 할 줄 모르는 사람이 이 소설을 어떻게 번역할 능력이 있었을까. 나는 이런 책의 기증은 받지 않네 하고 앉은자리에서 내동댕이를 치더라는 것이다.

자, 그러면 우리 번역계는 이 교수의 이 상식을 어떻게 받아들여야 할 것인가. 인명이나 지명의 발음이 약간 틀렸다고 그 내용도 따라서 틀렸다고 그 내용도 따라서 보잘것없이 되는 것이 번역이 가지는 당연한 귀결성일까. 인명이나 지명의 발음은 약간 틀렸다고 하더라도 내용을 살리기만 한 것이라면 인명이나 지명의 발음이 정확하고 내용을 살리지 못한 것보다는 오히려 살 점이 있을 것이 아닌가. 생각건대 번역에 있어 인명이나 지명의 발음 같은 것은 한낱 부차적인 지엽 문제가 아닌가 한다. 그야 정확을 기하였으면 더 말할 나위도 없을 것이지만 설사 약간의 발음이 틀렸다고 하더라도 인명에 있어서 그것이 그 사람인 줄만 알았으면 그만인 것이요 지명에 있어서도 그것이 그곳인 줄만 알았으면 그만일 것이다. 인명이나 지명이란 작품에 있어서 그런 것밖에 더 아무런 무슨 역할도 하는 것이 없기 때문이다. 요는 그 번역의 우열이란 역필(譯筆)의 능력이 그 작품을 살리느냐에 있을 것이다. 아무리 외어에 능통하여 발음이나 작품을 소화하는 능력이 충분하다고 하더라도 이것을 우리말로 구사시킬 문장의 능력이 충분하지 못하면 안 될 것은 더 말할 나위도 없을 것이다. 이 한 예로는 모씨의 원어역(原語譯)인 예술 작품이 그것을 잘 증명하고 있다. 이 작품은 세계적인 명작으로 한참 성가를 높이고 있는 특수한 작품이었다. 나는 이 한역(韓譯)을 보기 전에 먼저 일역을 본 일이 있다. 이 일역으로 통하여 본 이 작가 독특한 시미(詩味) 창일(漲溢) 문장에 나는 우선 감탄한 일이 있었다. 이 문장은 행을 바꿀 때마다 처음 서두에서 아래다 할 이야기의 내용을 요약해서 간단히 한마디로 툭 던져 놓고 그리고 나서 그것을 자세히 되풀이해 내려가면서 토막토막을 지어 가는 문장으로 각 장구(章句)의 고립을 감소하기 위하여 과거를 반복하면서 효과적인 접속사를 이용해 넣는 누구의 문장에서도 볼 수 없었던 그 작가 독특한 문장이었다.

그러나 이 역자의 한역에 나타난 이 작품에서는 그 작품이 가지는 독특한 문장이 풍기는 시미는 그 어느 한 구절에서도 찾을 수가 없었다. 그저 보통 누구나가 쓰는 문장인 그런 문장도 매우 서툴러서 다만 그 줄거리의 뜻을 전하기에도 미급한 문장이었다. 그리하여 이 번역이 아무리 인명, 지명에는 발음이 정확히 되었다손 치더라도 이 작품을 살리었다고는 볼 수가 없다.

어떤 작품의 번역이 그 작품이 풍기는 향취를 옮기지 못하였다면 그것은 그 작품의 경개요 작품은 아닌 것이다.

보통 논문이나 그런 유(類)라면 원작이 전하여온 그 뜻만을 전하는 것으로 어느 정도 번역으로서의 사명이 다하였다고 볼 수 있을 것이나 작품 유에 있어서는 그 뜻만을 전하는 것만으로는 절대로 그 사명이

다해졌다고 할 수는 없을 것이다. 작품에 있어서는 그 작품이 풍기는 향취와 그 작가 독특한 표현의 묘미를 살려야 한다. 작가마다 문장을 다루는 그 표현에 있어 그 독특한 표현 방법(그 작가만이 가지고 있는)이 있다. 〔이것을 벽(癖)이라고 해도 좋다.〕 이 벽이야말로 그 생명의 한 부분이다. 이 벽이 무시될 때에는 그 작가의 생명도 무시되는 것이나 다름이 없을 것이다. 가령 말하자면 지드의 문체는 지드의 문체로 까뮈의 문체는 까뮈의 문체로 그대로 살려야 한다. 까뮈의 문체가 지드 문체로 되어서도 안 되고 지드의 문체가 까뮈의 문체로 되어서도 안 된다. 어디까지든지 지드는 지드대로 까뮈는 까뮈대로 각각 그 작가가 가진 문체를 살려야 한다. 그러지 않으면 그 작품은 그 작가의 작품이 아니기 때문이다. 이것은 위에서도 말한 바와 같이 원어에 능통하는 원어의 실력만으로는 도저히 안 되는 것이요 우리말에 능통한 문장을 자유자재로 구사할 줄 아는 표현 능력을 가진 실력에서라야 될 것이다.

그러니까 우리가 지금 당면한 번역의 요청에 있어서는 그 가능치 아니한 원어역만을 고집할 것이 아니라 가능한 한에서 작품의 경개가 되지 아니하고 작품이 되는 번역이라면 중역(重譯)이나 이중역이나를 막론하고 환영하여야 할 것이요 원어역이라고 하더라도 그것이 작품이 되지 아니하고 작품의 경개가 되는 역이라면 그것은 환영할 수가 없을 것이다.

〔발표지〕《경향신문》(1954)

작품의 구성 무시(構成無視)

  20세기의 소설은 종래의 구성법을 무시하고 새로운 한 틀을 시험하면서 성공하고 있다. 릴케의 「말테의 수기」가 그것이오 조이스의 「율리시스」, 프루스트의 「잃어진 때를 찾아서」, 그리고 이번 대전 후 싸르트르의 「자유에의 길」 들이 현저한 것으로 이들 작품은 20세기 신문학의 대표적 작품으로 논의가 되어 옴과 동시에 그 영향은 세계 문단의 구석구석에까지 파급이 되면서 있다.

  이 여파는 우리 문단에도 파급이 되었다. 일부의 작가층에서 소설 구성의 무시설(無視說)이 대두되고 또 그것을 실제로 이 구성 무시를 작품에서 시도하는 층도 나타나고 있음을 본다. 그러나 이의 작품에 나타난 무시된 구성에는 자못 수긍하기 어려운 데가 있다. 그것은 전연한 구성 무시요, 구성을 위한 구성 무시가 아니었기 때문이다.

  이 20세기 문학의 대표자인 릴케 들이 고집한 구성 무시는 17세기 고전주의 시대부터 세밀하게 인간의 심리 갈등을 분석하는 것으로 소설의 사명이 다하는 것 같은 내용에다 그 어떤 한 일정한 틀을 부여하는 것으로 절대 조건을 고집해 온, 예를 들면 플로베르의 「보바리 부인」이나 모파상의 「여자의 일생」 같은 그런 구성법이요, 구성 그 자체를 무시하는 것은 아니었다.

  나는 이제 그들 20세기의 대표적인 작가들의 구성을 무시한 작품들이 어찌하여 구성이 무시되었던가를 살펴봄으로써 우리 문단의 구성 무시에 대한 작품의 논의를 삼고자 한다.

가장 대담히 구성이 무시된 특출한 작품으로는 릴케의 「말테의 수기」를 들어야겠다.

이것은 누구나 아다시피 말테라는 한 청년 작가가 유고로서 남긴, 단편적인 감상, 비망 노트, 과거의 추상, 일기, 쓰다 버린 편지 조각, 면전의 풍경 묘사들을 아무렇게나 순서도 없이 모아 놓은 것으로, 이 작품의 구성에 대하여 작자 자신이 말하기를, "이런 소설은 예술적으로 본다면 되잖은 흠 투성인 구성에 틀림없을 것이나, 직접 인간적인 것에 접촉하기 위하여서는 결국 용허(容許)될 형성일는지도 모른다"고 하였다.

이것은 구성을 무시하였다는 말이라기보다는 인간적인 것에 접촉하기 위하여서는 이렇게 구성을 아니 할 수가 없었다는 새로운 구성을, 즉 무구성의 구성을 의미하는 말이라고 보아야 당연한 것이, 그 작품이 주는 감명이 이렇게 해석을 하게 만든다.

구성이란 결국 작품의 효과를 노리는 한 건축 방법이므로 소기의 효과를 거두기 위하여서는 구성에 그 어떤 틀이 있고, 그 틀에 구애를 받을 것이 아니라 어디까지든지 자유스러운 구성이어야 할 것을 대담하게 시험한 것이라고 보겠다.

말하자면 이 수법은 종래의 소설이 그 원인 결과의 방법에 좇아서 진행을 시키는 작위적인 시간 질서를 깨쳐 버림으로 새로운 구성을 구성하였을 뿐인 것이다. 이 구성은 인간의 의식 속에 깊이 잠재해 있는 영혼의 심연을 파헤치기 위하여서는 이렇게 하지 않을 수 없었던, 말하자면 종래의 구성법으로서는 인간의 진실상을 묘파할 수 없는 데서 건조된 구성이었다.

조이스가 「율리시스」에서 기술법을 채택하여 묘사를 열거 식으로 한 것이나, 또는 희곡체, 시나리오 들을 이용하고, 신문의 제목과 그 문체를 그대로 흉내내므로 장마다 특별한 취미를 그 문체에서 북돋으려고 하는 새로운 시험으로서의 구성 무시나 프루스트의 「잃어진 때를 찾아서」에서, 우연한 한 사건을 제시하고, 갑자기 과거의 모든 것을 생각하는 무의식적인 회상 방법의 채택이나, 작중 인물이 작품의 줄거리와 진행에 거리낌없이 자기의 의식의 흐름을 토로시키는 소위 내적 독백 같은 방법을 채택하므로 종래의 구성법을 무시한 이들 새로운 구성은 즉, 무구성의 구성은 역시 인간의 진실상을 묘파하기 위한 데서였다. 이들 작품이 그 어떤 새로운 대상이 없이 무리하게 무시한 구성은 모두 아니었다.

이것을 우리는 가옥의 건축에 비해 본다면, 종래의 건축하던 판에 박은 듯한 가옥의 건축 방법 그것이 아니면 가옥이 되지 않는 것 같아서 인간으로서의 생활에 불편을 느끼면서도 아무런 사고도 없이 가옥을 건축한다면 그저 그 식대로 안방이 두 칸, 건넌방이 한 칸, 마루가 간반, 부엌을 안방 옆에 달고 대문은 행랑방 옆에 달아서 'ㄱ'자로 집을 꺾고 기와를 올려야 하는 그런 건축 방식에서 보다 생활적으로 편하게, 아름답게 만들기 위하여 참으로의 인간 본위로 통풍 채광까지를 충분히 고려하여 설계를 한 건축이라고 하겠다. 그러나, 이렇게 건축을 하는 가옥도 설계 그것만으로는 되는 것이 아니고 건축 그것이 있어야 하는 것과 마찬가지로, 종래의 판에 박은 기와집은 17세기 이래의 소설의 구성 방법이라고 한다면 종래의 구성을 무시한 소설은 기와집의 건축 방법을 무시한 인간의 보다 나은 생활을 그리고 생명을 위한 양옥이거나 2층, 3층, 내지 5층, 10층의 신양식의 건조법에서의 구성이오, 결코 구성 그것이 무시된 것은 아니다.

나는 이제 이것을 끝으로 좀더 자세하게 20세기의 대표적인 작품들이 무시하는 구성과 우리 문단의 작품에 나타난 무시된 구성을 역시 가옥의 건축법에서 지적하여 그 가옥이 인간의 생명을 좌우하게 될 것이라는 것을 단적으로 말해 볼 절차에 이르렀다.

여기 폐병 청년이 생사의 막다른 골목에서 허덕이며 공기와 채광이 불충분한 재래식 가옥에 누워서 피를 토하고 있다고 하자. 그리하여 이 청년을 살리기 위하여는 무엇보다 볕이 바른 양지쪽의 산경(山傾)에다 통풍과 채광이 충분히 되게 유리집을 짓고 그 안에서 치료를 받게 하여야 할 것이다. 이들 대표작 작품은 폐병 청년을 살리기 위하여 유리집을 지었던 것이다. 그것은 어떤 방식이래도 좋았다. 병의 치료를 위한 집이라면 모양을 볼 것이 아니었다. 사람을 살리는 것이 목적이었던 것이다.

우리 문단의 구성 무시의 작품도 그 폐병 청년을 구하기 위하여 단연히 재래식의 기와집에서 환자를 풀어내오므로, 재래의 구성을 무시하였다. 그러나 끌어내었을 뿐 유리집의 건축이 없었기 때문에 한지(寒地)에서 배회를 하는 것 같은 감이 불무하다. 그리하여 그 결과가 빚어낼 것은, 통풍 채광은 시원치 못할망정, 그 재래식의 기와집에 그대로 누워서 치료를 받느니보다 오히려 생명의 위협을 더 느끼게 될 것이라는 것이다.

내가 이 글을 초하게 된 것은 오직 이 한마디가 하고 싶었던 까닭이다.

〔발표지〕《새벽》(1955. 3.)

독서의 성격

　독서로 자기의 마음을 살찌워 보겠다는 태도에서 독서를 하게 되는 독서는 독서의 첫걸음이다. 말하자면 독서를 위한 기초 지식을 마련하는 예비 단계에 있는 독서인 것이다.

　이 단계에 있어서는 무엇이 좋을까, 어떤 책을 보아야 할까, 그 대상이 될 책의 선택이 지극히 어려운 과제로 되어 있게 된다. 그리하여 친지나 혹은 선배에게 문의를 하고 추천을 받으려고 하거나 광고의 설명문에 의존을 하게도 된다.

　그러나 이런 문의나 그 과제에 적절한 해답이 되어질 수는 없다. 이 사람에게 감명을 준 책이라고 그것이 저 사람에게도 감명을 주게 되리라고 단정할 수는 없기 때문이다.

　사람은 각기 저대로 제가 좋아하는 것이 있다. 이러한 감정(感情)에 딴 감정의 유입(流入)은 결코 융합이 되지 않는다. '즐거움이 없는 곳에 이익은 따라오지 않는 것이다. 너는 네가 즐거워하는 것을 읽어라.'고 일찍이 셰익스피어도 말한 일이 있지마는, 감정이 통치 않는 감정으로 하등의 감명도 받을 수 없는 책을 억지로 읽게는 되지 못하는 일이다. 그러므로 서적의 추천을 받는다는 것은 어떻게 보면 무익한 일일는지도 모른다. 그러면 어떤 방법으로 서적을 택하여야 할 것인가, 그것은 말할 것도 없이 자기의 마음은 자기가 가장 잘 아는 것이므로 자기가 택하는 길밖에 바른 길이 없을 것이다.

　그러나 기초를 쌓는 독서의 첫걸음에 있어서는 자기 자신이 택할 만한 그 예비 지식이 또한 없다. 그러기 때문에 자기도 모르는 가운데 이것저것 난독(亂讀)을 하게 된다. 하지만 이 난독이 또한 그 자신의 욕심을 위한 독서로는 되어질 것이 아니다. 대개의 경우에 있어서 정력의 소비와 시간의 낭비일 것뿐이다. 그리하여 이 예비 단계에 있어서의 독서에서는 책은 책대로 많이 읽으면서도 그만한 수확을 가져오지는 못하게 된다.

그러나 이것은 하는 도리가 없다. 길을 가면 건강이 지치는 법이다. 이 건강이 희생되었기 때문에 갈 길이 이미 가진 것이다. 그만한 정력의 소비와 시간의 낭비로 난독이 있었기 때문에 그만큼이라도 얻어진 것이 있게 된 것이다. 그러므로 이 희생은 그만큼이라도 얻어졌다는 그 얻어진 데 가산(加算)이 되는 것이 당연한 것이므로 알고, 그저 다독(多讀)을 할 일이다. 그리하여 다독으로 이 예비 단계를 추어 넘는 수밖에 딴 도리가 없을 것이다.

이 단계를 접어들기만 하면 그때에는 무엇을 읽어야 할까 하던 서적이 자발적으로 선택이 되게 된다. 그 시간 낭비의 과정에서 자기의 요구 대상이 스스로 알아진 것이다. 그리하여 선택이 되는 이 독서는 지성(知性)의 강력한 명령에 의한 것이므로 침식도 잊게 되는 몰아(沒我)의 경지에 빠지게 된다.

그러나 이 지성이 살찌고 싶은 강력한 명령은 끊임없이 지속적으로 채찍질을 하는 것이기 때문에 여기서는 또 서적의 정독(精讀)에 소홀하게 되는 폐단이 생기기 쉽다. 그것은 그 책을 읽어 가는 도중에 또 보고 싶은 다른 서적이 나타나게 됨으로써 그것은 보고 싶은 조급한 마음에서 이미 보던 그 책에서는 손을 떼게 만드는 것이다. 그리고 그 책을 보아 가는 도중에 또 딴 보고 싶은 책이 나타나게 되어 이미 손에 넣었던 책은 또 손 밖으로 쫓겨나게 된다. 예비 단계를 넘어선 독서에서는 이러한 독서가 자꾸 반복이 된다. 그리하여 서가에는 책이 날마다 늘어 가게 되지만 그 책이 늘어 가느니만치 그만치 풍부한 양식은 실지로 머릿속에 들어와 쌓이게는 안 된다. 심지어는 선택한 책의 그 목차에 눈을 한 번 거치는 것만으로 벌써 그 책에 대한 독서의 목적은 달하게 되는 수도 있다.

이런 독서는 당연히 피해야 될 것이나 자발적으로 선택을 하게 되는 독서의 연륜(年輪)이 쌓이게 되면 또한 막는 도리가 없다. 이것은 마치 장사꾼이, 이것이 유리할까, 저것이 유리할까 하고 이것저것 집적거리다가 밑천만 들여 놓고 그 밑천을 들인 만큼 그만큼 성공을 못하게 되는 것과 마찬가지다.

그러나 성공은 못 했어도 그 들인 밑천이 장래의 성공에 한 좋은 참고가 되듯이 이런 독서에서 희생이 되어 서가를 풍부하게 만든 서적은 장래의 연구에 한 좋은 참고가 될 것이다.

하기는 서적이라는 게, 그 방대한 페이지가 단지 몇 구절을 말하기 위한 부연인 것임을 알게 될 때에 그 방대한 페이지를 전부 소화하겠다는 욕심이 결국은 만심(蠻心)이 아닐는지도 모른다. 그러나 이것이 정당한 독서법이라고 말할 수는 없는 것이다.

그러니까 우리는 그 어떤 서적에 손을 대기 시작할 때에 그 한 페이지만을 읽고 만다고 하더라도 그 읽는 페이지에 전 정신을 다할 일이고, 적연필의 사용은 절대로 금할 일이다. 이것처럼 그릇된 독서법은 없다고 본다. 적선을 긋는 의미는 중요한 대목이니까 다시 한 번 더 읽어 볼 욕심과 후일의 참고를 삼겠다는 이중(二重)의 노력을 피하기 위함이다. 그러나 그 적선을 믿고 언제나 용이히 찾아 읽을 수 있으리라는 방심(放心)에서 그 대목을 언제나 헐하게 읽어 버리고 말게 된다. 그리고 나면 다시 읽어 보리라던 그때의 마음은 그때의 마음이었을 뿐, 그 대목에 다시는 눈이 용이히 가게 되지 않는 법이다. 그것은 앞으로 읽을 것이 자꾸만 쌓여 가게 되는데 하가(何暇)에 그것을 들추어 볼 여가가 생기게 되지 않기 때문이다. 그리하여 책에는 적선 투성이만 되고 그 중요한 대목이 뚜렷하게 자기의 것으로 머릿속에 들어와 편안하게 자리를 못 잡고 어리벙벙하게 떠돌고 있게 될 뿐이다. 그러기 때문에 중요하다고 인정이 되는 구절이면 적선은 아예 피하고 당장 그 자리에서 두 번이고 세 번이고 머릿속이 완전히 대답을 할 때까지 읽어 둘 일이다. 쇼펜하우어가 '사람들은 왜 자기가 읽은 것을 완전히 자기의 것으로 만들지 못하는가 하면 그것은 자기가 생각하기를 게을리 하였던 까닭'이라고 한 말은 독서법에 대한 금언(金言)이 아닐 수 없다.

그러므로 독서란, 예비 단계에 있어서는 하는 수 없이 다독을 피할 수 없게 되고 그 단계를 넘어선 자발적인 선택의 독서에서는 정독이 요청되게 되는 것이다. 그러니까 예비 단계에 있다고 하더라도 무리로 서적의 추천을 받겠다고 하거나, 예비 단계를 넘어서 자발적인 선택의 능력이 생겼다고 서가만을 풍부하게 만드는 독서는 결국 정당한 독서법은 아니라는 결론에 귀착하게 된다.

[발표지] 《경향신문》(1957. 9.)

「파류장(波流狀)」을 묻는다
—금년도 창작계를 회고하며—

　금년에도 문단은 상당수 작품을 산출하였다. 백유여(百有餘) 편을 추산하게 된다면 그 수 결코 적다고 볼 수 없다. 그러나 일 년 회고를 더듬어보는 이 자리에서 기억에 역력한 작품을 찾을 수 없다는 것은 적이 섭섭한 일이 아닐 수 없다. 상당히 기대를 갖고 있던 신진층에서도 이렇다고 할 만한 작품이 기억에서 되살아나지 않는다. 다만 하나 《동아일보》 신춘문예 당선 정연희 작인 「파류장」이 인상에 깊을 따름이다.

　이 작품에 대해서는 그 발표 당시 몇몇 분의 평이 있었다. 그러나 모두 앞으로 촉망를 가진다는 격려가 있었을 뿐, 그 이상의 작품을 인정하려고 하지 않았다. 그리고 또 몇몇 분 친지 작가들로부터서도 그 작품의 관념성을 들고 대수롭지 않게 평하는 말도 들었다. 이 관념성이라는 데 있어서는 전자인 몇몇 분의 평문에서도 이로 말미암아 그 평가에 인색하였음은 후자나 모두 일치되는 점이었다.

　그러나 단지 관념성이라고만 하고 허물을 잡은 그 관념성이 이 작품 전체에 흐르고 있다는 관념성이라는 말인지 혹은 그 어떤 부분을 지칭함인지 그 막연함이 지극히 알고 싶은 점이었다. 내가 보는 소견으로는 이 작품 전체를 통해서 국군 장병이 주인공 마드레느에게 건네는 이야기에서 부자연성이 튀어나옴을 보았을 뿐(이 부분은 물론 관념적이다) 이 작품이 전반적으로 관념의 테두리를 벗어나지는 못했다고는 결코 보지 않는다. 이런 성질의 작품에서는 그 깊이의 천착을 위함이 관념적이기도 쉽고 또 관념적이 됨을 면하게 되는 수도 있다. 그것은 이 관념이라는 것을 제거하고는 영혼의 밑바닥까지 파고들지는 못하게 되기 때문에 불가피하게 되는 경우가 있음을 우리는 보아 온다. 그러나 그 작품이 우리의 심금을 울릴 때 우리는 그 작품을 무시할 수가 없게 된다. 요는 그 작품이 우리의 심금을 울려 주느냐 주지 못하느냐가 문제일 따름이다.

이 「파류장」도 나는 이러한 경우와 비슷한 처지에 놓여 있다고 본다. 6·25사변을 측면으로 취급해 가지고 신과 인간을 대결시킨 이 작품은 하나의 인생 문제를 해결하려는 깊은 데까지 영혼 속으로 들어가 그것을 용하게 파 헤집었다. 그리하여 인간이 승리를 하기까지 그 고뇌를 우리의 가슴속에다 쥐어박으므로 오늘날 인간이 처해 있는 그 생활의 위치에 커다란 동요를 주었다.

"내 아름다우신 천주님." 하고 "천주를 부르는 마음에서 어쩌면 그렇게도 작은 나를 느끼는 것일까?…… 법의(法衣) 허리에 늘어진 목주의 상쾌한 무게, 발 끝까지 늘어진 법의의 엄숙함" 속에서 "조그마한 육신이 지탱할 수 없도록 벅찬 환희의 가슴을 웅켜잡던" 마드레느가 "보이시나이까? 주여, 힘을, 이 악의 사슬을 끊을 힘을." 하고 빌다 못해 "이것이 수녀의 고행이란 말인가. 혼미하여 가는 의식 속에 죽어가는 슬픈 반발처럼 자기를 떠맡기"면서 "예수가 흘린 피와 내가 흘리는 피와" 하고 부르짖으며 "죽음도 삶도 아닌 위치에서 간구의 마음도 공포도 잊는 채 마드레느는 눈을 질끈 감아버렸다."

신에게 의지했던 환희가 이렇게 전도될 때, 그 고뇌는 마드레느 개인의 고뇌가 아니고 신에다 삶을 의탁한 인류의 고뇌였다. 이 자체가 미덥지 않아 신에 의존을 하였던 마드레느는 이제 어디에다 의존을 해야 할 것인가. 신의 배반을 당하고 인간으로 돌아온 마드레느는 신이 아닌 인간으로서 무언가를 갈구하는 인간의 영혼을 위무할 수가 있었다. 그리하여 신의 세계에 의존한 인류의 위치에 동요를 준 것이다.

346

    나이 어린 여학생의 작품이라고 그 작품이 지닌 가치가 가치 이하로 평가되어서는 결코 안 될 것이다.

    문장도 함축성이 있고 지성적이고 품위가 있어 이 작품의 빛을 더하고 있었다. 덤비지 않고 차근차근 조용히 파고 들어가면서 향기를 풍기는 이 「파류장」의 문장은 마치 봄볕처럼 따스하게 마음을 어루만져 주며 감명을 깊이는 데가 있었다. 적어도 나는 그런 느낌을 받았다. 다만 위에서도 잠깐 언급한 국군의 부자연한 이야기에서부터 박력까지 잃게 된 구성에 다소의 불만이 없는 게 아니다. 그러나 그렇다고 해서 이 작품이 지닌 가치가 전적으로 무시되어 좋을까. 아니, 이 작품을 금년 문단의 총결산에서 그 맨 윗머리에다 놓아 주게 되면 어떻게 될까. 나는 다만 이 한마디를 이 해가 가기 전에 문단에 묻고 싶을 뿐이다.

〔발표지〕《한국일보》(1957. 12.)

문학사를 통해 본 여성의 비극

세계 문학은 여성의 비극사(悲劇史)라고 하여도 과언이 아니겠다. 문학의 역사가 비롯한 그날부터 오늘에 이르기까지 세계적인 명작으로 그 어느 것을 논할 것 없이 모두가 주인공(主人公)이건 부주인공(副主人公)이건 여성이 취급되지 않은 작품이 없고, 또 여성이 취급된 작품이면 거의가 모두 비극으로 그 생애를 마치지 않은 것이 없다.

그 수많은 작품의 여성 비극사를 이제 여기서 일일이 따져 소상히 발가 볼 지면이 없지만, 우리의 입에서 항상 회자되고 있는 작품만을 위선 되는대로 몇 개 헤집어 보더라도 그것은 그 어떠한 부분에 있어서나마 잔인할 만큼 여성의 비극적 생애를 그려 놓고야 넘어간 것들이다.

• 한 달을, 두루, 스무닷새 동안은 하얀 춘나무꽃을, 그리고 남은 닷새 동안은 빨간 춘나무 꽃을 손에다 들고 손님을 만나야 하는 매소부(賣笑婦)의 신세이기 때문에 사랑하는 사람과 서로 사랑의 보금자리를 틀지 못하고 순정에 타는 사랑의 불꽃으로 말미암아 드디어는 지병(持病)의 악화를 초래하게 되어, 피를 토하면서 한쪽으로는 사랑하는 사람의 이름을 연방 불러 가며 세상을 떠나가는 「춘희(椿姬)」(뒤마作)의 '마르그리트'의 비극.

• 인생의 행복은 육욕(肉慾)의 쾌락에 있는 것이라는 자유 사상을

가지고 ‘사루진’이라는 사내에게 몸을 맡겼다가 임신을 하게 된 것이 도리어 ‘사루진’의 미움을 사게 되어 버림을 아니 받을 수 없게 되는 가련한 「사아닌」(아르즈이봐세브作)의 ‘리이다’의 비극.

• 남편 있는 여자로서 딴 사내와 관계를 맺으므로 빚을 낸 것이, 거듭되는 밀회(密會)에 자꾸만 들어가게 되어 무거워진 빚으로 말미암아 드디어는 가산 차압(家産差押)의 통보를 받고 절망 끝에 음독 자살을 피치 못하게 되는 「보바리 부인」(플로베르作)의 ‘엠마’의 비극.

• 애정을 느낄 수 없는 사내의 청혼을 거역하므로 칼을 맞고 죽는 「카르멘」(메로메作)의 ‘카르멘’의 비극.

• 처녀의 순결을 빼앗기고 사랑하는 애인과는 결혼을 못 하게 되고 드디어는 마음에 없는 사내와 결혼을 하게 되므로 사랑을 위하여 남편을 살해하고 사형대(死刑臺)의 이슬로 화하는 「테스」(하디作)의 ‘테스’의 비극.

• 자기 자신의 영원한 삶을 위하여 애인마저 유혹하다가 마치 원수나처럼 머리칼을 손에다 감아 쥐고 절벽으로 끌고 올라가 푸른 물결이 출렁거리는 아드리아의 바다 속으로 굴러 떨어져 최후를 마치게 되는 「죽음의 승리」(다눈치오作)의 ‘이포리타’의 비극.

• 너무도 순결하기 때문에 유혹에 지지 않으려고 음독 자살을 한 「아타라 루네」(샤트부 리안作)의 ‘루네’의 비극.

• 주정뱅이 남편을 두었기 때문에 파산(破産)을 하고 절망과 고독 속에서 굶어 죽은 「주막(酒幕)」(졸라作)의 ‘지엘베에즈’의 비극.

• 인간의 심정(心情) 문제도 냉정한 실험 관찰(實驗觀察)에 의하여 처리하여야 한다는 생각으로 가정 교사로 둔 젊은 여자를 연애의 실험 연구의 상대로 택하고 유혹하므로 절망 끝에 자살을 하게 되는 「제자(弟子)」(부울재作)의 '샤르롯테'의 비극.

• 여성이기 때문에 인간의 취급을 받지 못하고 한낱 남편의 노리갯감으로밖에 취급이 되지 않음을 통절히 느끼고 어머니로서의 의무를 떠나서 남편도 가정도 아이들도 깡그리 버리고 정처 없는 길을 떠나야 하는 「인형의 집」(입센作)의 '노라'의 비극.

• 마을에서 제일가는 어여쁜 용모를 가지고 젊어서 미망인이 되어, 뭇 사내들의 유혹에 윤락의 길을 밟고 마을의 심판 징벌(審判懲罰)을 받게 되었으나 유혹할 때와는 너무도 냉정하게 한 마디의 변호도 받지 못하게 되는 가련한 젊은 미모 「농민(農民)」(레이몬드作)의 '야그나'의 비극.

이렇듯 세계 문학이 말하는 여성은 온갖 면으로 비극 속에서 비극으로 그 생애를 마쳤다. 살기를 위하여 발버둥친다는 것이 결국은 비극의 초래이었던 것이다.

이것이 여성이기 때문에 받아야 하는, 짊어지고 나온 피할 수 없는 운명일까.

인생의 일생이 모두 비극의 연속임에는 틀림이 없을 것이나 여자에게 이런 불행이 더하게 되는 것은 그 무엇 때문일까. 이 불행을 설명해 주는 너무도 유명한 작품으로 모파상의 「여자의 일생」이나 위고의 「레미제라블」 같은 것이 있음을 우리는 잘 알고 있는 사실이다.

여자란 한번 결혼을 하면 그 결혼에 실패를 하더라도 그냥 그대로 인생을 이런 불행 속에서 한숨만을 지우며 지내지 않아서는 안 되는 것이 그 운명이라고 하더라도 한번 남자에게서 받은 상처가 그것만 하더라도 깊은데, 또 다른 상처가 그 몸을 아프게 하고 또 다른 상처가 그 위에까지 덮쳐, 지워 버릴래야 지워 버릴 수 없는 깊은 상흔(傷痕)이 점점 더 깊어만 들어가, 드디어는 아름다운 미모(美貌)도 순정(純情)도 모두 잃고 가문(家門)마저 깡그리 불행하게 되는「여자의 일생」의 '장느'의 일생은 너무도 불행한 일생이라고 아니할 수 없다.

'장느'는 열두 살에 수도원으로 들어가 속세(俗世)와는 완전히 담을 쌓은 그 담 안에서 순결 무구하게 자라나다가 열일곱 살을 맞는 오늘, 생기가 발랄하게 행복에의 꿈을 한아름 안고 부모의 슬하로 돌아왔다.

정원에 나선 '장느'의 시야에는, 줄기차게 솟아오르는 아침 햇살이 순탄한 구름을 헤치고 나타나며 바다를 건너고 들을 건너서 울창한 숲 사이로 마치 물살이나처럼 쏘아 와서는 퍼지고 하였다.

행복에 충만한 '장느'의 가슴 속은 미칠 듯이 설레였다.

"내 태양(太陽)! 내 아침이 밝았구나! 내 생활은 오늘부터 시작이 되누나! 내 희망의 날이 밝았구나!" 하고 '장느'는 태양을 가슴에다 끌어안고 싶은 충동을 참지 못하여 아침 햇볕으로 가득 찬 허공을 향하여 두 팔을 벌려 움켰다.

'장느'는 지금 이 집에서 아버지와 어머니의 온갖 사랑을 한 몸에 받으며 희망에 찬 새 생활의 첫걸음을 내디디는 것이었다. 그리하여 앞으로 가져야 할 연애와 결혼과 그런 희망에 빛날 새 생활의 아름다운 꿈 속에서 밤이면 밤마다 장차 앞으로 사랑할 애인의 모습을 눈앞에다 그려 보며 너무나 행복스러움에 잠도 이루지 못하였다.

이러한 행복이 계속되는 동안, 이 꿈의 실현은 드디어 '장느'를 찾아왔다. 청년 자작(子爵) '줄리앙'을 만나게 되어 교제가 시작된 것이, 어느 사이에 벌써 그들은 서로가 사랑을 주고 사랑을 받는 사이가 되어, 약혼의 즐거운 꿈에 취해 볼 겨를도 없이 결혼을 하였다.

그러나 '장느'는 결혼이라는 것이 남녀 관계에 있어서 무엇을 의미하는 것인지는 통 모르고 있었다. '장느'는 이 현실과는 너무나 먼 낭만적인 꿈만을 품고 있었던 것이다. 그러기 때문에 한없이 아름답던 이 꿈은 결혼 첫날밤에 여지없이 깨어지고 말았다. 그리하여 '장느'는 이렇게도 무참히 한 순간 동안에 사라지고 마는 행복에의 환멸을 느끼며 마음의 밑바닥까지 스며드는 절망 속에서 혼자 부르짖었다.

"이것이 그이의 아내가 되었다는 표였구나! 이것이! 이것이!"

그러나 그 여자는 남편의 아내였다.

두 달 동안의 신혼 여행에서 돌아온 남편 '줄리앙'의 태도는 일변하였다. 그는 벌써 결혼 전과 같이 '장느'를 사랑하고 있는 것 같지 않았다. 밤에는 딴 방에서 잠을 잘 뿐 아니라, 황금에까지 마음은 들뜨고 있었다. '장느'는 이것이 견딜 수 없는 불만이었다. 이것은 꿈 속에서 그려 보던 결혼 생활과는 너무도 간격이 심한 현실이었던 것이다.

그러나 이런 것만에 그쳤으면 그대로 견디어는 낼 것이, 좀더 무서운 현실에 '장느'는 부대끼지 않아서는 안 되는 몸이었다. 유모(乳母)의 딸 '로잘리'를 '장느'는 시녀(侍女)로 데리고 있었는데, 이 '로잘리'가 요즘 와서는 웬일인지 원기가 통 없어 보이며 그러면서도 몸은 아주 소중히 가지는 것 같은 태도였다. 그것은 임신중이었던 것이다. '로잘리'는 드디어 해산을 하였다.

'장느'는 이 일을 어떻게 처리하면 좋으냐고 남편과 상의를 하였다. 사생아를 낳은 계집이니 돈푼이나 집어 주어서 내보내는 것이 좋을 것이라고 남편은 대답하였다.

그러나 '장느'는 남편의 의견과는 반대로 그 상대자인 남자가 누구인지를 찾아서 결혼을 시켜 주는 것이 좋지 않느냐고 주장을 하였다. 그러면서 '로잘리'더러 그 아이의 아버지가 누구냐고 이름을 대라고 하였으나 '로잘리'는 그저 눈물을 짜낼 뿐 이름을 대려고는 하지 않았다.

어느 날 밤, '장느'는 갑자기 오한이 나서 이를 떡떡 갈며 이불을 뒤집어쓰고 누워 있었다. 심장의 고동이 너무 심하여 이러다가는 죽지나 않을까 공포 속에서 초인종을 눌렀다. 그러나 '로잘리'는 오지 않았다. 그래서 남편을 직접 자기가 가서 깨우는 수밖에 없다고 생각을 하고 괴로운 몸을 간신히 일으켜 남편의 침실로 뛰어갔다. 아! 이것이 무슨 일이랴, '장느'의 눈앞에 벌어진 것은 불이 식어 가는 난로 옆 침대 위에 남편 '줄리앙'과 시녀 '로잘리'가 가지런히 누워 있는 것이 아니었던가.

너무도 뜻밖의 일이라, '장느'는 이 광경을 보고 저도 모르게 밖으로 뛰어 나갔다. 순정 무구한 '장느'에게는 현실의 이 사실이 너무나 추하고 가혹하게 생각되었다. '로잘리'가 낳은 자식이라니! 아니, 이 두 사람의 관계가 자기와의 결혼 이전부터 계속이 되어 오고 있던 사실을 알았을 때 '장느'는 너무도 기가 막혀 울래야 눈에서는 눈물도 나오지 않았다.

남편은 자기에게 대한 사랑이 인제 없다는 것을 알게 된 '장느'는 당연히 자기의 몸을 남편에게 깨끗하게 빼어내려고 하였다. 그러나 자기의 뱃속에서도 이미 '줄리앙'의 씨가 '로잘리'의 그것과 같이 배태되고 있음을 알았을 때, 인제는 언짢으나 좋으나 그대로 살아가야 하는 길밖에 도리가 없음을 깨달았다.

해산이 되었다. 세상 밖에 나오는 아이의 첫울음 소리를 듣고, '장느'는 그 순간, 지금까지 느껴 보지 못하던 그 어떤 행복감을 느꼈다. 마음도 몸도 심신이 온통 해방이 되는 것 같은 느낌이었다. 사람의 어머니가 되었다는 기쁨에 모든 괴로움은 연기처럼 일시에 사라지고 삶의 즐거움이 용솟음을 치며 넘쳐 흘렀다. '장느'의 머릿속에는 다만 새로운 희망에 부푸는 한 가지 생각이 있을 뿐이었다. 그것은 자식 '포올'에 대한 앞날의 희망이 그것이었다.

'줄리앙'과 '장느'는 내외라고는 하지만 한 지붕 밑에 살면서도 서로가 별실을 택하고 딴 세계에서 살았다. '장느'는 규방(閨房)의 문을 굳이 닫고 열지 않았다. 물론 '장느'는 마음의 문까지도 닫고 있었던 것이다.

그러나 '장느'는 또 하나의 자식이 있었으면 하는 생각이 간절하였다. 그러자면 오랫동안 끊었던 남편과의 동거(同居) 생활을 부활시키지 않아서는 안 되었다. 이러한 간절한 생각을 참을 길이 없어서 다시 남편에게 가까이하려고 하였으나, 남편은 '장느'의 이러한 마음을 털끝만치도 알아주려고 하지 않았다.

그러나 또 하나의 자식을 얻고 싶은 간절한 마음을 '장느'는 이길 길이 없어서 모든 것을 다 참기로 하였다. 그리하여 마침내 소원을 이루고 난 '장느'는 또 다시 규방의 문을 굳이 닫고 남편을 가까이하려고 하지 않았다.

이러는 동안에 남편은 또 하나의 새로운 정부(情婦)를 맞아가지고 연정을 통하고 있었다. 그러나 이제 와서 그런 것쯤은 '장느'의 마음을 괴롭히는 아무것도 되는 것이 아니었다. 남편으로서는 그런 일쯤은 한낱 예사로운 행동이었기 때문이다.

이런 행동을 내탐한 그 정부의 아버지는 '줄리앙'과 아내와의 밀회 장소를 습격하여 드디어 두 사람을 그냥 낭떠러지에서 굴리어 떨어쳐 죽여 버렸다.

남편을 여읜 '장느'는 다만 하나인 아들 '포올'을 유일한 희망으로 그날그날을 살아갔다. 그렇게도 또 하나의 자식이 두고 싶어, 모든 것을 다 참고 뱃속에 넣었던 두 번째의 회임은 겹쳐서 막다드는 놀라움에 부닥쳐 이미 유산(流産)이 되었던 것이므로 '장느'는 다만 하나인 '포올'을 위하여 전력을 기울였다. '포올'은 '장느'에게 있어서는 이 세상에 다시없는 귀여운 존재이었다.

그러나 귀여움만 받고 길리우는 '포올'은 모든 것에 있어, 제 세상처럼 저만을 위한 고집쟁이가 되어 갔다. 학교엘 보냈으나 그까짓 귀찮은 공부보다는 놀기만을 좋아했다. 그래도 어렸을 때에는 이런 고집이 귀여운 맛이나 있었지, 커 가면서까지 이러한 고집을 버리지 못하고 사람을 사람으로까지 대하려고 하지 않는 은둔한 고집쟁이가 되어 감을 볼 때에, 어머니로서의 '장느'는 슬픈 한숨을 아니 쉴 수가 없었다.

마침내 '포올'은 학교를 도중에 집어던지고 어떤 여자와 배가 맞아, 어머니를 버리고 집을 나갔다. 온갖 정성을 오직 아들 '포올'에게 바치고 살아오던 한 가닥 희망조차 '장느'에게서 빼앗아 가고 말았다.

집을 나간 '포올'은 돈을 보내 주지 않으면 죽는다고 연달아 편지만을 띄웠다. 그러는가 하면 편지는 올 때마다 그 액수가 무지무지하게도 늘었다. 처음에는 몇 십 프랑이던 것이 몇 백 프랑으로 늘고, 또 몇 만 프랑으로 늘어나며 자꾸만 올라갔다. 자식에게는 언제나 약한 것이 어머니라, 자식의 이런 명령에는 어떻게 해서든지 돈을 구해서 보내 주어야 하는 것이 어머니의 마음이었다. 이렇게 얼마를 계속하는 동안에 이 집 가문(家門)의 유서 깊던 굉장한 재산은 태반이나 기울어졌다. '장느'의 머리에는 백발이 성성하게 뒤덮였다.

그래도 '포올'은 돌아올 줄을 몰랐다. 그저 무심한 편지만을 이따금씩 띄워 보내면서 돈을 청구하는 것이 그의 하여야 하는 일이었다.

그러지 않아도 연령이 있는 데다 이렇게 괴로움만이 일생을 두고 연달아 부닥치는 '장느'는 죽기 전에 오직 하나인 귀여운 자식을 만나 보기나 하려고 '포올'을 찾아 파리로 떠났다. 그러나 '포올'은 그 주소에서는 이미 도망을 치고 만 때였다. 파리의 천지는 너무도 넓었다. 어디 가서 아들을 찾아야 하는 것인가, 아득한 거리를 헤매다 헤매다 한번 만나나 보고 죽으리라던 그리운, 그리운 아들 '포올'은 그림자도 대해 보지 못하고 '장느'는 슬픔만을 가슴에다 고스란히 안은 채, 그러지 않아도 더해만 가는 백발을, 뼈에 사무치는 고뇌로 한 오리 두 오리 하얗게 물을 들여 가며 되돌아오지 않아서는 안 되는 신세였다.

이 작품은 '장느'를 죽이지는 않았다. 죽음으로써 그 비극을 끝내지 아니하고 영원히 돌아오지 않을 아들을 "그래도?" 하고 기다리게 만들어, 한껏 애를 태우게 하므로 좀더 절실하게 비극적인 생애를 이 여자로 하여금 맛보게 하였다. 그리하여 죽음보다도 더 비극적인 생애를 마치게 한 것이다.

여자의 불행이, 태반은 연애와 결혼에서 오는 것이 현실이듯이, 이 작품의 '장느'의 불행도 연애와 결혼에서 왔거니와, 현실의 반영이 문학 작품이라면 문학 작품이 여성의 비극사가 되는 것은 당연한 소치일 것이다.

위에서 간단히 보아 온 세계적으로 저명한 여러 작품들이 취급한 여성의 비극은 대부분이 죽음으로써 자아내는 정도였으나, 이 작품은 어느 가정에서나 있을 수 있는 한 가정을 끌어다 놓고 그 비극의 소재를 가차 없이 발가 보여준 것으로, '팡띠느'라는 여직공이 자식을 위하여 머리칼을 베어 팔고, 이를 뽑아 팔고도 구할 길이 없어서 정조마저 팔지 않아서는 안 되는 고초 속에서 어머니들의 생애를 살아간 위고의 「레미제라블」과 같이 세계 문학사상(文學史上) 대표적인 한 여성의 비극사일 것이다.

연애와 결혼, 그리고 귀여운 자식, 이것이 비극의 씨가 되는 것임을 볼 때에, 이 피할 수 없는 길을 아니 걸을 수 없는 여성은 운명적으로 비극을 짊어지고 나온 것이 아닌가 생각도 된다.

[발표지] 《여원(女苑)》

무엇을 어떻게 쓸 것인가?

　간혹 친구들이 좋은 소설 재료가 있으니 소설로 써 보라고, 바로 그 자신이 체험하였다는 이야기를 호소나 하듯이 신이 나서 들려주는 때가 있다.

　그러나 그 친구들의 이야기를 나는 한 번도 소설로 써 본 적이 없다.

　들어 보면, 그들에게는 모두 뼈가 아프도록 느낀 절실한 체험에 틀림없었다. 그러나 나의 가슴에는 조금도 절실하게 들어와 맞히는 데가 없었다. 그가 말하는 이야기는 그 자신만이 느낀 통절한 체험이었을 뿐 나에게는 하등의 관계가 없었던 것이다. 그것은 마치 A라는 사람이 어떤 여자와의 실연에서 뼈가 아프도록 인생을 느낀 사실을 배가 고파서 눈이 한 치나 기어 들어가도록 인생을 느낀 B라는 사람에게 하는 호소나 다름이 없었다. 실연을 하고 뼈가 아프도록 인생을 느낀 사실은 역시 마찬가지로 실연을 하고 뼈가 아프도록 인생을 느낀 사람이 아니고서는 이해가 되지 않을 것이요, 배가 고파서 눈이 한 치나 기어 들어가도록 인생을 느낀 사실은 이 또한 배가 고파서 눈이 한 치나 기어 들어가도록 인생을 느낀 사람이 아니고서는 이해될 수가 없음으로서다.

　그렇다면, 소설가가 재료로 삼는 소설은 그럼 만인(萬人)이 다 같이 그런 사실을 체험했으리라고 인정이 되는 그런 사실만이라야 재료가 될 수 있는 것인가? 그런 것은 물론 아니다. 자기의 체험이거나 남의 체험이거나 그 어느 것이나를 막론하고 그것이 다 소설의 재료가 될

수 있다. 다만 요는 소설이란 인생의 사실을 있는 그대로 기록하는 것
이 아니요, 인생의 진실을 추구하는 것이기 때문에 단지 그 실연에 대
한 호소라거나 기아에 대한 호소라거나 그런 사실 그것만으로는 한 개
인의 일방적인 사실만인, 즉 인생의 일면만인 사실에 지나지 않는 것
이므로 그 개인의 실연의 원인이거나 기아의 원인을 정확하게 파악함
으로써 인생의 진실이 추구되어야 하는 것이다. 그러므로 그들의 과거
의 생활도 알아야 할 것이고 현재의 생활도 알아야 할 것이다. 그리고
그들의 사회적인 환경, 가정적인 환경 등 생활 일체를 파악함으로써만
(실연의 경우라면 그 여자까지도) 인생의 진실이 추구될 것이기 때문에
그 체험에 작가의 '공상(空想)'이 그것을 보편화시키지 않고서는 소설
이 안 되는 것이다.

이 인생의 보편성 획득이야말로 그 작품의 성공을 말하게 되는 것
이라고 해도 결코 지나치는 말이 아닐 것이다. 만일 그 작품에 보편성
이 없다면 그 작품의 주인공은 인간의 전형(典型)으로서 생생하게 살
지를 못하기 때문이다. 인간 전형의 창조, 바로 그것이 소설인 것이
다. 다시 말하면 작자의 개성과 생명이 그대로 쏟아져 들어간 산 개성
의 유형(類型)을 거쳐 획득한 보편성 그것이다.

그리하여 누구에게나 이해될 수 있으면서 개성적인 인간으로 창조
하는 것이 아니어서는 진실한 인간 생활의 본질이 추구되었다고 볼 수
는 없는 것이다.

창작이란, 그 체험에서 그 어떤 의미를 찾지 못한다면 그것이 소설
의 소재가 될 수는 없는 것이다. 그 체험이 내포(內包)하고 온 의미를
관찰과 사색으로 찾는 것이 창작의 소재인 것이다. 작가는 그 의미가
말하는 인생의 진실을 독자로 하여금 진실한 것으로 받아들임으로써
작자와 꼭 같은 의미를 느끼도록 써야 하는 기술이 필요하게 된다. 이
른바 이것이 문학적인 표현이라는 것이다.

그러기 때문에 문학적인 표현 기술이 부족하면 아무리 그 작자가

인생의 절실한 체험을 쌓았다고 하더라도 그 어떤 인생의 의미를 독자로 하여금 충분히 느끼게 함으로써 공감을 사지는 못할 것이다. 이것을 나는 6·25사변과 우리의 문단이 잘 증명해 주는 것이라고 본다.

6·25사변은 그 어떤 개인의 체험이 아니요 우리 민족이면 누구나가 다 통절하게 체험을 하고 난 사변이다. 그러나 6·25사변을 취급한 작품이 그토록 통절한 느낌을 독자에게 전달하지 못하는 것은 깊은 의미에 있어서의 문학적인 기술, 즉 거짓말을 꾸미는 '공상'의 힘으로 그 어떤 의미를 작품에 부여하지 못한 소이라고 보아야 할 것이다.

그러므로 소설을 쓰는 데 있어 체험이 필요하다고 하더라도 공상으로서의 문학적인 표현이 절대한 조건이 되는 것이므로, 공상으로 간주하고 공상과 체험을 전연 공상으로 공상화하는 것이 작가로서의 본질적인 수업이 아닐까 한다. 공상은 의미를 찾는 자석(磁石)과 같은 구실을 하는 것이기 때문이다.

그러나 작가가 절실하게 느낀 체험을 소설화하려고 할 때에 나의 경험으로 보면 너무도 그것이 절실한 체험이기 때문에 공상의 여유를 주지 않고 체험한 그 사실 그저 그것만이 병에 물이 쏟아지듯 쉬임없이 붓끝으로 쏟아져 내려와 그 절실한 체험의 힘을 막아 낼 도리가 없이 저도 모르게 붓끝을 놀리다가 작품으로서 실패를 본 예가 있음을 기억한다. 작품이 이렇게 되면 한 개인이 느낀 사실만의 기록이 될 뿐 인생의 진실성 추구로서의 보편성을 잃고 말게 된다. 초심자는 특히 이 점에 주의해야 할 것이다.

시대가 변천이 되고 주의와 사상이 흘러감에 따라 새로운 의미가 추구되는 오늘날 세계적으로 저명하던 작가가 거의 무색하게 되는 데 있어서도 '도스토예프스키' 같은 작가가 가장 우리에게 가깝게 되는 것은, 그 행문이 악문이면서도 그의 주인공들이 말하는 그 어떤 인생의 의미가 우리들의 영혼을 지금도 흔들어 주기 때문이다.

'릴케' 같은 시인도 그 작품 「말테의 수기」에서 창작에 경험이 얼마나 지대하다는 것을 어떻게도 역설하고 있는지 모른다. '나이 어려서 시를 쓴다는 것처럼 무의미한 것은 없다. 시는 언제까지나 끈기 있게 기다리지 않아서는 안 되는 것이다. 사람은 인생을 두고 그것도 될 수만 있으면 70년 혹은 80년을 두고 벌처럼 꿀과 의미를 집적(集積)하지 않으면 안 된다. 그리하여 겨우 최후에 약간 여남은 줄의 훌륭한 시가 써질 것이다. 시는 사람이 생각하는 것처럼 감정(感情)은 아니다. 시가 만일 감정이라면, 아니 젊어서 이미 남아 돌아갈 만큼 가지고 있지 않아서는 안 된다. 시는 정말로 경험인 것이다. 한 줄의 시를 위하여는 허다한 도시 허다한 사람, 허다한 서적을 두고 보지 않으면 안 된다. 허다한 금수를 알지 않으면 안 된다. 하늘을 나는 새의 깃[羽]을 느끼지 않아서는 안 되고 아침에 피는 작은 풀꽃의 고개 숙인 부끄러움을 찾아내지 않아서는 안 된다. 또 미지(未知)의 지방(地方) 길[道]을. 뜻밖의 해후(邂逅). 멀리서 가까이 오는 것이 보이는 이별(離別)——또 그런 의미가 붙들리지 않고 남아 있는 젊은 날의 추억. 기쁨을 가져다 주었는데도 그것을 잘 모르기 때문에 말할 수 없이 마음을 슬프게 해 드린 어버이. 온갖 중대한 변화를 가지고 이상한 발작을 하는 소년 시대의 병(病). 물을 뿌린 듯이 가라앉은 고요한 방에서 지난 하루. 바닷가의 아침. 바다 그것의 자태. 저쪽 바다. 이쪽 바다. 하늘에 반짝이는 별과 함께 존재 없이 사라진 나그네 잠자리의 밤들. 그런 것들을 시인은 생각해 내지 않아서는 안 된다. 아니, 그저 모든 것을 생각해 내는 것만이라면 그것은 또 아무것도 안 된다. 하룻밤 하룻밤이 조금도 전날 밤과 같지 않은 밤마다의 규방의 일. 산부(産婦)의 부르짖음 소리. 하이얀 옷 속에서 푹 잠이 들어 그저 육체의 회복을 기다리는 산후의 여자. 시인은 그것을 추억으로 지니지 않아서는 안 된다. 죽어 가는 사람들의 베개 밑에 붙어 있지 않아서는 안 되고, 열어젖힌 창이 덜렁덜렁 소리를 내는 방에서 죽은 사람의 경야(經夜)도 하지 않아서는 안 된다. 그러나 이러한 추억을 가지는 것만이라면 아무런 보람도 없는 것이다. 추억이 많아지면 다음에는 그것을 잊는 일이 생기지 않으면 안 될 것이다. 그리하여 또 다시 추억이 바뀌는 것을 기다리는 커다란 인내(忍耐)가 있어야 한다. 추억만이라면 아무런 보람도 되는 것이 없다. 추억이 우리들의 피가 되고 눈이 되고 표정(表情)이 되고 이름을 알 수 없는 것이 되고 이미 우리들 자신과 구별할 수가 없이 되어서 비로소 뜻도 하지 않았던 우연(偶然)에서 한 편의 시의 최초의 말은 그것들 추억의 한복판의 추억의 그늘에서 불쑥 솟아나는 것이다.'

한 줄의 시란 이렇게도 어려운 것이랴. 이 말을 듣고 나면 차라리 붓을 들기가 무서워지기까지 할 것이다.

소설도 마찬가지다. 이러한 경험에서 이러한 사색으로 인생의 전형을 찾아내야 할 것이다.

나는 항상 작품에는 술과 같은 성분(成分)이 있어야 한다고 생각하고 있다. 누구나 술을 마시면 거나하게 취한다. 술은 그런 보편성을 가졌기 때문이다. 취하면 취중에는 거짓이 없다. 취중에는 진정만이 있다. 평상시에는 입안에까지도 끌어내지 못하던 진실이 대담하게 튀어나온다. 신랄한 비판이, 절실한 고민이 주위의 온갖 것에도 거리낌없이 막 쏟아져 나온다. 그것이 그 사람의 진실인 것이다.

술이 사람을 이렇게 진실하게 만드는 것은 곡류(穀類) 그것이 아니요, 곡류를 발효시킨 그 곡류의 작용인 것이다. 작품에 있어서 체험이라는 것도 술에 있어서의 곡류와 마찬가지로 작품 그것도 체험 그것만으로 되는 것이 아니고, 체험 그것을 발효시켜야 되는 것이니, 체험을 발효시키는 기술, 그 기술이 작용되어야 하는 것이라고. 그리하여 술이 곡류의 발효로 누구나 마시면 사람을 취하게 만들듯이 소설은 체험의 발효로 누구나 읽으면 사람을 취하게 만들어야 하는 것이라고.

그러면 이제 우리는 위에서 말한 몇 가지의 예에서 작품이란, 체험을 기술로, 즉 사실을 진실로 발효시키는 '공상' 여하에 따라 진실한 인생이 추구되고 추구되지 않는다는 것임을 어렴풋이나마 알아 왔다.

그리고 이 글의 상대가 장차 작품을 쓰려고 하는 소설 지망자를 위한 글이므로 끝으로 한마디 덧붙여 말해 둘 것은 몇 천 년을 거쳐 흘러 내려온 문학의 역사에서 볼 때, 세계적인 명작이라는 것이 그 어느 것임을 막론하고 새로운 사상과 감정을 가지고 나오지 않은 것이 없다는 사실이니, 이미 기성의 문학이 표현해 보지 못한 새로운 사상과 감정을 들고 나오지 않아서는 안 된다는 것이다. 그리하여 창작 지망자는 항상 생활의 체험에서 새로운 사상과 감정을 찾기에 애를 써야 한다는 것이다. 그것은 그 새로운 감정 그것이야말로 새로운 문학을 낳는 모태가 되는 것이기 때문이다.

문예 작품의 영화화 문제
―그 시금석의 「백치 아다다」―

　문예 작품의 영화화는 지금 우리나라의 실정으로서는 자못 곤란한 문제가 아닌가 한다. 문예 작품의 독자로 볼 때, 그 수 2천을 산하기 어려운 현실이다. 단행본 초판 2천 부가 연여(年餘)를 경과하고도 완전 소화가 불능한 것이, 아니 그것도 다소 이질적인 것에 한한 것이요, 순문예 작품에 이르러서는 2천도 지난한 것이 사실이다. 순문예 작품의 독자라는 것은 학생층, 연중(然中)에도 문학을 연구하는 극소수의 부류에 속하는 것으로, 이러한 독자층을 상대로 하는 영화는 지난이라고 함보다 차라리 있을 수 없는 일이라고 봄이 마땅할 것이다.

　그러나 작품은 작품대로의 성격이 있고, 영화는 영화대로의 성격이 있어, 작품의 독자와 영화의 관객과는, 영화 그 본래의 성격에 따르는 대중성이 어느 정도 작품 그것의 고답성을 연화시켜 주는 것이라고 보기는 하나, 그리고 머리로 감상되는 작품과 시각으로 감상되는 영화와의 감상의 경연(硬軟)의 차가 있다고는 하나, 원체 대중에의 영합을 고려에 두지 않은 순문예 작품의 영화화에서 어느 정도 대중을 고려에 넣는다고 하여도 원작의 구도를 손상시키지 않는 한 그 관중의 상상의 범위를 관대하게 가져 본다고 하더라도 채산 면으로서는 도저히 불가능한 사실이다. 그럼에도 불구하고 근자 일부 영화인 간에서는 순문예 작품의 영화화를 기도하고 성히 그 작품의 물색에 정신을 경주하게 됨은 영화 예술을 위하여 자못 경하해 마지못하나 맞닥뜨리는 난관 역시 아름다운 꿈밖에 더 남겨 주는 것이 없다. 이 난관의 관건은 먼 어느 시기에 우리의 문화 수준이 해결하여 줄밖에 없는 안타까운 숙제다.

지금 우리 영화계의 실정으로서 순문예 작품의 영화화가 어떻게도 어렵다는 것은 방금 촬영 도중에 있는 「백치 아다다」가 그것을 여실히 증명하여 주고 있다. 「백치 아다다」는 일제 말기부터 뜻있는 영화인들 사이에서 그것의 영화화를 기도하여 왔으나, 그때 일제 검열의 애로까지 이중의 난관이 있었던 것으로, 더 말할 나위가 없거니와, 해방 후 다시 이 작품의 영화화가 물의에 올라, 몇 사람의 영화인이 그 영화화에 권리를 얻으려는 쟁탈전까지 벌어져, 저대로의 각색을 하여 가지고 그 권리를 원작가인 나에게 호소하여 온 일까지 있었다. 그러나 이렇게 영화사의 쟁탈까지 하던 그 결과는 어떻게 되었는가. 그 세 곳의 영화사가 어디나 마찬가지로 꼭 같이 그 실천 단계에 이르러서는 권리를 포기하지 않을 수 없는 운명이었다. 만일 우선권이 전삼자(前三者) 중 딴 이자(二者)의 어느 한 사에 있었더라면 어떻게 되었을까. 모르기는 하나 역시 실정이라, 아름답고 꿈만이 마찬가지로 컸을 것이 아니었을까 생각된다.

그리고 그 후, 일제 시대의 각색(脚色) 원고의 검열을 경무국 도서과에 제출하였다가 불통과로 부득이 중지하고 말았던 이규환 씨가 다시 촬영에 착수하려고 계획을 세우다가 6·25사변으로 말미암아 또 그 계획은 좌절이 되고 9·28수복 후 또 다시 계속하여 계획을 하다가 1·4후퇴로 또 그 계획은 수포화하고 말았다.

그러나 내용을 알고 보면, 이 역시 작품에 대한 숙원의 욕심에 의한 소치가 아닌가 한다. 일제의 그것은 별문제로 하고, 해방 후 전후 이차에 긍(亘)한 만부득이한 수포화의 애로가 설사 있었다손 치더라도 현실 조건이 과연 이 작품의 영화화를 실현시켜 놓았을지가 자못 의문시된다.

이러구러, 여러 사람의 손에서 각색만이 각기 제멋대로 계속되어 내려올 뿐, 계획은 실천 단계에 직면하면 좌절이 되고 또 좌절이 되고 하며 되풀이되다가 작년 봄에 모 영화사에서 또 이 「백치 아다다」의 영화화를 계획 결정하게 되었다. 그러나 바로 정식 계약 직전 그 주위 사람들로부터 아직 이런 작품은 아직 우리의 현실 조건이 허하지 않는 작품이므로, 설사 우수한 영화가 제작된다 하더라도 채산 면으로는 실패가 뻔한 것이니 구태여 이런 것을 착수할 필요가 어디 있느냐는 권고에 출자자는 이 작품의 결정을 즉좌(卽座)에서 포기하고 역사 소설로 그 계획을 바꾸었다.

그러나 예술을 사랑하는 일부 영화인들에게는 이 작품의 영화화에서 흥미를 저버리지 못하고 금년 봄 또 세 곳의 영화사가 일시에 물의에 올려가지고 원작가에게 전후하여 원작 승락 교섭이 오다가 마침내 그 한 사(社)였던 성립영화사가 동남아예술제에 출품을 목적으로 계약에의 용단에 선손을 쓰게 된 것이 바로 이번 영화화 결정의 전주곡으로, 문예 작품의 영화화 하나의 결정에 실로 십여 년의 세월을 거치었다는 것은 놀라지 않을 수 없는 사실이다.

이렇듯, 순문예 작품의 영화화가 이렇게도 어렵다는 것을 우리는 이것으로 알 수 있거니와, 그러기 때문에 이번이 「백치 아다다」의 영화화는 그 성공 여하가 앞으로 순문예 작품의 영화화에 있어, 그 발전 여하를 말하는 하나의 시금석과 같은 존재로, 영화계에서뿐이 아니라, 일반 문화계의 주목처가 되고 있다.

그러나 이미 촬영이 개시되어 그 전반의 진행을 보았던 이 영화에는 또 애로의 난조건이 직면하게 되어 1차 중지 상태에 있던 것을 신발족인 경양영화사가 용단을 내어 인계 촬영하게 되는 실로 '아다다'의 생애와 같은 파란곡절 속에서 드디어 그 결실을 보게 된 것이다.

그러나 본래 이 작품의 영화화에 용단을 낸 것이 예술성 그것을 노린 야심에 있었다고 보거니와, 오직 예술성 그것에 치중하고 대중에의 영합을 도외시한 이 영화화가, 어느 정도 영화 본래의 성격으로 대중과의 타협을 가져올는지, 주연인 '아다다' 역의 나애심 양은 말 못 하는 '아다다'의 마음을 동작으로 표현하여야 하는 어려운 역할이라, 원작자에게 수차에 긍하여 이 작품의 의도와 '아다다'의 성격을 문의하는 등 주연으로서의 성심을 다하고, 감독 이강천, 기획 허백년 양씨는 "예술적인 영화를 만들면서도 대중과의 타협도 할 수 있는 우수한 영화가 된다"고 자신은 갖고 있는 모양으로, 그 성과 여하가 나타날 날이 하루바삐 기다려진다.

　행(幸)히, 이 호언이 농담만이 아니어서 난조건에 처해 있는 순문예작품의 영화화에 있어, 앞날의 그 타개의 관건이 되어 준다면 이 얼마나 반가운 일이랴.

〔발표지〕《동아일보》

저항 문학(抵抗文學)의 저항적 기술
—「이방인」과 「바비도」의 비교—

대전 후 구주 문단(歐洲文壇)에서 문학의 한 주류를 이루고 있는 저항 정신은 싸르트르나 까뮈에 이르러 그 절정에 달하였다고 볼 수 있다. 그러나 이 절정에의 도달의 경로에는 작품의 원숙이 그것을 말하기보다는 저항 의식의 철학적인 사색적 이론 면의 고조에서 이루어졌다고 보이는 감이 불무(不無)하다.

그러나 문학은 어디까지든지 작품에 있다. 작품으로서의 원숙을 기하기 전에는 그것은 문제 이전에 속하게 되어야 할 것이다. 작품의 평가를 철학 면에 두느냐, 예술 면에 두느냐 할 때에 그것은 예술 면에 두는 것이 당연하다고 할진대, 싸르트르의 「구토」나 까뮈의 「이방인」들을 완성한 작품으로 간주할 수가 없다. 물론 그 작품들의 처소에 나타나는 인간으로서의 새로운 의식의 상징적 수식이나 풍경 묘사가 새로운 각도에서 한 절경을 이루고 지나가며 풍기는 향훈이 현대인의 가슴에 육박해 오는 것이 있는 것은 사실이나, 가게 안에다 상품을 제대로 정리하여 진열해 놓은 것 같지 않고, 오다가다 거리에 되는대로 벌여 놓은 노점의 좌판상 같은 느낌이었다. 그리하여 그 상품이 호화 찬란하게 보이기는 하지마는 용도에 있어서 고객의 만족을 충분히 사지 못한다. 이것이 무구성(無構成)의 구성적 수법인지는 모르나, 무구성적 구성의 구성이 구성 이전일 때에는 작품이 가져오는 감명은 희박하여짐을 면할 길이 없을 것이다.

조석으로서의 주식(主食)에 배를 불린 것 같지 아니하고 군입을 다

신 것 같은 그 어딘지 허전한 느낌을 주며 식성에 미련을 주게 됨은 바로 여기에 연유되는 것이 아닌가 한다.

이것이 언제나 그들의 작품에 대한 나의 불만이었다. 구성 이전 이런 불만을 나는 오늘 아침 김성한의 「바비도」의 저항적 기술에서 만족하게 풀었다.

「바비도」는 물론 그 저항 의식의 사색 면에 있어서 철학적인 파고드는 절실한 이론은 족히 그들을 따를 길이 없었으나 작품으로서의 기술 면에 있어서는 「이방인」을 능가하는 것이 아닌가 한다. 이것은 이 「바비도」의 기술이 「이방인」식 이론을 보충하고, 혹은 뛰어넘어서 구성으로 승리를 가져오는 절실한 육박력이었다.

바로 「이방인」과 「바비도」는 이러한 경우에 처해 있는 것이 아닌가 생각한다.

「이방인」은 우연에서의 살인으로 사형 선고를 받고 이것의 불법성을 저항하여 새로운 자아를 구성하므로 영원히 행복할 수가 있고, 「바비도」는 영역(英譯)의 복음서를 읽으므로 죄를 범하고 받는 사형의 불법성을 저항하여 영원히 옳은 길을 밟는다.

이것은 모두 자기를 불충실하게 살기보다는 영원한 행복, 영원한 옳은 길을 영원히 밟고 누리자는 비장한 저항으로, 말하자면 자기를 자기로 살자는 저항이다. 이 저항 면에 흐르는 의식의 흡사함이나, 그 구성이나, 더욱이 저항의 상대를 종교에 두었음조차 일치되는 데서 이 「바비도」가 모방이라는 비난은 자못 피하기 어렵다. 그러나 그럼에도 불구하고 이 작품을 사지 않아서는 안 되는 이유는 위에서도 말한 바와 같이 「이방인」에서보다 그 육박감이 일층 더 절실한 데서다.

이제 「이방인」을 머리에 두고 그려 보면서 「바비도」를 읽어 보기로 하자.

「바비도」는 역사 소설이다. 1410년 영왕(英王) 헨리4세 때 라틴 말

을 배우지 못해서 모국어인 영역 복음서를 읽는 분자는 이단 취급이
되어 사형의 선풍이 불기 시작하였다. 집권자의 비위에 맞으면 옳은
것이 되고, 그르면 그른 것이 되어 어제까지 옳던 것이 하루아침에 이
렇게도 정반대인 극악한 것으로 변하였다. 그리하여 어제까지 옳다고
하던 것을 그르다고 하지 않으면 사형대로 올라가야 하는 판이다.

　드디어 가난한 재봉 직공 바비도의 몸둥이에도 이 선풍이 휩쓸렸
다. 이 선풍의 위압에는 위로 로마 교황을 위시하여 아래로는 사제에
이르기까지 그 거창한 조직체가 있어서 이 위압에 모두들 굴복을 하고
작일(昨日)의 시(是)를 비(非)하고 회개를 하므로 생명을 유지하는 것
이나, 바비도는 그래도 사람이라는 것이 자기의 똑바른 마음을 속이지
않을 권리가 이 천하의 어느 한 구석에 있을 것만 같아서 "불행의 시
초는 도대체 인간 세상에 태여났다는 사실에 있다. 누가 이 세상에 나
고 싶다고 했던가? 이놈은 이 소리 하고 저놈은 저 소리 하다가 자기
말을 안 듣는다고 도끼질할 권리는 어디 있단 말인가? 너희들은 자기
가 옳다는 것, 아니 자기에게 이익되는 것을 창을 들고 남에게 강요할
권리가 있고, 나는 왜 내가 옳다고 생각하는 것을 내 자신만 행할 권
리, 가슴에 간직할 권리조차 없단 말인가?"

　하고 자탄을 하다가, "힘이다! 너희들이 가진 것도 힘이오, 내게 없
는 것도 힘이다. 옳고 그른 것이 문제가 아니라 세고 약한 것이 문제
다. 힘은 진리를 창조하고 변경하고 이것을 자기 집 문지기 개로 이용
한다. 힘이여! 저주를 받아라!" 하고 항거를 하므로 분형령(焚刑令)을
받고 온갖 조소와 굴욕과 매 속에서 인간 세상의 증오란 모든 증오를
한 몸에 받으며 인간으로서의 존재가 온통 무시되어 형틀인 장작더미
위로 올라선다. 바짝 바른 장작에 불은 순식간에 퍼져서 불길은 각각
(刻刻)으로 바비도에게 육박하고 있었다.

　대체의 소설 구성은 여기서 붓을 놓는다. 「이방인」도 여기서 붓을

놓았다.

　그러나 「바비도」는 여기서 붓을 놓지 아니하고 다시 한 번 되채여 곱씹음으로 바비도의 강한 의지를 그리하여 옳은 것의 의식을 보다 뚜렷하게 독자의 가슴에다 부어 넣는다.

　고개를 떨어뜨리고 생각에 잠겨 있던 태자는 별안간 뛰어 일어서면서 고함을 질렀다.

　"불을 꺼라! 사람을 끌어 내려라!"

　사형 집행리와 포졸들은 벌레같이 달려들어 불을 끄고 바비도를 끌어 내렸다.

　태자는 불티 묻은 옷을 털면서 연기에 거멓게 된 바비도를 달래기 시작하였다.

　"바비도, 옳고 그른 것은 논하지 마라, 네 목숨이 아깝구나."

　"감사합니다."

　"마음을 돌렸느냐?"

　"그 뜻은 잘 알았습니다마는, 내 스스로 이 방에서 저 방으로 가는 심사로 떠나는 길이니 염려할 것 없습니다. 이미 동정으로 해결될 문제는 아닌가 합니다."

　땅에 주저앉는 바비도는 한마디 한마디 고요한 어조로 말하고 나서 맑게 개인 하늘을 쳐다보았다.

　"도저히 안 되겠느냐?"

　바비도는 말없이 옆으로 고개를 흔들었다.

　"할 수 없구나, 잘 가거라. 나는 오늘까지 양심이라는 것을 비겁한 놈들의 겉치장이요, 정의는 권리의 버섯인 줄만 알았더니 그것들이 진짜로 존재한다는 것을 내 눈으로 보았다. 네가 무섭구나, 네가……."

　스미스필드의 창공에는 다시 연기가 오르고 장작더미는 다시 불을 토하였다.

　‘그른 것’은 바비도를 ‘그른 것’으로 끝내 살려 보려고 불을 끄고 다시 바비도를 끌어 내렸다. ‘그른 것’과 ‘옳은 것’을 대조하여 강조시키면서 감명을 깊게 하는 이 구성의 묘는 결코 비범한 수법이 아니다. 「이방인」은 사형을 받으므로 머릿속에다 새로운 자아를 구성하는 무력한 수법이었으나, 「바비도」의 수법은 적극적인 행동적인 수법이었다. 그리하여 거기서 오는 감명이 일층 깊어지는 것이었다.

　"이미 동정으로 해결될 문제는 아니라"는 이 한 마디는 그 얼마나 세찬 저항이었던가.

제3부

기타

효양방(孝養坊)의 애화(哀話)

신라 진성여왕(眞聖女王) 때, 어느 봄날이었다.

신라의 서울 남산(南山) 포석정(鮑石亭)을 향하여 걸음을 빨리하고 있던 두 사람의 낭도(郎徒)는 분황사(芬皇寺) 어귀를 다닫자 문득 뜻 아니 한 이상한 소리에 발길을 멈추었다.

'울음소리!'

'젊은 여자의 울음소리!'

두 사람의 낭도는 눈이 둥글하여 제각기 중얼거렸다.

"어머니이! 어머니이!"

부르짖으며 우는 여자의 울음소리는 하냥같이 창자가 끊기는 듯이 애절하다.

'웬일일까?'

'무슨 까닭으로……?'

두 사람은 귀담아 소리를 더듬었다.

소리는 머지도 않은 데서 들렸다. 바로 몇 집을 격하지도 않은 분황사 길가의 어귀에 있는 조고마한 한 채의 오막살이로부터 흘러나오고 있었다.

'아아, 이 젊은 여자는 어머니의 상변을 불의에 당했나?'

생각을 하며 듣고 있자니 그런 것도 아니었다.

"아가 지은아! 우지 마라. 내가 그만 말 한마디를 잘못해서 네 마음을 이렇게 상해 놨구나! 어서 그쳐라. 이애 지은아!"

역시 떨리는 음성으로 간곡히 달래는 말은 그 어머니임이 틀림없다.

그러면 어머니는 딸 지은에게 무슨 말을 그렇게 잘못하여 딸은 이리도 애절하게 창자가 끊기는 듯 목을 놓아 울고? 두 사람의 낭도는 그 창자가 끊기는 듯한 애절한 울음소리를 그대로 듣고만 슬쩍 지나가기에는 어딘지 차마 발길이 내키지 않았다.

'심상한 일이 아닌데ー.'

'심상한 일이 아닌데ー.'

두 사람은 중얼거리며 슬금슬금 울음소리를 더듬어 그 오막살이로 걸음을 옮겼다.

대문이자 방문인 초라한 오막살이, 그러나 봄은 이 집에도 찾아왔다. 따뜻한 그 볕을 함복히 받고 열린 방문으로는 방안의 비밀까지 들여다보인다. 머리를 기웃하던 순간 두 사람의 낭도는 눈앞에 들어오는 한바탕 꿈 같은 풍경에 흠칫 하고 발길을 세웠다.

어머니의 목을 얼싸안고 흐득이며 우는 스물이 될락말락한 처녀, 그런데 아아 그런데 목을 얼싸안기운 백발이 성성한 그 어머니는 두 눈이 하나같이 다 먼 소경이 아닌가!

"어머니! 어머니!"

"어서 그쳐라. 아가 지은아!"

밖에 사람이 와 섰는 줄도 모르고 서로 달래며 우는 어머니와 딸. 그 달래는 정경이 어떻게도 정에 사무쳐 말로는 다할 수 없는 표현이 설움으로밖에 빚어질 도리가 없었다. 두 사람의 낭도는 그 까닭은 알 수 없으면서도 그 모녀의 서로 서러운 그 정의 발로에 자기네들의 눈시울도 뜨거워 옴을 느끼었다.

"아가 지은아! 글쎄 요새는 내 마음이 왜 이리도 편치를 못하겠니?"

그저 그게 안타가운 듯 어머니는 딸의 등에 손을 가만히 얹는다.

"어머! 어머니의 마음이 왜 그럴까요. 네? 어머니!"

등에 얹은 어머니의 손을 붙잡는 딸.

"글쎄 지은아! 지난날엔 서걱거리는 겨밥을 먹어도 마음만은 오히려 편하더니 이게 글쎄 웬일이냐? 요새는 기름이 흐르는 쌀밥을 먹는데도 칼에 가슴이 찔리는 듯이 마음이 아프니……."

말끝이 채 여물기도 전에 소경 어머니는 그만 목을 놓는다. 참다 참다 터뜨리는 설움인 듯 흐느낌이 처음부터 그대로 섧다.

어머니의 울음소리에 지은이는 더욱 소스라치게 느끼며 어머니의 무릎 위에 얼굴을 묻고 엎더진다.

"지은아! 응? 지은아! 네가 하는 일이 정말 고되지가 않으냐! 너는 내 마음을 편하게 하느라고 그저 속이는 것만 같구나 지은아!"

어머니는 소경인 자기를 위하여 하나밖에 없는 귀여운 딸 지은이가 그처럼 고생을 하는 것이 항상 마음에 떠나지 않고 아픈 것이다.

이 소경 어머니는 연권(連權)이라는 사람의 아내로 본래부터 그 집이 몹시 가난하였다. 그러한 가운데 연권이 긴 세월을 병으로 자리에 누워 앓고 있게 되었으니 가족은 끼니에조차 마류하였다. 그리고 아내는 소경, 힘이 없고, 딸 지은이는 나이 어리다. 또한 힘이 없다. 그러니 한술의 밥에조차 군색한 그들의 형편이었거늘 하물며, 한 첩의 약이 연권의 목구멍을 축여 줄 여유인들 있었으랴! 가엾게도 연권은 소경 아내와, 하나인 어린 딸 지은을 이 세상에 고스란히 남겨두고 다시 못 올 영원한 길을 떠나고 말았다.

그리하여 남편을 잃은 아내, 아버지를 잃은 딸, 이 두 모녀는 그러니 슬프다고 울고만 있을 수가 없었다. 닥쳐오는 배고픔의 설움!

'지은의 배가 얼마나 고플까?'

그러나 눈이 멀다. 마음을 채일 길이 없다.

'어머니 배가 얼마나 고플까?'

그러나 나이가 어리다. 힘이 없다.

'그래도——.'

'그래도——.'

소경 어머니와, 어린 딸은 서로 제 힘을 저울질해 보고는 기가 막히어 눈물을 흘렸다.

그러나 "그래도 그래도" 하고 어머니를 위한 생각이 간절한 지은이는 마침내 눈물을 씻고 거리로 나서는 몸이 되었다. 밥을 얻자는 것이다.

아침이면 아침, 저녁이면 저녁, 날마다 지은이는 바구니를 옆에 끼고 하루 두 때씩 거리로 나섰다.

그러나, 이것인들 그리 용이하랴! 열 집에 아홉 집은 들어가나 공길이었다.

이렇게 애를 쓰며 동네를 돌다가 그래도 그럭저럭 얻어지는 밥이 그릇에 절반 턱이라도 차는가 하면 배가 고파 앉아 계실 어머니를 생각하고는 부리나케 집으로 돌아오곤 했다. 그리하여 어머니의 배를 불려 드리심으로 마주앉아 이야기를 나눌 때처럼 즐거움은 세상에 또 없었던 것이다. 아무리 창피하고 고단한 일이라 하더라도 어머니를 위하여 그저 다 참자 이렇게만 갈수록 굳어지는 지은의 마음, 이 마음은 얼마의 세월을 지나면서는 마침내 어떤 부잣집 부엌 심부름으로 몸을 팔게까지 하였다.

그리하여 아침부터 저녁까지 날이 맞도록 부엌일을 보살펴 주고는 삯으로 벼를 얻어선 그것을 방아에 찧어가지고 밤길을 재촉하여 집으로 돌아와서 밥을 지어 어머니를 공양하는 것이 날마다의 즐거움이었다.

"오늘은 얼마나 힘이 들었니 지은아!"

지은이가 돌아올 때마다 어머니는 딸의 고되었을 일을 생각하고는 못내 마음이 좋지 않았다.

이런 기색을 아는 지은이는 조금이라도 어머니의 마음이 자기로 위해서 상할까 일체 그런 티도 나타내지 않으려고 항상 즐거운 낯으로 어머니를 대하고 위로했다.

“어머니 어서 식기 전에 진지 잡수세요.”

“너나 어서 먹어라. 내야 집안에 가만히 앉아서…… 네 배가 더 고프지”

“오늘은 밥맛이 유별히 더 나는 것 같은데요 어서 잡수세요. 다 식어요.”

지은이는 어머니의 밥을 늘, 많이 푸고 어머니는 그것을 사양하고! 어머니를 생각하는 딸의 마음, 딸을 생각하는 어머니의 마음, 정성이 서로 다하는 이 마음, 이 마음속에 티끌만한 거짓인들 있으랴! 이 신라 17만 8천 백여 호나 되는 그 가운데서 이 지은네 가정처럼 불쌍하고 가난한 가정이 또 있었으랴만 이 지은이처럼 기쁨과 즐거움으로 날을 보내는 그러한 가정은 다시없었다.

어머니를 위하여 종일 일을 하고 쌀을 만들어다가 뜨뜻하게 밥을 지어서 대접을 하는 그 즐거움, 그리고는 곤한 몸을 쉬이며 한밤 동안을 어머니와 더불어 이야기를 주고받는 오붓한 마음, 이런 즐거움이 세상에 또 있을까. 자기의 힘으로 어머니의 몸을 체 드리고 정성으로 마음을 체 드리는 그 즐거움, 그것이 어린 지은에게는 더할 수 없는 기쁨이었다.

그러나, 어머니의 마음은 항상 편하지 않았다. 날이 밝기가 무섭게 집을 떠나서는 그날의 해를 다 지우고 어둡게야 돌아올 줄 아는 딸, 얼마나 고생스러울고? 어디 몸이나 다치지 않는 것인가 부림이나 혹독하지 않았으면? 하고 딸을 내어보내고는 진종일을 마음을 놓지 못하고 눈곱이 끼도록 기다리며 울었다. 내가 천생에 무슨 죄를 지어 눈이 이렇게 멀어가지고 하나밖에 없는 이런 귀한 딸을 이렇게도 고생을 시킬고. 그것이 흘리는 땀을 가만히 앉아서 받아먹지 않아서는 안 되는 아픈 가슴——생각을 하고는 눈물을 흘렸다.

이러기를 날마다 하던 어머니는 점점 사무쳐드는 아픈 마음을 참을 길이 없어 하루는 지은이를 붙들고,

"이애 지은아— 내 마음은 네가 밥을 지어가지고 들어올 때마다 쏘는 듯이 아프구나. 오늘은 글쎄 네가 얼마나 고생스러웠을 것이냐?" 한이 한마디가 지은의 마음을 어떻게도 놀래었는지 모른다. 나를 위하여 어머님이 이렇게 마음이 아파하시다니! 그러시면 그동안 어머니는 얼마나 나를 위하여 속을 태웠을고? 어머니의 마음을 즐겁게 편하게 하여 드리지 못하는 부족한 힘, 그것이 자기로선 다하는 힘인 것을 생각할 때 지은이는 어머니에게 향하는 정이 전보다도 더욱 살뜰하여지는 것 같은 감격에 어머니의 목을 저도 모르게 얼싸안고 울음을 터뜨리게 되었던 것이 문 밖에까지 새어나가 이렇게 길손의 발목을 붙들게 하였던 것이다.

"어머님! 어머님! 이 세상에 제가 어머님밖에 모실 이가 또 어디 있겠습니까. 저는 제 몸이 부서져 뼈까지 가루가 된다 하더라도 어머니의 마음만이 그저 편안하시기 그것만이 정성을 다하는 소원이옵는데 마음이 아프시담 이 어인 말씀이오리까? 네? 어머님!"

지은의 울음은 더한층 설움에 떨린다.

두 사람의 낭도는 이 소리를 듣는 순간 지은의 그 지극한 효성에 그만 감동이 되어 저희들도 모르는 사이 뜨거운 눈물이 쭈루루 하고 두 눈에서 흘러내림을 금할 길이 없었다.

"그만 울음을 그쳐라 이애 지은아!"

어머니는 공연한 말을 그만 해서 딸의 마음을 상하게 하였다고 후회를 하며 딸을 달래는 것이었으나, 지은의 울음은 그저 설움에 흐득일 뿐, 멎는 것이 아니었다.

"어머님! 저는 몸이 조금도 괴롭지 않아요. 남의 집 부엌일이 무에 그게 고생이겠습니까. 여자란 누구나 다 하는 일이온데—. 어머님 조금도 제가 고생할 생각은 마러 주세요. 어머님의 마음이 불편하신 것 같은 기색을 볼 때에만 제 마음은 그저 슬프옵니다."

어머니의 눈에서는 다시 눈물이 떨어진다.

380

포석정에는 이미 많은 낭도가 모여서 놀고 있었다. 그들은 서발한(舒發翰) 벼슬에 있는 인경(仁慶)의 아들 효종랑(孝宗郎)의 낭도들이었다.

이 효종랑은 신라 화랑(花郎)의 한 사람으로 집안은 정승의 계제일 뿐 아니라, 이 신라 서울에 있어 굴지하는 부자였다. 그런 데다가 그 지혜와, 성품이 어질고, 착하여 남들이 우러러보는 자랑을 스스로 지니고 남의 스승이 되기에 넉넉한 사람이었다. 이 효종랑이 오늘 자기의 밑에 있는 낭도들을 데리고 이 포석정을 찾아 하루의 놀이를 즐기기로 하였던 것인데 두 사람의 낭도가 어쩐 일인지 오지를 않아 갑자기 이들이 어디 몸이나 편치않은 것이 아닌가 유한 쾌흥에 잊었다가도 문득 그들의 신상이 생각키곤 하여 분황사 쪽을 짬짬이 바라보는 것이었으나, 그날의 놀이가 끝나기까지 마침내 두 사람의 낭도는 나타나지 않았다.

그리하여 그들은 필시 무슨 심상치 않은 일이 있음에 틀림없다고 더 기다릴 것이 없이 이젠 다 각기 헤어지기로 내일의 도리를 의논하고 있을 무렵, 급히 재를 넘어 걸음을 몰아오는 두 사람의 낭도.

"아, 웬일들이오?"

달리어오기가 바쁘게 효종랑은 의아한 눈을 둥그렇게 뜨며 그러나 반가움을 참지 못하여 마주 달리어 나갔다.

"네—."

할 뿐 두 사람의 낭도는 숨이 차서 뒷말을 잇지 못한다.

"아, 웬일들이오?"

궁금하여 곱채는 효종랑.

"네, 그만 늦었소이다. 분황사 어귀를 지나다가 그냥 지나기가 어려운 슬픈 울음소리를 들었소이다."

두 사람의 낭도는 잊을 수 없는 지은의 그 지극한 효성을 다시금 생각이나 하는 듯이 눈들을 내려깔며 이마에 땀을 씻는다.

“응? 슬픈 울음소리?”

“네! 젊은 여자의…….”

“젊은 여자의…….”

효종랑은 한 발걸음 버쩍 나선다.

“분황사 어구에 있는 한 채의 조그만 외막살이에서는 스물이 될락 말락한 어여쁜 처자가 소경 어머니를 붙들고 애절하게도 우는 것이 아니겠소이까.”

“어여쁜 처자가?”

“네, 스물이 될락말락한…….”

“소경 어머니를 붙들고?”

“네, 두 눈이 다 멀었사옵는데…….”

“그래서?”

“그래서 그대로는 지나올 수가 없사와…….”

하는데 잠자코 섰기만 하던 한 사람의 낭도가 인제 숨을 다 태인 듯 나서더니, 그 처자 지은의 효성이 아니 감동될 수가 없어 그 내력을 알아보려고 근처 사람들을 붙들고 물어보기까지 수차를 거듭한 이야기로 오늘 하루의 듣고, 보고, 느낀 바를 차례로 낱낱이 아뢰었다.

들고 있던 효종랑은 낭도의 말이 끝났음에도 머리를 들지 못하고 오히려 더 점점 숙어질 뿐이었다.

“그래서 이렇게 늦었소이다.”

“처자의 이름이 지은이?”

문득 머리를 드는 효종랑의 눈에는 눈물이 두 눈에 다 팽그르 어리어 있었다.

“네, 스물이 될락말락한 처자 지은이옵니다.”

“어머닌 소경인데 어린 딸이!”

효종랑은 그 가난과 어린 처자 지은의 효성에 무엇을 생각함인지 다시금 머리를 숙이고 한참이나 묵묵히 섰더니 별안간 고개를 번쩍 들며,

"우리 신라의 가난한 사람, 불쌍한 사람이 어찌 지은이 모녀뿐이리
오. 또 부모에게 효도를 베프는 사람이 어찌 지은이란 처자뿐이리오.
그러나 지은의 그 가난과 효는 참으로 눈물겹소. 나는 이 자리에서 벼
백 석을 내어 그 불쌍한 지은이를 도우려 하오."
　하고, 눈물을 씻는다.
"그렇습니다. 그 가난, 그 효를 어찌 돕지 않소오리까. 저도 돕겠소
이다."
"참으로 눈물겹소이다. 저도 돕지오."
　모였던 낭도들은 누구나 할 것 없이 한 사람도 빠짐없이 선선히 나
서며 지은이를 돕자는 데 마음이 하나같이 일치되었다.
　그리하여 벼를 보내는 사람, 혹은 돈으로, 혹은 옷으로 힘이 밎는
데까지 정성을 아끼지 않았다.
　이 말이 대궐 안에까지 흘러들어 그날 저녁엔 진성왕도 이 이야기
를 들으시고 지극한 마음에 감동됨을 참지 못하시어 한 채의 집과 벼
오백 석을 하사하셨다.
　그래서 지은이는 어머니의 곁을 떠나지 아니하고 마음껏 어머니의
몸과 마음을 즐겁게 체 드릴 수 있었고, 그 어머니로선 온 가슴을 지
은이를 위해 썩이는 일이 없이 오붓하게도 안락한 가정을 이룰 수가
있게 되었다.
　그러나 지은의 마음은 어머니를 봉양하는 데만 만족하지 못했다.
돌아가신 아버지, 그 아버지가 앉아 계셨으면 하는 아버지 생각이 짬
짬이 그의 가슴을 아프게 하였다. 달 돋는 밤이나 꽃 지는 저녁이면
유달리 아버지를 생각케 되는 처량한 마음을 금할 길이 없었다.
　어느 날 밤이었다. 그날 밤도 해어진 창 틈으로 들이쏘는 밝은 달이
하도 마음을 처량케 하여 자리에 누운 어머니가 주무시는 기색을 보고
는 혼자서 방시시 문을 열고 뜰로 내려와 하늘을 우러러 반짝이는 푸
른 별을 바라보다가는 아버지를 생각하고 저도 모르게 눈물을 지으며

섰다가 뜻하지도 않은 인기척 소리에 지은이는 소스라쳐 놀랐다.

이 깊은 밤 아닌밤중에 웬 사람일까. 오싹 하고 머리카락이 하늘로 올려 뻗히는 순간,

"소리 지르면 죽인다!"

우렁찬 목소리가 등뒤에서 들린다.

지은이는 제곁에 힐끗 뒤를 돌아다보았다. 시퍼런 칼을 든 장대한 두 사람의 사나이가 뒷담을 섬쩍 하고 넘어 들어서는 것이다.

"소리를 지르면 죽인다. 벼와 옷을 있는 대로 다 내놔라."

도적이었다.

지은이는 어찌할 바를 몰라 벌벌 떨고 섰노라니 어느새 달려온 도적은 우뚝 마주서며 시퍼런 칼을 가슴에 겨눈다.

그러나 지은이는 그것이 도적임을 알았을 때 오히려 마음이 든든하였다.

"큰 소리를 왜 지르겠습니까. 당신들은 남이 들을까 봐 겁이 나서 큰 소리를 지르지 말라고 하지만 나는 곤히 잠드신 어머님의 잠이 깨이실까 두려워 오히려 당신들의 큰 소리를 염려하는데요. 저기 벼가 쌓여있지 않아요! 조용조용히 가져가세요. 어머니의 잠이 깨시지 않게—."

하고 벼가 쌓여 있는 곳을 가리켜 주었다. 그저 지은이의 마음은 달게 드신 어머니의 잠이 깨이실까 하는 그것만이 근심이었던 것이다.

이튿날 아침 이 말이 또 대궐 안으로 흘러 들어가 진성왕의 귀에까지 미치게 되어 왕은 곧 군사 몇 사람을 명하여 지은네 집으로 보내어 호위하게 하고 그 마을의 이름을 효양방(孝養坊)이라고 지으셨다.

〔발표지〕《조광(朝光)》 제10권 제2호(1944. 2.)

편지를 쓰는 요령

　근미심차시(謹未審此時)로 시작하여 여불비상서(餘不備上書)로 끝을 맺게 되어야 편지로서 그 격식을 갖추었다고 보는 낡아빠진 투를 버리고, 서로 마주앉아 이야기를 하듯 하고 싶은 이야기를 충분히 전달하면 되는 것이라고 하는 데 이의는 없겠지마는 역시 형식상의 제약은 받게 되어 있는 것이 편지글이다.

　보통의 문장은 어떤 특정(特定)한 대상이 없이 사회인(社會人) 전체를 상대로 하고 쓰는 것이기 때문에 요모조모 재어 가며 신경을 써야 할 그런 제약(制約)을 받을 필요는 없게 되지마는, 편지글에 이르면 그 상대자가 분명해지기 때문에 지위(地位)나 친불친(親不親)를 따져야 하게 되고, 남녀간의 성별도 구별을 하여야 되는 제약이 자연히 생기게 되므로 편지글이라면 상대의 얼굴이 빤히 들여다보여서 짐짓 붓끝이 무겁게 되는 것이 사실이다.

　편지란 원래 만나서 하여야 할 이야기를 거리의 원격이라든가 그밖의 특수한 사정으로 부득이 이야기를 종이에 적어서 그 의사를 전달하는 것이기 때문에 그 상대를 만나서 이야기하는 때와 조금도 틀림이 없이 그러한 인상(印象)이 모든 면에서 전달되어야, 내지는 몸짓, 손짓, 얼굴의 표정까지도 그 문면이 완전히 전달해 주어야 그 편지는 편지로서의 소임이 충분히 되는 것이기 때문이다.

윗사람에게 할 경우

가령 그 상대가 윗사람이라면 윗사람을 찾아가서는 외투를 벗고 정중히 대좌를 해야 하는 것과 같이 편지에서도 외투를 벗는 거와 같은 예의를 잃지 않아야 할 것이요, 또 그 상대가 친한 친구라면 악수서부터 느낄 수 있던 친밀한 감정이 편지에서도 나타나야 할 것이다.

윗사람이니 곱게 보일수록 이로울 것이 아닐까 해서 정도가 지나치게 존경을 한다든가 마음에도 없는 아부를 해서 환심을 보다 더 사려고 해도 안 될 것이요, 친한 친구이니 아무렇게나 말을 해도 괜찮으리라는 생각에서 수하자(手下者)에게 말을 하듯 예를 잃어도 안 될 것이다. 사람이란, 자기가 받을 대접보다 그것이 소홀하여도 감정이 좋지 않고 지나쳐도 이상한 감정을 갖게 되는 법이다.

그러니까 그 상대가 윗사람이건 친한 친구이건 수하자이건 그 어떤 상대임을 물론하고 편지에는 그 상대에 적응한 예의를 잃지 않는 정도에서 조금도 거짓이 없는 진정이 발로되어야 할 것이다. 어떤 종류의 문장에 있어서나 진정만이 오직 사람의 마음을 움직이게 되는 것이지마는 편지글에서도 마찬가지일 것이다. 아니 어떻게 생각하면 편지에서는 이러한 면이 좀더 강요되어야 할는지 모른다. 직접적인 사고에 있어서 이해가 따르기 때문이다.

친구에게 주는 편지

편지를 소홀히 하였다가 도리어 그것이 하지 않았던 것만 못한 역효과를 가져오게 되는 일이 세상에는 허다하게 있을 줄 안다. 필자 자신으로 말하더라도 편지 때문에 어떤 친구로부터 시비를 톡톡히 받아 본 일이 있다.

그 상대인 친구는 필자와 사이가 멀다고 볼 수 없는 그러한 처지였다. 하도 여러 달 동안 만나지 못해서 궁금한 나머지 편지를 한 장 띄웠던 것인데, 그 편지 허두에서 "네가 찾지 않으니까 만날 수가 없구려."로 시작하였던 것이 말썽이었다. 그 문구가 그의 감정을 불쾌하게 하였던 것이다. "그럼 저는 나를 찾아서는 안 되고 내가 저를 찾아야 되는 것인가. 건방진 자식" 하고 그 친구는 필자를 향하여 욕설에 가까운 감정을 퍼붓더라고 제삼자의 입을 거쳐 내 귀에 흘러 들어올 때 나는 너무나 의외에 깜짝 놀랐던 것이다. 그리고 그 문구를 씹어서 읽어보았다. 문구가 그 친구를 수하자처럼 대한 것이 되었다고도 할 수 있는 문구이기도 하였다. 이때부터 나는 친구 사이에서도 편지에서는 친하니만한 그만한 예의는 반드시 잃지 않기로 조심해야 될 것이라는 것을 실제로 생각해 보게 되었던 것이다.

또 이와 비슷한 예를 나는 딴 사람의 경우에서 본 일이 있다. 그들 서로의 사이는 그리 친하다고는 볼 수 없는 처지였는데

'귀형(貴兄)께서는 ○○○씨의 주소를 아실 듯 싶사오니 좀 알려 주시면 감사하겠습니다.'

하는 문안(問安)도 없고, 미안하다는 인사말도 없는 이런 요건만의 부탁 엽서였다.

이 엽서를 받은 친구는 예의도 모르는 자식이라고 불쾌하여 감정상 그도 일부러 자기가 받았다고 아는 모욕을 응수하기 위하여 꼭 같은 식으로

《○○○씨의 주소는 ○○동 ○○번지입니다.》

이렇게 엽서에다 써서 보내고 그 후부터 부득이한 경우에서 직접 대좌를 하게 되지 않는 때에는 외면을 하고 지나면서 그 사이는 전에보다도 소원해 가는 것이 현저하였다.

편지란, 자칫하면 이렇게 상대방의 감정을 타의 없이 사게 된다. 그리하여 사교에 있어 적지 않은 영향이 미치게 된다. 그러므로 편지를 쓸 때에는 무엇보다도 그 지위 여하에 따라 그에 상응한 예의를 잃지

않도록 세심한 주의를 해야 할 것이 첫째 조건이 아닌가 한다.

만나서 할 이야기를 글로 전달하는 것이 편지인 것임을 안다면 편지에도 그 상대를 만난 것처럼 처음 인사가 있어야 마땅할 것이요, 그리고 나서 하여야 할 이야기를 하여야 할 것이다. 그리고 하여야 할 이야기가 끝이 나면 또 작별 인사를 해야 할 것이 역시 예의일 것이다. 필자에게 보낸 한 친구의 서신을 실례로 들어 보이겠다.

안녕하신 줄 믿습니다. 이력서는 받았는데 양잠과라고 해서 이학부장(理學部長)이 좀 꺼리는군요. 될 수 있는 대로 고려하라고 말은 하고 있습니다.

그런데, 형에게 하나 부탁하올 것은 그때 『신문학 사조사』 내실 때에 찍은 《청춘》 등의 표지 사진, 형이 가지신 것 며칠 동안만 좀 빌려 주셔야 하겠습니다. 쓰고서 곧 반환하겠습니다. 부탁합니다.

한번 만납시다.

2월 10일 백철
계용묵 형전

상대편을 위하여 호감을 갖게 하려는 그런 수식어(修飾語)나 그 밖의 필요치 않은 말은 한 마디도 없고, 안녕하신 줄 믿는다는 인사와 한번 만나자는 인사 한 마디씩으로 요건만을 이야기한 간결한 편지다. 그러면서도 그 요건만을 이야기하는 문면이 친구로서 조금도 예의를 잃지 않고 그에 상응한 경어로 대했을 뿐 아니라 요건을 말하는 문면이 또한 다정한 맛을 풍겨 주기도 하고 있다. 더욱이 이 편지가 다방의 전언판(傳言板)에 꽂혔던 것임을 안다면 다방에 앉아서 잠깐 동안 쓴 그러한 성질의 편지로서 그 얼마나 정중하게 친구를 대하려고 한 것임을 알 수 있다.

이 예에서 보는 바와 같이 편지란 수식도 군말도 필요가 없이 오직 예의를 갖추어 할 이야기만을 간결하게, 그리고 명료하게 하여 받는 사람으로 하여금 머리를 복잡하게 하지 않고 일견에 그 사실을 명확히 파악할 수 있도록 하는 것이 제일급(第一級)의 편지라고 할 것이다.

그리고 편지에는 그 내용에 있어서만 예의를 갖추어야 하는 것이 아니고, 겉봉에 있어서도 마찬가지로 예의를 갖추어야 하는 제약을 받게 된다. 그 상대의 지위와 친소(親疎) 관계, 혹은 남녀간의 성별에 있어서 써야 하는 경칭들이 그것이다.

알아두어야 할 존칭

윗사람이라고 하더라도 보통으로 대하는 윗사람과 은사(恩師), 혹은 부모에게 있어서나 친구라고 하더라도 보통으로 사귀는 친구와 절친한 친구, 또는 여성에게 있어서 미혼과 기혼에 따라 그 경칭이 달라야 하고, 다르면서도 그것이 또한 지나치거나 부족하거나 하지 않고 그에 상부하는 것이어야 될 것이다.

윗사람에게는 일반적으로 '씨(氏)'를 써 내려오던 것인데, 해방 후 일본식의 보통 존칭 '양(樣)' 대신으로 우리말을 쓴다고 '씨'를 쓰게 되어 그것이 '양'과 같이 일반화되므로 수하자를 부를 때에도 이름은 없이 성에다 그저 씨자를 놓아 '이씨' 혹은 '김씨' 하고 부르게 되어 급이 좀 낮아진 감이 있으나, 氏자 그 본래의 뜻은 그런 것이 아니니 역시 씨(氏)나 귀하(貴下)로 써서 실례 될 것은 없을 것이다.

이 氏가 이렇게 일반화되므로 씨보다 좀더 높은 존칭 '선생'을 요즘에는 흔히 쓴다. 그러나 사무적인 편지에 이르면 상하(上下) 남녀의 성별을 불문하고 그저 무난하게 '선생'으로 쓰이는 경향이 있어 이 또한 급이 떨어지므로 좀더 대접을 하여야 될 상대에게는 '선생'에다 '님'을 놓아 석교(石橋) 돌다리 식으로 이중(二重)의 존칭을 겹쳐 놓은 기현상이 생겼다. 그리하여 '선생' 두 자만 받고 '님'을 겹쳐서 못 받

게 되면 홀대를 받은 것 같아서 불쾌한 감정을 가지는 사람이 없지 않
아 있는 것이 사실이니 편지 쓰기도 참 힘들게 된 세상이다.

존전(尊前), 존좌(尊座)를 선생에다 받쳐 쓰든가 그대로 씀도 좋을
것이다.

이런 존칭은 극진히 대할 윗사람이나 은사에게나 다 써서 무방할
것이다.

부모에게 편지할 경우

부모에게는 부모의 이름을 쓰는 것조차도 그것이 예가 아니라고 하
여 아버지나 어머니에게 편지를 할 때에는 이름을 쓰지 아니하고 자기
의 이름을 쓰고 그 밑에다가 본제입납(本第入納)이라고 써서 보내는
것이 부모에게 가장 예의를 갖추는 투였으나 이름을 쓰고 존전이나 좌
하(座下)를 놓아도 좋을 것이다. 부모가 집에 있지 아니하고 객지(客
地)에 있을 때에는 또 이렇게 직성명을 밝히지 않을 도리가 없을 것
이다.

여성 친구에 대한 호칭

친구 간에는 형(兄), 대형(大兄), 인형(仁兄), 아형(雅兄) 등 친소를
불문하고 써서 좋을 것이고, 문우(文友) 사이라면 학형(學兄)이라는
존칭 한 마디가 더 있게 된다.

여성에 있어서 미혼이면 양(孃)이 흔히 쓰이나 대학 정도를 나온 사
람이라면 아무리 미혼이라고 하더라도 그저 이름을 부를 때와는 달라
서 서식상으로는 여사(女士)로 쓰는 것이 좋지 않을까 한다. 그리고
기혼에는 여사(女史)로 쓰이는 것이 무난히 되어 있고 윗사람이라면
역시 '존전' 등의 존칭을 놓을 것이다.

　그런데 필자의 생각으로는 여성이라고 해서 굳이 여(女)자를 놓아서 여사(女士)니 여사(女史)니 하고 반드시 여자임을 따집어서 써야 할 것이 없이 남성이나 마찬가지의 같은 칭호로 쓰는 것이 좋지 않을까 한다.

　그리고 여성은 처녀성을 극히 존중하고 있는 것이므로 그 미혼, 기혼의 구별을 분명히 하여 사(士)와 사(史)가 잘못되지 않도록 꼬집어서 쓰기를 잊지 않아야 할 것이다.

　그리고 끝으로 한 가지 첨가해서 말할 것은 겉봉 글씨인데 이 겉봉의 글씨는 더욱이 상대방의 성명 석 자는 해서(楷書)로 쓰는 것이 존경의 표시가 되는 것이고, 성은 이름과 붙여 쓰지 말고 한 자 떼어서 쓰는 것이 존경하는 의미로 옛날부터 써 내려오는 식이거니와 이것은 지금도 낡은 투라고만은 볼 수가 없을 것이다. 예의는 예나 이제나 마찬가지로 갖추어서 나쁜 것이 없기 때문이다.

은사(恩師)에게

　은사라고 하더라도 동성 사이라면 편지에 다만 예의를 갖추는 것만으로 하고 싶은 말을 마음놓고 다 쏟아 놓아도 별로 실례 될 일은 없을 것이나 그것이 남성일 경우이면 여간 조심스러워져는 것이 아닙니다. 이것은 아직 학교를 나와서 미혼 그대로 있는 몸이거나 주부가 된 몸이거나를 물론하고 마찬가지 경우일 것입니다.

　남녀 교제에 아무런 구애도 없이 친구의 남편이나 혹은 전연 아지도 못하는 남성과 서로 팔을 걸고 춤을 추어도 흠이 없다는, 아니 교제상 그것이 있어야 한다는 이런 풍속을 가진 그러한 나라라면 그야 이성간의 편지도 그리 조심스러울 것이 아니겠지만 예로부터 동방예의지국(東方禮義之國)이라고 해서 남녀가 칠세(七歲)면 동석(同席)을 같이 하지 않아야 하는 것은 예의의 하나로 지켜 내려오는 전통을 가졌기 때문에 이 뿌리가 아직껏 빠지지 않은 우리 나라에서는 남녀의 교제가 참으로 까다로운 것입니다.

　해방 전만 하더라도 산촌으로 가면 젊지 않은 도학자들은 겨울에도 길을 떠날 때면 부채를 들고 떠납니다. 그것은 여인을 만나면 얼굴이 서로 보여질까 보아 부채로 얼굴을 가리기 위해서입니다.

　그렇게 남녀 사이는 멀리해야 되는 것으로 교육을 받아 온 것이 이 나라 백성입니다.

　요즘 새로운 교육을 받은 신여성들은 이러한 말을 들으면 그것을 무슨 귀신의 놀음 같게 들어 넘기는지 모르나 이런 습관은 지금 당신네들 신여성들도 저도 모르게 잘 본받아 지키고 있습니다. 여름이면 태양을 빙자해서 양산을 받습니다. 여기에는 사람의 얼굴을 그 양산으로 피하겠다는 심리가 저도 모르는 가운데 포함되어 있습니다. 그것은 실지의 행동 면이 그것을 잘 표현하고 있습니다. 겉으로는 옛날의 꺼풀을 깡그리 벗고 20세기 후반기를 대표하는 여성이라고 자칭하고 나서지만 그것은 그 의상과 화장에서뿐이고, 마음은 역시 한국 여성입니다. 중학교 2학년쯤만 되면 벌써 남선생일 경우이면 그 선생님의 행동만 살피는 것이 사실입니다. 어떤 학생에게 질문이 두 번만 곱잡아 가도 이상한 눈으로 대하고 하학 시간이면 친한 아이들끼리 아무래도 이상한 것 같다고 쑥덕이는 일이 없지 않아 있습니다. 그리고 일단 학교를 졸업하게 되면 사제의 관계는 행동 면에서 없어집니다. 거리에서 은사를 혹 만나더라도 못 본 척하고 지나가기가 일쑤입니다. 더욱이 결혼을 하여 남편을 섬기는 한 가정의 주부로 되었을 때에는 그 정도가 더 한층 노골적으로 냉정한 것입니다. 이것은 그 남성과 인사를 하는 것을 딴 제삼자의 눈이 보는 것은 아닌가, 보고 이상히 여길 것은 아닌가 하는 의구심의 소치일 것입니다. 이 의구심의 소치가 은사도 모르게 되는 것입니다. 아닌 게 아니라 만일 그 여자가 거리에서 옛날의 은사를 만나 반갑게 인사를 하고 그동안 막혔던 심회를 그 노상에서 푸는 장면을 어떤 제삼자가 보고 그 사실을 외이게 됨으로 그 사실이 어쩌다 남편의 귀에 들어갔다고 가정한다면 그 남편은 사제지간으로서 오래간만에 만났으니 참 반가웠을 게라고 어이없는 아량으로 얼마나 반가웠느냐고 묻고 그리고 점심이나 대접하였느냐고 아내의 인사가 무디지나 않았는가를 따져 볼 것일까. 이러한 남편이 모름지기 우리의 가정에는 없다고 해서 과언이 아닐는지 모릅니다.

그러니 자연히 사제 관계의 사이라도 그것이 이성일 때에는 멀어지지 않을 수 없게 마련입니다. 결코 은사에게 외면을 하는 그 여자가 나쁜 것이 아닙니다. 남편에게 오해를 일체 피하고 원만한 가정, 단란

한 가정을 가지자면 은사도 몰라보아야 하는 것이 어쩌면 당연한 일일는지 모릅니다.

이러한 실정이니까 아무리 재학 시대에 사랑(타의 없는 순진한 은사로서의)을 받던, 그리고 지도를 받던 은사라고 하더라도 그 내용 문구에 조심하지 않아서는 안 될 것입니다. 가령, 재학 시대에 그리던 한갓 아름답던 처녀의 마음이 한 가정의 주부의 책임을 지게 되자 그것은 그 아름답던 꿈의 절반의 실현도 되지 않는 것 같아 아름다움을 동경하는 마음에는 뭔지 모르게 그리워지는 것이 있어 이런 때이면 사랑을 받고 지도를 받던 은사 생각이 나게도 될 것입니다. 그렇다고 해서 이성인 그 은사에게 자기의 마음을 있는 그대로 쏟아 놓지 않고는 넋이 풀릴 것 같지 않아서 "저는 뭔지 모르게 그리운 것이 있어요. 그것이 무엇인지 이것을 선생님에게 묻고 싶어요."라든가, "선생님 밑에서 지도를 받으며 학창에서 그리던 아름답던 이상을 이 가정 생활에서 다시는 찾을 수가 없을까요."라든가, 혹은 "저의 집 사람은 그저 술이에요. 날마다 통금 시간이 가까워서야 들어오는걸요."라든가 하는 문구는 타심 없는 순진한 마음의 고백이라고 하더라도 삼가야 할 것입니다. 편지를 받는 상대자인 은사도 이런 문구의 뜻을 여러 가지로 생각해 볼 수도 있을 것이고, 그것이 생각에 따라서는 오해도 받을 염려가 있게 될는지도 모를 일이기 때문입니다. 하물며 미혼 여성으로서의 편지에 있어서야 더 말할 나위도 없을 것입니다.

원래 편지란 그런 식으로 미사 여구(美辭麗句)를 늘어놓아 감상문(感想文)을 만드려고 애쓸 필요가 없습니다. 거짓 없는 마음으로 실감이 나도록 그 뜻을 충분히 전달함으로써 편지의 목적은 달해지는 것입니다. 편지를 잘 써 보겠다는 생각에서 이 잘 쓴다는 것이 그런 미사 여구로 글을 장식해야 되는 것인 줄 아는 데서 이런 폐단이 생깁니다. 동창생끼리라면 그야 아니 동성 사이라면 그야 젊어서 한 시절 한때에는 으레 찾아오는 그 감상적인 마음을 시원스럽게 표현하는 데 그런 미사 여구로 감상적인 편지를 드렸댔자 거리끼는 데가 없겠지만, 이성 사이에서는 더욱이 젊은 이성 사이에서는 아무리 가까운 사이라고 하더라도 아니 가까울수록 그런 감상적인 문구의 나열은 피할 일입니다.

위에서 말한 것과 같은 심정으로 은사에게 편지를 하자면 그런 감상적인 문구는 조금도 넣지 않고도 이렇게 쓸 수가 있지 않을까 합니다.

선생님, 제가 선생님의 문하를 떠난 지도 벌써 1년이 넘었습니다. 편이 있을 때마다 선생님의 안부는 듣자옵고 안녕하시다는 소식에 늘 반가워했습니다. 요사이는 어떠시온지오. 금년에는 3학년을 맡으셨다니 선생님의 말을 제일 잘 안 듣고 말썽만 일으키는 그 반에서 무척 속이 썩으셨을 거에요. 저는 한 반년 전부터 시부모네와 분리해서 딴 가정을 가지고 있습니다. 이것도 제 욕심이었습니다만, 지금은 도리어 후회가 납니다. 모든 것에 불편만 느끼게 되니까요. 이상과 실제는 그렇게도 거리가 멀다는 것을 저는 가정 생활에서 실제로 느꼈습니다. 학창 시절이 그리워지는 것은 저만이 느끼는 심정이겠습니까. 선생님. 이렇게 말씀드리는 것이 가정이 싫어서는 절대로 아닙니다. 저는 들어올 데로 들어왔다고 조금도 후회하지 않습니다. 그러나 이렇게 살아야 하는 것이 인생인가 할 때에 학창에서 그리던 꿈만이 그저 그립다는 말씀입니다. 이런 때면 난처한 처지에 있어서 고명한 말씀으로 우리들의 앞길을 밝혀 주시던 선생님 생각이 아니 날 수 없습니다. 그래서 한번 선생님을 찾아뵙고 여러 가지로 제 신상에 대한 지도를 받고자 벼러 옵니다만, 역시 가정에 얽매인 몸이라 그렇게 쉽사리 겨를이 생기질 안사와 편지로 이런 문의를 사뢰게 되었사옵니다.

선생님, 인생의 아름다움이란 머릿속에서 그리기만 하여야 되는 것일까요. 왜 그 저희들이 졸업하기 몇 달 전인가 함박눈이 끊임없이 유리창을 때리던 날 자살까지 하려던 이명숙의 목숨이 선생님의 단 한

마디의 말씀으로 빛을 내고 용기를 내어 인생의 길을 씩씩하게 걷게
만드셨던 일을 잊지 못합니다. 선생님, 물론 바쁘실 줄 아옵니다만 부
디 하서를 주시기 바라옵니다. (제자 올림)

　이러한 투로 흥분하지 않고 조용하게 쓰면 될 것이 아닌가 합니다.
그러나 편지란, 자기가 실제로 느낌이 없이 남의 마음을 대변해서 그
마음을 표현하자면 아무래도 자연스럽지 못하게 되고 어색해집니다.
　그러니까 위의 예문은 한 참고로 보아 주실 것이요, 정식의 편지로
이래야 되는 것이라고 알아서는 안 될 것입니다.

『병풍에 그린 닭이』 발(跋)

벼는 남의 벼가 잘되 보이고, 자식은 제 자식이 못나 보인다는 말이 있다. 겸손의 말이 아니라, 욕심의 말일 것이다.

그러나, 여기 모아 놓은 내 자식들은 욕심에서 나오는 겸손도 피여 볼 용기가 없다. 부끄러운 걸 내놓는다. 그러면서도 책이 나온다는 것이 한결으론 그저 반가우니 웬일일까.

역사는 이영의 비눌이 달리듯이 반드시 그렇게 차근차근히 순서 있게 달려 내려온 것이 아니요, 긁어서 모아 쌓은 것이라고 하여야 마땅하다고 누가 한 말이 있다. 이 창작집에 모음도 그러한 역사의 과정이 밝힌다.

「청춘도」「유앵기」「행복의 탐구」 이 세 편은 7, 8년 전 한참 창작열이 왕성했던 시절의 그야말로 이영의 비눌이 달리듯이 이역이역 된 것인데, 이것들을 두고는 가운데가 쑥 빠지고, 10여 년 전 것이 뛰어 올라가 셋, 그리고는 모두 작금 양년 간에 된 것들이다.

처음 발표되었을 때와는 제목도 내용도 달라진 것이 더러 있다. 제(題)를 고친 게 넷, 그리고 내용의 손이 안 갈 수 없었던 것이 두 편인가 된다.

1943년 11월

『백치 아다다』 서(序)

　두 번째 내는 단편집이라고는 해도 처음 것 『병풍에 그린 닭이』에 넣은 것 이후에 된 것들만은 아니다. 십여 년을 앞서 된 것도 여기에 몇 편 들었다. 과거 검열의 탄압이 이렇게 뒤죽박죽을 만들어 놓게 한 것이다.

　반드시 연대순으로 작품을 모아야 되랄 법은 없겠지만 경향이 비슷한 것들로만은 따로따로 골라 모아 놓고 싶은 생각이 알뜰하다. 그러나, 과도기에 처한 금일, 또한 모든 사정이 그렇게도 허치 않는다. 더욱이 삭제되었던 부분의 원고를 지금 찾을 길이 없어, 그것을 얻어 채워야 할 것이 큰일인 것이다.

　이 삭제의 부분이 후일 얻어지는 대로 나는 이 두 개 단편집을 전부 뜯어 남겨둔 원고를 다 집어넣고 세 개의 단편집을 만드는 것으로 지난날의 기념을 삼고, 앞으로는 이제부터 써지는 것만으로 새로이 엮어 나갈 작정이다.

　다른 원고의 삭제된 부분은 38 이북에 보관된 것과 그렇지 않은 것은 기억에도 남아 있어, 그 어떤 시기와 시간의 여유만 있어지는 날이면 처음 썼던 그대로는 그리 틀림없이 될 것 같으나, 다만 「신기루」 한 편만은 삭제된 부분의 원고도 잃고, 3절에서부터 간간이 깎여낸 것이 이십여 매나 되는 적지 않은 매수(枚數)이여서 도저히 기억을 살리어 더듬어 짜낼 수가 없을 것 같으니, 이것만은 아주 희망 없는 병신이 되고 말 것임이 작자로선 여간 마음에 걸리지 않는다. 4절에 이르

러선 거의 전부가 깎이다시피 되어서 정이 떨려 다시 거들떠보기도 싫
다. 말의 연락상 너무도 흉칙한 곳이 있어 어색이나 좀 피할까 하여
4절 속에 절을 하나 더 두어 전 5절이던 것을 6절로 만들어 놓았다.
　이제, 이 단편집 상재에 있어, 원고를 올려 보면 이후 4, 5삭 동안
을 통 연락이 끊긴 38 이북의 집 생각이 더한층 간절하여진다. 어떻게
이 책이 단 한 권이라도 숨어서 38선을 타고 넘어 내 집에 들어감으로
안부나 전하여지는 요행이 있어진다면 얼마나 다행한 일일는지 모르
겠다.

1946년 초하(初夏)

『별을 헨다』 후기(後記)

　　해방 후에 쓴 것만 모았다. 「금단(禁斷)」이 그 첫 작품이었다. 쓰고 나니 해방조선의 편모를 그것도 조그마한 그릇에다 구차하게 담아 놓은 것이 도무지 성이 차지 않아, 이왕이면 다시 한 번 써 볼까 하고 망설이던 즈음, 《동아일보(東亞日報)》의 청이 있어 일언에 승낙을 하고 좀더 폭이 넓게 써 본다고 쓴 것이 「별을 헨다」였다.

　　「금단」에서 비로소 나를 평가할 수 있다는 이가 있다. 중론은 「별을 헨다」에 찬사가 집중되지만 「금단」이 단연 그 윗자리에 놓여져야 옳다는 것이다. 이런 이야기를 듣고 그렇지 않다는 뜻을 가만히 앉아서 무언으로 부정하는 이도 있음을 보았다. 중론은 어쨌든 「금단」은 내가 좋아하는 작품인 것만은 사실이다.

　　「바람은 그냥 불고」는 가슴을 치면서 집안 아이들을, 그것도 둘씩이나 일본군병(日本軍兵)으로 내보낼 때 일본이 손만 드는 날이면, 내 이것을 기어이 소설로 쓴다고 별러 오던 것이기 때문에 붓허리를 한껏 늦추어 좀 길게 마음껏 써 보리라는 생각으로 주문도 없는 것을 시작했다가 군색(窘塞)을 피할 길이 없어 도중에서 받은 주문의 기한과 매수에 맞추어 끝을 내 버렸던 관계로 하고 싶은 이야기를 채 못다 쓴 게 늘 마음에 걸린다. 이렇게 마음에 잊히지 않아선 아무래도 어느 시기에 남은 이야기가 써지고야 말 것 같다.

　　「치마」와 「일만 오천 원」은 손바닥만한 신문들의 청으로 된 것들인데, 연중에도 후자는 오백자 소설이라는 자수 제한 밑에서, 그것도 어

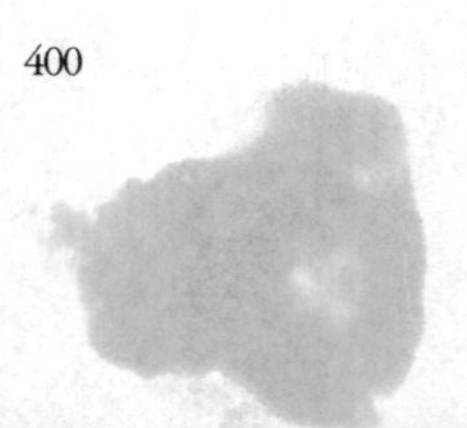

렵지 않을 것 같아 써 보았더니 기껏 줄였다는 게 쓰고 보니 반이나 더 늘어 아홉 장에서 떨어졌다. 장난의 소산이다.

「짐」은 수필로 시작을 했다가 좀더 생명 있는 글을 만들고 싶어 도중에서 작품으로 휘여 넣어 보았더니 이미 구상이 잡혔던 틀은 용이히 휘어들지 않았다. 무리를 할 수도 없어 그대로 버려 두었으나 작자로선 무척 애착이 가는 작품이다.

「이불」과 「인간적」은 모델이 있었다. 소설을 만들기 위해서 약간 공상이 가미되었을 따름이다. 전자는 구성이 짜이지를 못했다고 평을 하는 분이 있으나 작자는 여기에 일보도 사양하여 경청하려고 하지 않는다.

「수달피」는 작품집을 상목할 때마다 넣을까 말까 하다간 빼어 던지고 하던 것인데 이번에도 역시 마찬가지로 수삼차나 이런 반복이 되풀이다가 들어갔다. 그만큼 싫기도 하고 좋기도 하고 한 작품이다. 개작을 했으나 감정은 매마찬가지로 싫기도 하고 좋기도 하다.

「이불」 이후 근 2년을 나는 또 붓을 들지 않고 있다. 창작이 어렵다는 것을 이즈음 차차 더 절실히 느끼게 된다. 잡은 참 앉아서 4, 50매씩을 단숨에 써 내곤 하던 지난날의 그 어느 시기 적을 생각하면 얼굴이 화끈 달아오른다.

이즈음 내 손에는 붓보다 책이 늘 한 걸음 먼저 앞서 잡히어지곤 한다.

1949년 4월 상한

저자

작가 연보

1904년　9월 8일, 평북 선천군(宣川郡) 남면(南面) 삼성동(三省洞) 군현리
(群賢里) 706번지에서 부(父) 계항교(桂恒敎)의 1남 3녀 중 장남으
로 출생. 호는 우서(雨曙).

1909년　조부 계창전(桂昌琠) 밑에서 『천자문』『동몽선습』『소학』『대학』
『논어』『맹자』 등 한학을 배움.

1914년　삼봉(三峰)공립보통학교 입학.

1918년　안정옥(安靜玉)과 결혼.

1919년　삼봉공립보통학교를 졸업한 후 서당에서 수학.

1921년　4월에 조부 몰래 상경하여 중동학교(中東學校)에 입학. 김억을 통해
염상섭, 남궁벽, 김동인 등을 알게 됨. 신학문을 반대하는 조부의
엄명으로 학업을 중단하고 낙향.

1922년　4월에 다시 조부 몰래 상경, 휘문고등보통학교에 입학하였으나 6월에
또 강제로 낙향. 이후 4년간 고향에서 스트린드베리의 「다마스커스
로」, 입센의 「브란드」, 안드레프의 희곡 등 세계 명작들을 탐독.

1924년　장남 명원(明源) 출생.

1925년　《조선문단》 제8호에 '自我靑年'이라는 필명으로 소설 「상환(相換)」
을 발표하며 등단.

1928년　3월, 일본 동경으로 건너가 동양대학(東洋大學) 동양학과에 입학.
야간에는 정칙학교(正則學校)에서 영어를 배움.

1929년　장녀 정원(正源) 출생.

1931년 파산으로 귀국.

1932년 차녀 도원(道源) 출생.

1935년 3월, 정비석, 석인해, 전몽수, 김우철, 장기제, 장환, 채정근 등과
　　　　동인지《해조(海潮)》발간을 협의했으나 무산됨.

1937년 서울 서대문 냉천동(冷泉洞)으로 이사.

1938년 5월,《조선일보》출판부에 입사.

1940년 서대문 북아현동으로 이사.

1943년 8월, 일본 천황 불경죄로 구속되어 10월에 석방. 12월, 방송국에 취
　　　　직했다가 일인과의 차별대우로 3일 만에 퇴직.

1944년 3월에 낙향.

1945년 9월에 다시 상경. 12월 정비석과 더불어 종합지《대조(大潮)》를 창간.

1948년 4월, 김억과 함께 출판사 수선사(首善社) 창립.

1950년 1·4후퇴로 인해 제주도로 피난.

1952년 피난지 제주에서 월간《신문화》를 창간하여 3호까지 냄.

1954년 환도.

1961년 소품「설수집(屑穗集)」을《현대문학》에 연재 중 8월 9일 성북구 정릉
　　　　자택에서 장암으로 타계. 11일 망우리 묘지에 안장.

1986년 10월 20일, 은관문화훈장(銀冠文化勳章) 추서.

엮은이 **민충환**
고려대학교 국어국문학과를 졸업하고 인하대학교 교육대학원을 수료했다.
현재 부천대학 교수로 재직 중이다. 지은 책으로 『이태준 연구』, 『이태준 소설의 이해』,
『임꺽정 우리말 용례사전』, 『이문구 소설어 사전』, 『송기숙 소설어 사전』, 『박완서 소설어 사전』 등이 있다.

계용묵 전집

2

산문

1판 1쇄 찍음 2004년 11월 25일
1판 1쇄 펴냄 2004년 11월 30일

지은이 계용묵
펴낸이 박맹호
펴낸곳 (주)민음사

출판등록 1966. 5. 19. (제 16-490호)
서울 강남구 신사동 506번지 강남출판문화센터 5층 (135-887)
대표전화 515-2000 / 팩시밀리 515-2007
www.minumsa.com
www.daesan.org

값 20,000원

이 계용묵 전집은 대산문화재단과 민족문학작가회의가 공동으로 주최한
'탄생 100주년 문학인 기념문학제'의 일환으로
서울시와 문화관광부의 지원을 받아 제작되었습니다.

ISBN 89-374-1202-0 04810
ISBN 89-374-1200-4 (전2권)